KB109133

잃어버린 시간을
찾아서 13

되찾은 시간 2

À LA RECHERCHE DU TEMPS PERDU
LE TEMPS RETROUVÉ

잃어버린 시간을
찾아서 13

되찾은 시간 2

마르셀 프루스트 김희영 옮김

민음사

일러두기

1 이 책은 Marcel Proust의 *Le Temps retrouvé, A la recherche du temps perdu*
(Gallimard, "Bibliotheque de la Pleiade", 1989)를 번역했다. 그리고 주석은 위에
인용한 책과 *Le Temps retrouvé*(Gallimard, Collection Folio, 1990), *Le Temps*
retrouvé(Le Livre de Poche, 1993), *Le Temps retrouvé*(GF Flammarion, 2011)를 참조하
여 역자가 작성했다. 주석과 작품 해설에서 각 판본은 플레이아드, 폴리오, 리
브르드포슈, GF-플라마리옹으로 구분하여 표기했다.

2 총 7편으로 이루어진 프루스트의 『잃어버린 시간을 찾아서』를 원고의 길이와
독서의 편의를 고려하여 13권으로 나누어 편집했다. 1편 「스완네 집 쪽으로」
(1, 2권), 2편 「꽃핀 소녀들의 그늘에서」(3, 4권), 3편 「게르망트 쪽」(5, 6권),
4편 「소돔과 고모라」(7, 8권), 5편 「갇힌 여인」(9, 10권), 6편 「사라진 알베르
틴」(11권), 7편 「되찾은 시간」(12, 13권)

3 작품명 표기에서 단행본은 『 』, 개별 작품은 「 」, 정기간행물은 《 》로 구분했다.

차례

되찾은 시간 2   7

되찾은 시간 2

*

내가 칩거하던 새 요양원도 첫 번째 요양원처럼 내 병을 치유하지 못했다. 그곳을 떠나기까지 많은 세월이 흘렀다. 기차를 타고 마침내 파리로 돌아가는 여정 동안 예전에 게르망트 쪽을 산책하면서 발견했다고 믿었고, 탕송빌에서 늦은 시각의 저녁 식사를 위해 귀가하기 전 질베르트와 함께 일상적으로 하던 산책에서 보다 서글프게 인식했으며, 또 탕송빌의 영지를 떠나기 전날 밤 공쿠르의 일기 몇 페이지를 읽으면서 문학의 공허함과 거짓에 거의 동일시했던 상념이, 나의 개인적인 병약함 때문이 아니라 내가 오랫동안 믿어 온 이상이 존재하지 않는 데 이유가 있다고 한다면 아마 그 상념은 덜 고통스러웠을 테지만 내 마음을 더 울적하게 했을 것이다. 그러자 오래전부터 머리에 떠오르지도 않았던 그 상념이 어느 때보다 더 비통한 힘으로 내 가슴을 다시 때렸다. 내가 탄 기차가 들판 한가운데 정차했을 때라고 생각한다. 태양이 철길을 따라 한 줄로 늘어선 나무줄기를 절반까지 비추고 있었다. '나무들이여,' 하고 나는 생각했다. '그대는 이제 내게 할 말이 없겠구나. 차가워진 내 마음에도 그대의 말이 들리지 않는다. 그렇지만 여기 나는 자연 한가운데 있고, 그러나 내 눈은 그대의 빛나는 꼭대기와 그늘진 줄기 부분을 가르는 선을 그저 냉담하고 권태로운 마음으로 확인할 뿐이다. 내가 한때 시인이라고 믿었는지는 모르지만, 지금은 시인이 아님을 알고 있다. 앞으로 열릴 내 삶의 그토록 메마른 새로운 부분에서는 자연이 더 이상 말하지 못하는 것을 인간이 대신해서 영감을 줄 수 있을까. 그러나 어쩌면 내가 자연을 노래할 날들이 영영 돌아오지 않을 수도 있다.' 인간에 대한 관찰이 이런 불가능한 영감의 자리를 대신 차지할 거라고 위로하면서도 그것이 스스로를 위로하려는 몸짓에 지나지 않으며, 또 나 자신이 별 가치 없는 존재임을 깨달았다. 만약 내가 정말 예술가의 영혼을 가졌다면, 석양빛이 비치는 이 나무들의 장막 앞에서, 거의 기차 발판까지 뻗어 오른 철로에 쌓인 경사면의 작은 꽃들 앞에서 어떻게 기쁨을 느끼지 않을 수 있단 말인가? 꽃잎의 수는 셀 수 있지만, 나는 그토록 재능 있는 문인들이 하는 것처럼 그 빛깔을 묘사하는 일은 하지 않으려고 조심할 것이다. 자신이 느끼지 않은 기쁨을 독자에게 전달하는 것은 기대할 수 없는 일일 테니까.

잠시 후 같은 석양빛이 어느 집 유리창에 오렌지와 금빛 렌 틸콩을 체로 치는 것 같은 광경이 보였고, 마지막으로 시간이 늦은 탓인지 꽤 낯선 분홍빛 소재로 건축된 것 같은 또 다른 집도 보였다. 그러나 마치 어느 귀부인과 정원을 산책하다 얇 은 유리판과 조금 더 멀리에는 설화석고와 유사한 물질로 만 들어진 대상을 보았을 때, 그것의 익숙지 않은 빛깔이 나를 나 른한 권태감에서 벗어나게 하지는 못했지만 부인에 대한 예 의에서 뭔가를 말하려고, 내가 그 빛깔에 주목한다는 것을 말 하기 위해 채색 유리와 석고 조각을 가리킬 때와 같은 그런 절 대적인 무관심 속에서 그 다양한 요소들을 확인했을 뿐이다. 이와 마찬가지로 나는 내 마음이 편해지도록 나를 동행하고 또 거기서 나보다 더 많은 기쁨을 끌어냈을지도 모르는 누군 가에게 하듯 나 자신에게, 유리창에 비친 붉은 반사광과 집의 분홍빛 투명함에 대해 주의를 환기시켰다. 그러나 내게 그 신 기한 효과를 확인하도록 환기시켜 준 동행자는 아마도 그 광 경에 황홀해하는 다른 많은 이들에 비해 덜 열광적인 기질이 었는지, 이런 다양한 빛깔을 보아도 별다른 감흥을 보이지 않 았다.

오랫동안 파리를 떠났지만 내 오래된 친구들은 그들 명단 에 내 이름이 남아 있는 관계로 계속해서 초대장을 보내왔는 데, 집에 돌아오면서 발견한 것 중 하나는 라 베르마가 딸과 사위를 위해 베푸는 다과회 초대장이었고,* 다른 하나는 다음

---

* 「알베르틴」에서 라 베르마는 이미 사망한 것으로 나온다.(『잃어버린 시간을

날 게르망트 대공 부인 댁에서 열리는 오후 모임의 초대장이었다. 기차에서 했던 서글픈 명상도 그곳에 가지 말라고 권할 충분한 이유는 되지 못했다. 사교계 인간으로서의 삶마저 포기할 필요는 없다고 생각했다. 왜냐하면 내가 날마다 내일 시작하겠다고 그토록 오랫동안 희망했으며 이미 그토록 여러 번 언급된 그 '작업'에 내가 적합하지 않으며, 아니 더 이상 적합하지 않으며, 그리고 어쩌면 그 일은 어떤 현실에도 상응하지 않는지도 몰랐다. 사실을 말하자면 이런 이유는 그저 소극적인 것으로 다만 사교계에서 열리는 이 음악회로부터 나를 멀어지게 하는 이유의 중요성만을 제거했을 뿐이다. 나를 그곳에 가게 만든 이유는 게르망트라는 이름이었다. 그 이름이 내 머리를 떠난 지 꽤 오랜 시간이 흘렀으므로, 초대장에서 그 이름을 읽었을 때 한 줄기 주의력이 깨어났고, 이 주의력이 내 기억의 깊은 곳으로부터 당시 그 이름을 동반하던 모든 영지의 숲과 키 큰 꽃들의 이미지가 함께하는 과거의 부분을 들어 올렸으며, 또 내가 콩브레에서 집으로 돌아가기 전 루아조 거리에서 게르망트 영주인 질베르 르 모베가 그려진 채색 유리를 밖에서 어두운 광택처럼 보았을 때 느꼈던 온갖 매혹과 의미를 되찾게 했다. 한순간 게르망트 사람들은 내게 사교계 인사들과는 완연히 다른 존재들, 사교계 인사들과는 양립할 수 없으며, 모든 살아 있는 자들과도 설령 그것이 군주라 해도 양립할 수 없는 존재들이며, 내가 어린 시절을 보낸 어두운 콩브

찾아서』 11권, 78쪽 참조.)

레 마을의 시큼하고 바람 많은 공기와의 수정(受精)을 통해 태어난 존재들로, 좁은 거리에서 채색 유리 높이까지 알아볼 수 있는 과거로부터 태어난 존재들로 보였다. 나는 그 사실이 내 유년 시절, 또 내가 그 시절을 보는 기억의 깊은 곳에 보다 가까이 다가가게 해 준다는 듯, 게르망트 저택에 가기를 열망했다. 그리하여 콩브레라는 이름처럼 그렇게 친숙하고 신비스러운 이름을 구성하는 철자가 저항하면서 독립성을 회복하여 내 피로한 눈앞에 내가 모르는 이름을 그려 넣는 것 같은 인상을 줄 때까지, 나는 계속 초대장을 읽었다. 마침 어머니가 따분한 모임이 될 것임을 미리 알면서도 사즈라 부인 댁에서 열리는 작은 차 모임에 갈 예정이었으므로, 나는 별 스스럼없이 게르망트 대공 부인 댁에 갈 수 있었다.

나는 게르망트 대공 댁에 가기 위해 자동차*를 탔다. 대공은 예전 자택이 아닌 불로뉴숲 가로수 길**에 지은 고급 저택에 살고 있었다. 사교계 인사들이 가진 결점 중 하나는 우리가

---

* 여기서 '자동차'로 옮긴 프랑스어의 voiture는 마차로도 해석이 가능하지만, 이 부분의 연대로 추정되는 1920년대에는 이미 자동차가 상당히 보급되었고, 또 뒤에 나오는 와트맨(자동차 운전수를 의미하는)이란 단어가 이런 해석을 뒷받침한다. 생퇴베르트 부인이 무개 사륜마차를 타고 지나가는 것처럼, 마차도 여전히 혼재해서 운행되었다.
** '불로뉴숲 가로수 길(Avenue du Bois de Boulogne 또는 Avenue du Bois)'이라고 옮긴 이 길은 불로뉴숲에서 개선문까지 이어지는 '아브뉘 드 랭페라트리스,' 1차 세계 대전 후부터는 '아브뉘 포슈'로 불리는 길을 가리킨다. 아마도 프루스트는 파리에서 가장 사치스러운 건물과 대사관들이 소재하는 이 길에서 특히 보니 드 카스텔란(Boni de Catellane, 1867~1932)이 소유했던 '분홍색 궁전'을 암시하는 것 같다고 지적된다.(『되찾은 시간』, 플레이아드 IV, 1251쪽 참조.)

그들의 말을 믿어 주기를 바란다면 먼저 그들부터 자신을 믿어야 하며, 또는 적어도 우리 믿음의 본질적 요소를 존중해야 한다는 사실을 이해하지 못한다는 점이다. 게르망트네 사람들이 어떤 상속권 덕분에 이런저런 궁전에 살고 있다고 믿었던 시절, 비록 그 반대가 사실임을 알았다 해도, 마법사나 요정의 궁전에 들어가고, 마술적인 표현을 사용하지 않으면 작동하지 않는 문을 열게 하는 일이 내게는 마법사나 요정과의 대화를 허락받는 것만큼이나 어려운 일로 보였다. 그런데 전날 고용된 나이 든 하인이나, 아니면 포렐과 샤보* 연회 음식 전문 업체에서 보내온 나이 든 종업원이, 대혁명이 일어나기 훨씬 전부터 가족의 시중을 들어 온 사람들의 자식이거나 손자 또는 후손이라고 믿는 것은 쉬운 일로 보였고, 또 지난달 '베른하임 2세 화랑'**에서 구입한 초상화를 기꺼이 그들 가문의 초상화라고 부를 용의도 있었다. 그러나 장소의 매력은 다른 곳으로 옮길 수 없고 추억도 나눌 수 있는 것이 아니며, 또 내 믿음의 환상을 간파했는지 게르망트 대공 스스로가 불로뉴숲 가로수 길로 살러 온 지금 그에게 남은 것이라곤 거의 아무것도 없었다. 내 이름을 알리는 안내원의 목소리로 무너질까 봐 겁이 났던 지붕 천장이, 그 아래로 아직도 내게는 과거의 많

---

* 『잃어버린 시간을 찾아서』 10권 78쪽 주석 참조.
** 현대 미술의 신봉자인 가스통 베른하임 2세(Gaston Bernheim-jeune, 1870~1953)는 빈센트 반 고흐(1901), 케이스 판 동언(1908), 앙리 마티스(1910) 등의 주요 전시회를 개최한 미술상이다.(『되찾은 시간』, 리브르드포슈, 466쪽 참조.)

은 관심과 매력이 떠도는 천장이, 별 관심 없는 아메리카 여인이 베푸는 파티를 감싸고 있었다. 물론 사물은 그 자체로는 힘이 없으며, 또 사물에 힘을 부여하는 것은 바로 우리 자신이므로, 한 부르주아 출신의 중학생도 과거에 내가 게르망트 대공의 옛 저택 앞에서 느꼈던 것과 동일한 감정을 지금 불로뉴숲 가로수 길의 저택 앞에서 느꼈을지도 모른다. 그 이유는 그가 아직도 믿음의 시대에 있었기 때문이다. 그러나 나는 그런 나이를 넘어섰고, 마치 유년기가 지나면 섭취한 우유를 전부 소화 가능한 것으로 분리하는 능력을 잃어버리듯이, 나 또한 그런 특권을 상실했다. 아이는 숨도 돌리지 않고 끝없이 젖을 빨수 있지만, 어른은 적은 양의 우유를 보다 조심스럽게 마셔야 한다. 적어도 게르망트 대공 저택의 변화는 나를 데리러 오고 또 그 안에서 내가 명상을 하는 자동차가 샹젤리제 쪽 길을 통과해야 한다는 점에서는 내게 유익했다. 그즈음 샹젤리제 길들의 포장 상태는 형편없었지만, 내가 그곳에 들어가는 순간 마치 공원의 철책이 열리면서 가는 모래나 낙엽이 깔린 오솔길 위를 미끄러질 때처럼, 자동차가 돌연 더 쉽고 더 부드럽게 소리도 내지 않고 굴러가는 듯 그런 지극히 부드러운 감각에 의해 나는 지금까지 하던 사유에서 벗어날 수 있었다. 물질적으로 달라진 것은 아무것도 없었다. 하지만 돌연 외부의 방해물이 제거된 것 같은 인상을 받았다. 왜냐하면 뭔가 새로운 것을 마주할 때마다 우리가 하는, 또는 우리가 의식하지 못한 채 적응하고 주의를 기울이기 위해 노력하는 모습은 찾아볼 수 없었기 때문이다. 내가 지금 통과한 길은 지난날 프랑수아즈와 함께 샹젤리제에 갈 때면 지나갔던, 오랫동안 잊고 있던 길이었다. 땅은 스스로 자신이 가는 길을 알고 있었다. 땅의 저항이 굴복했다. 그리고 지금까지 힘들게 지상을 활주하던 비행사가 돌연 '이륙하는' 것처럼, 나는 추억의 고요한 고지를 향해 천천히 올라갔다. 파리에서 그 거리들은 언제나 내게 여느 거리들과는 다른 물질로 만들어진 모습으로 뚜렷이 떠오를 것이다. 예전에 프랑수아즈가 좋아하는 사진을 팔던 노점상이 있는 루아얄 거리 모퉁이에 이르렀을 때,* 자동차는 예전에 수백 번을 선회하던 습관으로 저절로 돌 수밖에 없을 것 같았다. 그날 나는 밖에서 산책하는 사람들이 걷는 길같은 것이 아닌, 매끄럽고 쓸쓸하며 부드러운 과거를 ...

---

* 『잃어버린 시간을 찾아...
** 『잃어버린 시간을 찾아서』 1권 ...

퇴베르트 부인 앞에서 가장 오만한 속물근성을 저자세로 만들고, 어쩌면 가장 천박한 아메리카 여자 앞에서도* 겸손하게 굴었을 그런 사교적 공손함이었다.(따라서 그 아메리카 여인은 지금까지는 접근할 수도 없었던 남작에게서 정중한 대접을 받고 크게 기뻐했을 것이다.) 왜냐하면 남작은 여전히 살아 있고 여전히 사유하고 있었기 때문이다. 그의 뇌는 손상되지 않았다. 남작이 생퇴베르트 부인의 환심을 사기 위해 바친 그 공손한 인사는, 오이디푸스왕의 실추한 자존심을 노래하는 소포클레스의 합창대 이상으로, 죽음 자체나 죽음에 대한 추도사 이상으로 지상의 위대함에 대한 사랑과 온갖 인간적인 자만심이 얼마나 연약하고 덧없는지를 선포하고 있었다.** 지금까지는 생퇴베르트 부인과의 식사조차 승낙하지 않았던 샤를뤼스 씨가 바닥까지 몸을 구부리며 인사했다. 어쩌면 자신이 인사하는 사람의 지위를 잘 몰랐을 수도 있고(사교에 관한 법전 조항이 기억의 다른 부분처럼 뇌졸중에 의해 사라질 수도 있으니까.), 어쩌면 동작을 조절하는 능력의 부족에서 지나가는 부인의 신분에

---

* 프랑스 일부 귀족들은 당시에 부유한 아메리카 여인들에 대해 부러움과 경멸의 감정을 느꼈으며, 이는 보니 드 카스텔란의 「나는 어떻게 아메리카를 발견했는가?」(1824)에서도 찾아볼 수 있다고 지적된다.(『되찾은 시간』, 플레이아드 IV, 1253쪽 참조.)

** 이 문단에 나오는 몇몇 단어가 보쉬에(Bossuet)의 『추도 연설집』에 나오는 표현을 연상시킨다고 지적되는데, 보쉬에의 이름은 몇 줄 후 본문에서 직접 인용되고 있다.(『되찾은 시간』, 플레이아드 IV, 1253쪽 참조.) 자크베니뉴 보쉬에(Jacque Bénigne Bossuet, 1627~1704)는 루이 14세 시대의 대표적인 신학자이자 작가로 특히 죽음에 관한 성찰이 담긴 『추도 연설집』이 유명하다.

대한 불확실성이 — 그렇지 않다면 건방지게 굴었을지도 모르는 — 그에게 공손함의 외양을 띠게 했는지도 모른다. 마치 어머니가 불러서 유명 인사들 앞에 수줍게 인사하러 오는 아이들처럼 그는 부인에게 정중한 태도로 인사했다. 이제 그는 정말로 아이가 되었고, 그러나 아이의 오만함은 갖고 있지 않았다.

남작의 인사를 받는 것은, 마치 예전에 그녀에게 인사하기를 거절했던 것이 남작의 속물근성이었듯이 그녀에게는 속물근성의 절정이었다. 그녀에게 샤를뤼스 씨의 본질로 여기게 하는 데 성공했던 그 접근하기 힘든 세련된 기질을 그는 공들인 수줍음과 겁 많은 열성적인 태도로 단번에 모자를 벗으면서 날려 버렸고, 그토록 오랫동안 공손하게 모자를 벗고 있는 동안 은발의 급류는 보쉬에의 연설문과 함께 줄줄 흘러내렸다. 남작이 자동차에서 내리는 것을 쥐피앵이 도와주고 또 내가 남작에게 인사했을 때, 남작은 매우 빠르고 알아들을 수 없는 목소리로 말했으므로 나는 그의 말을 잘 알아듣지 못했고, 그래서 세 번째로 다시 말해 달라고 부탁하자 남작은 초조한 몸짓을 했다. 처음에 나는 그의 무표정한 얼굴에 놀랐는데 아마 마비의 흔적인 것 같았다. 그러나 마침내 그의 속삭이는 말의 피아니시모에 익숙해졌을 때, 나는 병자가 온전한 지성을 간직하고 있다는 걸 깨달았다.

게다가 샤를뤼스 씨에게는 그의 또 다른 자아들을 고려하지 않는다면 두 명의 샤를뤼스 씨가 있다고 할 수 있었다. 그 중 하나인 지적인 인간은 실어증에 걸려 단어나 철자를 다르게 발음한다고 한탄하면서 시간을 보냈다. 그러나 실제로 그런 오류를 범하는 상황이 되면, 또 다른 샤를뤼스, 즉 그의 잠재의식은 전자가 동정심을 유발하기 원하는 만큼이나 선망의 대상이 되기를 바랐으므로, 전자라면 경멸했을 그런 겉멋을 부리면서, 마치 연주자들을 쩔쩔매게 하는 오케스트라 지휘자처럼 방금 시작한 문장을 중단했다. 또 능란한 재주를 부려 실제로는 다른 말로 혼동해서 했던 말을 마치 일부러 선택해서 말했다는 듯 그 말을 이어 나갔다. 비록 기억이 온전하다 해도 — 겉멋을 부리는 따위의 행동을 하면서 보여 준 —, 그는 자신이 명철한 정신을 간직했거나 회복했음을 보여 주기위해, 나와 관계되지만 별로 중요하지 않은 과거의 추억을 끄집어내는 일에 지나치게 열중한 탓에 심한 피로감을 느낄 수밖에 없었다. 그는 머리나 눈을 전혀 움직이지 않고, 말하면서도 단 하나의 억양도 바꾸지 않고 이를테면 이렇게 말했다. "내가 자네를 처음 보았을 때도 그 앞의 기둥에 비슷한 포스터가 붙어 있었지. 여기도 그런 게 있군. 아브랑슈였는데, 아니 내가 틀렸네. 발베크였어."* 사실 그것은 같은 제품의 광고였다.

마치 커튼이 모두 쳐진 방에서는 처음 순간 아무것도 보지못하는 것과 마찬가지로, 처음에 나는 그의 말에서 거의 아무것도 식별하지 못했다. 그러다가 미광 속의 시선처럼 내 귀는곧 피아니시모 소리에 익숙해졌다. 또한 남작이 말하는 동안

---

*『잃어버린 시간을 찾아서』 4권 189~190쪽 참조.

그 피아니시모 소리가 점점 더 커져 가는 듯했다. 그 약한 소리가 부분적으로는 신경과민에 의한 불안 때문에 생긴 것으로 제삼자에게 정신이 팔려 그에 대해 더 이상 생각하지 않자 불안감이 점차적으로 사라진 탓인지, 아니면 반대로 그 약함이 그의 실제 상태에 부합하고 또 그가 대화에서 순간적으로 힘을 주며 말한 것이 작위적이고 일시적이며 오히려 몸에 해로운 흥분감에서 생긴 것으로, 낯선 사람들에게 "그는 많이 좋아졌어요. 그에게 자신의 병을 생각하게 하면 안 돼요."라고 말하게 하지만, 오히려 증세를 악화시켜 병이 곧 재발했기 때문인지는 모른다. 어쨌든 그 순간 남작은(내가 그의 목소리에 적응한 걸 고려한다 해도) 자신의 말을, 마치 나쁜 날씨의 파도처럼 잘게 일그러진 물결들을 힘차게 내던졌다. 그리고 최근의 발작에서 남은 흔적이 그의 말 깊숙이에서 마치 조약돌이 구르는 소리 같은 것을 울리게 했다. 게다가 자신이 기억력을 잃지 않았다는 걸 보여 주려 했는지 그는 계속해서 과거 얘기를 했고, 그 과거를 뭔가 불길한 어조로 환기했지만, 슬픔은 배어 있지 않았다. 그는 더 이상 존재하지 않는 그의 가문과 그 세계에 속하는 온갖 사람들을, 그들이 살아 있지 않다는 슬픔보다는 자신이 그들보다 오래 살아남았다는 만족감과 더불어 계속 열거했다. 그들의 죽음을 환기하면서 자신이 건강을 회복했다는 걸 보다 분명히 의식하는 것 같았다. 거의 승리에 찬 냉혹한 태도로 단조롭고 조금은 더듬거리는, 무덤에서 나온 듯한 둔중한 울림의 어조로 반복했다. "아니발드 브레오테는 죽었네! 앙투안 드 무시는 죽었네! 샤를 스완도 죽었네! 아달베르 드 몽모랑시도 죽었네! 보종 드 탈레랑도 죽었네! 소텐 드 두도빌도 죽었네!" 매번 '죽었네'라는 말이 이들 망자 위로 떨어지는 듯했는데, 마치 무덤 파는 사람이 망자를 무덤 속에 더 깊이 고정하기 위해 던지는 보다 무거운 삽의 흙과도 같았다.

그때 마침 긴 병에서 회복된 지 얼마 안 되어 게르망트 대공부인의 오후 모임에 가지 못한 레투르빌 공작 부인이 우리 옆을 지나갔는데, 남작이 최근에 쓰러진 사실을 모르는 부인이 남작에게 인사를 하려고 걸음을 멈췄다. 그녀는 최근에 앓은 병으로 인해 타인의 병을 더 잘 이해하기보다는 오히려 예민하고 언짢은 기분이 되어서, 어쩌면 동정심도 많이 느꼈을 테지만 더 참을 수 없어 했다. 남작이 어떤 단어를 어렵게, 또 틀리게 발음하는 걸 들으면서, 또 팔을 힘들게 움직이는 걸 보면서, 부인은 그 놀라운 현상에 우리의 설명을 구하는 듯 차례로 쥐피앵과 내게 눈길을 던졌다. 우리가 아무 말도 하지 않자, 이번에는 샤를뤼스 씨 자신에게 슬픔이 가득한 시선을, 그러나 동시에 비난이 담긴 시선을 오래 던졌다. 마치 그가 넥타이도 매지 않고 구두도 신지 않은 채 외출했다는 듯. 그런 평소의 태도와는 다른 태도로 자신과 함께 있는 사실을 비난하는 듯했다. 남작이 저지른 또 다른 발음 오류에 공작 부인의 고통과 분노가 함께 커졌고, 부인은 더 이상 일 초도 참고 기다릴 수 없다는 듯, 남작에게 "팔라메드!" 하고 지나치게 예민한 사람이 질문하는 그런 격한 어조로 말했다. 이는 화장을 마치는 동안만 기다려 달라고 말하면서 방 안으로 들어오게 하면, 방해를 해서 미안하다고 사과하기는커녕 마치 방해를 한 사람 쪽에 죄가 있다는 듯 "그렇다면 제가 당신을 방해하는군요!" 라고 날카롭게 비난하는 것과도 같았다. 결국 그녀는 "집에 돌아가시는 편이 더 나을 것 같은데요."라고 남작에게 말하면서 점점 더 비통한 표정을 짓더니 우리 곁을 떠났다.

쥐피앵과 내가 몇 걸음 걷는 동안 남작은 의자에 앉겠다고 말하더니 주머니에서 기도책인 듯 보이는 책 한 권을 힘들게 꺼냈다. 나는 병자의 건강 상태에 대해 쥐피앵으로부터 자세한 이야기를 들을 수 있어서 그리 싫지 않았다. "이렇게 함께 이야기를 할 수 있어서 기쁘군요."라고 쥐피앵이 말했다. "그러나 롱푸앵*보다 멀리 가지는 않았으면 해요. 다행히 지금은 괜찮으시지만, 그래도 저분 혼자 오래 내버려 둘 수는 없으니까요. 언제나 똑같으세요. 마음이 너무 착하셔서 가진 걸 모두 남에게 주어 버리실 테니까요. 또 그뿐만이 아니에요. 젊은 남자처럼 아직도 바람기가 많아, 제가 눈을 크게 뜨고 지켜봐야 한답니다." "시력을 회복하셨으니 더욱 그렇겠군요." 하고 내가 대답했다. "시력을 잃으셨다는 소식을 듣고 마음이 무척 아팠습니다." "사실 마비가 거기까지 이르러 더 이상 아무것도 볼 수 없었죠. 게다가 그분에게 많은 효과가 있었던 치료 기간 동안, 몇 달 동안은 태어나면서부터 눈이 먼 사람처럼 전혀 보지 못했답니다." "그럼 적어도 부분적으로는 당신의 감시가 불필요했겠네요?" "전혀 그렇지 않아요. 우리가 어느 호텔

---

* 『잃어버린 시간을 찾아서』 6권 152쪽 주석 참조.

에 도착하면 저분은 곧 이런저런 종업원이 어떠냐고 묻곤 했죠. 그러면 전 쓰레기 같은 놈들밖에 없다고 단언했어요. 그러나 그들 전체가 그렇지 않다는 걸, 내가 때로 거짓말한다는 걸 저분은 감지했어요. 저 개구쟁이 같은 분이! 그리고 저분은 목소리만 듣고도, 아니면 다른 건지도 모르겠지만, 어떤 직감 같은 걸 느껴요. 그러면 저분은 나를 급히 심부름 보내려고 일을 꾸미죠. 언젠가 ― 이런 말을 하는 걸 용서해 주세요. 도련님도 어쩌다 우연히 그 '방탕함'의 전당으로 들어온 적이 있으니까 도련님께는 하나도 숨길 게 없어요.(게다가 그는 자신이 쥐고 있는 비밀을 과시하는 데서 조금은 호감이 가지 않는 만족감을 언제나 나타냈다.) 언젠가 ― 자칭 그런 급하다는 심부름에서 돌아오는 길이었는데, 나는 그 심부름이 고의로 만들어졌다고 상상해서 더 빨리 돌아와 남작의 방에 다가갔는데, 그 순간 어떤 목소리가 "뭘요?"라고 말하는 소릴 들었죠. 그러자 "뭐라고?"라며 남작이 대답했어요. "그럼 이번이 처음이란 말이야?" 나는 노크도 하지 않고 들어갔죠. 그때 내가 얼마나 공포를 느꼈는지! 그 나이에는 보통 없는 그런 성량이 풍부한 목소리에 속은 남작이(그 시기에 남작은 완전히 눈이 보이지 않았어요.), 예전에는 오히려 성숙한 남자를 좋아하던 남작이, 열 살도 안 된 아이와 같이 있었어요."

쥐피앵은 남작이 그 시기에 날마다 정신 쇠약증 발작에 시달렸다고 얘기했다. 그것은 헛소리처럼 실제 특징이 아니라, 남작이 평소 감추는 데 습관이 되어 온, 이를테면 자신의 친독 성향에 관한 견해를 제삼자 앞에서 그 존재나 준엄함도 잊어버리고 큰 소리로 고백하는 것이었다고 한다. 전쟁이 끝난 후에도 오랫동안* 그는 자신을 독일인에 포함시키면서 그 패배를 한탄했고, 또 오만하게 말했다고 한다. "그렇지만 우리가 복수를 하지 않는다는 건 있을 수 없는 일이야. 가장 큰 저항을 할 수 있고 가장 훌륭한 조직이 있음을 증명해 보인 것은 바로 우리니까." 또는 그의 내밀한 이야기가 다른 방향으로 흘러가고 그러면 그는 격노해서 외쳤다고 한다. "X 경과 ○○ 대공은 어제 했던 말을 되풀이하지 않는 게 좋을걸. '자네들도 나와 같은 부류의 인간이란 걸 알고 있으니까.'라는 대답을 하지 않으려고 내가 무척 애를 쓰고 있으니 말이야." 샤를뤼스 씨가 사람들이 말하는 것처럼 '제정신이 아니어서' 친독 성향이나 그 밖의 다른 고백을 할 때면, 쥐피앵이나 게르망트 부인 같은 그 주위에 있던 사람들은 그가 신중하지 못한 말을 하지 않도록 가로막았고, 또 그와 별로 친하지 않은 보다 무례한 제삼자에게는 꾸민 말로, 하지만 명예로운 설명을 붙이는 습관이 있었음은 두말할 필요도 없었다.

"하지만 저런!" 하고 쥐피앵이 외쳤다. "남작으로부터 떨어지지 않겠다는 생각은 옳았어요. 보세요, 벌써 저기 정원사 아

---

* 이 시간 표시와 첫 페이지에 기재된 '많은 세월'은 1916년에 파리를 방문했던 일과 화자가 마지막으로 파리에 돌아온 것 사이에 많은 시간이 흘렀음을 의미할 뿐, 정확한 시간 측정은 불가능하다고 지적된다. 화자의 늙음에 대한 성찰도 (그 자신은 한 번도 체험하지 못한) 스스로에 의한 것이라기보다는 타인의 경험을 바탕으로 이루어졌다고 보는 편이 타당하다고 표현된다.(『되찾은 시간』, 플레이아드 IV, 1255쪽 참조.)

이와 대화를 나눌 방법을 찾았잖아요. 도련님께 인사를 드리고 떠나는 편이 낫겠네요. 이제는 큰 아이에 지나지 않은 병자를 잠시도 혼자 두면 안 되니까요."

나는 게르망트 대공 부인 댁에 도착하기 조금 전 다시 자동차에서 내렸고, 전날 가장 아름답다고 소문난 프랑스의 어느 들판에서 나무에 비친 빛으로부터 그림자를 가르는 선을 묘사하려고 했을 때 나를 사로잡았던 그 피로와 권태를 다시 생각했다. 물론 내가 거기서 끌어낸 정신적 결론은 오늘만큼 그렇게 고통스러운 효과를 내 감수성에 주지는 못했다. 그 결론은 여전히 같았다. 그러나 내가 습관에서 벗어나 다른 시간에 새로운 장소로 외출하려고 할 때마다 나는 생생한 기쁨을 느끼곤 했다. 오늘 내가 느끼는 기쁨, 게르망트 부인 댁에서 열리는 오후 모임에 가려는 기쁨은 순전히 경박한 기쁨처럼 보였다. 그러나 경박한 기쁨 외에 다른 어떤 기쁨도 얻을 수 없음을 아는 지금 그 기쁨을 거부한다 해서 무슨 소용이 있겠는가? 내가 그런 기쁨에 대한 묘사를 하면서, 비록 유일한 것은 아니지만 그래도 재능의 첫 번째 척도라고 할 수 있는 열정은 결코 느낀 적이 없다고 되풀이했다. 나는 이제 기억으로부터 다른 스냅 사진을, 특히 기억이 베네치아에서 찍은 '스냅 사진'을 꺼내려 했지만, 베네치아란 말만 떠올려도 그것은 마치 사진 전시회처럼 내 기억을 권태롭게 했다. 그리고 내가 예전에 보았던 것을 지금 묘사하려고 해도, 어제 그 순간에 세밀하고도 울적한 시선으로 관찰했던 것을 묘사할 때와 마찬가지로, 내게 문학에 대한 어떤 취향도 재능도 없음을 깨달았을 뿐이다. 얼마 후면 오랫동안 보지 못했던 친구들이 아마도 내게 더 이상 혼자 있지 말라고, 그들을 위해 시간을 내 달라고 청할지도 모른다. 내게는 그들의 청을 거절할 만한 이유가 전혀 없었다. 내가 아무것에도 쓸모가 없으며, 또 내게는 재능이 없는 탓에 나 자신의 잘못으로, 또는 내가 생각했던 것만큼 현실을 담고 있지 않다면 문학 자체의 잘못으로 인해, 문학이 내게 어떤 기쁨도 주지 못한다는 사실을 확인했기 때문이다.

나는 베르고트의 말을 생각했다. "자네는 몸이 아프지만 그래도 정신의 기쁨을 향유하고 있으니 사람들이 자네를 동정할 수는 없을 걸세." 그는 나를 얼마나 잘못 생각했던 것일까? 결실을 맺지 못하는 명철함에는 기쁨도 거의 없다. 내가 어쩌면 이런저런 기쁨을 — 지성의 기쁨이 아닌 — 느꼈다 해도, 그것을 언제나 다른 여인을 위해 낭비했음을 덧붙인다. 그리하여 운명이 내게 불구가 아닌 채로 100년의 수명을 더 살게 한다 해도, 그 삶이 연장되는 데, 하물며 더 오래 연장되는 데 어떤 흥미도 느끼지 못하는 존재에게는, 그저 삶을 연이어 늘리며 덧붙이는 데 불과했을 것이다. '지성의 기쁨'으로 말하자면, 나의 명철한 눈 또는 나의 이성적 사유가 아무 기쁨도 없이 찾아내고 또 아무것도 생산하지 못한 그런 냉철한 사실의 확인을 과연 지성의 기쁨이라고 부를 수 있을까?

그러나 이따금 모든 것을 잃었다고 생각하는 순간 우리를 구원하는 신호가 온다. 모든 문을 두들기지만 그 문은 어느 것에도 이르지 않고, 그렇지만 우리가 들어갈 수 있는 단 하나의 문, 100년 동안 헛되이 찾았을지도 모르는 문에 알지도 못한 채 부딪치고, 그리하여 문이 열린다.

조금 전에 말했던 이런저런 서글픈 생각들을 굴리면서 게르망트 저택의 안마당에 들어섰을 때, 나는 방심한 가운데 자동차가 들어오는 걸 보지 못했다. '와트맨'*의 외침에 급히 옆으로 몸을 비킬 틈밖에 없었고, 그 바람에 뒤로 물러서다가 차고 앞에 깔린 고르지 않은 포석에 어쩔 수 없이 부딪치고 말았다. 그러나 몸을 바로 하려고 앞의 포석보다 조금 낮게 깔린 포석에 발을 내딛는 순간, 발베크 근교를 마차로 산책했을 때 예전에 본 것을 알아본 듯한 나무들의 풍경이나 마르탱빌 종탑의 풍경, 차에 적신 마들렌의 맛, 내가 앞에서 얘기하고 뱅퇴유의 마지막 작품에 통합된 것처럼 보였던 수많은 상이한 감각들이 내 삶의 여러 다양한 시기에 주었던 것과 동일한 행복감 앞에서 내 모든 절망감이 사라지는 것이었다. 마들렌을 맛보았을 때처럼 미래의 온갖 불안과 온갖 지적인 의혹이 사라졌다. 조금 전까지만 해도 문학에 대한 재능과 문학 자체의 현실에 대해 나를 사로잡았던 의혹이 마법처럼 제거되었다.

어떤 새로운 성찰을 하거나, 어떤 결정적인 논증을 발견한 것이 아닌데도 조금 전에 해결하지 못한 온갖 어려움이 이제 그 모든 중요성을 상실했다. 그러나 차에 적신 마들렌을 맛보았던 날 그랬던 것처럼, 이유도 모른 채 포기하는 일은 이번에는 결코 하지 않겠다고 결심했다. 내가 지금 느낀 행복감은 사

---

* 와트맨(wattman)은 1895년 프랑스에 도입된 이래 전기 전차의 운전사를 가리켰지만, 20세기 초에는 시내에서 운행하는 전기 추진의 자동차 운전사도 가리켰다.(『되찾은 시간』, 플레이아드 IV, 1256쪽 참조.)

실 예전에 마들렌을 먹으면서 느꼈던 것과 동일했고, 그 원인을 깊이 탐색하는 일은 훗날로 미루었다. 환기된 이미지에는 다만 물질적 차이만이 있었다. 짙푸른 빛이 내 눈을 취하게 하고 상쾌함과 눈부신 빛의 인상이 내 주위를 선회하면서, 그 인상을 포착하려는 내 욕망 속에서, 나는 마치 마들렌의 맛을 음미하며 그 맛이 연상시킨 것을 내게까지 이르게 하려고 노력했을 때처럼 꼼짝도 하지 않은 채, 수많은 와트맨들의 무리가 웃음을 터뜨릴지도 모르는 상황을 감수하고 한 발은 조금 높은 포석에, 다른 한 발은 조금 낮은 포석에 디디면서 그냥 비틀거리는 자세로 있었다. 이처럼 물리적으로 같은 걸음을 되풀이했으나 헛일이었다. 그러나 내가 게르망트 집에서의 오후 모임을 망각하고, 조금 전에 발을 내디뎠을 때 느꼈던 것을 되찾는 데 성공하자, 그 어렴풋하고 눈부신 광경이 다시 나의 의식을 스쳐 가면서 "네게 힘이 있다면 지나는 길에 나를 붙잡고, 내가 제안하는 행복의 수수께끼를 풀려고 노력해 봐."라고 말하는 것 같았다. 그리고 금방 나는 그 광경을 알아보았다. 베네치아였다. 베네치아를 묘사하려고 한 노력과 내 기억이 찍은 이른바 그 모든 스냅 사진이 내게 아무것도 말하지 않았던 베네치아를, 다만 지난날 산마르코 성당 세례실의 고르지 않은 두 개의 포석에서 느꼈던 감각이, 그날 그 감각에 결부된 모든 감각들과 더불어 일련의 잊힌 나날 속에 기다리다가 어느 날 돌연 우연이 강제로 그 대열에서 솟아오르게 한 감각들과 더불어 베네치아를 내게 되돌려주었다. 같은 방식으로 프티트 마들렌의 맛이 내게 콩브레를 연상시켰다. 그렇다면 왜 콩브레와 베네치아의 이미지가, 이런저런 순간에 별다른 증거 없이 죽음을 대단치 않은 것으로 여기도록 하기에 충분한 어떤 확실성과도 유사한 기쁨을 가져다주었을까?

나 자신에게 그런 질문을 던지며 또 오늘은 그 대답을 꼭 찾으리라고 결심하면서, 나는 게르망트 저택으로 들어갔다. 내적인 일을 수행하기에 앞서 우리는 외적인 역할을 연기해야 하는데 그날 내가 맡은 역할은 초대받은 사람으로서의 역할이었다. 그러나 2층에 올라가자 집사가 대공 부인이 곡을 연주하는 동안에는 문 여는 것을 금지했다면서 지금 연주하는 곡이 끝날 때까지 간이식당 옆에 있는 작은 서재 겸 살롱에서 기다려 달라고 부탁했다. 그런데 바로 그 순간 두 번째 신호가, 두 개의 고르지 않은 포석이 주었던 신호를 보다 견고히 하려고 찾아왔고 또 내 임무를 끈기 있게 지속하도록 부추겼다. 사실 한 하인이 소리를 내지 않으려고 노력했지만 아무 소용없이 그만 스푼 하나를 접시에 부딪치고 말았다. 고르지 않은 포석이 주었던 것과 동일한 종류의 행복감이 내게 밀려들었다. 이번에도 마찬가지로 무더위의 감각이었지만, 담배 냄새가 섞이고, 숲을 배경으로 하는 상쾌한 향기에 의해 조금은 누그러진 아주 다른 감각이었다. 내게 그렇게도 쾌적해 보인 것이, 내가 관찰하고 묘사하면서 그토록 권태롭게 여겼던 것과 동일한 그런 나란히 늘어선 나무들이며, 또 나는 일종의 현기증 같은 것에 사로잡혀 그 나무들을 보며 객차 안에서 맥주병 마개를 따고 있다고 잠시 생각했는데, 그토록 접시에 부딪친 스푼 소리와 동일한 소리가 제정신을 차리기도 전에, 작은

숲 앞에서 기차가 정차한 동안 차바퀴의 뭔가를 수리하는 철도원의 망치 소리를 듣는 듯한 환상을 불러일으켰기 때문이다. 그리고 그날 나를 절망으로부터 끌어내고 문학에 대한 믿음을 되돌려준 기호들은 진심으로 증식되기를 열망했는지, 오래전부터 게르망트 대공의 시중을 들어 온 집사가 나를 알아보고, 서재에 있는 나에게 일부러 식당에 갈 필요 없이 선택할 수 있도록 프티 푸르가 담긴 접시와 한 잔의 오렌지 음료를 가져다주었고, 나는 그가 준 냅킨으로 입을 닦았다. 그러자 곧 『천일야화』에 나오는 인물이 자신을 먼 곳으로 데려다줄 온순한 정령을, 그의 눈에만 보이는 정령을 나타나게 하는 의식을 자기도 모르게 수행할 때처럼, 새로운 하늘빛 광경이 내 눈앞을 지나갔다. 그러나 이번에 그것은 순수하고 소금기 먹은 푸르스름한 젖가슴으로 부풀어 있었다. 그 인상이 얼마나 강렬했던지, 내가 살아온 순간이 현재 내가 사는 순간인 것처럼 보였다. 그리고 사실 게르망트 부인이 내가 온 걸 환영할지, 아니면 모든 기대가 무너져 버릴지를 자문했던 날보다 더 정신이 멍해진 나는, 하인이 이제 막 해변 쪽으로 난 창문을 연다고 생각했고, 그러자 모든 것이 내게 만조 때의 방파제를 따라 산책하러 내려오라고 초대하는 것 같았다. 내가 입을 닦으려고 잡은 냅킨은 발베크에 도착한 첫날 창문 앞에서 그토록 얼굴의 물기를 닦기 힘들었던 그 풀 먹인 뻣뻣한 냅킨과 정확히 같은 종류였으며, 그리하여 이제 그것은 게르망트 저택의 책장 앞에 늘어진 자락과 주름 잡힌 부분으로 나누어져 청록색 바다의 깃털을 공작의 꼬리처럼 펼치고 있었다. 그리고 나는 바다의 빛깔만이 아니라 그 빛깔을 불러일으킨, 그것을 향한 갈망이었던 삶의 순간 전부를 음미했으며, 발베크에서는 피로와 슬픔의 감정 때문에 향유하지 못했으나 외부의 지각에서 불완전한 것을 떨쳐 버린 지금 그것은 순수하고 비물질적인 것이 되어 나를 기쁨으로 부풀어 오르게 했다.

연주되는 곡이 곧 끝날 테고, 그러면 나는 살롱으로 들어갈 터였다. 그래서 조금 전 몇 분 사이에 세 번이나 느낀 그 동일한 기쁨의 성격을 되도록 빨리 규명하고, 그런 다음 거기서 끌어낼 가르침을 도출하려고 했다. 우리가 어떤 사물로부터 받은 참된 인상과, 의도적으로 그것을 재구성하면서 스스로에게 부여하는 거짓 인상 사이에는 엄청난 괴리가 존재하는 법이지만, 나는 멈추지 않았다. 스완이 그가 사랑받던 시절에 대해 비교적 무관심하게 말할 수 있었던 것은, 그 말 아래서 그날들과는 다른 무언가를 보았기 때문이며, 또 뱅퇴유의 소악절이 스완에게 갑작스러운 아픔을 야기한 것도 그것이 그날 자체를, 다시 말해 예전에 그가 느꼈던 날들을 그대로 돌려주었기 때문임을 똑똑히 기억하면서, 나는 고르지 않은 포석의 감각과 뻣뻣한 냅킨과 마들렌의 맛이, 내가 한결같은 기억의 도움을 받아 베네치아와 발베크와 콩브레에 대해 자주 기억하려고 했던 것과 어떤 관계도 없다는 사실을 분명히 이해할 수 있었다. 그리고 비록 어느 순간에는 삶이 아름답게 보이기도 하지만 별 의미 없다고 판단할 수밖에 없는 이유는 처음 순간, 우리가 그 삶과는 아주 다른 것, 그 삶에 대해 아무것도 간직하지 않은 이미지에 근거하여 그 삶을 판단하고 폄하하기 때문이라는 것도 이해했다. 기껏해야 각각의 실제 인상들 사이에 존재하는 차이들이 — 삶에 대한 획일적인 묘사가 왜 그 인상들과 유사할 수 없는지를 설명해 주는 — 아마도 다음과 같은 사실에 연유한다는 점을 부차적으로 지적하고 싶었는지도 모른다. 우리가 삶의 어느 시기에 했던 지극히 사소한 말이나 하찮은 몸짓조차, 논리적으로는 그 삶과 아무 관계가 없으며, 다만 우리의 성찰을 위해서만 필요한 지성, 그 사물들과 무관한 지성에 의해 분리된 사물들을 반영한다는 것을. 그러나 그런 사물들 한가운데에는 — 이곳에는 시골 식당의 벽 위에 꽃핀 저녁놀의 장밋빛 반사광과 배고픔의 감각, 여인에 대한 욕망과 사치를 향유하는 기쁨이 있으며, 저곳에는 물의 요정 웅딘의 어깨처럼 부분적으로 솟아오르는 악절을 감싸는 아침 바다의 푸른 소용돌이가 있는 — 지극히 단순한 행위나 몸짓이 수천 번이나 봉인된 항아리에, 완전히 다른 빛깔과 향기와 온도를 가진 것으로 가득 채워진 항아리 안에 가두어져 있었다. 그 외에도 비록 우리의 꿈이나 사유만이 변한 것인지 모르지만, 계속해서 우리가 변해 온 세월과 동일선상에 놓여 있는 항아리들은, 여러 상이한 고도에 위치하면서 지극히 다양한 대기의 감각을 불러일으킨다. 사실 우리는 그 변화를 서서히 조금씩 모르는 사이에 완성했다. 그러나 돌연 우리에게 돌아오는 추억과 우리의 현재 상태 사이의 거리는, 세월과 장소와 상이한 시간 속에서 두 추억 사이에 존재하는 거리만큼이나 큰 것이어서, 뭔가 특별한 독창적 요소를 고려하지 않는다 해도 그 두 추억을 비교 불가능한 것으로 만들기에 충분하다. 그렇다. 만일 추억이 망각 때문에 그 자신과 현재 순간 사이에 어떤 관계도 맺지 못하고 어떤 사슬고리도 던지지 못한다 해도, 추억이 그 자리에 그 날짜에 그대로 머무르면서 깊은 골짜기나 산꼭대기에서처럼 고립 상태를 유지한다 해도, 회상은 돌연 새로운 공기를 호흡하게 한다. 그것이 바로 예전에 우리가 호흡했던 공기, 시인들이 낙원에 널리 퍼뜨리려고 헛되이 시도했던 것보다 더 순수한 공기이기 때문이다. 우리가 이미 그 공기를 호흡한 적이 없다면, 쇄신에 대한 어떤 깊이 있는 감각도 줄 수 없을 것이다. 진정한 낙원이란 바로 잃어버린 낙원이기 때문이다.

그리고 지나는 길에 내가 이미 시작할 준비가 되었다고 믿은 그 예술 작품에 — 의식적으로 결심한 건 아니지만 — 커다란 어려움이 있으리라는 걸 깨달았다. 왜냐하면 나는 연속적으로 이어지는 작품의 부분들을 조금은 다른 소재를 가지고 묘사해야 했으며, 또 리브벨에서의 저녁을 묘사하고 싶다면, 그것은 바닷가에서의 아침이나 베네치아에서 보낸 오후의 추억에 어울리는 소재와는 매우 다를 것이기 때문이다. 정원 쪽으로 나 있는 식당에서 더위가 점점 해체되고 약해지고 가라앉을 때, 마지막 한 줄기 빛이 아직 식당의 담 벽에 핀 장미꽃을 비출 때, 그날의 빛깔을 그린 마지막 수채화는 새로운 다른 질료 속에서 투명하고 조밀하며 싱그러운 장밋빛의 특별한 음향과 더불어 아직도 하늘에서 눈에 띄었다.

나는 이 모든 것들을 재빨리 스쳐 가면서 이런 행복과, 행복이 주는 확실성의 원인을 찾아야 한다고 생각했다. 예전에 미루어 왔던 탐색이어서 더욱 시급하게 느껴졌다. 그런데 그 원인을 여러 다양한 행복한 인상들을 비교하면서 유추했고, 그러자 접시에 부딪친 스푼 소리와 고르지 않은 포석과 마들렌 맛이 주는 그 행복한 인상들은 내가 현재의 순간과 아주 먼 과거의 순간에 동시에 느낀다는, 과거를 현재로 스며들게 하여 내가 과거와 현재의 순간 중 어느 쪽에 있는지 알기를 망설이게 한다는 공통점이 있었다. 사실 그때 내 마음속에서 그 인상을 음미했던 존재는 과거의 날과 현재의 인상이 공통으로 가지고 있던, 초시간성 안에서 그것을 음미했고, 또 현재와 과거의 동일성에 의해서만 나타난 존재는 삶을 영위하고 사물의 본질을 즐길 수 있는 유일한 환경에서만, 다시 말해 시간 밖에서 발견될 수 있었다. 바로 이것이 프티트 마들렌의 맛을 무의식적으로 알아보던 순간, 왜 죽음에 대한 불안감이 멈추었는지를 설명해 주었다. 바로 그 순간 나였던 존재는 초시간적인 존재였고, 따라서 미래의 변전에 대해서도 별로 개의치 않았다. 그 존재는 사물의 본질을 통해서만 삶을 영위했고, 상상력이 개입하지 않는 현재, 감각이 본질을 제공할 수 없는 현재에는 본질을 포착할 수 없었다. 행동이 지향하는 미래조차 본질을 우리에게 양도한다. 이런 존재는 오로지 행동 밖에서만, 즉각적인 쾌락 밖에서만 내게로 왔고 또 발현했으며, 그때마다 유추의 기적이 나를 현재에서 벗어나게 해 주었다. 오로지 유추의 기적만이 내게 지나간 날들을, 잃어버린 시간을 되찾게 해 주는 힘을 가졌고, 그 앞에서 내 기억과 지성의 노력은 언제나 좌초했다.

그리고 어쩌면 내가 조금 전 정신적 삶의 기쁨에 대한 베르고트의 말이 틀렸다고 생각한 이유는, 그때 내가 정신적 삶과는 무관한, 지금 내 안에 존재하는 것과도 관계없는 논리적인 성찰을 정신적 삶이라고 불렀기 때문인지도 모른다. 마찬가지로 내가 삶이나 사회를 권태롭다고 여긴 것도 정확히 진실성 없는 추억에 따라 그 삶이나 사회를 판단했기 때문이다. 그런데 지금은 세 번이나 반복해서 과거의 참된 순간이 내 마음속에서 되살아났으므로 삶에 대한 강한 욕구를 느꼈다.

그것은 다만 과거의 한순간이었을까? 어쩌면 그 이상의 것으로 과거와 현재에 공통된, 과거와 현재보다 훨씬 본질적인 그 무엇인지도 모른다. 현실은 얼마나 여러 번 내 삶에서 나를 실망시켰던가. 내가 현실을 지각하는 순간, 아름다움을 즐기기 위한 내 유일한 기관인 상상력이, 부재하는 것만을 상상하기를 바라는 그 불가피한 법칙에 따라 나로 하여금 현실에 전념하지 못하게 했기 때문이다. 그런데 여기 그 잔인한 법칙의 온갖 효과가 돌연 하나의 감각을 — 포크와 망치 소리, 또는 동일한 책 제목 같은 — 동시에 과거와(내 상상력이 그 감각을 즐길 수 있게 하면서) 현재 안에(소리나 냅킨 따위의 접촉에 의해 감각의 실제 충격이 상상력의 몽상에 평소 결핍되었던 실존의 관념을 덧붙이면서) 반짝거리게 하는 자연의 경이로운 속임수에 의해 약화되고 유보되는 것이었다. 또 이런 속임수 덕분에 내 존재는 한 번도 포착하지 못한 것을 — 어느 섬광 같은 순간에 — , 다시 말해 순수 상태에 있는 약간의 시간을 거두고 분리하고 고정할 수 있었다. 접시에 부딪치는 스푼과 동시에 차바퀴를 두들기는 망치에 공통된 소리를 들었을 때, 게르망트 저택의 안마당과 산마르코 성당 세례실의 고르지 않은 포석에 발이 닿으면서 공통된 감각을 느꼈을 때, 내 몸에서 행복감으로 전율하며 다시 태어난 존재는 오로지 사물의 본질로만 양분을 취하고, 사물의 본질에서만 그것의 지속과 기쁨을 발견한다. 감각이 본질을 제공할 수 없는 현재의 관찰이나 지성이 메마르게 한 과거에 대한 숙고 속에서, 의지가 현재와 과거의 조각들을 가지고 축조한 미래, 그 안에서 인간적인 유용한 목적에만 밀접하게 부합되는 것을 보존하고 현실성을 제거한 그런 미래의 기다림 속에서 존재는 활기를 잃고 쇠약해져 간다. 그런데 이미 듣고 또는 과거에 호흡한 적 있는 소리나 냄새를, 현실적이지 않은 실재, 추상적이지 않은 관념인 현재와 과거 안에서 동시에 다시 듣고 호흡할 때면, 평소 감추어졌던 사물의 영속적인 본질이 다시 분출되고, 때로 오래전에 죽은 것처럼 보였으나 완전히 죽지 않은 우리의 진정한 자아가 다시 깨어나, 그 자아에 제공된 천상의 양분을 받으면서 다시 활기를 찾는다. 시간의 범주에서 벗어난 순간이 그 순간을 느끼게 하기 위해 우리 안에 시간의 범주로부터 벗어난 인간을 재창조한다. 그리하여 그 인간은, 비록 마들렌의 단순한 맛이 논리적으로 그 기쁨의 원인이라고 생각하지 않으면서도 그 기쁨을 믿으며, 또 '죽음'이라는 단어가 그에게 무의미하다는 것도 우리는 이해할 수 있다. 시간 밖에 위치하는 인간이 미래에 대해 무엇을 두려워하겠는가?

그러나 현재와 양립할 수 없는 과거의 한순간을 내 옆에 갖다 놓는 이런 착시 현상은 오래 지속되지 않았다. 물론 그림책을 뒤적이는 정도의 힘밖에 끌어들이지 않는 의지적인 기억에 의한 광경은 오래 지속될 수 있다. 이렇게 해서 예전에, 이를테면 내가 처음 게르망트 대공 부인 댁에 갈 예정이었던 날, 햇빛 비치는 파리의 우리 집 안마당에서 나는 내 선택에 따라 때로는 콩브레 성당 앞 광장을, 때로는 발베크 해변을 한가로이 바라보았다. 마치 내가 머물던 다양한 장소에서 그린 수채화 화집을 뒤적이며 각각의 날들의 날씨를 설명해야 할 때처럼, 수집가의 이기적인 기쁨을 가지고 내 기억 속 삽화를 분류하다가 "그래도 내 삶에서 뭔가 아름다운 것을 보긴 했어."라고 중얼거렸다. 그때 내 기억은 어쩌면 감각들의 차이를 확인했을 테지만, 감각들 사이에 존재하는 동질적인 요소만을 결합했을지도 모른다. 그런데 지금 막 내가 체험한 세 개의 추억은 이와 달랐으며, 나는 내 자아에 대해 조금은 긍정적인 생각을 하는 대신, 오히려 그 자아의 실재에 대해 의혹마저 품었다. 뜨거운 차에 마들렌을 적셨던 그날과 마찬가지로, 내가 있는 장소 한가운데에서 그 장소가 그때처럼 파리에 있는 내 방이건, 아니면 지금처럼 게르망트 대공의 서재이건, 아니면 조금 전에 있었던 게르망트 저택의 마당이건, 내 마음속에는 주위의 작은 지대에 빛을 방사하는 어떤 감각이(차에 적신 마들렌 맛이나 금속성의 소리, 또는 발걸음의 감각 같은), 그때 내가 있던 장소와 또한 다른 장소(옥타브 아주머니의 방, 기차의 객차, 산마르코 성당의 세례실)에 공통된 감각이 있었다. 내가 이런 성찰을 하는 순간 수도관에서 나는 날카로운 소리가, 이따금 여름날 저녁이면 발베크의 먼바다에서 유람선이 내던 그 기다란 기적 소리와 완전히 유사한 소리가(한번은 파리의 고급 레스토랑에서 여름날의 무더운 날씨에 실내가 반쯤 텅 빈 사치스러운 식당 풍경이 그런 느낌을 주기도 했다.) 오후 끝자락에 발베크에서 느꼈던 것과 단순히 유사한 감각 이상의 것을 느끼게 했다. 모든 식탁에는 이미 식탁보와 은식기가 놓여 있었고, 거대한 유리문은 어떤 틈도 없이 단 하나의 '통유리'나 석재로 만들어져 방파제 쪽으로 활짝 열렸으며, 배들이 함성을 지르기 시작하는 바다 위로는 해가 서서히 기울었다. 방파제에서 산책하는 알베르틴과 그 친구들에 합류하기 위해 내 발목보다 조금 높은 나무 창틀의 턱만 넘어서면 되었고, 그 경첩 사이로 모든 유리문들이 호텔을 환기하기 위해 연속적으로 미끄러졌다. 그러나 알베르틴을 사랑했던 고통스러운 추억은 그 감각에 섞여 있지 않았다. 망자에 대한 추억은 고통스러울 뿐이다. 그런데 죽은 이들은 금방 파괴되고, 그들의 무덤 주위에도 자연의 아름다움과 적막함과 순수한 대기를 제외하고는 남아 있는 게 아무것도 없다. 더욱이 수도관에서 나는 소리가 내게 지금 막 느끼게 한 것은 단순히 과거의 감각에 대한 메아리나 사본이 아닌, 과거의 감각 그 자체였다. 앞의 경우와 마찬가지로 이 경우에도, 공통된 감각은 그 주변에 옛 장소를 재창조하려고 노력했고, 그 자리를 차지하던 현재의 장소는 온 저항력을 다해 한 번에 노르망디 해변이나 철로의 경사면이 파리 저택으로 침투하지 못하도록 맞섰다. 발베크 해변의 레스토랑은 석양빛을 받기 위해 제단보처럼 물결 모양의 양각 무늬로 짠 냅킨과 함께 게르망트 저택의 단단함을 흔들면서 문을 부수려고 했고, 그리하여 어느 날인가 파리의 레스토랑 식탁을 그렇게 했듯이 한순간 내 주위의 긴 의자도 비틀거리게 했다. 이런 부활의 장면에는 언제나 공통된 감각들 주위에서 생성된 머나먼 장소가, 한순간 격투사가 그런 것처럼 현재의 장소와 합체되었다. 현재의 장소가 언제나 승리자였다. 패배자가 언제나 가장 아름다워 보였다. 그것은 너무도 아름다웠기에 나는 고르지 않은 포석 위에서도 한 잔의 차 앞에 있을 때와 마찬가지로 황홀감에 사로잡힌 채 그 콩브레가, 그 베네치아가, 그 발베크가 나로부터 빠져나가면 다시 그것을 나타나게 하려고 애썼다. 나에게 침투했다가 후퇴한 그 장소들이 솟아오르고 다음에는 새로운 장소 그러나 과거가 침투할 수 있는 장소에 나를 버렸다. 그리하여 만일 현재의 장소가 금방 승리자가 되지 않는다면, 그건 내가 의식을 잃은 탓이라고 생각한다. 왜냐하면 이런 과거의 부활은 그것이 지속되는 짧은 순간 너무도 완벽해서, 단지 주위에 있는 방의 관조를 우리의 눈에만 멈추게 하거나 나무들이 늘어선 선로나 밀물을 바라보게 하지 않고, 멀리 있는 장소임에도 우리의 콧구멍이 그 공기를 호흡하게 하고, 우리 의지에게는 그 장소가 제공하는 여러 다양한 계획 중 하나를 선택하게 하고, 우리라는 인간 전체에게는 그 장소들에 둘러싸여 있다고 믿게 하고, 또는 적어도 그 장소들과 현재의 장소들 사이에서 뭔가 말로 형언할 수 없는 광경 앞에서 이따금 체험하는 것 같은 불안정한 현기증의 상태에서 비틀거리게 한다고 믿게 하기 때문이다.

그러므로 내 마음속에서 서너 번 부활한 인간이 지금 막 음미한 것은 어쩌면 시간에서 벗어난 실존의 조각들이지만, 그 관조는 영원성의 관조임에도 순간적인 것이었다. 그렇지만 그 관조가 내 삶을 통해 드물게 준 기쁨이 풍요롭고 진정한, 유일한 기쁨임을 나는 느꼈다. 다른 기쁨들이 비현실적이라는 기호는 우리를 충족시킬 수 없다는 불가능성에서 드러나는 게 아닐까? 이를테면 기껏해야 불량 음식을 섭취할 때와 같은 거북함을 야기하는 사교적 기쁨이나 허구에 지나지 않는 우정처럼 말이다. 친구와 수다를 떨려고 한 시간 동안 작업을 포기하는 예술가는 어떤 도덕적인 이유에서든 결국 존재하지 않는 뭔가를 위해 실재를 희생하기 때문이다.(친구란 우리가 살아가는 동안 잠시 받아들이기로 한 가벼운 광기의 시간에서만 친구일 뿐, 우리의 지성 깊은 곳에서는 우리도 광인처럼 가구가 살아 있다고 믿으며 가구와 더불어 얘기하는 오류를 범하고 있음을 인식한다.) 아니면 알베르틴에게 소개받던 날 뭔가를 얻기 위해 ― 소녀와 사귀기 위해 ― 스스로에게 작은 어려움을 부과하고, 또 그 일이 성취된 후에는 아주 작아 보이는, 그런 충족을 뒤잇는 슬픔에서 드러나는 것은 아닐까? 알베르틴을 사랑할 때 느꼈을지도 모르는 보다 깊은 기쁨조차 사실은 반대로 그녀가 거기 없을 때 느꼈던 고뇌를 통해서만 지각했다. 왜냐하면 그녀가 트로카데로에서 돌아왔던 날처럼, 그녀가 곧 도착한다고 확신했을 때에는 희미한 슬픔밖에 느끼지 못했지만, 반면 내 방으로 레오니 아주머니의 방을, 그 뒤를 이어 콩브레 전체와 두 산책길을 불러들인 나이프 소리와 차 맛은 내가 그에 대해 성찰하면 할수록 더욱 커지는 기쁨으로 나를 열광하게 했기 때문이다. 그리하여 나는 이제 사물의 본질을 관조하는 일에 전념하고 그 본질을 고정하기로 결심했다. 그러나 어떻게, 어떤 방법으로 한단 말인가? 물론 뻣뻣한 냅킨이 내게 발베크를 돌려주었을 때, 그날 아침의 바다 풍경뿐만 아니라 방의 냄새며 바람의 속도며 점심을 먹고 싶은 욕구, 여러 개의 산책길 사이에서의 망설임, 이 모든 것이 일 분에 수천 번 회전하는 천사들의 수많은 날개처럼 리넨 제품의 감촉에 결합되어 한순간 내 상상력을 어루만졌다. 물론 고르지 않은 두 개의 포석이 베네치아와 산마르코 성당에 대해 내가 가지고 있는 메마르고 가느다란 이미지를 모든 방향과 모든 차원으로 길게 연장하면서, 내가 거기서 체험했던 온갖 감각으로 광장을 성당에, 선착장을 광장에, 운하를 선착장에, 또 정신에만 보이는 욕망의 세계를 눈이 보는 모든 것에 결합했을 때, 나는 특히 계절 때문에라도 봄날의 베네치아 물 위를 산책하러 가고 싶었고, 아니면 적어도 발베크에라도 돌아가고 싶었다. 그러나 그런 생각에는 오래 머물지 않았다. 고장들이란, 이름이 우리에게 그려 보이는 것과 같지 않으며, 또 오로지 꿈속에서 잠을 자는 동안에만 우리가 보거나 만지거나 하는, 보통의 것과는 완연히 구별되는 순수 질료로 만들어진 장소가, 내가 상상할 때면 그 장소의 질료라고 생각하는 장소가 우리 앞에 펼쳐진다는 것을 알았기 때문이다. 그러나 그와는 다른 종류의 이미지, 추억의 이미지로 말하자면, 발베크에 있을 때 나는 내가 발베크의 아름다움을 발견하지 못했음을 알았고, 또 발베크가 남긴 이미지, 즉 추억의 이미지만 해도 이미 내가 두 번째 체류 시에 발견한 이미지와도 다르다는 것을 알았다. 현실에서 자아 깊은 곳에 도달하는 것이 불가능하다는 걸 나는 너무 여러 번 체험했다. 그러므로 내가 잃어버린 '시간'을 되찾을 수 있는 곳은 산마르코 광장이 아니었다. 이는 두 번째 발베크로의 여행이나 질베르트를 만나기 위해 탕송빌로 돌아갔을 때도 마찬가지였다. 그리하여 이처럼 과거의 인상이 내 밖에, 어떤 광장 모퉁이에 존재한다는 환상을 다시 한번 깨닫게 할 뿐인 여행은 결국 내가 모색하는 방법이 될 수 없었다. 나는 한 번 더 헛된 희망을 품고 싶지 않았다. 왜냐하면 장소나 존재들과 마주할 때 그랬던 것처럼 언제나 환멸을 느껴 왔던 내게는(비록 뱅퇴유의 음악회에서 연주된 곡은 그 반대를 말하는 것 같았지만), 실현 불가능하다고 믿은 것에 정말 도달할 수 있는지를 아는 것이 문제였기 때문이다. 그러므로 이미 오래전에 어떤 것에도 이르지 못한다는 걸 아는 길에서 또 다른 경험을 시도하고 싶지 않았다. 내가 고정하려고 애쓰는 인상은 마치 쾌락이 그런 인상을 낳게 하는 데는 무력하다는 듯, 쾌락과 직접 접촉하기만 하면 그만 사라지고 말았다. 그 인상들을 보다 깊이 음미하는 유일한 방법은 그것이 있는 곳, 다시 말해 내 마음속에서 보다 완전하게 이해하고, 그 깊은 의미까지 규명하는 것이었다. 나는 발베크에서 기쁨을 깨닫지 못했고, 마찬가지로 알베르틴과 함께 사는 기쁨도 알지 못했다. 그 기쁨은 나중에야 지각할 수 있었다. 내가 체험한 것으로서, 또 삶의 현실이 행동이 아닌 다른 곳에 있다고 믿게 한 것으로서 내 삶의 환멸을 요약해 보면, 그것은 순전히 우연한 방식이 아닌 삶의 상황에 따라 내게 다가온 여러 다른 환멸이었다. 여행의 환멸이나 사랑의 환멸은 다른 종류의 환멸이 아닌, 물질적 쾌락이나 실제 행동에서 우리 자신을 완전히 실현할 수 없다는 무력감이 취하는 여러 다양한 양상에 불과하다는 것을 — 그 양상이 전개되는 상황에 따라 — 나는 깊이 깨달았다. 그리고 스푼 소리나 마들렌 맛에 의해 야기된 초시간적인 기쁨을 다시 생각하면서 나는 혼자 중얼거렸다. "바로 이것이 소나타의 소악절이 스완에게 주었던 행복이란 말인가? 스완은 그 행복을 사랑의 기쁨과 동일시하는 오류를 범했고, 예술적 창조를 통해 그 행복을 발견하지 못했다. 바로 이것이 칠중주곡의 신비로운 붉은빛 부름이 소나타의 소악절이 했던 것 이상으로 초현세적인 것을 예감하게 했던 행복이란 말인가? 스완은 그 곡을 알지 못했다. 그들을 위해 만들어진 진리가 나타나기 이전에 죽은 다른 많은 이들처럼 그도 죽었기 때문이다. 게다가 그 진리는 스완에게 별 도움이 되지 못했으리라. 소나타의 소절은 어떤 부름을 상징했을 테지만, 작가가 아니었던 스완을 작가로 만들 만큼의 힘은 분출하지 못했을 테니까."

그렇지만 잠시 후 이런 기억의 부활을 생각하고 나서 나는 다른 방식으로 그 어렴풋한 인상이 이미 콩브레의 게르망트 쪽에서 무의식적인 회상의 방식으로 내 사유를 자극했으며, 하지만 과거의 감각이 아닌 새로운 진리나 소중한 이미지를 감추고 있어서 뭔가를 기억하려고 할 때와 같은 종류의 노력을 기울이면서 그것을 발견하려고 모색했음을 깨달았다. 그것은 마치 우리가 가진 가장 아름다운 관념이 한 번도 들은 적 없지만 우리에게 되돌아오는, 그래서 우리가 귀 기울이며 옮겨 적는 음악의 곡조인 것 같았다. 나는 이미 콩브레에서 나로 하여금 바라보도록 강요하는 어떤 이미지를, 구름이나 트라이앵글, 종탑, 꽃, 조약돌을 주의 깊게 응시하면서 그 기호들 뒤에 내가 발견하려고 노력하는 것과는 전혀 다른 무엇이 들어 있으며, 물질적인 대상만을 표상한다고 여겨지는 상형 문자와 같은 방식으로 그 기호들이 번역하는 어떤 사유가 들어 있다고 느꼈는데, 이런 기억은 이미 그때 내가 동일한 존재였으며, 또 내 성격의 근본적인 특징과 겹친다는 점에서 기뻤지만, 그 후로 내가 조금도 발전하지 않았음을 보여 준다는 점에서는 슬펐다. 물론 해독하기는 어려웠지만, 그것만이 뭔가 진리를 읽게 해 주었다. 왜냐하면 우리의 지성이 빛으로 충만한 세계에서 직접 빛이 새어드는 틈 사이로 포착한 진리는, 삶이 우리도 모르게 물질적 인상으로 — 우리의 감각을 통해서 들어왔지만 그 인상으로부터 정신을 이끌어 낼 수 있는 — 전달한 진리보다 뭔가 덜 심오하고 덜 필연적이기 때문이다. 요컨대 마르탱빌 종탑의 모습이 내게 준 인상이나, 고르지 않은 두 발걸음이나 마들렌의 맛과 같은 회상은 두 경우 다, 내가 그 감각을 사유하려고 하면, 다시 말해 내가 느낀 것을 어둠 속에서 나오게 하여 정신적인 등가물로 전환하려고 할 때면 어떤 법칙이나 관념의 기호로 해석해야만 했다. 그런데 내게 유일한 방법으로 보인 것이 예술 작품을 만드는 일이 아니라면 다른 무엇이겠는가? 이 모든 결론이 곧 내 정신 속으로 밀어닥쳤고, 포크 소리나 마들렌의 맛과 같은 회상이나, 또는 종탑이

나 잡초 같은 것이 내 머릿속에서 복잡하게 장식된 판독할 수 없는 글을 만들어 내가 그 의미를 찾아내려고 애쓰는 그런 형상의 도움을 받아 쓰인 진리가 문제였으므로, 그것의 첫 번째 특징은 내가 마음대로 진리를 선택할 수 없으며, 진리가 그냥 그렇게 주어진다는 점이었다. 나는 그 점이 형상들의 진정성을 증명하는 표시라고 생각했다. 내가 부딪친 고르지 않은 두 포석을 나는 의도적으로 찾아가지 않았다. 우연하고도 필연적인 방식으로 부딪친 감각이 과거의 진리를 다시 불러오고 확인했으며, 이미지들을 유발했다. 빛을 향해 떠오르는 감각의 노력을, 되찾은 실재에서 오는 기쁨을 우리가 느끼기 때문이다. 이 감각은 빛과 그림자, 기복과 생략, 기억과 망각의 확실한 비율에 따라 연이어 나타나는 의식적인 기억이나 관찰로는 영원히 알 수 없는, 당시에 내가 느꼈던 갖가지 인상들로 만들어진 그림 전체의 진리를 확인한다.

미지의 기호들(내 주의력이 수심을 재는 잠수부처럼 찾고 부딪치고 피해 가는 그 부조된 기호들)로 쓰인 내적인 책으로 말하자면, 그 책을 읽는 데에는 어느 누구도 어떤 법칙으로도 나를 도와줄 수 없었다. 책을 읽는 것은 누구도 대신해 줄 수 없고 우리와 공동으로 작업할 수도 없는 창조적 행위이기 때문이다. 따라서 얼마나 많은 이들이 책을 쓰는 일에서 멀어지는가! 그 일을 피하기 위해 얼마나 많은 임무를 그들은 감내하는가! 드레퓌스 사건이나 전쟁처럼 매번 사건이 일어날 때마다, 그것은 작가에게 내적인 책을 해독하지 않기 위한 또 다른 구실을 제공했다. 작가는 법의 승리를 담보하고 국가의 도덕적 통합을 열망했으므로 문학을 생각할 시간이 없었다. 그러나 그것은 핑계에 불과했다. 그들은 재능이 없었으며, 아니 더 이상 재능이 없으며, 다시 말해 직관이 없었다. 왜냐하면 우리의 직관이 의무를 암시하고, 지성이 그 의무를 피할 구실을 제공하기 때문이다. 다만 예술에서 이런 핑계는 전혀 설 자리가 없으며, 그 의도 역시 고려되지 않는다. 매 순간 예술가는 직관의 목소리에 귀를 기울여야 하며, 바로 이것이 예술을 삶의 가장 현실적이고 가장 엄격한 유파, 진정한 '최후의 심판'으로 만든다. 모든 책 중에서도 가장 해독하기 힘든 그 책은 또한 실재가 우리에게 받아 쓰게 하고, 또 실재 자체에 의해 우리 마음속에서 '인상'이 만들어진 유일한 책이다. 삶이 우리 마음속에 남긴 관념이 어떤 것이든, 그 관념이 처음 우리 마음속에 만든 물질적 형상, 즉 인상의 흔적은 언제나 필연적으로 진리의 보증물이다. 순수 지성이 만든 관념들은 논리적 진리, 가능한 진리밖에 갖지 못한다. 그 관념들은 자의적으로 선택된 것이다. 우리 지성에 의해 쓰이지 않고 사물의 형상이라는 문자로 쓰인 책만이 우리의 유일한 책이다.* 우리가 구성하는 관념이 논리적으로 옳지 않다는 의미가 아니라, 그 관념이 진리인지 아닌지를 모르겠다는 의미이다. 오로지 인상만이, 비록 그 질료가 빈약하고 그 흔적이 포착하기 힘든 것이라 할지라도 진리의 기준이 되며, 바로 그렇기 때문에 정신이 포착할 만한 가치

_____

* 추억과 인상과 실재가 이미지나 사물의 형상을 통해 가시화된다는 말이다. 문장의 이해를 돕기 위해 형상(figure)이란 단어 앞에 사물이란 단어를 추가했다.

를 가진 유일한 것이 된다. 왜냐하면 정신이 인상으로부터 진리를 끌어낼 때, 인상만이 그 진리를 보다 높은 완성으로 이끌고, 또 정신에 순수한 기쁨을 줄 수 있기 때문이다. 인상과 작가의 관계는 실험과 과학자의 관계와도 같다. 다만 과학자에게는 지성의 작업이 먼저 오고 작가에게는 나중에 온다는 점만이 다르다. 우리가 개인적인 노력으로 해독하고 규명할 필요가 없는 것, 우리의 노력 이전에 명료했던 것은 우리의 것이 아니다. 우리 마음속에 있는, 또 타인이 알지 못하는 어둠으로부터 끌어내는 것만이 우리 자신에게서 오는 것이다.

석양의 기울어진 빛이 한 번도 다시 생각해 보지 못한 시절을 돌연 떠올리게 했다. 내가 아주 어렸을 때 레오니 아주머니가 열이 나서 페르스피에 의사로부터 장티푸스를 의심받았으므로, 집안사람들이 나를 일주일 동안 성당 광장 쪽에 면한 욀랄리의 작은 방에서 일주일을 보내게 한 적이 있었다. 방에는 짚으로 만든 깔개와 내게 익숙하지 않은 햇살로 윙윙거리는 퍼케일 천으로 만든 커튼이 쳐져 있었다. 옛 하녀의 작은 방에 대한 추억이, 갑자기 나의 지나간 삶에 나머지와 그토록 다르고 그토록 감미로운 그런 긴 연장선을 덧붙이는 걸 보면서, 나는 이와 대조적인 가장 고귀한 왕족의 저택에서 열렸던 지극히 호화로운 연회가 내 삶에 남긴 인상의 부재에 대해 생각했다. 욀랄리의 방에서 유일하게 슬펐던 점은 구름다리가 가깝다는 이유로 저녁이면 기차의 울음소리가 들린다는 것이었다. 하지만 그 울음소리가 통제된 기계로부터 나오는 소리임을 깨달았을 때에는, 마치 선사 시대의 매머드가 대열을 이탈하여 자유롭게 근처를 돌아다니면서 지르는 소리처럼 전혀 무섭지 않았다.

이렇게 나는 우리가 예술 작품 앞에서 조금도 자유롭지 않으며, 우리의 의도대로 작품을 만드는 것이 아니라, 작품이 우리보다 먼저 존재하고, 또 필연적이고 숨겨져 있기 때문에, 마치 자연의 법칙에 대해서 하듯 그 작품을 발견해야 한다는 결론에 도달했다. 그러나 예술이 강요하는 이 발견은, 사실 우리에게 가장 소중한 것의 발견이며 또 보통은 영원히 미지의 상태로 남아 있는 진정한 삶의 발견이다. 감각한 대로의 현실은 우리가 믿는 현실과 너무도 달라서, 우연이 그 삶에 대한 참된 추억을 가져다줄 때면 우리를 그토록 큰 행복감으로 채워 주는 것이 아닐까? 나는 이 점을 자칭 사실주의라고 하는 예술의 거짓된 양상을 통해 확인했는데, 만일 삶이 우리가 감각한 것과 그토록 다른 것을 표현하고, 또 얼마의 시간이 지나면 그 다른 표현을 실재 자체로 혼동하는 습관을 주지 않았다면, 사실주의 예술도 그렇게 거짓으로 보이지는 않았을 것이다. 한때 나를 혼란스럽게 했던 여러 다양한 문학 이론에 대해 신경 쓸 필요가 없다고 느꼈다. 특히 드레퓌스 사건 때 비평가들에 의해 개진되었다가 다시 전쟁 동안 재개된 문학 이론으로 '예술가를 상아탑에서 나오게 하고,' 또 경박하거나 감상적인 주제를 다루지 말고 위대한 노동자 운동을 묘사하며, 군중이 없는 경우에는 적어도 불필요한 유한계급("그런 불필요한 자들의 묘사가 내 관심을 끌지 않는다는 걸 인정하지."라고 블로크는 말했다.)이 아닌 차라리 고상한 지식인이나 영웅들을 다루는 이론이 그러했다.

　게다가 논리적인 내용을 논의하기에 앞서 그 이론은 내게 그걸 주장하는 사람들에게서 어떤 열등감의 증거를 드러내는 것처럼 보였는데, 이는 마치 아주 예의 바르게 자란 아이가 점심 식사를 하고 오라고 보낸 집에서 "우린 솔직하니까 모든 것을 다 말해요."라는 말을 들으면, 그것이 아무 말 없이 하는 순수한 행동에 비해 열등한 도덕적 가치를 드러낸다고 느끼는 것과도 같다. 진정한 예술은 그렇게 많은 선언을 할 필요가 없으며 침묵 속에서 완성된다. 게다가 이론을 만드는 사람들은 상투적인 표현을 사용하며, 또 신기하게도 그 표현은 그들이 비난하는 바보들의 표현과도 유사했다. 그러므로 어쩌면 지적이고 정신적인 작업이 성취한 수준을 평가할 수 있는 것은 미학적 유형보다 언어의 질인지도 모른다. 그렇지만 역으로 이런 언어의 질을(이론가들은 성격의 법칙을 연구하기 위해 진지한 주제나 경박한 주제를 택하면서 정신의 위대한 법칙을 연구할 수 있는데, 이는 마치 해부학 교수의 조교가 해부학 법칙을 연구하기 위해 유능한 사람의 몸이나 어리석은 자의 몸에서 개인의 지적 가치에 따라 그렇게 다르지 않은 혈액 순환이나 신장 배설 법칙을 연구하는 것과도 같다.) 이론가들은 불필요하다고 여기며, 또 그들을 찬미하는 사람들도 그것이 그렇게 중요한 지적 가치를 증명하지 않는다고 쉽게 믿곤 한다. 그 가치를 식별하고자 한다면 직접 표현된 것을 보아야 하며 또 그것은 이미지의 아름다움에서는 유추해 내지 못하는 그런 가치이다. 바로 여기에서 작가가 지적인 작품을 집필하고자 하는 천박한 유혹이 유래한다.

지극히 부도덕한 짓이다. 이론을 나열한 작품은 가격표를 붙인 채로 있는 물건과도 같다. 그래도 물건의 경우 그것은 뭔가 가치를 부여하지만, 문학에서의 논리적 사유는 반대로 가치를 떨어뜨린다. 매번 인상을 고정하고 표현에 이르게 하는 온갖 연속적인 상태를 통과하도록 강요하는 힘을 갖지 못할 때면, 우리는 논리적인 추론을 하고, 다시 말해 방황한다.

우리가 표현하는 현실이 주제의 겉모양에 달린 것이 아니라, 그 겉모양이 별로 중요하지 않은 어떤 깊이에 달렸음을 나는 지금에야 이해한다. 인도주의와 애국주의, 국제주의와 형이상학적인 담론보다 내 정신의 쇄신을 위해서는 접시에 부딪친 스푼 소리와 뻣뻣한 냅킨이 상징하는 것이 더 중요한 것처럼 말이다. "더 이상 문체나 문학은 필요 없으며, 우리에게는 삶이 필요하다."라는 말을 나는 당시 자주 들었다. '피리장이'*에 반대하는 노르푸아 씨의 단순한 이론이 전쟁 후부터 얼마나 다시 꽃피웠는지를 생각하면 쉽게 알 수 있다. 예술적 감각이 없는 사람들, 다시 말해 내적 현실에 복종하지 않는 사람들은 예술에 대해 끝없이 추론하는 능력을 가질 수 있기 때문이다. 더욱이 그들이 외교관이나 재정가여서 현시대의 '현실'에 관여하기라도 하면, 그들은 문학을 미래에 점점 도태될 운명에 처한 정신적 유희라고 믿어 마지않는다. 몇몇 사람들은 소설이 사물에 대한 어떤 영화적 전개이기를 바랐다. 그런데

---

* 노르푸아가 기교와 겉멋만을 중요시한다면서 베르고트에게 붙였던 별칭이다.(『잃어버린 시간을 찾아서』 3권 89쪽 참조.)

이는 부조리한 관념이었다. 영화적인 전망이야말로 현실에서 우리가 지각하는 것과 거리가 멀다.

서재에 들어서면서 나는 마침 공쿠르가 이곳에 아름다운 초판본이 소장되어 있다고 했던 말을 기억하고, 그곳에 갇힌 동안 그 책을 보기로 결심했다. 그래서 생각하기를 멈추지 않으면서 게다가 별다른 주의도 기울이지 않은 채 귀중본을 한 권씩 한 권씩 꺼내다가 무심코 그중 한 권을 펼쳤는데, 조르주 상드의 『프랑수아 르 샹피』였다. 지금 내가 하는 사유와는 너무도 일치하지 않는 어떤 인상으로 인해 처음에는 충격을 받고 불쾌했지만, 이내 그 인상이 내 사유와 얼마나 일치하는지를 깨닫고는 깊이 감동하고 눈물을 흘리기까지 했다. 이를테면 상가에서 장의사들이 아래층으로 관을 내릴 준비를 하는 동안, 나라를 위해 헌신한 고인의 아들이 마지막으로 늘어선 친구들과 악수를 하다가 갑자기 창문 밖에서 군악대의 소리가 들리면, 뭔가 자신의 슬픔을 모독하는 조롱처럼 여겨져 분노한다. 하지만 지금까지 자제해 왔던 그는 더 이상 오열을 참지 못한다. 왜냐하면 그가 들은 것이 그의 슬픔을 함께 나누고 아버지의 유해에 경의를 표하기 위해 군대가 연주하는 음악임을 깨달았기 때문이다. 이처럼 나는 게르망트 대공의 서재에서 책 제목을 읽으며 느꼈던 그 고통스러운 인상이 현재의 내 사유와 얼마나 일치하는지 금방 인식했다. 그 제목은 내가 더 이상 문학에서 발견하지 못한, 문학이 정말 실제로 우리에게 신비의 세계를 제공한다는 관념을 주었다. 그렇지만 그것은 그렇게 대단한 책이 아닌 『프랑수아 르 샹피』였다. 그러나 그 이름은 게르망트란 이름과 마찬가지로, 내가 그 후에 알게 된 모든 이름들과 닮은 데가 없었다. 어머니가 조르주 상드의 책을 읽어 주는 동안, 『프랑수아 르 샹피』란 책의 주제에서 설명할 수 없는 것처럼 보였던 것의 기억이 제목에 의해 다시 깨어나면서(오랫동안 게르망트 사람들을 만나지 못했을 때에는 게르망트라는 이름이 봉건 제도의 본질을 담았다고 생각했듯이, 『프랑수아 르 샹피』가 소설의 본질을 담고 있는 것 같았다.), 한순간 조르주 상드가 베리에서 쓴 전원 소설과 매우 공통된 관념으로 대체되는 듯했다.* 우리의 생각이 늘 표면에 머무르는 만찬에서라면, 나는 『프랑수아 르 샹피』나 게르망트에 관해 그것이 내게 콩브레에서 의미했던 것과 무관하게 그저 얘기할 수 있었으리라. 그러나 지금처럼 혼자 있을 때면 나는 훨씬 깊은 곳으로 침잠할 수 있었다. 그런 순간이면 내가 사교계에서 알던 이런저런 사람이 게르망트 부인의 사촌, 다시 말해 환등기에 나오는 인물의 사촌이라는 생각이 이해할 수 없는 것으로 보였고, 또 동시에 내가 읽었던 가장 아름다운 책들이 — 나는 그 책들이 훌륭하다고는 말하지 않았지만 사실은 훌륭한 책이었다 — 그 경이로운 『프랑수아 르 샹피』에 버금간다는 사실 또한 이해할 수 없는 것으로 보였다. 그것은 유년 시절과 가족의 추억이 감미롭게 뒤섞인, 그리하여 내가 금방 알아보지 못한 아주 오래된

---

* 조르주 상드는 말년에 자신의 고향인 프랑스 중부 베리주(州)의 작은 마을 노앙에 은퇴해서 그곳을 배경으로 한 전원 소설을 썼으며, 그중 하나가 『프랑수아 르 샹피』이다. 이 책의 상징적 의미와 영향에 대해서는 『잃어버린 시간을 찾아서』 1권 76쪽 주석 참조.

인상이었다. 처음 순간 나는 나를 아프게 하러 온 그 낯선 자가 누구인지 화를 내며 자문해 보았다. 그 낯선 자는 바로 나 자신이었으며, 책이 내 마음속에 나타나게 한 것은 당시에 나였던 어린아이였다. 왜냐하면 나에 대해 어린아이 시절의 모습밖에 알지 못하는 책이 즉각적으로 소환한 것은, 아이의 눈으로만 바라보고, 아이의 마음에 의해서만 사랑받고, 아이에게만 말하고 싶어 하는 그런 아이였기 때문이다. 그러므로 어머니가 콩브레에서 거의 새벽까지 큰 소리로 읽어 준 그 책은 내게 그날 밤의 온갖 매력을 담고 있었다. 물론 조르주 상드의 '펜'은 — 무척이나 '날렵한 펜을 가지고' 쓴 책이라고 말하기를 좋아하던 브리쇼의 표현을 빌자면 — 어머니가 서서히 자신의 문학적 취향을 나의 취향에 따라 주조하기 전까지는 어머니에게 마술적인 펜으로 보였지만, 내 눈에는 전혀 그렇게 보이지 않았다. 오히려 중학생들이 흔히 재미로 하는 놀이에서처럼 어쩌다 문질러서 정전기를 일으키면 새의 깃털에 수많은 미세한 것들이 들러붙는 것처럼, 내가 오래전부터 더 이상 보지 못했던 콩브레의 작은 것들이 가볍게 그 자신으로부터 튀어나와 한 줄로 늘어서며 전기 띤 새 부리에 끝없이 흔들거리는 추억의 사슬을 늘어뜨리러 왔다.

뭔가 신비를 사랑하는 마음은 사물을 바라보던 그들의 눈길을 사물이 간직하고 있으며, 또 기념비적인 건축물이나 그림이 수세기에 걸쳐 많은 찬미자의 사랑과 관조에 의해 직조된 감성의 베일을 통해 나타난다고 생각하고 싶어 한다. 이런 공상도 그들 각자에게 유일한 현실의 영역, 그들 자신의 고유한 감수성의 영역으로 옮긴다면 진리가 될 것이다. 그렇다. 이런 의미, 단지 이런 의미에서(하지만 이런 의미도 무척 중요했다.) 예전에 보았던 사물을 지금 다시 본다면, 전에 우리가 던졌던 시선과 더불어 당시 그 시선을 채웠던 온갖 이미지를 다시 보게 된다. 사물은 ─ 다른 책들처럼 붉은 표지를 씌운 책은 ─ 우리가 지각하기만 하면 우리 마음속에서 뭔가 당시 우리의 온갖 관심사와 감각과 동일한 성질을 가진 비물질적인 것이 되어, 그것들과 분리되지 못한 채로 뒤섞인다. 예전에 읽었던 책에 나오는 이런저런 이름은 음절 사이로 그 책을 읽었던 날의 세찬 바람과 반짝이는 햇살을 담고 있다. 따라서 '사물의 묘사'에 만족하거나, 사물의 선과 표면의 초라한 목록을 나열하는 데 만족하는 문학은 사실주의로 불리지만 현실과 가장 동떨어진 문학, 우리를 메마르게 하고 가장 슬프게 하는 문학이다. 왜냐하면 그것은 우리의 현 자아와 사물의 본질을 간직했던 과거, 또 사물의 본질을 다시 즐기도록 부추기는 미래 사이의 모든 소통을 느닷없이 차단시키기 때문이다. 예술이라는 이름에 어울리는 예술이 표현해야 하는 것은 바로 사물의 본질이며, 만일 그 일에 실패하는 경우, 우리는 이런 무능력으로부터 하나의 가르침을, 다시 말해 그 본질이 부분적으로는 주관적이며 소통 불가능하다는 가르침을 끌어낼 수 있다.(반면 사실주의 문학의 성공에서는 어떤 교훈도 도출할 수 없다.)

더욱이 우리가 어느 일정 시기에 본 사물이나 읽은 책은, 단지 그때 우리 주위에 있던 것에만 언제까지나 연결되지 않고, 당시의 우리 모습 그대로 충실하게 남아 있으면서 그때의 우리 감성이나 상념, 자아에 의해 다시 느끼고 다시 사유할 수 있게 한다. 내가 만일 서재에서 『프랑수아 르 샹피』를 다시 꺼내 든다면, 즉시 내 마음속에 있는 한 아이, 유일하게 『프랑수아 르 샹피』란 제목을 읽을 권리를 가진 아이가 자리에서 일어나 나를 대신하고, 예전에 그 책을 읽었을 때 정원의 날씨가 그에게 주었던 것과 똑같은 인상, 고장과 삶에 대해 품었던 것과 똑같은 꿈, 미래에 대해 느꼈던 것과 똑같은 불안감을 가지고 그 책을 읽는다. 또 내가 만일 다른 시대의 것을 떠올린다면, 이번에는 한 젊은이가 자리에서 일어날 것이다. 오늘의 나란 인간은 모두 비슷하고 획일적인 석재만 있는 어느 방치된 채석장에 지나지 않지만, 그러나 거기서 각각의 추억은 마치 천재 조각가처럼 다양한 형태의 조각품을 끌어낸다. 내 말은 우리가 보는 각각의 사물이 그렇다는 말이다. 왜냐하면 책은 그 점에서 사물처럼 행동하며, 책등이 펼쳐지는 방식이나 종이의 결까지도 당시 내가 베네치아를 상상하던 방식과 그곳에 가고 싶어 하던 욕망만큼이나 그렇게 생생한 추억을 책의 문장처럼 간직하기 때문이다. 어쩌면 책의 문장보다 더 생생한 추억을 간직하고 있을지도 모른다. 그 이유는 문장 자체가 때때로 방해하기 때문인데, 이는 우리가 어느 존재의 사진과 마주할 때면, 그 존재의 생각으로 만족할 때보다 훨씬 기억이 나지 않는 것과도 같다. 사실 유년 시절에 읽은 많은 책에 대해, 그리고 유감스럽게도 베르고트의 몇몇 책에 대해서도 뭔가 피로가 느껴지는 밤이면 그 책들을 집어 드는 경우가 있는데, 그것은 다만 각기 다른 사물의 풍경을 통해 휴식을 취하고 예전의 분위기를 호흡하고 싶은 기대에서 기차를 타는 것일 뿐이다. 이따금 책을 너무 오래 읽어 이런 공들인 환기 작업이 오히려 방해를 받기도 한다. 베르고트의 책 중에도 그런 책이 있었는데(대공의 서재에 있는 지극히 평범하고도 영합적인 어조의 헌사가 실려 있는), 질베르트를 만날 수 없었던 예전 어느 겨울날 그 책을 읽었지만, 지금은 그때 그렇게 좋아했던 문장을 발견할 수 없었다. 몇몇 단어가 내가 읽었던 바로 그 문장이라고 생각하게 할 수도 있으련만, 그것은 불가능하다. 그렇다면 내가 그 문장에서 발견했던 아름다움은 어디에 있단 말인가? 그러나 책을 읽었던 날 샹젤리제를 덮은 눈은 책 자체에서는 제거되지 않았고, 그래서 나는 언제까지나 그 쌓인 눈을 본다.

그리고 바로 이것이 왜 내가 게르망트 대공처럼 애서가가 되고 싶었다면, 특별한 방법으로만 애서가가 되고 싶었는지를 설명해 줄 것이다. 책 자체의 가치와는 무관한 아마추어들에게만 가치 있는 아름다움은 제외하고라도, 책이 거쳐 간 서재를 알고, 책이 이런저런 군주에 의해 어떤 사건을 계기로 유명 인사에게 주어졌는지를 알며, 책의 삶을 통해 이 경매에서 저 경매로 책을 따라가는 것, 어떻게 보면 책의 역사적인 아름다움이라 할 수 있는 이런 것이 내게는 완전히 의미가 없지는 않을 것이다. 그러나 나는 보다 기꺼이, 다시 말해 단순히 호기심을 가진 자가 아닌 내 삶의 역사를 통해 그 아름다움을 끌어냈으리라. 게다가 나는 그 아름다움을 책의 물질적인 판본이 아니라 작품 자체에, 『프랑수아 르 샹피』에 결부시켰을지도 모른다. 나는 그 책을, 어쩌면 내가 보냈던 밤 중 가장 감미롭고 가장 서글펐던 밤 콩브레의 작은 방에서 처음 바라보았고 — 그날은 불행하게도!(게르망트의 신비로움이 내게는 도저히 접근할 수 없는 것으로 보였던 시절) 부모님으로부터 나에 대해 처음 양보를 얻어 냈으며, 내 건강과 의지가 쇠약해지고, 힘든 일을 포기하는 성향이 점점 심해진 날로 기록될 것이다 — 또 오늘 게르망트 대공의 서재에서, 내 사유의 오래된 모색만이 아니라 내 삶의 목적, 어쩌면 예술의 목적까지도 돌연 비추어 주는 가장 아름다운 날에 되찾았다. 책의 사본으로 말하자면, 나는 내 삶과 관계되는 살아 있는 것에만 관심을 가졌을 것이다. 어떤 저서의 초판이 내게 다른 판본보다 훨씬 더 소중하게 생각되었다면, 그것은 내가 처음 읽은 판본이라는 의미에서다. 내가 원본을 찾는 것은, 그 책으로부터 받은 최초의 인상을 찾는다는 의미이다. 다음에 받은 인상은 더 이상 새롭지 않기 때문이다. 내가 옛 장정으로 된 소설을 찾았다면, 내가 처음 그 소설을 읽었던 시절의 장정본, 아버지로부터 그토록 여러 번 "자세를 똑바로 해라!"라는 말을 들었던 시절의 장정본을 수집하고 싶었기 때문이다. 우리가 처음으로 만났을 때 여인이 입었던 옷은 당시 내가 느꼈던 사랑이나 아름다움을 되찾는 데 도움이 될 것이다. 그 첫 번째 아름다움을 되찾기에 그 위로 내가 점점 사랑하지 않게 된 이미지들을 지나치게 많이 포개 놓았기 때문이다. 나는 첫 번째 아름다움을 보았던 자아가 아니며, 그때 그 자아가 알았으나 오늘날의 자아는 전혀 인지하지 못하는 것을 환기하려면, 그때의 자아에게 자리를 양보해야 한다. 이런 의미에서, 내가 이해할 수 있는 유일한 의미에서라도, 나는 애서가가 되려고 시도하지 않을 것이다. 사물이 정신에 비해 얼마나 구멍이 많은 투과성 물질이며, 또 쉽게 흡수되는지를 알기 때문이다.

내가 이렇게 스스로를 위해 만들 서재는 보다 큰 가치를 지니게 될 것이다. 예전에 콩브레나 베네치아에서 읽은 책들은, 이제 내 기억에 의해 생틸레르 성당과 반짝이는 사파이어가 박힌 대운하의 산조르지오마조레 성당 밑에 정박한 곤돌라를 재현하는 거대한 채색 삽화로 풍요롭게 장식되어, 인물로 꾸며진 성경책이나, 책 안에 쓴 글을 읽기 위해서가 아니라 누군가 푸케*의 경쟁자가 첨가한 색채에, 책의 가치 자체라고 할 수 있는 색채에 한 번 더 매혹되기 위해 예술 애호가가 펼치는 매일 기도서와도 같은, 그런 '삽화가 든 책'에 어울리는 책이 될 것이다. 그렇지만 예전에 읽은 책을, 다만 당시 그 책을 장식하지 않았던 그림을 보기 위해 펼친다 해도, 그 일은 내게 위험해 보였고, 내가 이해할 수 있는 그런 유일한 의미에서라도 나는 애서가가 되려고 하지 않았을 것이다. 정신이 남긴 이미지가 정신에 의해 쉽게 지워진다는 사실을 나는 너무도 잘 알고 있다. 정신은 오래된 이미지를 새로운 이미지로 교체하지만, 그것은 더 이상 동일한 부활 능력을 갖지 못한다. 그러므로 할머니가 내 축일 선물로 주려고 했던 책 상자에서 어느

---

* 15세기 프랑스 회화의 대가로 알려진 장 푸케(Jean Foucquet, 1420?~1481?)의 그림에 의거하여 에티엔 슈발리에(Etienne Chevalier, 1410~1474)가 제작한 매일 기도서(샹티이의 콩테 미술관에 소장된)를 암시하는 것으로 보인다고 지적된다.(『되찾은 시간』, 플레이아드 IV, 1263쪽 참조.)

날 저녁 어머니가 꺼낸 그『프랑수아 르 샹피』를 내가 아직 가지고 있다 해도, 나는 결코 그 책을 바라보지 않을 것이다. 그 책에 오늘의 내 인상이 조금씩 끼어들면서 과거의 인상을 완전히 가릴까 봐 나는 너무 두려웠고, 콩브레의 작은 방에서 그 책의 제목을 판독했던 아이를 다시 한번 불러 달라고 청하면 책의 억양을 더 이상 알아보지 못한 아이가 책의 부름에 응하지 않고, 영원히 망각 속으로 파묻히게 될 정도로 그 책이 현재의 것이 될까 봐 너무 두려웠다.

민중 예술이란 개념이 애국 예술이란 개념처럼 위험하지는 않다 해도 내게는 우스꽝스럽게 보였다. '유한계급에 적합한' 세련된 예술 형식을 포기하고, 예술을 민중에게 접근 가능한 것으로 만드는 게 문제라면, 나는 사교계 사람들과 많은 교류를 한 탓에 진짜 무식한 사람은 그들이지 전기공이 아니라는 정도는 알고 있다. 이런 점에서 볼 때 민중 예술은 형식적 측면에서 노동총연맹*의 회원들이 아닌, 조키 클럽 회원들을 위한 것이라 할 수 있다. 또 주제적 측면에서도 민중 소설은 마치 어린이를 위해 쓴 책이 어린이를 싫증 나게 하듯이, 민중을 권태롭게 한다. 우리는 책을 읽으면서 낯설게 느끼기를 원하며, 또 노동자는 왕자가 노동자에게 관심이 있는 것만큼이나 왕자에게 관심을 갖는다. 전쟁 초기에 바레스 씨는 예술가(이 경우 티치아노)란 다른 무엇보다도 조국의 영광에 이바지해야

---

* 이 연맹은 1895년 리모주에서 결성되어 영향력이 점차 막강해지면서 1차 세계 대전까지 지속되었는데, 이를테면 1919년의 부르주아에게는 해로운 대상으로 간주되었다고 한다.(『되찾은 시간』, 플레이아드 IV, 1263쪽 참조.)

한다고 단언했다.* 그러나 예술가는 오로지 예술가로서만 조국의 영광에 기여할 수 있다. 다시 말해 예술의 법칙을 연구하고 그에 대한 실험을 시도하고, 과학적 발견 못지않은 어려운 발견을 하는 순간 자기 앞에 있는 진리 외에는 다른 어떤 것도 — 비록 자기 나라라고 해도 — 생각해서는 안 된다는 조건에서만 기여할 수 있다. 대혁명 시대의 모든 화가들보다 훨씬 더 프랑스를 영광스럽게 한 와토나 라 투르에 대해, 그들의 작품을 파괴하지는 않았다 해도 '시민 정신'에 의거해 그 작품을 경멸했던 혁명가들을 모방해서는 안 된다.** 만일 우리에게 선택할 권리가 있다면, 아마도 부드럽고 다정한 마음씨를 가진 사람은 해부학을 택하지 않을 것이다. 쇼데를로 드 라클로***의 고결하고 착한 마음씨가 아무리 크다 해도, 그것이 그에게 『위험한 관계』를 저술하게 한 것은 아니며, 또 플로베르가 『보바리 부인』이나 『감정 교육』 같은 주제를 택한 것도 대부르주아나 소부르주아에 대한 취향 때문은 아니었다. 마치

---

* 1916년(원문에서 말하듯 전쟁 초가 아닌) 바레스는 《에콜 드 파리》에서 이탈리아의 전선을 방문하고, 티치아노의 집에 새겨진 '자신의 예술로 조국의 독립을 준비할 티치아노에게'라는 글과 동일한 견해를 표명한다.(『되찾은 시간』, 플레이아드 IV, 1263쪽 참조.)
** 아나톨 프랑스가 『신들은 목마르다』(1912)에서 대혁명의 엄격한 신봉자였던 화가 에바리스트 가믈랭에게 경멸의 눈초리를 보낸 사실을 암시한다고 지적된다.(『되찾은 시간』, 플레이아드 IV, 1264쪽 참조.)
*** 피에르 앙브루아즈 프랑수아 쇼데를로 드 라클로(Pierre Ambroise François Choderlos de Laclos, 1741~1803). 프랑스의 군인이자 소설가로 그르노블 임지에서 보낸 육 년 동안의 체험을 바탕으로 귀족들의 퇴폐상에 대한 탁월한 심리 묘사 소설 『위험한 관계』(1782)를 집필했다.

전쟁 전에 전쟁이 금방 끝날 거라고 예언했던 사람들처럼 몇몇 사람들은 속도 시대의 예술이란 무척 간략한 것이 될 거라고 주장했다. 이렇게 해서 기차는 관조하는 일을 끝낼 테고, 예전에 합승 마차를 타고 다니던 시절에 대한 그리움은 아무 소용없는 일이 될 테지만, 자동차가 그 기능을 대신하여 관광객들의 발걸음은 어느 버려진 성당 앞에 다시 멈춘다.

삶에 의해 제공된 이미지는 실제로 그 순간 우리가 느꼈던 여러 다양하고 상이한 감각을 가져다주었다. 이를테면 예전에 읽은 책의 표지는 제목의 철자에 머나먼 여름밤의 달빛을 엮어 짰다. 아침에 마시는 카페오레의 맛은 화창한 날씨에 대한 아련한 희망을 가져다준다. 예전에 하얀 도자기 그릇에 담긴, 엉긴 우유처럼 보이는 주름 잡힌 크림색 카페오레를 마시는 동안 아직 하루가 손대지 않은 채로 가득 차 있을 때, 카페오레의 맛은 여명의 불확실한 빛 속에 우리에게 그토록 자주 미소를 지었다. 한 시간은 그저 한 시간이 아니다. 그것은 향기와 소리와 계획과 날씨로 채워진 항아리이다. 우리가 실재라고 부르는 것은 동일한 순간에 우리를 에워싸고 있는 감각과 추억 사이의 어떤 관계로서 — 이 관계는 사실에 국한된다고 주장할수록 더욱 사실로부터 멀어지는 단순한 영화적 전망에서는 생략된다 — 작가가 서로 다른 두 요소를 자신의 문장에서 영원히 이어지게 하기 위해서는 반드시 찾아내야 하는 유일한 관계이다. 우리는 묘사되는 장소 안에 나타나는 모든 대상들을 하나의 묘사 속에 무한히 이어지게 할 수 있다. 그러나 작가가 상이한 두 대상을 포착하여, 과학 세계의 유일한 관계인 인과율과 유사한 관계를 예술의 세계에서 설정하고, 아름다운 문체의 필연적인 고리 안에 가둘 때라야 진리는 시작된다. 삶에서도 마찬가지로 두 감각에 공통된 성질을 비교하면서 그 두 감각을 서로서로 은유 속에 결합시킬 때라야 시간의 우연성에서 벗어난 공통된 본질을 도출할 수 있다. 이런 관점에서 보면 자연 자체가 나를 예술의 길로 들어서게 했던 것은 아닐까? 자연 자체가 예술의 시작이 아니었을까? 자연은 오랜 시간이 지난 후에도 사물의 아름다움을 자주 다른 것을 통해서만, 콩브레의 정오는 종탑 소리 안에서, 동시에르의 아침은 온수 장치의 딸가닥거리는 소리 안에서만 알게 했던 것은 아닐까?* 비록 그 관계가 흥미롭지 않으며 대상은 평범하고 문체는 시시하다 해도, 그런 관계가 없었다면 거기에는 아무것도 존재하지 않을 것이다.

그러나 그뿐만이 아니었다. 실재가 우리 각자에게 거의 동일한 어떤 경험의 잔재라고 한다면, 이는 우리가 바로 나쁜 날씨나 전쟁, 주차장, 불 켜진 레스토랑과 꽃핀 정원에 대해 얘기할 때면 모든 사람들이 우리가 하는 말의 의미를 알기 때문이다. 만일 실재가 그런 것이라면, 아마도 그런 것을 보여 주는 일종의 영화 필름만으로도 충분했을 것이며, 그리하여 그것의 단순한 자료에서 벗어나는 '문체'나 '문학'은 그저 인위적이고 불필요한 것에 불과했을지도 모른다. 그러나 실재가 과연 그런 것이었을까? 뭔가 우리에게 깊은 인상을 남기는 순

---

* 『잃어버린 시간을 찾아서』 6권 63~64쪽 참조.

간 내 마음속에서 일어나는 일을 이해하고 싶다면, 이를테면 비본 내의 다리를 건넜을 때 물에 비친 구름의 그림자가 나를 기쁨으로 껑충 뛰어오르게 하면서 "저런 참!" 하고 외치게 했던 날처럼, 아니면 베르고트의 한 문장을 낭독하는 걸 들으며 내가 받은 인상의 전부가 특별히 그 인상에 적합하지 않은 "정말 대단하네."와 같은 말로 표현되는 걸 보면서, 아니면 상대방의 불쾌한 태도에 화가 난 블로크가 그토록 평범한 연애 사건과 어울리지 않는 "그런 행동을 하다니 그래도 난 환상적이라고 생각해."라고 말하거나, 아니면 내가 게르망트 댁에서 환대를 받아 조금은 우쭐한 기분에서 더욱이 그들이 제공한 포도주에 취해 "삶을 같이 보내도 좋은 진짜 멋진 분들이야."라고 그들과 헤어지면서 낮은 소리로 중얼거리지 않고는 못 배기는 걸 보면서, 나는 본질적인 책, 유일하게 참된 책은 이미 우리 각자의 마음속에 존재하기 때문에 위대한 작가는 통상적인 의미에서 발명할 필요가 없으며, 다만 번역하기만 하면 된다는 것을 깨달았다. 작가의 임무와 역할은 바로 번역가의 그것이다.

그런데 이를테면 자기애와 같은 부정확한 언어의 경우, 내적인 간접 화법(본래의 중심 인상에서 점점 멀어지는)을 우리 인상에서 출발하는 직선과 겹치게 할 때까지 바로잡는 일은 우리의 게으른 성격이 불만을 느낄 만큼 곤란한 일이지만, 다른 경우 이를테면 사랑과 관계되는 경우 그런 교정 작업은 고통스럽게 느껴지기도 한다. 무관심을 가장한 우리의 온갖 몸짓이나, 그토록 자연스럽고 우리 자신이 하는 것과 그토록 흡사한 상대방의 거짓말에 대한 우리의 온갖 분노, 한마디로 우리가 불행하거나 배신당할 때면 끊임없이 하는 말들, 다만 사랑하는 사람에게만 하는 것이 아니라, 그 사람과의 만남을 기대하면서 우리 스스로에게 끝없이 내뱉는, 때로는 방의 정적 속에 때로는 큰 소리로 정적을 깨뜨리면서 "아냐 정말로 그런 행동은 참을 수 없어." 또 "당신을 보는 것도 이번이 마지막이야. 그 일이 얼마나 내 마음을 아프게 했는지 부정하지 않겠어."라고 내뱉는 말들, 이 모든 것을 우리가 느꼈지만 지금은 너무도 멀리 떨어져 있는 진리로 되돌리는 일은, 우리가 가장 집착하던 것을 파기하는 것이며, 편지나 접근에 대한 흥분된 계획 속에서 홀로 우리 자신과 함께하던 자기와의 열정적인 대화를 파기하는 것이다.

예술적인 즐거움의 경우, 비록 그 즐거움이 주는 인상을 모색한다고 해도, 우리는 바로 인상 자체인 것을 말로 표현할 수 없다고 재빨리 제쳐 놓으려 하고, 이유도 모른 채 그저 기쁨을 느끼게 하는 것에만 그 기쁨을 다른 애호가에게 전달한다고 믿게 하는 것에만 몰두하려고 한다. 우리에게 고유한 인상의 개인적 뿌리가 제거되었으므로, 우리는 그들에게나 우리에게나 동일한 것을 얘기할 것이기 때문이다. 자연이나 사회, 사랑이나 예술에 대해 가장 무관심한 관망자라 해도, 모든 인상은 절반이 대상 속에 싸여 있고, 다른 절반이 우리 마음속으로 연장되어 우리만이 알아볼 수 있는 이중적인 존재이다. 우리는 서둘러 이런 마음속 인상을 무시하려고 하지만, 그 인상이야말로 우리가 정말로 전념해야 하는 유일한 존재인 것이다.

그런데도 우리는 우리 밖에 있어서 깊이 파고들 필요가 없는, 따라서 우리에게 어떤 피로도 유발하지 않는 대상 속의 인상만을 고려한다. 다시 말해 산사나무나 성당의 광경이 우리 마음속에 판 고랑을 지각하는 일은 너무 힘들다고 생각한다. 그러나 우리는 음악이나 고고학에 대해 가장 조예 깊은 애호가와 같은 방식으로 그 음악이나 고고학을 이해할 수 있을 때까지 ─ 우리가 바라볼 용기 없는 자신의 삶을 피해 박학이라고 부르는 것 속으로 도피하면서 ─ 교향곡을 다시 연주하거나 성당을 보러 간다.

그러므로 얼마나 많은 사람들이 자신이 받은 인상으로부터 아무것도 끌어내지 못하고 일종의 예술 독신자들처럼 그저 쓸모없이 충족되지 못한 채로 늙어 가는가! 그들에게는 처녀들이나 게으른 자들의 슬픔이 느껴진다. 이 슬픔은 풍요로운 정신과 일만이 치유할 수 있다. 그런데 그들은 진짜 예술가보다 더 예술 작품에 열광하며, 이 일은 내면을 깊이 파고드는 힘든 노동의 대상이 아니기 때문에 그런 열광이 밖으로 퍼져 나가면서 그들의 대화를 뜨겁게 달구고 얼굴을 붉게 물들인다. 좋아하는 작품의 연주가 끝나면, 그들은 목소리가 깨지도록 "브라보, 브라보!"라고 외치며 자기들이 원하던 행동을 완수했다고 믿는다. 그러나 이런 행동의 발현도 그들이 느끼는 애정의 본질을 규명하도록 강요하지 않으므로, 그들은 그 본질을 인식하지 못한다. 그렇지만 아직 쓰이지 않은 애정이 그들의 가장 평온한 대화로까지 역류하면서 예술에 관한 얘기만 나오면 그들은 활기찬 몸짓을 하고 얼굴을 찌푸리고 머리를 끄덕인다. "음악회에 갔네. 그렇게 열광하지는 않았다고 고백하지. 그렇지만 사중주곡이 시작되자 아! 제기랄! 모든 것이 변하더군."(그 순간 애호가의 얼굴은 마치 '뭔가 반짝이는 걸 보았지. 타는 냄새가 느껴지고, 불이 난 것 같았어.'라고 생각하는 듯고뇌 어린 불안감을 표현한다.) "아 빌어먹을! 내가 들은 것이 짜증 나게 하더군. 형편없이 쓰였고, 하지만 놀랍더군. 누구나 쓸 수 있는 작품이 아니었어." 이 시선에 앞서 불안한 억양이, 또한 고갯짓이나 새로운 몸짓, 날개 문제를 아직 해결하지 못했지만 그래도 날고 싶은 욕망에 기를 쓰는 날개 잘린 거위 새끼의 온갖 우스꽝스러운 모습이 나타났다.* 이처럼 신경이 날카롭고 충족되지 못한 불임의 아마추어는 이 음악회에서 저 음악회로, 반백이 되면 풍요로운 노년이 아닌 어떻게 보면 예술 독신자로서의 삶을 보낸다. 그러나 재능에서 고약한 냄새를 풍기고 자기들이 원하는 보상도 전혀 받지 못한 이 가증스러운 부류에게도 조금은 감동적인 면이 있다. 왜냐하면 이 부류는 지적인 기쁨을 주는 다양한 대상에서 영속적인 기관으로 넘어가고자 하는 욕구의 무정형한 첫 번째 시도이기 때문이다.

그러나 아무리 우스꽝스러운 존재라 해도 그들을 완전히 무시해서는 안 된다. 그들은 예술가를 창조하려는 자연의 첫 시도로서, 현재 살고 있는 종(種)보다는 앞서지만 오래 지속

---

* 거위 새끼는 속어로 바보나 얼간이를 뜻하지만 여기서는 예술 애호가의 은유적인 표현으로 쓰이고 있다.

될 수 없었던 초기의 동물들처럼 형태도 갖추지 못하고 생존력도 없는 존재이다. 이처럼 의지가 약하고 아무것도 생산해내지 못하는 아마추어는, 아직 발견하지 못한 그런 비밀의 방법 때문이 아니라, 오로지 날고 싶은 욕망 때문에 이 지상을 떠날 수 없었던 초기의 기구들처럼 우리를 감동시킨다. "여보게," 하고 아마추어는 당신의 팔을 붙잡으며 덧붙인다. "나는 이 음악을 여덟 번째로 듣고 있네. 그리고 맹세하는데 이번이 마지막은 아닐 걸세." 그리고 사실 그들은 예술에서 진정한 양분이라고 할 수 있는 것은 흡수하지 못하고, 결코 채워지지 않는 병적인 허기에 시달리면서 언제나 예술의 즐거움을 필요로 한다. 그러므로 그들은, 마치 다른 사람들이 이사회나 장례식에 참석하는 것을 의무로 여기듯, 오랫동안 연이어 그들의 참석이 어떤 의무나 행동을 실현한다고 믿으면서 동일한 작품에 박수갈채를 보내러 간다. 그때 문학이나 그림, 음악 분야에서 그것과는 다른 작품, 대조적인 작품이 나타나기 시작한다. 사상이나 이론의 출현을 알리는 능력, 특히 그것을 흡수하는 능력은 보다 빈번하게, 그런 사상이나 이론을 생산하는 사람들에게서조차 그들이 가진 진짜 안목보다 꽤 확대되어 나타나는데, 이런 현상은 특히 문학 잡지나 신문이 늘어난 후부터 심해졌다.(또 그와 더불어 작가와 예술가의 허위 소명 의식도 증가했다.) 따라서 젊은 세대의 가장 훌륭한 부분인, 지극히 지적이고 비타산적인 젊은이들은 문학 작품 중에서도 가장 영향력이 큰 도덕적이고 사회적이며 종교적인 작품만을 좋아했다. 그들은 거기에 바로 작품의 가치를 평가하는 기준이 있다고 생각했으며, 그렇게 해서 다비드나 슈브나르와 브륀티에르가 저지른 것과 같은 오류를 반복했다.* 베르고트의 가장 아름다운 문장은 자신에 대한 보다 깊은 성찰을 요했지만, 독자들은 단지 글을 잘 쓰지 못하기 때문에 베르고트보다 더 심오해 보이는 작가들을 선호했다. 베르고트의 복합적인 글쓰기가 다만 사교계 인사들을 위한 것이라고 말하면서, 민중파들은 사교계 인사들에게 과분한 경의를 표했다. 그러나 이성적 사유를 하는 지성이 예술 작품에 대한 평가를 시도한다면, 확실하거나 고정된 것은 아무것도 없고 상대가 원하는 것은 모두 증명할 수 있다. 재능의 실재는 보편적인 재산이나 취득물로, 우리는 다른 무엇보다 사유와 문체라는 표면적인 방식 아래 담긴 재능의 존재를 확인해야 하는데, 비평은 작가를 분류하면서 결코 이런 표면적인 방식을 넘어서지 못한다. 비평은 새로운 메시지를 가져다주지 못하는 작가에 대해, 단호한 어조로 다만 그 작가가 앞선 유파에 대한 경멸을 표방한다는 이유로 그를 예언자로 지지한다. 이런 비평가의 오류가 얼마나 지속적인지, 작가는 오히려 일반 대중으로부터 평가받기를 선호할 정도이다.(만일 대중이 예술가가 자신에게 낯선 분야에서

---

* 자크루이 다비드(Jacques-Louis David, 1748~1825). 「나폴레옹의 대관식」으로 많이 알려진 프랑스 고전주의 화가이다. 그러나 프루스트는 이 문단에서 다비드보다는 회화를 철학의 시녀로 생각하고 다비드를 역사 화가라고 비난한 폴 슈브나르(Paul Chevanard, 1807~1895)와, 도덕적이고 사회적이며 지적인 교훈이 담긴 고전주의 작품을 선호하면서 형식보다는 내용을 중시한 브륀티에르를 겨냥하고 있다.(브륀티에르에 대해서는 『잃어버린 시간을 찾아서』 3권 30쪽 주석 참조.)

탐색을 시도한다는 것조차 이해할 수 있다면.) 왜냐하면 일반 대중의 본능적인 삶과 위대한 예술가의 재능, 즉 나머지 모든 것에 침묵을 부과하고 다만 종교적으로 귀 기울이면서 완전히 이해하는 본능인 예술가의 재능 사이에는, 이런 재능과 인정받는 비평가들의 가식적인 객설과 변덕스러운 기준 사이에서 발견되는 것보다 더 큰 유사성이 존재하기 때문이다. 비평가들의 무의미한 논쟁은 십 년 간격으로 재발되며(왜냐하면 만화경이란 단순히 사교계 집단만이 아닌, 사회적이고 정치적이며 종교적인 사상에 의해 구성되며, 또 이 사상은 대중 속으로 폭넓게 굴절되는 덕분에 일시적으로 확산되기는 하지만, 그럼에도 그 새로움이 그렇게 까다롭지 않은 정신을 가진 사람만을 매료시키므로 수명이 짧은 사상으로 한정되기 때문이다.) 이처럼 예술 유파나 정치 당파는 비교적 불완전한 지성에 언제나 몸을 바쳐 열광하는 동일한 인간들에 의해 이어지는데, 증거 자료라는 측면에서 보다 면밀하고 보다 까다로운 정신이라면 이런 열광적인 태도는 삼가기 마련이다. 불행히도 이 불완전한 지성의 소유자는 행동을 통해 자신을 보강할 필요를 느끼며, 그리하여 탁월한 정신을 가진 사람들 이상으로 행동하고 대중을 그들 쪽으로 끌어들이면서, 주위에 과장된 소문을 퍼뜨리고 부당하게 사람들을 경멸할 뿐만 아니라 내전과 외전을 일으키기도 한다. 조금이라도 포르루아얄의 자아 비판적인 정신을 가졌다면 예방해야 했을 것이다.*

---

* 포르루아얄 수도원에 칩거하면서 정신의 독립성을 강조하고 영혼에 귀 기울

어느 거장의 훌륭한 사상이 절대적으로 공정한 정신이나 진짜 생기 넘치는 마음씨에 주는 기쁨은 틀림없이 건전한 것이지만, 그럼에도 그 기쁨은 그것을 실제 음미하는 인간이 아무리 섬세한 정신을 가졌다 해도(이십 년 동안 그런 사람이 과연 몇 명이나 있었을까?) 다만 타자에 대한 완벽한 의식으로 환원될 뿐이다. 만일 어떤 남성이 자신을 불행하게 만드는 능력만을 가진 여인의 사랑을 받기 위해 노력을 다하는데도 불구하고 여인과의 만남조차 성공하지 못한다면, 그는 자신이 간신히 빠져나온 고통과 위험을 표현하는 대신 '수많은 말들'과 자신의 삶에서 체험한 가장 감동적인 추억을 다음과 같은 라브뤼예르의 사유 아래 끌어들이면서 몇 번이고 반복해서 읽는다. "남성은 흔히 사랑하고 싶어 하지만 성공하지 못하며, 패배를 추구하지만 패배를 만나지 못하며, 따라서 감히 내 생각을 말해 보면, 남성은 자유롭게 남아 있도록 강요받는 존재이다."* 이런 사유를 저술한 사람에게 그것이 정녕 그런 의미인지 아닌지를 묻지 않는다 해도(만약 그런 의미라면 '사랑하고'라는 말 대신 '사랑받고'라는 표현을 써야 하는데 그편이 훨씬 아름다울 것이다.) 이 감성적인 문인이 그 사유를 터뜨릴 때까지 그 사유를 마음속에서 생생하게 만들고 의미로 부풀리리라는 것

이며 세상과 절연했던 장세니스트들을 가리킨다. 몇 줄 위 "나머지 모든 것에는 침묵을 부과하고 다만 종교적으로 귀 기울이면서……"라는 구절에서 이미 설명된 바 있다.(『되찾은 시간』, 리브르드포슈, 472쪽)

* 라브뤼예르의 『성격론』 중 「마음에 대하여」에 나오는 구절이다.(『되찾은 시간』 플레이아드 IV, 1267쪽 참조.)

은 확실한데, 그에게는 그 사유가 그토록 진실하고 아름답게 생각되며 그럼에도 덧붙일 것이 하나도 없이, 또 오로지 라브뤼예르의 사유로 남아 있어 그토록 기쁨에 넘쳐 그 사유를 반복할 수밖에 없는 것이다.

어떻게 기록 문학*이 가치를 가질 수 있단 말인가? 그것이 관찰하는 작은 사물들 아래 그 실재가(멀리서 들리는 비행기 소리나 생틸레르 성당 종탑이 그리는 선 안에 담긴 위대함, 마들렌의 맛에 담긴 과거 등) 들어 있으며, 또 사물들로부터 실재를 끌어내기 전까지 그 자체로는 아무 의미가 없는데 말이다.

우리에게서 우리의 사유와 삶, 즉 실재를 구성하는 것은 기억에 의해 조금씩 보존된, 그러나 체험한 것이라곤 실상 하나도 남아 있지 않은 온갖 부정확한 표현의 연쇄이며 또 자칭 '체험' 예술은 이런 거짓을 재생산할 뿐이다. 삶처럼 단순하며 어떤 아름다움도 찾아볼 수 없는 이런 예술은 우리 눈이 보고 우리 지성이 확인한 것의 권태롭고 무의미한 이중 사용에 불과하므로, 우리는 그런 예술에 전념하는 자가 어디서 자신의 일을 추진할 수 있는 원동력인 기쁨의 불꽃을 발견하는지 자문하게 된다. 노르푸아 씨가 딜레탕트의 유희라고 칭했던 것과 반대되는 진정한 예술의 위대함은, 우리가 살고 있는 현실로부터 멀리 떨어진 실재, 또 그것을 대신하는 관례적 인식이 보다 조밀해지고 침투하기 어려워지면서 더욱 멀어져 가는

---

* 프루스트는 객관적인 관찰이나 묘사에 만족하는 문학, 다시 말해 통상적인 의미에서의 사실주의 문학이나 자연주의 문학 또는 영화적인 글쓰기를 이렇게 기록 문학이라고 칭하고 있다.

실재를 다시 발견하고 포착하고 알게 하는 데 있으며, 우리가 알지도 못하고 죽어 갈 위험이 있는 이 실재가 바로 우리의 삶인 것이다.

진정한 삶, 마침내 발견되고 밝혀진 삶, 따라서 우리가 진정으로 체험하는 유일한 삶은 바로 문학이다. 이 삶은 어떤 점에서는 예술가와 마찬가지로 모든 인간의 마음속에 매 순간 살고 있다. 그러나 그들은 이 삶을 밝히려고 하지 않기 때문에 보지 못한다. 이렇게 해서 그들의 과거는 수많은 음화(陰畵)로 가득 채워진 쓸모없는 것이 된다. 우리의 지성이 이런 음화를 '현상하지' 않기 때문이다. 우리의 삶, 그리고 타자의 삶도 마찬가지다. 왜냐하면 작가에게서 문체란 화가에게 색채와 마찬가지로 기법의 문제가 아닌 비전의 문제이기 때문이다. 문체는 의식적이고 직접적인 방법을 통해서는 불가능한, 세계가 우리에게 나타나는 방식에서의 질적 차이의 드러남이며, 예술이 없다면 우리 각자에게 영원히 비밀로 남아 있을 그런 차이이다. 우리는 오로지 예술을 통해서만 우리 자신으로부터 벗어날 수 있으며, 우리의 우주와는 다른 우주, 달에서 보는 풍경만큼이나 우리에게는 낯선 우주에 대해 타자가 보는 것을 알 수 있다. 예술 덕분에 우리는 단 하나의 세계, 우리만의 세계를 보는 대신 세계가 증식되는 걸 보며, 독창적인 예술가가 많으면 많을수록 더 많은 세계를, 각각의 세계가 무한 속에 굴러가는 것보다 더 상이한 세계를 우리 마음대로 이용할 수 있으며, 그리하여 그 세계는 몇 세기가 지난 후 렘브란트 또는 페르메이르라고 불리는 광원이 꺼진 후에도 여전히 그들의 특별한 빛을 보내온다.

　소재나 경험, 말 아래에서 뭔가 다른 것을 보려고 노력하는 예술가의 이런 작업은, 매번 우리 자신으로부터 멀리 떨어진 삶을 살 때, 자만심과 열정과 지성 그리고 또한 습관이, 우리가 느끼는 진정한 인상들 위로 그 인상들을 완벽하게 감추기 위해 말들의 목록이나 우리가 그릇되게도 삶이라고 부르는 실질적인 목표를 쌓아 올릴 때 우리 마음속에서 수행하는 작업과는 정확히 반대가 된다. 요컨대 이렇게 복합적인 예술이야말로 유일하게 살아 있는 예술이다. 예술만이 우리 자신의 삶을 타자를 위해 표현하게 하며, 또 우리 자신에게도 보게 해 준다. 그 겉모습이 번역될 필요가 있으며, 또 자주 거꾸로 읽히며 힘들게 판독되는 그런 스스로를 '관찰할' 수 없는 삶을, 우리의 자만심과 열정과 모방 정신, 추상적인 지성과 습관이 했던 그 작업을 예술은 해체할 것이며, 그리하여 그 작업과는 반대 방향으로 나아가면서, 실제로 존재했던 것이 우리도 모르게 잠들어 있는 깊은 곳으로 회귀하면서, 우리를 뒤따르게 할 것이다.

　그리고 아마도 진정한 삶을 재창조하고 인상을 새롭게 하는 일은 커다란 유혹이었을 것이다. 그러나 이 일에는 온갖 종류의 용기가, 감성적인 용기조차 필요했다. 왜냐하면 그것은 무엇보다 자신이 소중히 여겼던 환상을 폐기하고, 스스로 구상하는 것을 객관적이라고 믿기를 멈추고, 그래서 "그녀는 매우 상냥했어."라고 백번이나 헛된 희망을 품으며 자신을 달래는 대신 그 말의 행간에서 '난 그녀에게 키스하면서 기쁨을 느졌어.'라는 의미를 읽을 수 있어야 하기 때문이다. 물론 이런 사랑의 시간 동안 내가 체험한 것은 모든 인간이 다 체험한 것이다. 우리는 체험하고, 그러나 그때 체험한 것은 불빛 옆으로 가져가지 않으면 검은색만 보여 주는 음화와도 같다. 지성 가까이로 가져가지 않으면 우리는 그것이 무엇인지도 모른다. 그리하여 다만 지성이 음화를 비추었을 때, 지성이 그것을 지적인 요소로 환원했을 때, 물론 힘들긴 하지만 우리가 느낀 것의 형체를 식별할 수 있다. 하지만 내가 처음 질베르트를 만났을 때 느꼈던 고뇌, 우리의 사랑이 그것을 불어넣은 존재에 속하지 않는다는 걸 알았을 때 느낀 고뇌는 유익하다. 그 고뇌는 부차적으로 목적을 위한 수단으로서 유익하다.(비록 우리 삶의 지속이 아무리 짧다 해도, 우리의 사유가 어떻게 보면 끊임없이 반복되는 움직임과 변화에 의해 심하게 흔들리면서, 마치 폭풍우 부는 날처럼 저 광대한 세계를, 온통 법칙의 지배를 받는 세계를 가시적인 높이까지 올라가게 하는 것은 바로 우리가 고뇌하는 동안이기 때문이다. 잔잔한 행복감을 느끼는 날씨에는 그 광대한 세계가 평탄하고 지나치게 낮은 수위에 있어, 위치 나쁜 창문에 기대면 보이지도 않는다. 우리의 사랑이 그것을 불어넣은 존재에 속하지 않는다는 걸 알았을 때 느낀 고뇌는 유익하다. 그 고뇌는 부차적으로 목적을 위한 수단으로서는 유익하다. 어쩌면 이런 움직임은 고통스러운 동요를 필요로 하지 않는 몇몇 천재에게서만 지속적으로 존재하는 것인지도 모른다. 그들의 경쾌한 작품이 규칙적으로 폭넓게 전개되는 것을 감상할 때면, 나는 작품이 주는 기쁨에 따라 삶의 기쁨을 지나치게 상상하는 경향이 있는데, 이와 반대로 그 삶은 어쩌면 지속적으로 고통스러웠을 것이다.) 그러나 고뇌가 유익한 주된 이유는 우리의 사랑이, 질베르트에 대한 사랑만 있는 것이 아니라(우리를 그토록 고통스럽게 하는), 또 알베르틴에 대한 사랑만 있는 것도 아닌, 우리 마음속에서 연속적으로 사멸하고 또 이기적으로 그 사랑을 붙잡고 싶어 하는 여러 다양한 자아보다 더 오래 지속되는 우리 영혼의 일부이며, 또 이 영혼은 — 비록 그것이 우리에게 아픔을 준다 해도, 게다가 유익한 아픔이겠지만 — 개별적인 존재들로부터 벗어나야만 보편성을 회복할 수 있으며, 그리하여 우리가 연속적으로 결합하고자 했던 이런저런 사람이 아니라 우리 모두에게 보편적인 정신에게 그 사랑을, 그 사랑에 대한 이해를 가능하게 하기 때문이다.

나를 둘러싼 아주 작은 기호들에 대해서도(게르망트와 알베르틴, 질베르트와 생루, 발베크 따위의) 나는 습관 때문에 잃어버린 의미들을 복원시켜야 했다. 그리고 우리가 실재에 도달할 때, 그 실재를 표현하고 보존하기 위해서는 그것과 다른 것, 습관으로 붙은 속도가 끊임없이 우리에게 가져다주는 것은 모두 멀리해야 한다. 그러므로 나는 무엇보다도 정신이 아닌 입술이 선택한 말들, 대화에서 나누는 것 같은 유머로 가득한 말들, 그리고 타인들과의 긴 대화 후에 우리 자신에게 가식적으로 하는 말들, 우리의 정신을 온통 거짓으로 채우는 말들, 이런 말들을 옮겨 적을 만큼 실추한 작가에게서, 이를테면 매순간 생트뵈브 같은 사람이 구술한 문장을 왜곡하게 만드는 가냘픈 미소와 쨍긋한 표정을 동반하는 그 모든 육체의 말들은 멀리할 것이다. 반면 진정한 책이란 대낮과 담소의 결실이 아닌,

어둠과 침묵의 결실이다. 그리고 예술은 우리의 삶을 정확히 재구성하므로, 우리 마음속에서 도달한 진리 주위에는 시적인 분위기가, 우리가 관통해야 했던 희미한 빛의 잔재, 마치 고도계로 측정할 때와 같은 작품의 깊이를 정확히 표시하는 지표에 지나지 않는 감미로운 신비가 떠돌 것이다.(왜냐하면 이런 깊이는 물질주의자이자 유심론자인 소설가들이 생각하듯이 몇몇 주제에 고유한 것이 아니기 때문이다. 그런 소설가들은 외관의 세계 아래로 내려갈 수 없으며, 그들의 온갖 고상한 의도는 아주 작은 선의의 행동도 할 수 없는 사람들에게서 습관적인 그런 도덕적인 장광설과도 비슷하며 따라서 우리는 그들이 모방에 의해 취득한 모든 상투적인 형식에서 벗어날 힘조차 없음을 지적할 수밖에 없다.)

지성의 진리로 말하자면 — 가장 고결한 정신의 지성조차 — 빛이 비치는 창문 사이로 지성과 마주해서 대낮의 환한 빛 속에 거두어들이는 진리의 가치는 매우 클 것이다. 그러나 그 진리가 그리는 윤곽은 보다 메마르고 평평하고 깊이가 없다. 왜냐하면 거기에는 진리에 도달하기 위해 건너야 할 깊이가 없으며, 또 그 진리는 재창조되지 않았기 때문이다. 이렇게 신비로운 진리가 마음 깊은 곳에서 나타나지 않는 작가는, 어느 일정한 나이부터는 점점 더 힘을 얻게 된 지성에 의거해서만 자주 글을 쓴다. 바로 그런 이유로 그들이 성숙기에 쓴 책은 청년기에 쓴 책보다 힘은 더 있지만, 그때와 같은 유연성은 찾아볼 수 없다.

그렇지만 나는 지성이 현실에서 직접 끌어낸 진실을 완전히 무시해서도 안 된다고 느꼈다. 왜냐하면 그런 진실은 순수

함은 덜하지만 그래도 여전히 정신이 스며든 소재를 내포할 수 있으며, 또 과거와 현재의 감각에 공통된 본질이 우리를 시간 밖으로 이동하는 인상들은 매우 소중하지만 그래도 지나치게 드문 것이어서 그런 인상만을 가지고 예술 작품을 구성할 수는 없기 때문이다. 그 작품을 위해 이용할 수 있는 열정과 성격과 풍속에 관계되는 수많은 진실이 내 안으로 밀어닥치는 것을 느꼈다. 그 지각이 내게 기쁨을 유발했다. 그렇지만 그것은 내가 그런 진실 중 여러 개를 고통 속에서 발견했고, 다른 것은 지극히 초라한 쾌락의 순간에 발견했음을 환기하는 듯했다.

우리를 고통스럽게 하는 사람은 저마다 우리 자신에 의해 어떤 신성(神性)과 결부될 수 있다. 그때 그 사람은 신성의 단편적인 반영이자 가장 낮은 단계의 신성에 지나지 않으며, 이런 신성(관념)의 관조는 즉시 우리가 전에 느꼈던 고통 대신 기쁨을 준다. 온갖 처세술은 우리를 고통스럽게 하는 사람들을 오로지 성스러운 형태에 이르게 하는 단계로만 이용하고 그렇게 해서 우리의 삶을 즐겁게 신성으로 증식시킨다.

그때 예술 작품만이 잃어버린 '시간'을 찾기 위한 유일한 방법임을 내게 가르쳐 준 빛보다 찬란하지는 않았지만, 그래도 새로운 빛이 내 마음속에 비추었다. 그리하여 나는 문학 작품의 이 모든 소재가 내 지나간 삶이라는 걸 깨달았다. 이 소재는 하찮은 쾌락이나 게으름, 다정함, 고통의 순간에 내게로 와 그래서 내 몸속에 저장되었으나 마치 식물을 키우는 데 필요한 온갖 양분이 보존된 씨앗보다도 더 나는 그것의 용도

나 생존 가능성을 짐작하지 못했음을 깨달았다. 씨앗처럼, 나도 식물이 자랐을 때 죽을 수 있으며, 또 내 삶이 그 작품을 위해, 그런 사실을 모른 채로, 또 내 삶이 내가 쓰고 싶은 책과 접촉하게 되리라는 것도 모른 채로 살아왔다는 걸 깨달았다. 예전에 책상에 앉을 때면 주제조차 발견하지 못했던 그 책을 위해. 이렇게 해서 그때까지의 내 모든 삶은 '소명'이라는 이름으로 요약될 수 있으며, 또는 요약되지 않을 수도 있다. 문학이 내 삶에서 어떤 역할도 하지 않았다는 점에서는 소명이란 이름으로 요약될 수 없으며, 그 삶이 슬픔과 기쁨의 추억과 더불어, 마치 식물의 난세포 속에 자리 잡아 그 안에서 씨앗으로 변하기 위해 양분을 취하는 씨눈과 흡사한 저장소를 형성한다는 점에서는 소명이란 이름으로 요약될 수 있다. 그러나 그때 우리는 식물의 씨눈이, 은밀하지만 매우 활발한 화학적 호흡 현상의 장소인 씨눈이 잘 자랄 수 있을지 어떨지는 아직 알지 못한다. 이렇게 내 삶은 그 삶을 성장하게 만드는 것과 관계가 있었다. 그리하여 나중에 내 삶으로 양분을 취할 사람들은, 마치 식용 곡물을 먹는 사람들이 그 곡물에 든 풍부한 물질이 인간이 아닌 곡물 자체를 위해 만들어졌음을 알지 못하듯이, 내 추억이 처음 씨앗에 양분을 주고 성장하게 만들었다는 것도 알지 못할 것이다.

이 부분에서 동일한 비유가 출발점에서 보면 거짓이고 도착점에서 보면 진실이 되기도 한다. 문인은 화가를 부러워하면서 스케치를 하거나 메모를 하고 싶어 하지만, 만약 그가 그 일을 한다면 시간을 낭비하는 셈이 될 것이다. 그러나 그가 글을 쓰면, 작중 인물의 어떤 몸짓이나 버릇, 억양이 그 자신의 기억에 의해 영감을 받지 않은 것은 없으며, 그가 지어낸 작중 인물의 이름만 해도 그 모델로 자신이 만났던 60여 명의 이름을 댈 수 있다. 누군가는 찌푸린 얼굴로, 또 누군가는 외알 안경으로, 어떤 이는 분노한 모습으로, 또 어떤 이는 팔을 건방지게 흔드는 모습으로 포즈를 취했다. 그러므로 작가는 화가가 되고 싶은 그의 꿈이 의식적이고 의지적인 방법으로 실현되지 않았음에도 불구하고 그 꿈이 실현되었다고 믿으며, 또한 작가 역시 자기도 모르는 사이에 스케치북을 만들었음을 깨닫는다.

왜냐하면 작가는 자기 안에 있는 본능에 끌려 작가가 되리라고 믿기 훨씬 전부터 다른 사람들이 주목하는 많은 것들을 바라보는 데 어김없이 소홀했고, 그래서 타인으로부터 주의가 산만하다는 비난을 받았으며, 또 스스로에게서 알지도 듣지도 보지도 못한다는 비난을 받아 왔다. 그런 동안에도 그는 그의 눈과 귀에, 타인에게는 매우 유치해 보이는 사소한 것들을, 이를테면 어떤 문장을 발음할 때의 억양이나, 어느 순간 이런저런 사람이 지었던 얼굴 표정이나 어깨 동작을 항상 기억해 두라고 지시하고 있었다. 그것은 아주 오래전 일로, 그는 그 사람에 대해 어쩌면 아무것도 모르지만, 그걸 기억하라고 한 이유는 그 억양이 이미 그가 들은 적 있으며, 또는 그가 다시 들을 수 있으며, 그리하여 뭔가 반복될 수 있고 지속될 수 있다고 느꼈기 때문이다. 바로 이런 보편적인 것에 대한 감정이 미래의 작가에게 스스로 보편적인 것을, 그리고 예술 작품에 들어갈 수 있는 것을 택하게 한다. 왜냐하면 작가는 다른 사람이 아무리 어리석고 미쳤다고 해도, 그들과 비슷한 성격의 사람들이 하는 말을 앵무새처럼 반복할 때라야 그들의 말에 귀 기울였으며, 이렇게 해서 스스로를 예언적인 새, 심리학 법칙의 대변자로 만들었던 것이다. 작가는 보편적인 것만을 기억한다. 이런저런 억양이나 얼굴의 움직임을 통해 — 비록 그것이 그가 아주 오래전 유년 시절에 본 것이라 해도 — 타자의 삶이 그의 마음속에 재현되었고, 그리하여 먼 훗날 그가 글을 쓸 때면, 그는 여러 사람에게 공통된 어깨의 움직임을, 마치 해부학자의 노트에 기재된 것처럼 정확한 움직임을 묘사할 것이며, 그러나 이 경우 심리학적 진실을 표현하기 위해 그 어깨에 제삼자가 기대는 목의 움직임도 함께 묘사할 것이다. 각각의 사람이 순간적인 포즈를 취하는 데 기여한다.

문학 작품의 창조를 위해 상상력과 감수성은 서로 대체될 수 있는 특징이며, 또 감수성이 상상력을 대신해도 별다른 지장이 없는 것은 확실해 보인다. 마치 위가 소화할 수 없어서 그 기능을 장에게 맡기는 사람처럼 말이다. 그렇지만 감수성은 타고났지만 상상력이 없는 인간도 감탄할 만한 소설을 쓸 수 있다. 타인이 야기하는 고통, 고통을 피하려는 노력, 그 고통과 두 번째 잔인한 사람이 일으키는 갈등, 이 모든 것이 지성에 의해 해석되어 작가가 상상해서 창작한 책만큼이나 아름다우며, 뿐만 아니라 작가 자신이 스스로에게 몰두하여 행복하듯 그 자신의 몽상과도 무관하며, 또한 상상력의 충동적인 움직임에 의해 만들어진 것만큼이나 그 자신에게도 놀랍

고 우발적인 것으로 보여 충분히 책의 소재가 될 수 있다

제아무리 어리석은 존재도 몸짓과 말과 무의식적으로 표현하는 감정에 의해 어떤 법칙을 드러내기 마련이며 그 자신은 이 법칙을 지각하지 못하지만 예술가는 간파한다. 이런 종류의 관찰 때문에 속인은 작가를 냉혹한 사람으로 여기지만 이는 잘못된 생각이다. 예술가는 그런 우스꽝스러움에서 멋진 보편성을 인지하고 관찰 대상에게 불만을 전가하지 않는다. 마치 혈액 순환에 빈번한 장애가 있다고 호소하는 사람을 외과 의사가 무시하지 않는 것과도 같다. 안타깝게도 예술가는 사악하다기보다 불행한 사람이다. 다시 말해 자신의 열정이 문제가 될 때면, 그는 열정의 보편성을 인식하면서도 그 열정이 야기하는 개인적인 고통으로부터 쉽게 벗어나지 못한다. 물론 어느 무례한 자가 모욕할 때면, 우리는 그가 칭찬해 주기를 바랐을 테지만, 특히 우리가 찬미하는 여인이 배신하는 경우, 그것을 막을 수만 있다면 우리는 무엇이든 다 내주었을 것이다. 모욕에 대한 원한과 버려짐의 고통은 한 번도 가 본 적 없는 대지와도 흡사했으리라. 이런 대지의 발견은 남성에게는 큰 고통이겠지만, 예술가에게는 소중한 것이다. 그리하여 사악한 자도 배은망덕한 자도 예술가의 뜻에 반해, 또 그들의 뜻에 반해 예술가의 작품 속에 출연한다. 풍자문의 저자는 그가 비난한 악당을 본의 아니게 자신의 명예를 위한 협력자로 만든다. 모든 예술 작품에서 우리는 예술가가 가장 증오한 인물들과, 또 슬프게도 가장 사랑한 여인까지도 알아볼 수 있다. 그런 여인들조차 작가의 뜻과는 반대로 가장 그를 고통스럽

게 했던 순간에만 포즈를 취했을 뿐이다. 알베르틴을 사랑했을 때, 나는 그녀가 나를 사랑하지 않는다는 걸 깨달았고, 그래서 고통이나 사랑을 느끼는 일이 무엇인지, 또 처음에는 행복을 느끼는 일까지 그녀가 내게 알게 해 주었다고 생각하며 체념해야 했다.

그리고 우리가 슬픔에서 보편적인 법칙을 도출하고, 슬픔에 대해 글을 쓰려고 한다면, 여기서 내가 열거한 모든 이유 외에 다른 이유로 해서 어쩌면 조금은 위로를 받을지도 모른다. 그것은 보편적인 방식으로 사유하고 글을 쓰는 것이 작가에게는 건전하고 꼭 필요한 기능이어서, 그 기능의 성취가 마치 육체를 가진 인간에게 운동하고 땀 흘리고 목욕할 때처럼 그를 행복하게 만든다는 점이다. 그러나 사실을 말하자면, 나는 그 점에 대해 조금은 분노한다. 우리 삶의 최고 진리가 예술에 있다고 믿으면서, 다른 한편으로는 할머니의 죽음을 슬퍼하고 알베르틴을 사랑하는 데 필요한 기억을 되살릴 만한 힘도 없으면서, 그럼에도 불구하고 그들이 의식조차 못 하는 예술 작품이 그들에게, 그 가엾은 이들의 죽음이라는 운명에 대해 어떤 성취감을 주었는지 자문해 본다. 할머니가 단말마의 고통 속에 죽어 가는 모습을 바로 내 옆에서 그렇게도 무관심하게 보지 않았던가! 오, 작품이 끝났을 때, 상처를 받고 어떤 치료약도 없이 오랜 시간을 고통스러워하며 모든 이들로부터 버림받은 나, 마침내 죽기 전에 내가 지은 죄를 속죄할 수 있을까! 더욱이 내게 소중하지 않은 사람들이나 무관심한 사람들, 또 내가 사유를 통해 이해하려고 애썼지만 결국은 고통이나 단지 우스꽝스러운 점만을 다루려고 했던 모든 인간의 운명에 대해서도 나는 무한한 연민의 정을 느꼈다. 내게 진리를 계시했고 더 이상 존재하지 않는 그 모든 이들은 오로지 내게 도움을 주기 위해서만 살았으며, 또 나를 위해 죽은 것처럼 보였다.

내가 그토록 집착했던 사랑도 내 책에서는 한 존재로부터 너무 멀리 벗어나 있어 여러 다양한 독자들이 그들이 다른 여인에 대해 느꼈던 것에, 이 사랑을 그대로 정확히 적용할지도 모른다는 생각에 마음이 슬퍼졌다. 그러나 이런 사후의 불충에 대해, 또 이런 불충이, 여러 존재들 사이에 나뉜 사랑이, 내가 살아 있는 동안 또 내가 글을 쓰기도 전에 이미 시작되었다면, 이런저런 사람이 내 감정의 대상으로 미지의 여인들을 제시한다고 해서 과연 분노할 수 있을까? 나는 질베르트와 게르망트 부인과 알베르틴 때문에 연달아 번민했다. 또한 연달아 그들을 망각했고, 오로지 여러 다른 존재에 바쳐진 내 사랑만이 지속되었다. 미지의 독자에 의해 내 추억 중의 하나를 모독당하는 일을, 나는 독자들보다 먼저 실행했다. 거의 자신이 끔찍스러울 정도였다. 마치 어느 민족주의 정당이 그 이름으로 수많은 적대 행위를 계속하고, 대다수의 고귀한 희생자들이 고통에 시달리면서 투쟁의 결과도 알지 못한 채(적어도 우리 할머니에게는 조금은 보상이 되었지만) 죽어 가는데도, 전쟁이 그 정당에만 도움이 되었다는 걸 알 때처럼 말이다. 할머니는 내가 글을 쓰기 시작한 걸 알지 못했는데(이는 망자의 운명이다.) 나의 유일한 위안은, 비록 할머니가 나의 발전한 모습을 보지 못했다 해도, 오래전부터 할머니를 그토록 고통스럽게 했던 내 무위와 실패의 삶을 할머니가 더 이상 의식하지 못한다는 점이다. 물론 거기에는 할머니와 알베르틴만이 아니라 다른 많은 이들도 있으며, 나는 그들의 어떤 말이나 시선에 동화할 수 있었지만, 그들을 개별적인 존재로서는 더 이상 기억하지 못한다. 한 권의 책이란 대부분의 묘비에서 이름이 지워져 그 이름을 읽을 수 없는 커다란 묘지와도 같다. 이와는 반대로 이따금 우리는 그 이름을 가졌던 존재의 무엇이 책의 페이지에 살아남았는지도 알지 못한 채 그 이름을 뚜렷이 기억하기도 한다. 눈동자가 움푹 들어가고 목소리를 길게 끌던 소녀는 여기 있을까? 그녀가 여기서 실제로 휴식을 취한다면 어떤 부분에서 휴식을 취하는지 우리는 더 이상 알지 못한다. 어떻게 이런 꽃들 아래에서 그녀를 찾을 수 있단 말인가?

그러나 개별적인 존재와 멀리 떨어져 살고 있으므로, 우리가 느끼는 가장 강렬한 감정도 몇 해가 지나면 할머니와 알베르틴에 대한 내 사랑이 그러했듯이 더 이상 인식하지 못하며, 그들이 우리에게는 이해하지 못하는 말에 지나지 않으며, 우리가 사랑하는 것이 그렇지만 모두 죽었을 때 함께 있으면 아직도 즐거운 사교계 인사들과 더불어 이들 망자들에 대해 얘기할 수 있으므로, 그 망각한 말들을 이해하는 일을 가르쳐 줄 방법이 있다면, 그 방법을 써야 하지 않을까? 그렇게 하려면 그 말들을 보편적인 언어로, 하지만 적어도 영속적인 언어로 옮겨야 하지 않을까? 더 이상 존재하지 않는 이들로부터 그들의 가장 참된 본질 속에서 모든 영혼에 지속되는 가치의 습득물로 만드는 그런 언어로? 이 말들을 이해할 수 없는 것으로 만든 변화의 법칙조차, 우리가 그 법칙을 설명하는 데 이를 수만 있다면 우리의 나약함도 새로운 힘이 되지 않을까?

더욱이 우리 슬픔이 공동으로 작업한 작품은 미래에 대한 고뇌의 불길한 기호인 동시에 위로의 행복한 기호로 해석될 수 있다. 사실 우리가 시인의 사랑이나 슬픔이 시인에게 또 작품을 축조하는 데 도움이 되었다고 말한다면, 만일 그런 사실을 전혀 짐작도 하지 못한 미지의 여인들이, 한 여인은 그저 악의로 다른 여인은 조롱조로 그들 자신은 결코 보지 못할 기념비적인 건물의 축조에 필요한 돌을 가져다주었다고 말한다면, 우리는 작가의 삶이 이 작품과 함께 끝난 것이 아니며, 그를 그토록 고통스럽게 했던 그 동일한 본성이 그의 작품 속에 스며들었으며, 그 본성은 작품이 끝난 후에도 여전히 계속 살아남아서, 만일 시간이 주체를 둘러싼 상황이나 주체 자체의 사랑의 욕구나 고통에 대한 저항에서 변경한 모든 요인을 조금이라도 일탈하지 않는 그런 비슷한 조건에서는 다른 여인을 사랑하게 될 것임을 우리는 충분히 생각해 보지 않는다. 이런 첫 번째 관점에서 작품은 오로지 다른 사랑의 운명적인 전조인 불행한 사랑으로 간주되어야 하며, 그리하여 그 사랑은 삶을 작품과 흡사하게 만들고, 또 시인은 자신이 쓴 것에서 앞으로 일어날 일의 모습을 미리 발견할 수 있으므로 더 이상 글을 쓸 필요가 없다. 이렇게 해서 알베르틴에 대한 내 사랑은 비록 약간의 차이는 있다 해도, 행복한 나날 가운데 질베르트의 이름을 처음 발음하는 걸 들었을 때, 알베르틴의 아주머니가 그녀의 모습을 처음 묘사하는 걸 들었을 때, 그러나 그 보잘것없는 싹이 자라서 어느 날인가 나의 온 삶 위로 펼쳐지리라고는 꿈에도 생각조차 못 했을 때,* 질베르트에 대한 내 사랑 속에 이미 새겨져 있었다.

그러나 다른 관점에서 본다면 작품은 행복의 기호이다. 왜냐하면 작품은 모든 종류의 사랑에서 보편적인 것이 개별적인 것 옆에 존재하며, 또 슬픔의 본질을 깊이 파헤치기 위해서는 그 원인을 무시하고 슬픔에 맞서는 힘을 강화하는 훈련을 통해 개별적인 것에서 보편적인 것으로 넘어가는 길을 가르쳐 주기 때문이다. 사실 내가 그 후에 경험했던 것처럼, 우리가 사랑을 하고 괴로워할 때에도, 만일 우리의 소명이 마침내 글을 쓰는 시간 동안 실현되어 사랑하는 존재가 그토록 광대한 현실 속으로 용해된다고 느낄 때면, 이따금 그 존재를 망각하기에 이르며, 그리하여 글을 쓰면서도 사랑하는 존재와 아무 관계없는 단순한 신체의 병, 이를테면 일종의 심장병 같은 것으로 괴로워하는 정도밖에 자신의 사랑에 대해 더 이상 고뇌하지 않게 된다. 사실 이것은 시간의 문제이다. 만일 우리의 작업이 예정된 시간보다 늦게 이루어진다면, 그 결과는 우리가 기대했던 것과는 반대가 된다. 왜냐하면 우리의 뜻이 아닌데도 악의나 무능으로 우리의 환상을 파괴하는 존재들이 그들 스스로 아무것도 아닌 것으로 환원되고, 또 우리 스스로가 만들어 낸 사랑의 망상에서도 떨어져 나가기 때문

---

* 『잃어버린 시간을 찾아서』 3권 155쪽, 299쪽.

이다. 그때 만일 우리가 다시 작업을 시작한다면, 우리의 영혼은 그들의 가치를 다시 격상시키고, 자기 분석의 필요에서 우리를 사랑했을지도 모르는 사람들과 그들을 동일시한다. 이 경우 문학은 사랑의 환상이 해체된 작업을 다시 시작하면서, 더 이상 존재하지 않는 감정에 일종의 사후의 삶을 부여한다.

물론 우리는 자기 몸에 위험한 주사를 계속해서 다시 주입하는 의사와 같은 용기를 가지고 우리 자신의 개별적인 고통을 다시 살아야 한다. 그러나 동시에 그 고뇌를 일반적인 형태로 사유해야 하는데, 이 형태가 어느 정도는 고뇌의 중압감으로부터 벗어나게 해 주며, 또 모든 이들로 하여금 우리의 아픔을 공유하게 만들면서 어떤 기쁨마저 느끼게 한다. 우리의 삶이 가둔 그곳에 지성이 출구를 뚫는다. 왜냐하면 공유되지 않는 사랑에는 치료약이 없으므로 우리는 고뇌를 확인함으로써만 고뇌에서 벗어날 수 있기 때문이다. 비록 그것이 고뇌가 포함되는 결과를 나타나게 해도 말이다. 우리의 지성은 출구가 없는 삶의 닫힌 상황은 알지 못한다.

그러므로 그 어떤 것도 보편적인 것이 되지 않고는 지속될 수 없으며, 또 정신은 그 자체로는 죽어 가기 때문에, 나는 작가가 가장 소중히 여겼던 사람이라고 해도 결국은 화가에게서 모델처럼 작가를 위해 포즈를 취한 데 지나지 않는다는 것을 체념하고 받아들여야 했다.

사랑의 영역에서 행복한 연적은 적이라고 해도 마찬가지지만 우리의 은인이다. 하찮은 육체적 욕망만을 부추긴 존재에게 연적은 이내 거대한 낯선 가치를 덧붙이며, 그러나 우리는 그 가치를 존재와 혼동한다. 만일 연적이 없다면, 쾌락은 사랑으로 변모하지 않을 것이다. 만일 우리에게 연적이 없다면, 또는 연적이 있다고 믿지 않는다면 말이다. 왜냐하면 연적이 반드시 실제로 존재할 필요는 없기 때문이다. 우리의 행복을 위해서는, 의혹이나 질투가 존재하지 않는 연적에게 부여하는 그런 환상적인 삶만으로도 충분하다.

이따금 고통스러운 문단이 초고 상태에 있을 때, 새로운 애정이나 새로운 고통이 나타나 그 문단을 완성하고 풍요롭게 한다. 이런 유익한 슬픔에 대해 지나치게 아쉬워할 필요는 없다. 그런 슬픔은 부족하지 않으며 오래 기다리게 하지도 않기 때문이다. 그렇지만 그 슬픔은 그리 오래가지 않으며 따라서 우리는 서둘러 이용해야 한다. 다시 말해 마음을 진정시키거나 아니면 슬픔이 너무 심해져서 마음이 더 이상 단단하지 못할 때면 죽음에 이른다. 행복만이 육체에 유익하며, 그러나 슬픔이 정신력을 기른다.* 비록 슬픔이 매 순간 어떤 법칙을 발견하게 하지는 못해도 우리를 다시 진실로 돌아가게 하고, 매 순간 습관이나 회의주의, 삶의 가벼움이나 무관심의 잡초를 뽑아내면서 사물을 진지하게 여기도록 강요한다는 점에서 슬픔은 필수적이다. 사실 행복이나 건강과 공존하지 못하는 이 진실은 삶과도 항상 공존하지 못한다. 슬픔이 마침내 우리를 죽음에 이르게 한다. 지나치게 극심한 새로운 아픔에

---

* 『잃어버린 시간을 찾아서』 10권 340쪽 주석 참조.

접할 때마다, 우리는 다른 혈관이 튀어나오면서 눈 아래 관자놀이를 따라 그 치명적인 뒤틀림이 커져 가는 걸 느낀다. 이렇게 해서 모든 사람들이 조롱하는 늙은 렘브란트나 늙은 베토벤 같은 이들의 그 무서운 피폐한 얼굴이 조금씩 만들어져 간다. 그러므로 마음속 고통만 없다면 눈 밑 처짐이나 이마의 주름살은 아무것도 아닐 것이다. 하지만 우리가 가진 힘은 다른 힘으로 변할 수 있다. 지속되는 열기는 빛이 되며, 번갯불이 사진을 찍게 할 수 있으며, 우리 마음속의 어렴풋한 고통은 마치 깃발처럼 각각의 새로운 슬픔에 대한 가시적이고 영속적인 이미지를 그 고통 위로 들어 올릴 수 있으므로, 슬픔이 가져다주는 정신적인 앎을 위해 육체의 아픔을 감수하기로 하자. 육체로부터 떨어져 나온 새로운 부분, 이번에는 선명하게 빛나는 판독할 수 있는 부분은 재능이 많은 사람은 필요로 하지 않을 테지만, 우리가 받은 고통의 대가로 작품을 보완하기 위해, 또 감동이 삶을 부스러뜨릴수록 작품을 더 공고히 하기 위해 우리 작품에 덧붙여진 것이므로, 설령 우리의 육체가 붕괴된다 해도 그냥 내버려 두자. 관념은 슬픔의 대용품이다. 슬픔이 관념으로 변하는 순간, 슬픔은 우리 마음을 아프게 하는 유해한 작용의 일부를 상실하고, 그 변화 자체가 처음 순간에는 즉각적으로 기쁨을 발산한다. 게다가 관념은 시간의 범주 안에서만 대용품이다. 왜냐하면 그 첫 번째 요소가 관념이라면, 슬픔은 몇몇 관념이 처음으로 우리 마음속에 들어오는 방식에 지나지 않기 때문이다. 그러나 이런 관념의 그룹에는 여러 계열이 존재하며 그중 어떤 것은 즉시 기쁨이

된다.

　이런 성찰은 내가 언제나 예감했으며, 특히 캉브르메르 부인이 어떻게 내가 엘스티르 같은 뛰어난 인물을 알베르틴 때문에 소홀히 하는지 모르겠다고 했을 때 예감했던 진리에 보다 확고하고 분명한 의미를 발견하게 했다. 지적인 관점에서조차 나는 그녀의 말이 틀렸다고 느꼈지만, 문인의 수련 과정에 필요한 가르침을 그녀가 이해하지 못했다는 건 알지 못했다. 예술의 객관적인 가치는 이런 점에서 미미한 것이다. 우리가 끄집어내고 빛으로 이르게 하는 것은 우리의 감정, 우리의 열정이며, 다시 말해 모든 이들의 감정이며 열정이다. 우리가 필요로 하는 여인이나 우리를 고통스럽게 하는 여인은 우리에게서 일련의 감정을, 우리의 관심을 끄는 탁월한 인간이 주는 것보다 훨씬 심오하고 훨씬 강렬한 감정을 끌어낸다. 우리가 살고 있는 영역에 따라 우리를 그토록 고통스럽게 한 여인의 배신행위가 그것이 우리에게 발견하게 한 진실에 비해 아무 의미도 없으며, 또 우리를 괴롭히는 데 만족한 여인이 그 진실을 결코 이해할 수 없다고 생각하는지를 아는 일만이 남아 있다. 어쨌든 이런 배신행위는 부족하지 않은 법이다. 작가는 별 두려움 없이 긴 작업에 착수할 수 있다. 작품은 지성에 의해 시작되지만, 그 여정 중에 많은 슬픔이 불시에 나타나 작품을 완성하는 책임을 맡는다. 행복으로 말하자면 그것은 불행을 가능하게 한다는 단 하나의 용도를 가질 뿐이다. 행복한 시간 동안 우리는 그토록 신뢰와 애정으로 맺어진 지극히 감미롭고 단단한 유대 관계를 형성했으므로, 그들과의 결별은 불행이라 불리는 그토록 소중한 아픔을 유발한다. 만일 우리가 행복하지 않았다면, 다만 행복에 대한 기대에서라도 그렇지 않았다면, 우리의 불행에는 잔인함이 결여되었을 테고, 따라서 별 결실도 맺지 못했으리라.

부피나 조밀함, 보편성과 문학적 실재를 파악하기 위해서는, 단 하나의 성당을 그리기 위해 많은 성당을 보러 가야 하는 화가 이상으로, 작가 또한 단 하나의 감정을 위해 많은 존재에 대한 탐색을 필요로 한다. 왜냐하면 예술이 길고 삶이 짧다면, 반대로 예술가의 영감은 짧고 그 영감이 묘사해야 하는 감정 또한 그보다 길지 않다고 말할 수 있기 때문이다. 책을 구상하는 것은 우리의 열정이지만, 책을 쓰게 하는 것은 그 사이에 취하는 휴식이다. 영감이 다시 살아나고 그리하여 우리가 작업을 다시 시작할 때면, 하나의 감정을 묘사하기 위해 우리 앞에 앉은 여인은 더 이상 그 감정을 느끼지 못하게 한다. 따라서 우리는 다른 여인을 모델로 삼아 그 감정을 계속 묘사해야 하며, 비록 이 일이 존재에 대한 배신행위가 된다 해도, 문학적 관점에서 작품을 우리 지나간 사랑의 추억이자 새로운 사랑의 예언으로 만드는 감정의 유사성 덕분에, 이런 교체는 그렇게 부정적인 것만은 아니다. 바로 이 점이 저자가 말하는 사람이 누구인지를 알려고 시도하는 연구가 불필요한 이유 가운데 하나이다. 한 권의 작품은 비록 그것이 직접적인 고백록이라 해도, 적어도 작가의 삶에서 일어난 여러 일화 중 작품에 영감을 준 오래된 일화와, 다음에 오는 사랑이나 특징이 거의 오래된 일화를 모방한 탓에 그와 흡사한 나중의 일화가

들어 있기 마련이다. 가장 사랑했던 존재에 대해서도 우리는 자신에게 충실한 만큼 그렇게 충실하지 못하며, 그래서 머지 않아 여인을 망각하고 — 그것이 우리 자신의 특징 중 하나이기 때문에 — 다시 사랑을 시작한다. 이런 사랑에 기껏해야 우리가 사랑했던 여인의 특이한 형체를 덧붙일 뿐인데, 이 특이한 형체가 훗날 불충실한 가운데서도 그녀에게 충실하게 만드는 것이다. 우리는 나중에 여인과 똑같이 아침 산책을 하고, 밤이면 똑같이 여인을 데려다주고, 백배나 더 많은 돈을 그 여인에게 줄 필요를 느낀다.(우리가 여인들에게 주는, 그 때문에 우리를 불행하게 만들고, 다시 말해 우리로 하여금 책을 쓰게 만드는 이런 돈의 유통은 신기한 것이다. 작품이란 아르투아의 우물*처럼, 고뇌가 마음속 깊이 파고들면 파고들수록 더 높이 솟아오른다고 말할 수 있다.) 이런 교체 작업은 뭔가 비타산적이며 보다 일반적인 사실, 즉 작가가 전념해야 할 것은 인간이 아니며, 인간은 실제로 존재하지 않고 표현이 가능한 것은 인간이 아닌 관념이라는 지극히 엄중한 교훈을 덧붙인다. 그러므로 이런 본보기가 되는 사람들을 우리 마음대로 이용할 수 있는 동안, 작가는 시간을 낭비하지 말고 서둘러야 한다. 왜냐하면 행복의 모델이 되는 사람들은 보통 행복을 그리는 데 많은 시간을 주지 않으며, 고통의 모델이 되는 사람들도 유감이지만 고통 역시 빨리 지나가므로 많은 시간을 주지 않기 때문이다. 게다가 고통

---

* 아르투아의 우물이란 분출식 우물로, 수직으로 깊이 파서 물이나 석유가 나오게 하는 우물을 1126년 아르투아에서 처음 개척한 데서 그 이름이 유래한다.

이 우리 마음속에 있는 작품 소재를 발견하고 제공하지 않는 경우에도, 우리에게 그런 생각을 고취시킨다는 점에서는 도움이 된다. 상상력이나 사유는 그 자체로서는 감탄할 만한 기제이지만 무기력한 상태에 빠질 수 있다. 그때 고통이 그 기제를 작동시킨다. 고통을 묘사하기 위해 모델을 설 준비가 된 존재들은 이런 시기에만 출입하는 우리 마음속 화실에서 얼마나 많은 기회를 제공하는가! 이 시기는 거기에 담긴 여러 고통과 더불어 우리 삶의 이미지와도 흡사하다. 고통 또한 여러 상이한 모습을 담고 있어, 하나가 진정되었다고 믿으면 또 다른 새로운 고통이 내도하기 때문이다. '새로운'*이라는 단어가 가진 모든 의미에서 말이다. 어쩌면 그런 예기치 못한 상황이 우리 자신과 더욱 내밀한 접촉을 하도록 강요하기 때문인지 모르며, 사랑이 매 순간 우리를 몰아넣는 그 고통스러운 갈등이 우리가 무엇으로 만들어졌는지 그 실체를 연이어 조금씩 가르쳐 주고 보여 주기 때문인지도 모른다. 이렇게 해서 알베르틴이 내 집에서 문이 열려 있기만 하면 아무 데나 개처럼 들어가고, 모든 걸 뒤죽박죽으로 만들어 놓고, 내 재산을 거덜 내고, 그토록 많은 슬픔을 야기하는 걸 보면서 프랑수아즈는 이렇게 말하곤 했다.(그때 나는 이미 몇 편의 평론도 썼고 번역도 했다.) "아! 도련님의 시간을 모두 낭비하게 하는 저런 여자아이 대신, 반듯하게 자란 젊은 남자 비서라도 둔다면, 도련님의 이

---

* '새로운(nouveau)'이라는 단어에는 새롭다는 의미 외에도 '예기치 못한', '또 다른', '색다른'이라는 의미가 포함되어 있다.

모든 종잇조각*들을 정리할 텐데!" 어쩌면 나는 프랑수아즈의 말이 현명하다고 잘못 생각했는지 모른다. 내 시간을 낭비하게 하고 나를 슬프게 하는 알베르틴은 어쩌면 문학적 관점에조차 종잇조각들을 정리해 주었을 비서보다는 훨씬 유익했을 테니. 그러나 그럼에도 괴로워하지 않고는 사랑할 수 없으며, 진실을 알기 위해 괴로워해야 하는 그렇게 잘못 형성된 존재라면(어쩌면 자연계에서 이런 존재는 바로 인간일 것이다.) 이런 존재의 삶은 결국 진력날 수밖에 없다. 행복한 세월은 잃어버린 세월이며, 우리는 일을 하기 위해 고통의 시간을 기다린다. 고통을 미리 겪어야 한다는 관념이 일이란 관념에 결부되면서, 새로운 작품을 상상하려면 우선 고통을 겪어야 한다는 생각에 우리는 매번 새로운 작품에 들어가기를 두려워한다. 그리하여 고통이야말로 우리가 삶에서 만날 수 있는 최상의 것임을 이해할 때면, 별 두려움 없이 거의 해방된 것처럼 죽음을 생각한다.

비록 이런 사실에 조금은 반항하는 마음도 들었지만, 작가는 삶을 가지고 장난치지 않으며, 또 자기 책을 쓰기 위해 타인을 이용하지도 않지만, 실제로는 그와 반대되는 일이 일어나기도 한다는 점을 유념해야 했다. 그렇게도 고결한 베

---

* 여기서 종잇조각으로 옮긴 paperole(또는 paperolle)은 여러 색깔의 가는 종잇조각들로 그림을 그리거나 디자인하는 것을 가리키지만, 프루스트와 관련해서는 그가 교정 작업을 하는 동안 수많은 종잇조각들을 오려서 붙이고 떼어 내고 다시 붙였던 것을 가리킨다.

르테르의 경우는 불행하게도 내 경우가 아니었다.* 알베르틴의 사랑을 한순간도 믿지 않으면서 나는 여러 번 그녀 때문에 죽으려 했고, 그녀 때문에 파산하고 건강도 해쳤다. 글을 쓸 때면 주도면밀하고 가까이에서 들여다보고 진실이 아닌 것은 모두 내던진다. 그러나 단순히 삶이 문제가 되는 경우에는 재산을 잃고 병들고 거짓말 때문에 자살한다. 우리가 약간의 진실을 끌어낼 수 있는 것은 그래도 이런 거짓말의 불순물을(시인이 되는 나이가 지난 경우에는) 통해서다. 슬픔은 모호하고 가증스러운, 우리가 맞서 싸우면서 점점 그 지배 아래 놓이게 되는 잔인하고도 대체 불가능한, 또 숨겨진 길로 우리를 진리와 죽음에 이르게 하는 하인들이다. 죽음보다 먼저 진리를 만난 자들과, 죽음과 진리 양쪽에 그토록 가까이 있으면서도 진리의 시간이 죽음의 시간보다 먼저 울린 자들은 행복하도다!

내 지나간 삶에서 아주 사소한 일화가 또한 오늘 내가 관념론의 가르침을 이용하는 데 기여했음을 깨달았다. 이를테면 샤를뤼스 씨와의 만남은, 그의 친독 성향이 관념론에 대한 가르침을 주기 전부터, 게르망트 부인과 알베르틴에 대한 내 사랑이나 생루의 라셸에 대한 사랑보다 훨씬 전에 작품의 소재는 별로 중요하지 않으며, 우리의 사유에 의해 모든 걸 작품

---

* 베르테르의 경우란 작가 자신이 체험한 불행한 사랑 이야기를 거의 진솔하게 꾸밈이나 가장 없이 표현했다는 말로, 허구적인 자서전으로 가장한 화자의 글쓰기와는 다르다는 의미이다. 그러나 화자와 작가의 분리가 과연 오늘날 얼마나 설득력을 가질 수 있는지는 의문이 간다.

에 담을 수 있음을 설득하게 해 주었다. 그토록 잘못 이해되고 불필요하게 비난받아 온 성도착 현상은 이미 그토록 교훈적인 사랑의 현상보다 훨씬 더 그 진리를 확장한다. 사랑은 우리가 더 이상 사랑하지 않는 여인의 얼굴에서 타인에게 극도로 추해 보이며, 우리 자신의 눈에도 역겹게 보일지도 모르는, 아니 언젠가는 그렇게 보일 얼굴에 나타나는 그 도주하는 아름다움을 보여 준다. 그러나 그보다 더 놀라운 경우는, 대귀족의 온갖 찬미를 받는 아름다움이 그토록 아름다운 대공 부인을 곧바로 버리고 버스 운전사의 모자 아래로 이동하는 모습을 볼 때이다.* 그때 내가 느낀 놀라움이 샹젤리제 거리나 해변에서 질베르트와 게르망트 부인과 알베르틴의 얼굴을 볼 때마다 처음에는 그 인상과 일치했지만 점점 더 그 인상과 멀어져 가는 기억이 얼마나 인상과 다른 방향으로 이어지는지를 증명했던 게 아닐까?

작가는 성도착자가 여주인공에게 남성의 얼굴을 부여한다 해서 불쾌하게 생각해서는 안 된다. 조금은 비정상적인 특징이 성도착자에게 자신이 읽은 것에 온갖 보편성을 부여하게 한다. 라신은 고대의 페드르가 보편적 가치를 가질 수 있도록 한순간 그녀를 장세니스트로 만들어야 했다.** 만일 샤를뤼스

---

* 샤를뤼스는 게르망트 대공 부인의 열정에는 냉담한 채로 버스 운전사를 만나러 간다.(『잃어버린 시간을 찾아서』 7권 212쪽)
** 에우리피데스의 그리스 비극에 존재하는 이교도적 요소에 비해, 17세기 라신의 비극은 세상과의 타협을 거부하고 절대적 기독교 신앙을 강조하는 장세니즘의 세계관을 재현한다.(『잃어버린 시간을 찾아서』 3권 36쪽 주석 참조.)

씨가 「10월의 밤」이나 「추억」에서 뮈세가 슬퍼하는 그 '부정한 여인'에 모렐의 얼굴을 겹치지 않았다면* 그는 슬퍼하거나 이해할 수 없었을 것이다. 왜냐하면 그가 사랑의 진실에 접근할 수 있었던 것은 오로지 바로 그런 편협하고 우회적인 길을 통해서였으니까. 작가는 서문이나 헌사처럼 솔직하지 못한 언어에 깃든 습관으로 "나의 독자"라고 말한다. 사실 각각의 독자는 책을 읽을 때마다 바로 자기 자신의 독자이다. 작가의 작품은 독자가 어쩌면 그 책이 없다면 스스로 보지 못했을 것을 볼 수 있도록 작가가 독자에게 제공하는 일종의 광학 기구에 지나지 않는다. 책이 말하는 것을 독자가 자신의 마음속에서 알아보는 것이 바로 책의 진실을 증명하며, 적어도 어느 정도는 그 반대도 진실이라고 할 수 있다. 왜냐하면 저자의 텍스트와 독자의 텍스트 사이의 차이는 흔히 저자보다는 독자에 의해 결정될 때가 많기 때문이다. 여기에 더해 순진한 독자에게 책이 지나치게 현학적이거나 난해하고 불투명한 렌즈만을 제공하여 독자가 책을 읽지 못할 수도 있다. 그러나 다른 특징은(성도착증 같은) 독자에게 책을 바르게 읽기 위해서는 어떤 특별한 방법으로 읽을 필요가 있다는 걸 말해 준다. 저자는 그 일로 모욕을 받았다고 여기지 말아야 하며, 오히려 독자에게 "이 렌즈가 잘 보이는지 아니면 저 렌즈가 잘 보이는지 아니면 다른 것이 더 잘 보이는지 당신 스스로가 찾아보세요."

---

* 샤를뤼스는 뮈세의 「10월의 밤」에 나오는 한 구절을 인용한 적이 있다.(『잃어버린 시간을 찾아서』 11권 308쪽)

라고 말하면서 최대한 자유를 허용해야 한다.

잠자는 동안 꾸는 꿈에 대해 내가 언제나 커다란 관심을 가져 왔다면, 이는 그 강렬함이 짧은 지속을 상쇄하고, 이를테면 사랑의 주관적 성질 같은 것을 아주 단순한 사실로 — 그러나 놀라우리만큼 빠른 속도로 — 더 잘 이해하도록 도와주었기 때문이 아닐까? 꿈은 속칭 '누군가의 입장이 되어 보는 것'이라고 일컫는 것을 실현하며, 그리하여 우리는 몇 분 동안 꿈속에서 못생긴 여자를 열정적으로 사랑하기도 하는데, 현실 생활에서라면 수년의 습관과 동거 생활을 — 꿈이 기적을 행하는 의사에 의해 발명된 사랑의 정맥 주사이자 또한 고통의 주사일 수도 있다는 듯? — 필요로 했을 것이다. 그런데 꿈이 우리에게 주입한 사랑의 암시는 그것이 나타날 때와 같은 속도로 사라지며, 그리하여 이따금 밤에 나타난 연인은 꿈속에서의 모습이기를 멈추고 우리가 잘 아는 추한 여인으로 다시 돌아가며, 뿐만 아니라 보다 소중한 무언가 역시 사라진다. 다정한 감정과 관능적인 쾌락과 아련히 희미해져 가는 온갖 그리움의 매혹적인 정경이, 정열적인 키티라섬*으로의 출항이 사라진다. 전날의 깨어 있는 상태에서 적어 놓고 싶었던 그 감미로운 진실의 뉘앙스가 더 이상 복원할 수 없는 지나치게 희미한 그림처럼 지워진다. 더 나아가 '꿈'은 어쩌면 또한 '시간'과의 놀라운 유희로 나를 매혹했는지도 모른다. 어느 날, 어느

---

* 사랑과 미의 여신인 아프로디테가 태어났다는 전설이 전해지는 그리스 남부의 섬으로, 1717년에 와토가 그린 「키티라섬의 순례」을 암시하는 듯 보인다.

날 밤의 한순간에 우리가 느꼈던 감정의 그 무엇도 더 이상 구별할 수 없을 정도로 그렇게 먼 거리로 물러갔던 아주 오래된 시간이 갑자기 전속력으로 달려오면서, 그 밝음으로 우리를 눈부시게 하고, 마치 희미한 별처럼 생각했던 것이 실은 비행기라는 듯, 우리를 위해 간직했던 온갖 것을 다시 보게 하면서, 우리가 잠에서 깨어났을 때 그 꿈이 기적적으로 뛰어넘은 거리를 뒤잇는 그런 즉각적인 인접성의 충격과 감동과 빛을 주면서 게다가 틀린 생각이긴 하지만, 잃어버린 '시간'을 되찾는 유일한 방법 중의 하나가 꿈이라고 믿게 하지 않았던가?

모든 것이 우리 정신 속에 있는데도, 나는 조잡하고 그릇된 인식만이 모든 것을 대상 속에 위치시킨다는 걸 깨달았다. 나는 할머니가 돌아가신 지 몇 달이 지난 후에야 실제로 할머니를 잃었으며, 사람들의 모습이 나나 다른 사람들이 가진 생각에 따라 변하는 것을 보았으며, 단 한 명의 존재도 그 존재를 보는 사람에 따라 여러 존재로 변하며(이를테면 이 책 첫 부분에서의 스완이나 법원장의 눈에 비친 뤽상부르 대공 부인처럼*), 같은 인물도 세월이 지나면서 변하는 걸(내게서 게르망트라는 이름이나 여러 명의 다른 스완처럼) 보았다. 나는 사랑이 사랑하는 사람에게만 있는 것을 어느 개인에게 위치시키는 걸 보았다. 객관적인 현실과 사랑의 거리가 최대한으로 확대되는 걸 보았을 때 나는 그 점을 분명히 깨달았다.(이를테면 라셀이 생루와

* 『잃어버린 시간을 찾아서』 4권 107~109쪽.

내게 비친 모습이나, 또는 알베르틴이 나와 생루에게,* 모렐 또는 버스 운전사가 샤를뤼스나 다른 사람들에게 비친 모습, 그럼에도 불구하고 샤를뤼스의 다정함이나 뮈세의 시구 등등이.) 끝으로 샤를뤼스 씨의 친독 성향만 해도 어느 정도는 알베르틴의 사진을 바라보던 생루의 시선처럼, 잠시 나의 독일 혐오가 아니라면 적어도 그 독일 혐오의 순수한 객관성에 대한 나의 믿음에서 벗어나게 하여, 사랑의 객관성과 마찬가지로 증오의 객관성도 존재하며, 어쨌든 현재 프랑스가 독일에 대해 반인륜적이라고 평가하면서 내린 끔찍한 판단에는, 라셀을 생루에게, 알베르틴을 내게 그토록 소중한 존재로 보이게 했던 감정처럼, 우리가 느끼는 감정을 특히 객관적으로 믿는 태도가 존재한다고 생각하는 데 도움이 되었다. 이런 사악한 행위가 송두리째 독일에만 내재하지 않는다는 생각을 가능하게 만든 것은, 내가 개인적으로 했던 연속적인 사랑에서 결국은 사랑의 대상이 별 가치 없는 존재로 보였듯이, 내 나라에서 연이어 나타난 증오심이 레나크와 같은 드레퓌스파를 배신자로 — 그들이 프랑스를 넘겨준 독일인보다 천배나 더 고약한 — 만들더니, 오늘날에는 애국자들이 이런 레나크와 결탁하여 그 각각의 구성원이 거짓말쟁이이자 맹수이며 바보인 국가에 대항하여, 루마니아 왕과 벨기에 왕 또는 러시아의 황후처럼 프랑스의 동기를 지지했던 독일인들은 제외하고** 싸우는 것을 이미

---

* 『잃어버린 시간을 찾아서』 5권 253~255쪽, 11권 44~45쪽 참조.
** 레나크(『잃어버린 시간을 찾아서』 5권 400쪽 참조.)는 열렬한 드레퓌스파였지만, 전쟁 전야에는 프랑스의 국익을 위해 삼 년제 병역법을 발기하고(『잃

보았기 때문이다. 사실 드레퓌스 반대파라면 "그건 같은 것이 아니다."라고 대답했을 것이다. 실제로 그건 같은 것이 아니며 같은 사람도 아니다. 그렇지 않다면 동일한 현상 앞에서 그런 현상에 속아 넘어간 사람은 그저 자신의 주관적 상태만을 비난할 수 있을 뿐, 그 장점이나 단점이 대상 자체에 있다고는 결코 생각할 수 없을 것이기 때문이다. 지성은 그때 이런 차이에 근거해서 하나의 이론을(급진파에 따르면 종교계 학교의 반자연적인 교육이나,* 자국민에 동화할 수 없는 유대 인종의 불가능성, 라틴족에 대한 독일 인종의 지속적인 증오심, 황색 인종의 일시적인 복권 같은 이론을)** 별 어려움 없이 구축한다. 게다가 이런 주관적인 측면은 중립국 사람들의 대화에서 특히 두드러졌는데, 그중에서도 이를테면 친독 성향의 사람들은 독일군이 벨기에에서 저지른 잔혹 행위에 대한 얘기가 나오면, 잠시 이해

어버린 시간을 찾아서』 12권 75쪽 참조.), 예전의 적이었던 애국자 대열에 가담한다. 오랜 시간의 망설임 끝에 동맹국 편에서 전쟁에 가담한 루마니아 왕(『잃어버린 시간을 찾아서』 12권 180~181쪽)과, 벨기에 왕 알베르 1세의 어머니는 독일 황제를 배출한 호엔촐레른가 출신이며, 니콜라이 2세의 부인인 러시아 황후는 헤센다름슈타트 대공작의 딸이다.(『되찾은 시간』, 플레이아드 IV, 1272~1273쪽 참조)

* 드레퓌스 지지파들 중 급진파들은 종교가 드레퓌스 반대파와 결탁했다고 해서 종교계 학교의 철폐를 주장했다.(『잃어버린 시간을 찾아서』 12권 286쪽 주석 참조.)

** 이를테면 프레데리크 마송(Frédéric Masson, 1847~1923)은 독일의 빌헬름 황제가 "독일 문화의 이름으로, 또 가톨릭과 라틴 문화에 대한 증오심에서" 벨기에의 루뱅 대학교를 불태우라고 명령했다고 주장한다. 그리고 일본은 1914년 8월 24일 독일에 전쟁을 선포했다.(『되찾은 시간』, 플레이아드 IV, 1273쪽 참조.)

하거나 듣는 것을 멈추는 능력이 있었다.(그렇지만 그 잔혹 행위는 사실이었다. 다시 말해 내가 증오심 또는 그 자체를 보면서 관찰한 주관적 요소가 대상이 실제로 장점이나 단점을 소유하는 걸 가로막지 못했고, 또 그 현실을 순전히 상대주의적 관점으로 사라지게 하지도 못했다.) 그리고 많은 세월이 지나고 시간을 잃어버린 후 이런 내적 행위의 주된 영향을 내가 국제 관계에서까지 느꼈다면, 이는 내 삶의 시초에 콩브레의 정원에서 베르고트의 소설을 읽었을 때 이미 짐작했던 것이 아닐까? 오늘날에도 그동안 잊고 있었던 베르고트 소설의 몇 페이지를 뒤적일 때면, 어느 악인이 속임수를 저지르는 걸 보고 100페이지를 건너뛴 후 끝에 이르러 그 동일한 악인이 심하게 모욕을 당하고 자신의 시커먼 계획이 실패했음을 알 때까지 살아 있다는 걸 확인하고 나서야 휴식을 취하지 않았던가? 왜냐하면 나는 이 인물들에게 무슨 일이 일어났는지 분명히 기억하지 못하며, 게다가 그들은 이날 오후 게르망트 부인 댁에서 만난 사람들과 별로 다르지 않았으며, 적어도 그들 중 몇 명의 지나간 삶이 내가 반쯤 잊어버린 소설에서 읽은 인물처럼 어렴풋했기 때문이다. 아그리장트 대공은 X 양과 마침내 결혼했을까? 아니면 X 양의 오빠가 아그리장트 대공의 동생과 결혼할 예정이었던 것일까? 아니면 내가 예전에 읽은 책 또는 최근에 꾼 꿈과 혼동한 것은 아닐까? 꿈은 내 삶을 구성하는 여러 사실 중 언제나 내게 가장 깊은 인상을 주었으며, 현실이 순전히 정신적 성질의 것임을 설득하게 하는 데 가장 많이 기여했을 것이다. 그러므로 나는 작품의 구성을 위해 꿈의 도움을 받는 일을 소홀히 하지 않을 것이다. 내가 사랑 때문에 조금은 타산적인 방식으로 살았을 때, 꿈은 그 잃어버린 시간의 먼 거리를 관통하게 하면서 기이하게도 할머니나 알베르틴에게 가까이 다가가게 만들었는데, 알베르틴이 꿈에서 세탁소 소녀의 이야기에 대해 조금은 완화된 의미의 설명을 제공했으므로, 나는 다시 그녀를 사랑하기 시작했다.* 이렇게 해서 꿈은 나를 이따금 진실에, 인상에 다가가게 한다고 생각했는데, 그것은 나의 단순한 노력이나 자연과의 만남조차도 제시하지 못했던 것이다. 꿈은 어떤 존재하지 않는 것에 대한 욕망과 그리움을 깨어나게 했으며, 이런 욕망과 그리움은 일을 하고 습관을 피하고 구체적인 것에서 벗어나기 위해서는 필요 불가결한 조건이다. 나는 이따금 첫 번째 뮤즈를 대신하는 이 두 번째 뮤즈, 밤의 뮤즈를 무시하지 않으리라.

나는 귀족들 중에서도 이를테면 게르망트 공작처럼 천박한 정신을 가진 사람은 천박한 사람이 되는 걸 보아 왔다.(코타르라면 "자네는 거리낌이 없군."이라고 말했을 것이다.) 드레퓌스 사건이나 의학 분야에서 또는 전쟁 동안 사람들이 어떤 특정 사실을 진리라고 믿는 것을 보아 왔다. 장관이나 의사는 '예'나 '아니오'라는 대답을 가지고 있어서 해석이 필요하지 않으며, 엑스레이 사진은 환자가 가진 병을 해석할 필요 없이 가르쳐 주며, 권력자들은 드레퓌스가 죄가 있다는 걸 이미 '알았으며'

---

* 알베르틴과 세탁소 소녀의 관계에 대해서는 『잃어버린 시간을 찾아서』 11권 184~185쪽 참조.

(조사를 위해 현장에 로크의 파견단을 보낼 필요도 없이), 또 사라유 장군은 진군할 수단이 있든 없든 러시아군과 동시에 진군하리라는 것도 '알았다.'* 모든 것이 우리 정신에 있는데도, 오히려 조잡하고 그릇된 인식만이 대상 탓으로 돌린다는 사실을 깨닫기까지는 내 삶의 어느 순간도 유용하지 않은 적이 없었다.

결국 생각해 보니 내 책의 소재가 되는 경험의 질료는 스완으로부터 왔다.** 스완 자신과 질베르트에 관계되는 것만이 아니었다. 콩브레에서부터 발베크에 가고 싶은 욕망을 불러일으킨 것은 스완이었으며, 그런 일이 없었으면 부모님께서 나를 발베크에 보낼 생각은 결코 하지 못했을 테고, 또 그런 일이 없었으면 알베르틴이나 게르망트네 사람들과도 만나지 못했을 것이며, 할머니와 빌파리지 부인과의 재회도 없었을 테고, 내가 생루와 샤를뤼스 씨와 친분을 맺는 일도 없었을 것이며, 그래서 게르망트 공작 부인을 소개받는 일도 없었을 테고, 또 부인이 나를 그녀의 사촌 동서에게 소개해 주는 일도

---

* 불가리아가 1915년 독일 편에서 전쟁에 가담하자, 연합군들은 모리스 사라유(Maurice Sarrail, 1856~1992) 장군의 지휘 아래 파견군을 보내지만 세르비아의 참패를 막을 수 없었다. 다음 해 루마니아는 독일 및 오스트리아 헝가리 제국에 전쟁을 선포하고, 그러나 러시아로부터 어떤 도움도 받지 못한 채 참패한다. 1916년 당시 전쟁 장관이었던 로크가 사절단을 파견한 것은 전략적인 측면보다는 이런 연이은 패배에 따른 사라유 장군의 지휘 방식을 조사하는 데 목적이 있었던 것으로, 그의 잔혹 행위가 연합군 내에서도 많은 원성을 샀기 때문이다.(『되찾은 시간』, 플레이아드 IV, 1273쪽 참조.).
** 『잃어버린 시간을 찾아서』 2권 336~337쪽 참조

없었으리라. 그러므로 내 작품에 대한 관념이 돌연 떠오른 이 순간(작품의 소재만이 아니라 작품을 쓸 결심을 하게 된 것조차 스완 덕택이었다.) 내가 게르망트 대공 댁에 와 있다는 사실조차 스완에게서 시작된 일이었다. 내 모든 삶의 넓이를 지탱하기에 그것은 어쩌면 조금은 가느다란 꽃자루인지도 모른다.('게르망트 쪽'도 이런 의미에서는 '스완네 집 쪽'에서 비롯되었다.) 그러나 우리 삶의 여러 다양한 양상의 주범은 스완보다 훨씬 열등하고 지극히 평범한 사람이었을 것이다. 학교 친구가 어느 호감 가는 소녀를 소유할 수 있을 거라면서 가리키기만 했어도(아마 만나지는 못했을 테지만) 나는 충분히 발베크에 가지 않았을까? 이렇게 해서 나중에 그 불쾌한 친구를 만나면 흔히 악수도 하지 않는다. 그러나 조금만 깊이 생각해 보면 우리의 모든 삶과 작품이 그가 우리에게 빈말로 "발베크에 가 보셔야 합니다."라고 했던 것에서 나왔음을 알 수 있다. 그에 대해 어떤 고마움도 표한 적은 없지만, 그것이 우리가 은혜를 모른다는 증거는 아닐 것이다. 왜냐하면 그는 그 말을 하면서 그것이 우리에게 끼칠지도 모르는 그런 엄청난 결과는 결코 생각하지 못했을 테니까. 그 상황들을 이용한 것은 우리의 지성과 감수성이며, 그래서 비록 알베르틴과의 동거 생활이나 게르망트 저택에서의 가면무도회 같은 것은 예측하지 못했다 해도, 그가 처음 충동적으로 했던 말 때문에 그 상황들이 차례로 일어났던 것이다. 물론 그의 충동적인 말은 반드시 필요했고, 이렇게 해서 우리 삶의 외면적인 형태와 작품의 소재까지도 그에게 종속되었다. 스완이 없었다면 부모님은 나를 발베크에 보낼 생각은 결코 하지 못하셨을 것이다. 게다가 그는 그가 간접적으로 내게 초래한 고뇌에 책임이 없다. 그 고뇌는 나의 나약함에서 비롯된 것이었다. 스완의 나약함도 오데트 때문에 그를 몹시 고통스럽게 했다. 그러나 우리가 지내온 삶을 이렇게 한정하자, 그것은 이런 삶 대신 우리가 보냈을지도 모르는 다른 삶은 모두 제외시켰다. 스완이 내게 발베크 얘기를 하지 않았다면, 나는 알베르틴이나 호텔 레스토랑, 게르망트네 사람들도 알지 못했을 터였다. 나는 다른 곳에 가서 다른 사람들을 만났을 것이며, 책과 마찬가지로 내 기억은 내가 상상조차 할 수 없는 다른 그림들로 온통 채워지고, 그리하여 낯선 새로움이 나를 매혹하여 차라리 그쪽으로 가지 못한 것을, 알베르틴과 발베크가, 리브벨의 바닷가와 게르망트 사람들이 언제까지나 미지의 존재로 남아 있지 않음을 안타까워했으리라.

물론 바다 앞에서 처음으로 보았던 알베르틴의 얼굴에, 아마도 글로 쓰게 될 몇 가지 일들을 내가 연결했는지도 모른다. 어떤 의미에서 그녀의 얼굴에 연결한 것은 타당했다. 만일 그날 방파제에 가지 않았다면, 또 그녀와 사귀지 않았다면, 이 모든 생각은 발전하지 못했을 테니까.(적어도 다른 여인에 의해 그 생각이 발전하지 않았다면.) 또 어떤 의미에서는 내가 틀렸는지도 모른다. 여인의 아름다운 얼굴에서 우리가 회고적으로 발견할 기쁨의 생성자는 우리의 감각에서 비롯하기에, 실제로 내가 쓰게 될 글을 알베르틴, 특히 당시의 알베르틴이 이해하지 못하는 것은 너무도 자명했다. 그러나 바로 그렇기 때문에(이것이 바로 우리가 지나치게 지적인 분위기에서 살면 안 되는 증거이기도 하다.), 또 그녀가 나하고 너무도 다르다는 사실 때문에 그녀는 슬픔에 의해, 또 처음에는 단순히 자신과는 다른 것을 상상하려는 노력에 의해 나를 풍요롭게 했다. 만일 그녀가 이 글을 이해할 수 있다면, 그런 사실만으로도 그녀는 이 글에 영감을 주지 못했으리라.

질투는 유능한 모집원이어서 우리의 그림에 균열이 생기면 필요한 아름다운 소녀를 찾아 우리를 거리로 나가게 한다. 그녀는 더 이상 아름답지 않고, 그러나 우리가 질투를 하면 다시 아름다워질 테고, 그 공허를 채워 줄 것이다.

만일 우리가 죽으면 이 그림이 이렇게 완성된다 해도 기쁨을 느끼지 못할 것이다. 그러나 이런 사유가 그렇게 실망스러운 것만은 아니다. 삶이란 사람들이 말하는 것보다 조금은 더 복합적이며 상황 또한 마찬가지이다. 그리고 이런 복합성을 보여 주어야 하는 절박한 필요가 존재한다. 그토록 유익한 질투는 반드시 시선이나 이야기, 이것을 자신에게로 돌리는 반전에 의해서만 유발되는 것은 아니다. 파리에서는『파리의 명사들』, 시골에서는『성관 연감』이라고 불리는 그런 연감의 페이지 사이에서 우리의 가슴을 찌를 준비가 되어 있는 질투를 발견할 수 있다.* 우리는 방심한 채로 더 이상 우리의 관심을 끌지 않는 아름다운 소녀가 며칠 동안 덩케르크 근방의 파드

---

*『파리의 명사들』이란 이름과 주소가 직업과 거리별로 분류된 파리 사교계 인사들의 연감이다.『성관 연감』은 프랑스에 있는 모든 성의 소유자들의 이름과 주소가 기재된 책이다. 두 연감 다 파리 9구 쇼세당탱에 위치한 라 파르 출판사에서 출판되었다.(『되찾은 시간』, 플레이아드 IV, 1274쪽 참조.)

칼레에 있는 동생을 보러 간다고 말하는 것을 들었다.* 또한 예전에 방심한 채로 E 씨가 어쩌면 그 아름다운 소녀에게 수작을 걸었다고 생각했으며, 지금은 그녀가 그를 자주 만났던 술집에 가지 않기 때문에 그를 더 이상 만나지 않는다고 생각했다. 그런데 그녀의 동생은 어떤 사람이었을까? 어쩌면 하녀가 아니었을까? 우리는 신중함에서 그 문제에 관해 물어보지 않았다. 그런데 우연히 『성관 연감』을 펼치다가 E 씨가 덩케르크 근방의 파드칼레에 성관을 소유하고 있음을 알게 된다. 더 이상 의심할 여지가 없다. 그는 아름다운 소녀를 기쁘게 하려고 그녀의 동생을 하녀로 고용했고, 또 그 소녀를 술집에서 더 이상 만나지 않았다면, 그건 자신이 일 년 내내 사는 파리의 집으로 그녀를 오게 했기 때문이다. 하지만 파드칼레에 체류하는 동안에도 그녀 없이는 단 하루도 살 수 없었다. 분노와 사랑에 취한 그의 붓은 그리고 또 그린다. 그렇지만 그게 사실이 아니라면? E 씨가 정말로 더 이상 그 아름다운 소녀를 만나지 않고, 단지 돌봐 주기를 좋아하는 성격 때문에 그녀의 동생을 일 년 내내 파드칼레에 사는 자기 형제 중 하나에게 소개한 것이라면? 그래서 그녀가 어쩌면 우연히 E 씨가 성관에 없을 때 동생을 보러 간 것일지도 모른다. 그들은 둘 다 서로에 대해 신경 쓰지 않는 사이니까. 또는 어쩌면 동생이 시골의 성

---

* 덩케르크는 프랑스 북부에 위치한 항구 도시로 벨기에 국경에서 14킬로미터 지점에 있으며, 도버 해협에 면해 있다. 1차 세계 대전 때 해군 기지가 있는 탓에 독일군의 침공을 받았으나 점령되지는 않았다. 파드칼레는 프랑스 북부에 위치하는 항구 도시로 영국의 도버 해협까지 약 34킬로미터 거리에 있다.

또는 다른 곳에서 하녀로 일하는 것이 아니고 파드칼레에 친척이 있을 수도 있다. 처음 순간 우리가 느꼈던 고통은 이런 마지막 가정 앞에서 승복하고, 이 가정이 우리의 질투를 완전히 누그러뜨린다. 그렇지만 무슨 상관이란 말인가? 『성관 연감』의 종이 속에 감추어진 질투가 적절한 순간에 나타나서 이제 그림의 빈틈이 채워졌으니까. 질투로 유발된 아름다운 소녀의 현존 덕분에 모든 그림이 구성되고, 하지만 이미 우리는 더 이상 질투하지 않고 사랑하지도 않는다.

*

그때 집사가 와서 첫 곡이 끝났으므로 서재를 떠나 살롱에 들어가도 된다고 말했다. 그 말이 내가 있는 곳을 다시 떠올리게 했다. 그러나 사교적인 모임과 나의 사교계로의 복귀가 고독 속에서 발견할 수 없었던 새로운 삶을 향한 출발점을 제공했다는 점에서 내가 지금 막 시작한 사유는 조금도 방해받지 않았다. 이런 사실은 조금도 놀라울 것이 없었다. 내 마음속에 있는 영원한 인간이 부활할 수 있다는 인상이 반드시 사교계보다 고독과 더 많이 연결된 것은 아니었으니까.(어쩌면 예전에 내가 그렇게 믿었던 것처럼, 어쩌면 지금이야 끝난 듯 보이는 이런 긴 정지 기간 대신, 내가 조화롭게 성장했다면 예전에 내가 그렇게 믿을 수 있었고 또 지금도 그렇게 믿었을 것처럼.) 왜냐하면 그런 아름다움의 인상을 발견하는 것이, 다만 아무리 하찮은 감각이라고 해도 현재의 감각과 비슷한 감각이 내 마음속에서 자발적으로 되살아나면서 덧붙여지고, 평소에는 개별적인 감각들이 그토록 많은 빈자리를 남긴 내 영혼을 보편적인 본질로 가득 채우면서 현재의 감각을 동시에 여러 시기로 펼쳐지게 할 때라면, 그와 같은 종류의 감각을 자연에서와 마찬가지로 사교계에서도 느끼지 않을 하등의 이유가 없었기 때문이다. 그 감각들은 다만 우연에 의해, 아마 우리가 일상적인 생활 방식에서 벗어나는 날이면 지극히 사소한 것이 평소에는 습관 때문에 우리의 신경 조직에 생략하는 것을 다시 주기 시작하는 그런 특별한 흥분 상태의 도움을 받아 제공되었으니까. 우리를 예술 작품으로 인도하는 것이 유일하게 이런 종류의 감각이었으므로, 나는 서재에서 전개했던 사유의 흐름을 쫓아가면서 그 객관적인 이유를 찾으려고 시도했다. 왜냐하면 정신적 삶의 시동 장치가 지금은 서재에 혼자 있을 때처럼 살롱에서 손님들 한가운데서도 계속될 수 있을 만큼 꽤 강력하게 작동했기 때문이다. 이런 관점에서는 아무리 많은 사람들 사이에 있어도 나 자신을 위한 고독의 자리는 남겨 둘 수 있었다. 이는 제아무리 중요한 사건이라고 해도 외부에서부터 우리의 정신력에 영향을 미칠 수 없으며, 또 아무리 기념할 만한 시대에 산다고 해도 무능한 작가는 여전히 무능한 작가로 남는다는 동일한 이유에서이다. 사교계에서 진짜 위험한 것은 그런 사람들을 대하는 사교적인 태도이다. 영웅적인 전쟁이 저급한 시인을 숭고한 시인으로 만들 수 없듯이, 사교계 자체가 당신을 저급한 인간으로 만들 수는 없다.

어쨌든 예술 작품이 이런 방식으로 구축되는 것이 이론적으로 유익한지 아닌지는 앞으로 검토해 보기로 하고, 그때까지 나와 관계하여 진정한 미학적 인상은 언제나 이런 종류의 감각 후에 나타났음을 나는 부인할 수 없다. 사실 그 감각은 내 삶에서 꽤 드물게 나타났지만 그럼에도 내 삶을 지배했고, 내가 실수로 시야에서 놓친(앞으로는 더 이상 그렇게 되지 않기를 기대하는) 몇몇 감각의 절정을 다시 과거에서 찾을 수 있었다. 그것이 지닌 절대적인 중요성 덕분에 나는 이미 그 감각이 내게 고유한 개인적 특징이라고 말할 수 있으며, 그 특징은 분명하지는 않지만 식별할 수 있었고, 또 사실 몇몇 작가에게 속하는 것과 꽤 유사하다는 걸 발견하고는 마음이 놓였다. 『무덤 너머의 회고록』에서 가장 아름다운 부분은 마들렌 부분에 나오는 것과 같은 유형의 감각에 달려 있는 게 아닐까? "어제 저녁 혼자 산책했다……. 자작나무 맨 꼭대기에 앉아 있는 개똥지빠귀의 지저귐이 나를 명상에서 깨어나게 했다. 그 순간 마법 같은 음향이 내 눈앞에 아버지의 영지를 다시 나타나게 했다. 그러자 최근에 내가 목격했던 재앙도 잊어버리고 느닷없이 과거로 운반되면서 개똥지빠귀의 휘파람 소리를 그토록 자주 들었던 전원을 다시 보았다."* 이 회고록의 가장 아름다운 두세 문장 중 하나는 바로 다음과 같은 것이 아니었을까. "헬리오트로프의 미묘하고도 그윽한 향기가 작고 네모난 꽃이 핀 잠두콩밭으로부터 뿜어져 나왔다. 그 향기는 고국의 미

---

* 샤토브리앙의 『무덤 너머의 회고록』 3권 2장에서 인용했다. 개똥지빠귀와 콩부르와 『무덤 너머의 회고록』의 연관 관계에 대해서는 『잃어버린 시간을 찾아서』 12권 78쪽 주석 참조.

풍이 아니라 유배당한 식물과 아무 관계 없는, 회상이나 쾌락과도 교감이 없는 뉴펀들랜드의 원시적인 바람에 의해 실려 왔다. 아름다운 여인이 호흡하지 않고 그녀의 가슴에서 정화되지 않으며 그녀의 발자취를 따라 흩어지지도 않는 향기, 여명과 문화와 세계로 변모한 그 향기에는 그리움과 부재와 젊음의 온갖 우수가 배어 있었다.* 프랑스 문학의 걸작 가운데 하나인 제라르 드 네르발의 「실비」에는 『무덤 너머의 회고록』 중 콩부르와 관계된 부분의 책처럼, 마들렌 맛이나 '개똥지빠귀의 지저귐'과 같은 유형의 감각이 들어 있다.** 끝으로 보들레르에게서 이런 종류의 회상은 물론 이보다 덜 우발적이어서 내 견해로는 보다 결정적이라고 할 수 있는 회상들이 많이 있었다. 시인 자신이 더 많은 선택을 하고 게으름을 피우면서, 이를테면 여인의 향기나 여인의 머리칼과 가슴의 향기에서 "무한히 둥근 하늘의 푸르름"과 "불꽃과 돛대로 가득한 항구"

---

* 헬리오트로프는 보라색 꽃을 피우는 향이 짙은 식물로 향유초라고 불리기도 한다.(『잃어버린 시간을 찾아서』 12권 74쪽에는 물푸레나무로 기술되었다.) 뉴펀들랜드는 동쪽으로는 대서양, 서쪽으로는 세인트로렌스만(灣)에 면한 캐나다 동쪽 끝 래브라도반도 남쪽에 위치한 섬이다. 이 문단은 샤토브리앙이 1791년 미클롱섬(뉴펀들랜드섬 바로 남쪽에 위치한 프랑스의 해외령)으로 여행 갔을 때의 인상을 적은 것으로 『무덤 너머의 회고록』 6권 5장에 수록되었다. 프루스트는 샤토브리앙을 회상(프루스트의 표현을 따르자면 비의지적 기억)의 중요성을 강조한 작가로 높이 평가한다.(『되찾은 시간』, 리브르드포슈, 437쪽 참조.)

** 제라르 드 네르발(Gérard de Nerval, 1808~1855)의 『불의 소녀들』에는 서정적 단편 소설 「실비」(1853)가 수록되어 있는데, 신문 기사를 읽다 오래전에 망각했던 고장의 추억 속으로 빠져든다는 내용으로 미래의 화자 모습을 연상시킨다.

를 환기하는 시적 영감의 유추를 의도적으로 추구한다.* 나는 그토록 고귀한 문학의 계보에 나를 재배치해 주고, 또 그렇게 해서 내가 시도하는 데 전혀 망설일 필요 없는 작품이 충분히 노력을 기울일 만한 가치가 있다는 걸 확신하게 해 주는 그런 감각의 전이가 그 근저를 이루는 보들레르의 시편들을 기억하려고 애쓰면서 서재에서 내려오는 계단 밑에 이르렀을 때 나는 돌연 커다란 살롱에, 또 연회 한복판에 있는 자신을 발견했다. 그 연회는 내가 예전에 참석했던 연회와는 많이 다른 것처럼 보였고, 그래서 내게 특별한 양상을 띠면서 새로운 의미를 가졌다. 사실 내가 그 커다란 살롱에 들어서자마자, 비록 조금 전에 세웠던 계획에 단단히 매달리고 있었음에도 불구하고, 갑자기 연극에서 말하는 사건의 반전 같은 것이 일어나면서 뭔가 그 계획에 아주 심각한 반론을 제기하는 것 같았다. 물론 극복할 수 있는 반론이긴 했지만, 그것은 내가 마음속에서 예술 작품의 조건에 대한 성찰을 계속하는 동안에도, 나를 망설이게 하는 지극히 타당한 이유를 수백 번이나 되풀이하면서 매 순간 내 성찰을 중단시키려고 했던 것이었다.

처음 순간 나는 왜 집주인이나 손님들을 알아보는 데 망설였는지, 왜 저마다 '분장을 하고' 대개는 얼굴에 분을 뿌리면서 완전히 다른 모습으로 보였는지 이해하지 못했다. 대공은 손님을 접대하면서 아직도 내가 그를 처음 만났을 때 인지했던 그 요정 이야기에 나오는 왕과 같은 호인의 모습을 풍겼지

---

* 보들레르의 『악의 꽃』 중 「머리 타래」와 「이국 향기」에 나오는 시구이다.

만, 그러나 이번에는 예전에 그가 손님들에게 강요했던 예의 범절에 그 스스로가 복종하는 것 같았다. 흰 턱수염을 괴상하게 붙이고 신발의 밑창을 납으로 댔는지 무겁게 질질 끄는 모습이 '인생의 나이' 중 하나를 형상화한 듯했다. 콧수염도 「엄지 동자」*에 나오는 결빙된 숲이 아직 남아 있기라도 한 듯 하얗게 되어 있었다. 콧수염이 뻣뻣한 입술을 불편하게 하는지 「엄지 동자」의 숲을 모방하는 효과가 달성된 후에는 그 수염을 기꺼이 잘라 버릴 것 같았다. 사실을 말하자면 나는 어떤 추론의 도움을 받아서, 또 단지 몇몇 이목구비의 닮은 모습으로 그 사람의 정체에 관한 결론을 내고서야 그를 알아볼 수 있었다. 젊은 페장사크**가 얼굴에 무엇을 발랐는지는 모르지만, 다른 사람들에게서 턱수염의 절반과 콧수염만 하얗게 되었을 때, 그는 그런 염색에는 신경 쓰지 않고 얼굴을 온통 주름살로 뒤덮고 눈썹은 비죽 곤두선 털로 뒤덮을 방법만 발견했으며, 게다가 그 모든 것이 그에게는 전혀 어울리지 않았다. 그의 얼굴은 굳어지고 딱딱하고 근엄한 표정의 효과를 자아냈고, 그것이 그를 너무도 늙게 만들어 젊은 사람이라고는 더 이상 말할 수 없을 정도였다. 같은 순간 누군가가 은색의 대사(大使)

---

* 샤를 페로(Charles Perrault)가 1697년에 발간한 『어미 거위의 이야기』에 수록된 동화이다. 가난에 굶주린 부모가 일곱 명의 아이들을 숲속에 버리지만 가장 작은 엄지 동자의 기지로 가난과 굶주림을 물리친다는 내용이다.
** 「게르망트 쪽」에서 페장사크 공작의 선조는 게르망트 공작의 선조와 나란히, 항해사의 아름다운 두 딸과 결혼한 명문가의 인물로 나온다.(『잃어버린 시간을 찾아서』 6권 390쪽)

콧수염을 한 작은 노인을 샤텔로 공작이라고 부르는 걸 듣고 나는 몹시 놀랐는데, 미세한 눈초리의 극히 작은 부분만이 빌 파리지 부인을 방문했을 때 한 번 본 젊은 남자를 알아보게 했다. 내가 이렇게 분장한 모습을 제외하고 기억의 노력에 의해 본래의 모습을 보완하면서 식별하는 데 성공한 첫 번째 인간에 대해, 내가 처음 한 생각은 어쩌면 일 초도 안 되는 짧은 순간이긴 했지만, 우선 그 인간을 알아보기 전에 조금은 망설일 정도로 그렇게 멋지게 분장한 것을 축하해 주고 싶다는 것이었다. 평소에 맡던 배역과는 다른 배역으로 나타난 명배우들이 무대에 등장하면, 프로그램을 보고 미리 그 사실을 알았지만 박수를 치기 전에 너무도 놀라 어안이 벙벙한 관객이 느끼는 그런 망설임이었다.

이런 관점에서 볼 때 모든 이들 중 가장 놀라운 사람은 바로 나의 개인적 맞수인 아르장쿠르 씨였다. 그는 그날 오후 연회의 진정한 관심 대상이었다. 조금 희끗희끗할까 말까 한 턱수염 대신 믿기 어려울 정도로 괴상한 새하얀 턱수염으로 장식했을 뿐만 아니라(물리적인 작은 변화가 한 인물을 작아 보이거나 커 보이게 하여 그의 표면상의 성격과 인성마저도 변하게 하는 법이다.), 근엄한 표정과 풀을 먹인 듯한 뻣뻣함이 아직도 내 기억 속에 남아 있는 그 인간에 대해 존경심이라곤 조금도 불러일으키지 않는 그런 늙은 거지의 모습을 하고 있었다. 그것이 노망난 늙은이 역할을 하는 인물에게 사지가 떨리고, 평소에 도도했던 이목구비를 축 늘어지게 하여 멍청하게 황홀경에 사로잡힌 미소를 계속하며 짓는 생생한 모습을 부여했다. 변장술도 그 단계에 이르면 변장 이상의 것, 인성의 완전한 변신이 된다. 비록 몇 개의 미세한 것들에 의해 말로 형언하기 어려운 생동감 넘치는 광경을 보여 주는 사람이 분명히 아르장쿠르 씨라는 걸 증명해 보였지만, 만일 내가 알던 아르장쿠르의 얼굴을 되찾고 싶다면, 나는 한 얼굴이 연이어 변해 가는 상태를, 얼마나 많은 상태를 관통해야 했을까! 그가 마음대로 사용할 수 있는 것은 육체밖에 없는데도 그의 얼굴은 그토록 원래의 모습과 달라 보였다. 이는 물론 그가 자신의 몸을 파괴하지 않고 이르게 할 수 있는 극단의 단계로, 그렇게 해서 그의 거만한 얼굴과 뒤로 젖힌 상체가 이제는 이따금 흔들거리는 삶은 넝마에 지나지 않았다. 예전에 아르장쿠르 씨가 자신의 거만함을 조금 누그러뜨리기 위해 짓던 몇몇 미소를 떠올린다고 해서, 그때 내가 그토록 자주 보았던 미소를 진짜 아르장쿠르 씨에게서 찾을 수 있었을까? 망령 난 늙은 넝마주이의 미소가 예전의 단정한 신사에게 존재할 가능성을 이해할 수 있었을까? 하지만 아르장쿠르의 미소가 동일한 의도를 내포한다고 가정한다 해도, 그의 얼굴이 보여 준 놀라운 변신 탓에 그가 미소를 표현하는 눈길의 물질 자체가 너무도 달라 보였으므로 그 표현도 완전히 다른 것이 되었고, 심지어는 다른 사람에게 속한 것처럼 보였다. 비극적인 태도로 자신의 무섭고 예의 바른 모습을 보여 주었던 샤를뤼스 씨처럼 그렇게 관대하고 희화적인 모습으로 자신의 유약함을 보여 주는 그 숭고한 노망난 인간 앞에서 나는 웃음을 멈출 수 없었다. 라비슈의 연극이 과장해서 보여 주는 그런 르냐르풍의 죽어 가는 희가극 가수 역할을 맡은 아르장쿠르 씨는,* 가장 저급한 인간이 하는 인사에도 열심히 모자를 벗어 대는 리어왕 역할을 맡은 샤를뤼스 씨만큼이나 그렇게도 접근하기 쉽고 상냥했다. 그렇지만 나는 그가 제시하는 놀라운 광경에 찬사를 보내고 싶은 생각은 전혀 없었다. 그걸 막은 것은 예전에 그에 대해 가졌던 반감 때문이 아니라, 평소에 교만하고 적대적이고 위험한 아르장쿠르 씨가 너무도 변해서 마치 내가 다른 사람 앞에, 그토록 관대하고 무해하고 무력한 사람 앞에 있는 듯한 느낌이 들었기 때문이다. 그는 너무 다른 사람이었고, 지나치게 우스꽝스럽고 찡그리고 익살스러운 백발의 인물을, 어린 시절로 돌아간 두라킨 장군**을 흉내 내는 눈사람 같은 늙은이를 보노라니, 인간이란 존재도 몇몇 곤충처럼 완전히 변신할 수 있을 것 같다는 생각이 들었다. 나는 자연사 박물관의 교육적인 진열장 뒤에서 가장 빠르고 가장 확실한 특징을 가진 곤충이 어떻게 변할 수 있는지 그 본보기를 보는 것 같았는데, 움직인다기보다는 떨리는 듯한 그 물렁물렁한 번데기 앞에서 나는

* 라비슈(Labiche)(『잃어버린 시간을 찾아서』 2권 174쪽 참조.)가 익살극을 많이 쓴 것은 사실이지만 이런 르냐르(Regnard)풍의 주제를 다룬 것으로는 보이지 않는다고 지적된다.(『되찾은 시간』, 리브르드포슈, 476쪽 참조.) 이 문단에서 암시하는 작품은 르냐르의 「포괄 수혜인」(1708)으로, 죽어 가는 제롱트 아저씨가 유언을 남기기 전에 죽을까 봐 두려운 에라스트가 하인인 크리스팽을 아저씨로 둔갑시켜 공증인 앞에서 자신이 포괄 수혜인이라는 유언을 구술하도록 하는 이야기이다.

** 19세기 동화작가 세귀르(Ségur) 백작 부인이 쓴 『두라킨 장군』(1863)에 나오는 이 인물은 러시아 귀족으로 난폭하고 격한 성격이지만 인간적인 면모를 보여 주는 그런 양면성을 구현하는 인물이다.

아르장쿠르 씨가 늘 내게 불어넣던 감정을 전혀 느낄 수 없었다. 그러나 나는 침묵을 지켰고 인간 육체의 변신이 나아갈 가능성을 확대해서 보여 주는 광경을 제시한 그 아르장쿠르 씨에게 축하의 말도 하지 않았다.

물론 무대 뒤나 가장무도회가 열리는 동안, 우리는 변장한 사람이 누구인지 예의상 알아보기 힘들다고 과장해서 말하거나 거의 불가능하다고 단언하는 경향이 있다. 그러나 이곳에서는 반대로 그 점을 되도록이면 감춰야 한다는 걸 우리의 본능이 알려 주었고, 또 나는 그 변신이 스스로 원해서 한 것이 아니기 때문에 자랑거리가 되지 않는다는 걸 느꼈으며, 그리하여 살롱에 들어섰을 때는 생각도 해 보지 못했던 사실을 드디어 깨닫게 되었다. 아무리 간소한 연회라 해도, 사교계 출입을 그만둔 지 오랜 시간이 지난 후 연회가 열리고 또 예전에 알던 사람이 몇 명만 모인다면, 모든 연회는 가장무도회의 효과를 자아내며, 그중에서도 우리가 타인들에게 '자신의 정체를 알리지 않고 궁금증을 자아내는 대상'이 되는 가장 성공적인 가장무도회의 효과를 자아낸다는 걸 깨달았다. 그러나 그 얼굴들은 오래전부터 그들이 원치 않는데도 스스로 만들어졌으며, 그래서 연회가 끝나 분장을 닦는다 해도 지워지지 않았다. 타인들에게 '자신의 정체를 알리지 않고 궁금증을 자아내는 대상'이라고? 슬프게도 우리 역시 그들에 대해 강한 호기심을 느낀다. 그들의 얼굴에 필요한 이름을 붙이는 데 내가 느끼는 어려움과 같은 어려움을, 내 얼굴을 본 사람들도 함께 공유하는지, 그들은 그런 얼굴은 한 번도 본 적 없다는 듯 주의를 기울이지 않거나, 현재의 모습으로부터 다른 기억을 끌어내려고 애쓰는 것 같았다.

만일 아르장쿠르 씨가 방금 그가 연기한 익살극 중 가장 인상적인 '그의 최고 연기 장면'을 보여 주었다면, 내가 그에 대해 간직할 장면은 틀림없이 막이 완전히 내리기 전 관객들이 웃음을 터뜨리는 가운데 마지막으로 무대에 등장하는 배우의 모습이었을 것이다. 내가 더 이상 그를 원망하지 않았다면, 그건 이미 유년 시절의 순진함을 되찾은 그에게서 그가 나에 대해 품었을지도 모르는 모멸적 개념에 대한 어떤 기억도 없었고, 샤를뤼스 씨가 돌연 내 팔을 놓는 걸 본 기억도 없었기 때문이다. 그에게서 이런 종류의 감정이 더 이상 남아 있지 않거나, 아니면 그 감정이 우리에게 이르는 동안 육체라는 굴절 망원경을 통과해야 했으므로 도중에 완전히 의미가 바뀌어 아르장쿠르 씨가 자신의 심술궂음을 표현할 수단이 없었고, 또 사람들을 지속적으로 웃기려고 유인하는 폭소를 억누를 신체적 수단이 없어서 그냥 좋은 사람으로 보였는지도 모른다. 그를 배우라고 말한 것은 조금은 지나친 말인지도 모른다. 온갖 종류의 의식적인 영혼으로부터 자유로운 그가, 하얀 털로 만든 인조 수염을 붙인 흔들 인형처럼 몸을 흔들면서 마치 과학적이고 철학적인 내용을 담은 인형극에서처럼 살롱을 여기저기 다니는 것이 보였는데, 거기서 그는 추도 연설이나 소르본 대학교의 강의를 할 때처럼 모든 것에 대한 허무를 환기하는 동시에 자연사의 예시를 보여 주는 역할을 하고 있었다

이런 인형들을 우리가 알았던 사람들에 동일시하려면 여러

면에서 동시에 읽어야 했다. 그 인형들 뒤에 위치하여 깊이를 주고, 그래서 그 늙은 꼭두각시 중 하나와 마주칠 때면 눈으로 보는 동시에 기억으로 봐야 했으므로 정신도 작동시켜야 했다. 세월이라는 비물질적인 색깔 속에 잠긴 인형들, '시간'을 외재화하는 인형들, 보통 눈에 보이지 않지만 눈에 보이기 위해 우리 몸을 찾고 그리하여 그 몸을 만나기만 하면 어디서나 그 위로 시간의 마술 환등기를 보여 주기 위해 사로잡는 것이 '시간'이다. 예전에 콩브레의 내 방 문고리에 비쳤던 골로*처럼 비물질적이며 알아볼 수 없을 정도로 새로운 아르장쿠르 씨가 마치 '시간'의 계시인 양 거기 놓이면서 시간을 부분적으로 가시화했다. 아르장쿠르 씨의 얼굴과 인간을 구성하는 새로운 요소들에서, 우리는 세월의 어떤 숫자를 읽을 수 있었고, 또 우리에게 보이는 대로의 삶, 즉 영속적인 삶이 아니라, 오만한 귀족도 저녁이면 헌옷 장사의 풍자화로 그려지는 것과 같은 그런 변하기 쉬운 환경에서의 실제적 삶을 상징하는 형상을 알아볼 수 있었다.

게다가 다른 사람들에게서 이런 변화와 진정한 소외(疏外)는 자연사의 영역을 벗어난 듯했으며, 그래서 누군가의 이름을 부르는 소리를 들을 때마다 나는 그 동일한 인간이 아르장쿠르 씨처럼 새로운 유형의 특징이 아닌, 다른 인격의 외적인 특징을 제시할 수 있다는 데 놀랐다. 그것은 아르장쿠르 씨의 경우 시간이 이런저런 소녀에게서 짐작도 하지 못했던 가능

---

* 『잃어버린 시간을 찾아서』 1권 26~28쪽 참조.

성을 끌어내는 것과도 같았는데 그 가능성은 모두 관상학이나 육체에 관한 것이지만, 뭔가 정신적인 면도 관계된 것 같았다. 얼굴의 이목구비는 만일 그것이 변하고 달리 배합되고 그 표정이 평소와 같은 방식으로 보다 천천히 움직인다면, 다른 모습이 되고 다른 의미를 갖는다. 그래서 편협하고 무뚝뚝한 사람으로 알았던 이런저런 여인이 몰라볼 정도로 뺨이 커지고 코가 돌연 예견치 못한 매부리코로 변할 때면, 그것은 그녀에게서 결코 기대하지 못했던 어떤 감각적이고 깊이 있는 말을 듣거나 용감하고 고결한 행동을 마주할 때와 같은 놀라움을, 그것도 기분 좋은 놀라움을 자주 야기했다. 그러자 그 코 주위에, 새로운 코 주위에 우리가 감히 기대하지 못했던 새로운 지평이 열리는 것이 보였다. 지난날 불가능하다고 믿었던 선의와 애정이 그 뺨에 의해 가능해졌다. 예전의 턱 앞에서는 낭송하고 싶었던 생각이 전혀 나지 않았던 말을 지금의 턱 앞에서는 할 수 있었다. 이 모든 새로운 이목구비에는 새로운 성격상의 특징들도 포함되었고, 무뚝뚝하고 마른 소녀는 넉넉하고 관대한 품성을 가진 미망인이 되었다. 아르장쿠르 씨의 경우처럼 더 이상 동물학적 의미에서가 아니라 사회적이고 도덕적 의미에서 완전히 다른 사람이라고 말할 수 있었다.

모든 면에서 내가 지금 참석한 오후 모임은 과거에 대한 이미지 이상으로 뭔가 훨씬 소중한 것을 제공했는데, 그 모임은 현재에서 과거를 분리하고, 더 나아가 현재와 과거 사이에 존재하는 관계를 보여 주는, 내가 예전에 한 번도 본 적 없는 연속적인 이미지를 제공했다. 이런 오후 모임은 예전에 투시도*라고 부르던 것과 흡사했으나 세월의 투시도라고 할 수 있는 것으로, 어느 한순간의 전망이 아닌 '시간'의 왜곡된 원근법 속에 위치한 인간의 전망이었다.

아르장쿠르 씨의 정부였던 여인의 경우, '지나간 시간을 고려한다면' 별로 변하지 않았다고 할 수 있었다. 다시 말해 심연 속으로 내던져진 존재가 그 모든 여정에 따라 변형되는 얼굴에 비하면 그렇게 완전히 망가지지는 않았다는 말이다. 그런데 우리는 그 심연의 방향에 대해 공간 세계에서 빌려 온 비교를 통해서만 표현할 수 있으며, 따라서 그것은 똑같이 공허한 비교이다. 그런 비교의 유일한 이점이라면 우리가 그 심연을 높이나 길이 또는 깊이의 방향에서 정의하려고 할 때, 우리에게 이해할 수 없는 감각적 차원이 존재한다는 것을 느끼게한다는 점이다. 내 앞에 놓인 얼굴들에 이름을 붙이기 위해 실제로 세월의 흐름을 거슬러 올라가야 한다는 필연성이, 오히려 반작용으로 그 얼굴들에 실제적인 자리를 부여하면서 내가 생각해 보지도 못했던 세월들을 복원시켰다. 이런 관점에서, 또 공간의 표면적인 동일성에 속지 않기 위해 아르장쿠르 씨 같은 존재의 최근 새로운 모습은 연대기적 현실에 대한 놀라운 계시였는데, 이런 현실은 마치 난쟁이 나무나 거대한 바

---

* '투시도'라고 옮긴 vue d'optique는 원근법에서 파생한 것으로 1740년경에 일반화되었다가 1800년경에 쇠퇴한 입체감과 원근법적인 조망을 강조한 그림이다.

오밥 나무의 출현이 자오선의 변화*를 알려 주는 것처럼 보통은 추상적인 개념으로 남아 있는 것이다.

그때 삶은 이 무대에서 저 무대로, 아이가 청년이 되고 성인이 되고 그러다 무덤을 향해 기울어지는 요정극과도 흡사해 보인다. 또 우리가 그토록 먼 거리를 두고 미리 끌어낸 자들이 이런 지속적인 변화에 의해 그토록 다르게 느껴지는 것처럼, 이제 그토록 다른 모습으로 변한 자들이 존재하기를 멈추지 않으면서도 우리가 예전에 보아 왔던 모습과 더 이상 닮지 않은 것은 우리가 그들과 동일한 법칙을 따랐기 때문이라고 느낀다.

예전에 내가 알고 지냈던 한 젊은 여인이 지금은 머리가 하얗고 허리도 굽은 흉측한 늙은 여자로 변해 있었는데, 연극의 마지막 여흥 무대에서는 자신의 모습을 알아볼 수 없을 정도로 변장하는 것이 필수적임을 가르쳐 주는 듯했다. 그러나 여인의 오빠는 자세도 바르고 얼굴도 예전 그대로여서, 그의 젊은 얼굴에 근사하게 올라간 콧수염만이 흰색으로 칠해진 것을 봤을 때 나는 몹시 놀랐다. 지금까지는 완전히 검은색이었던 턱수염이 부분적으로 흰색으로 변한 것이, 마치 나무에 난 첫 번째 노란 잎이 긴 여름이 되리라고 기대했던 사람들에게 여름을 만끽하기도 전에 벌써 가을임을 알리는 것처럼, 뭔가 이 연회의 인간적 풍경에 우울함을 띠게 했다. 그러자 어린 시

---

* 아마도 위도 변화를 말하는 듯하다고 지적된다.(『되찾은 시간』, 리브르드포슈, 477쪽 참조.)

절부터 나 자신과 타인으로부터 결정적인 인상을 받으면서도 하루하루 살아온 나는 이 모든 사람들 안에서 일어난 변신에 의해 처음으로 그들의 삶에서 흘러간 모든 시간을 인식하게 되었고, 또 그 시간이 내게서도 똑같이 흘러갔음을 드러내면서 나를 무척 혼란스럽게 했다. 그들의 늙음은 그 자체로는 나와 무관한 일이었지만, 내게도 가까웠음을 말하면서 마음을 아프게 했다. 게다가 내 늙음은 몇 분의 간격을 두고 마치 '최후의 심판' 때 울리는 나팔 소리처럼 내 귀를 때리러 오는 말들로 연이어 선포되었다. 첫 번째 말은 게르망트 공작 부인이 발언했다. 부인은 호기심 많은 사람들이 양쪽으로 늘어선 사이를 지나가고 있었는데, 그들은 자신들에게 영향을 미치는 그 멋진 화장이며 미학적인 기교를 이해하지 못한 채 그저 붉은 머리털과 검정 레이스의 덧소매 사이로 살짝 드러난 연어 빛 살갗과 보석으로 숨 막혀 하는 몸에 감동해서는, 마치 게르망트 가문의 수호신이 어느 오래된 신성한 물고기로 육화되어 보석으로 가득 채워졌다는 듯, 유전적으로 굴곡진 선을 그리는 부인의 몸을 바라볼 뿐이었다. "아!" 하고 부인이 말했다. "당신을 보게 되어 정말 기뻐요. 나의 가장 오래된 친구." 게르망트네 집에서 진정한 신비로운 삶을 함께 나누었던 브레오테 씨와 포레스텔 씨, 스완과 고인이 된 많은 사람들과 같은 자격으로 부인의 친구가 될 수 있다고는 어느 한순간도 기대하지 못했던 콩브레 젊은이의 자존심에는, 이 말이 자랑스럽게 여겨졌을 테지만, 지금의 내게는 특히 유감스럽게 느껴졌다. '그녀의 가장 오래된 친구라고!' 하고 나는 중얼거렸다.

'과장하는군. 혹시 가장 오래된 친구 중 하나라면 또 모를까. 하지만 정말로 나는……' 그때 대공의 조카가 내게 다가와서 "나이 든 파리지앵인 당신이,"라고 말했다. 잠시 후 누군가가 내게 쪽지를 전했다. 이 집에 도착하면서 나는 젊은 레투르빌을 만났는데 그와 공작 부인과의 친척 관계는 더 이상 기억나지 않았지만, 그는 나를 조금 알고 있었다. 그는 생시르 육군 사관학교를 막 졸업했고, 그래서 나는 그가 생루처럼 좋은 친구가 될 수 있으며, 군대 일과 군대가 겪어야 했던 여러 변화에 대해 가르쳐 줄 수 있을 거라고 생각했다. 잠시 후 다시 만나 저녁 식사 약속을 잡자고 말했고, 그는 그 말에 매우 고맙다고 했다. 그런데 내가 서재에서 몽상하며 너무 오래 있었던 탓에 그는 더 이상 나를 기다릴 수 없어 그의 주소를 적은 작은 쪽지를 내게 보낸다고 했다. 내가 꿈꾸던 친구의 편지는 이렇게 끝을 맺고 있었다. "당신의 어린 남자 친구가 가진 모든 존경을 담아, 레투르빌." "어린 남자 친구라니!" 나도 이렇게 나보다 서른 살이나 많은 사람들에게, 이를테면 르그랑댕에게 편지를 쓴 적이 있었다. 뭐라고! 생루 같은 친구가 될 수 있을 거라고 상상했던 이 육군 소위가 내 어린 남자 친구를 자청하다니. 그렇다면 그때 이후 변한 것은 군대 방식만이 아니며, 따라서 레투르빌에게 나는 친구가 아닌 늙은 신사였던 것이다. 그리고 그와 동행하면서 나 자신에게 보인 대로 좋은 친구라고 상상했던 레투르빌로부터, 나는 눈에 보이지 않는 컴퍼스의 갈라진 한쪽에 의해 분리되고, 그것이 나를 그토록 그 젊은 소위로부터 멀어지게 하면서 나의 '어린 남자 친구'라고 말한 자에게 늙은 신사로 보이게 했던 것은 아닐까?*

　이 일이 있고 난 후 거의 곧바로 누군가가 블로크 이야기를 했고, 나는 그가 젊은 블로크인지 아니면 그의 부친인지 물었다.(나는 그의 부친의 죽음을 알지 못했는데, 누군가가 전쟁 중에 프랑스가 침략당한 걸 보고 그 충격으로 돌아가셨다고 했다.) "나는 그에게 자식이 있는 줄 몰랐네. 결혼한 것조차 몰랐으니까." 하고 대공이 말했다. "물론 우리가 말하는 건 부친이라네. 젊은 사람의 모습은 전혀 없었으니까." 하고 대공은 웃으면서 말했다. "이미 성인이 된 아들이 있을 수도 있겠지만 말일세." 그 것이 내 친구 이야기임을 나는 금방 알아차렸다. 게다가 잠시 후 블로크가 들어왔다. 사실 나는 블로크의 얼굴에서 바보처럼 동의하는 표정과, 금방 그 표정을 멈추게 하는 장치인 미세한 고갯짓이 겹쳐지는 것을 보았는데, 만일 내 앞에 있는 친구를 알아보지 못하고, 그칠 줄 모르는 젊은 활기를 내 기억이 불어넣지 않았다면, 나는 거기서 어느 온화한 노인이 느끼는 학자의 피로감 같은 걸 인지했으리라. 삶의 시초부터 그를 알았고, 그와의 만남을 멈춘 적 없는 내게서 그는 여전히 학교 친구였고 젊은 사람이었는데, 당시에 내가 가졌던 나이로 산다고 믿으면서 스스로에게 무의식적으로 부여한 젊음을 가지고 그의 젊음을 측정한 것이다. 그런데 이런 그가 자신의 나이만큼 나이가 들어 보인다는 말을 사람들로부터 듣자, 오히려

---

* '어린 남자 친구'라고 옮긴 petit ami는 남자 친구를 의미하는 관용어이지만, 여기서는 petit가 가진 원래 의미인 '어리다'를 강조하고 있으므로 이렇게 옮겼다.

노인들에게서 나타나는 특징인 그런 증상 몇 개를 그의 얼굴에서 발견하며 놀랐다. 나는 그가 사실 나이를 먹었으며, 젊음이 꽤 오랜 세월 동안 유지되는 그런 젊은이들을 삶이 노인들로 만든다는 사실을 깨달았다.

내가 병에 걸렸다는 말을 들은 누군가는 그때 유행하던 독감에 걸릴까 봐 걱정하지 않았느냐고 물었다.* 그러자 어느 관대한 사람이 "아니죠, 그건 오히려 젊은 사람들이 걸리기 쉬운 병이에요. 당신 나이의 사람들은 별로 위험할 게 없어요."라고 말했다. 그리고 그 집에서 일하는 사람들도 금방 나를 알아보고 내 이름을 속삭였는데, 그들이 '그들의 언어로' 속삭이면서 "저기 부친이 있군."(이런 표현 다음에는 내 이름이 따랐다고 했다.)이라고 말하는 소리까지 들었다고 어느 여인이 내게 전했다. 내게는 아이가 없었으므로 그녀는 이 표현을 나이와 연관지을 수밖에 없었다고 했다.

"뭐라고요, 내가 원수(元帥)**와 아는 사이였냐고요?" 하고 공작 부인이 내게 말했다. "나는 그보다 더 대표적인 사람들, 갈리에라 공작 부인과 폴린 드 페리고르, 뒤팡루 예하 같은 분

---

* 이 장면은 당시 스페인 독감이 유행했던 사실을 고려한다면 대략적으로 1918년경에 위치한다고 추정된다.(『되찾은 시간』, 플레이아드 IV, 1278쪽 참조.)
** 1873년부터 1879년까지 프랑스 대통령을 지냈던 파트리스 드마크마옹(Patrice de Mac Mahon, 1808~1893) 원수를 가리킨다. 만일 이 장면을 1918년 이후에 일어난 것으로 추정한다면, 단순히 원수라는 호칭만으로는 이해하기 힘들다고 지적된다. 1918년 말 이미 프랑스 군대에는 조프르, 포슈, 페탱과 같은 세 명의 원수가 존재했기 때문이다.(『되찾은 시간』, 플레이아드 IV, 1278쪽 참조.)

들과 잘 아는 사이였어요."* 그녀의 말을 들으면서 나는 순진
하게도 부인이 구체제의 잔재라고 부르는 사람들과 교류하지
않은 걸 유감스럽게 생각했다. 하지만 다만 꼬리밖에 알 수 없
는 것을 우리가 구체제라고 부른다는 점을 생각했어야 했다.
이렇게 해서 멀리 지평선에 보이는 것은 신비스러운 위대함
의 양상을 띠며, 그리하여 다시는 보지 못할 세계로 닫히는 것
처럼 보인다. 그렇지만 우리는 앞으로 나아가고, 바로 다음에
올 세대에게는 우리 자신이 지평선에 있는 것처럼 보인다. 그
동안 지평선은 물러가고 끝이 난 것 같은 세계가 다시 시작된
다. "내가 소녀였을 때," 하고 게르망트 부인이 덧붙였다. "디
노 공작 부인**조차 만날 수 있었어요. 그럼요, 난 더 이상 스
물다섯 살이 아니니까요." 하고 그녀가 말했다. 그녀의 이 마
지막 말에 나는 화가 났다. '그런 말은 하지 말아야 했어. 늙은
여자에게나 어울리는 말이야.' 그러다 이내 그녀가 정말 늙은
여자라고 생각했다. "그런데 당신은," 하고 그녀가 말을 이었
다. "여전히 똑같아요. 그래요, 놀라워요. 당신은 여전히 젊어

---

* 갈리에라(Galliera, 1811~1888) 공작 부인은 파리에 자신의 이름을 붙인 의
상 박물관을 세웠으며, 폴린 드 카스텔란(Pauline de Castellane, 1823~1895)
은 탈레랑 공작의 삼대 후손인 루이 드 탈레랑-페리고르와 1861년에 결혼했으
며, 뒤팡루 예하는 성직자이자 교육자로 중등 교육의 자율화를 주장하며 진보
적인 가톨릭 움직임을 주도했다.(『되찾은 시간』, 리브르드포슈, 477쪽 참조.)
** 디노 공작 부인, 즉 마리발랑틴 드 생트알데공드(Marie-Valentine de
Sainte-Aldegonde, 1820~1891)는 1839년 탈레랑-페리고르 후작이자 디노
공작 삼대 후손인 에드몽과 결혼했다.(『되찾은 시간』, 리브르드포슈, 477쪽
참조.)

요." 하고 부인은 내게 말했는데, 겉모습은 아닐망정 실제로 우리가 늙었다는 걸 의미한다는 점에서 우울한 표현이었다. 그리고 부인은 다음 말을 덧붙이면서 마지막 일격을 가했다. "난 당신이 결혼하지 않은 게 항상 안타까웠어요. 사실 누가 아나요, 그편이 더 행복한지도. 만일 당신이 결혼했다면 전쟁에 보낼 아들이 있을 나이이고, 그래서 만일 저 가엾은 로베르처럼(난 지금도 자주 그를 생각한답니다.) 죽기라도 한다면, 당신처럼 예민한 사람은 살아남을 수 없었을 테니까요." 그리하여 내가 만난 첫 번째 진실의 거울에서처럼, 그들 의견에 아직 젊다고 여기는, 나 자신도 아직 그렇다고 여기는 노인의 눈을 통해 나 자신을 볼 수 있었다. 또 나를 노인의 한 예로 인용하면서도 그들로부터 내 말이 틀렸다고 반박하는 말을 듣고 싶었을 때, 그들이 그들 스스로를 보는 눈길이 아니라, 내가 그들을 보는 눈길에 따라 나를 바라보는 그들의 눈길에는 그 말이 틀렸다고 반박하는 말은 한마디도 없었다. 왜냐하면 우리는 자신의 모습이나 자신의 나이는 보지 못하지만, 각자는 마치 반대쪽에 있는 거울을 보듯 타인의 모습은 보기 때문이다. 그리고 아마도 대부분의 사람들은 그들이 늙었다는 걸 깨닫는다 해도 나만큼 그렇게 슬퍼지지는 않았으리라. 그런데 우선, 늙음에는 뭔가 죽음과 공통된 것이 있다. 어떤 이들은 늙음이나 죽음에 무관심하지만, 이는 그들이 다른 사람들보다 용기가 많아서가 아니라 상상력이 부족하기 때문이다. 다음으로 어린 시절부터 마음속에 단 하나의 생각을 품어 온 인간이, 게으름이나 건강 상태 때문에 그 생각의 실현을 끊임없이 뒤로 미루고 밤마다 잃어버린 흘러간 날들을 취소하여 그 결과 육체의 늙음을 재촉하는 병이 정신의 늙음을 지연시키는 경우, 그가 만일 계속해서 '시간' 속에 살아왔다는 것을 깨닫기라도 하면, 내면의 삶은 거의 살지 못하고 그저 달력을 쫓아가면서 일상적으로 덧셈을 한 세월 전체를 단번에 깨닫지 못하는 사람보다 훨씬 더 놀라고 혼란에 빠지는 법이다. 그러나 그보다 더 심각한 이유가 내 고뇌를 설명해 주었다. 그것은 내가 예술 작품을 통해 초시간적 실재를 규명하고 지적 분석을 시도하려는 바로 그 순간에 '시간'의 파괴적인 활동을 발견했다는 사실이다.

몇몇 존재에게서 내가 부재하는 동안 그들을 구성하는 각각의 세포가 다른 세포로 연이어 실현되고 교체되면서 그토록 완벽한 변화와 온전한 변신을 유발했으므로, 레스토랑에서 그들과 마주하며 식사를 백번쯤 한다 해도, 마치 익명으로 잠행한 군주의 권력이나 낯선 이의 악덕을 간파하지 못하듯이, 나는 그들이 과거에 내 지인이었다는 사실을 도저히 믿을 수 없었다. 이런 비교도 만약 내가 그들의 이름을 듣는 경우에는 거의 충분치 않다고 할 수 있었는데, 왜냐하면 내 앞에 앉은 낯선 이의 이름을 들었을 때, 그 사람이 죄인인지 왕인지를 아는 것은 그리 놀라운 일이 아니지만, 내가 예전에 알았던 이들, 아니 내가 알았던 동일 이름을 가진 사람들이 지금은 너무도 다른 모습이어서, 그들이 같은 사람이라고는 도저히 믿을 수 없었기 때문이다. 그럼에도 왕권이나 악덕의 관념을 가지고 미지의 인간에게 이내 낯선 얼굴을 부여하고, 그런 얼굴을 가지고 눈이 가려져 있을 때면 쉽게 무례하거나 다정하게 대하는 실수를 저질렀을 테지만, 그 동일한 얼굴에서 지금은 뭔가 품위 있고 또는 수상쩍은 요소를 식별하듯이, 나는 미지의 여인의 얼굴에, 완전히 낯선 얼굴에, 이를테면 그녀가 사즈라 부인이라는 관념을 도입하려고 전념했으며, 그러다가 마침내는 그 얼굴이 예전에 가졌다고 여겨지는 의미를 복원하는 데 성공했다. 그렇지만 그 얼굴이 만일 이름이나 신분 확인을 통해 문제의 심각성에도 불구하고 해결책을 주는 길로 나아가지 않는다면, 그 얼굴 역시 내게는 낯선 것이 되어, 마치 인간이 다시 원숭이가 되는 것처럼, 내가 알았던 모든 인간적인 속성마저 상실하면서 완전히 다른 사람의 얼굴이 되었으리라. 그러나 이따금 예전의 이미지가 꽤 정확하게 되살아나 대조를 가능하게 하기도 했다. 나는 마치 자신이 목격한 피의자와 대면하기 위해 소환된 증인처럼, 그 차이가 너무도 컸으므로 "아뇨……, 기억이 나지 않는데요."라고 말해야 했다.

질베르트 드 생루가 말했다. "우리 둘이서만 식당으로 식사하러 갈까요?" "젊은 남자와 단둘이 식사하는 것이 당신 평판에 누가 되지 않는다면."이라는 내 대답에 모든 사람이 웃는 소리가 들렸고, 그래서 나는 서둘러 "아니 늙은 남자와 함께."라고 덧붙였다. 사람들을 웃기게 한 말이 예전에 어머니가 내 얘기를 하면서 했을 말과 같다고 느꼈는데, 어머니에게 나는 언제나 어린아이였다. 그런데 나는 나 자신에 대한 판단을 어머니와 같은 관점에서 한다는 걸 깨달았다. 나도 어머니처럼 아주 어린 시절부터 이미 몇몇 변화가 내게서 이루어졌음을 주목했지만, 그래도 지금 보니 아주 오래된 변화였다. 나는 한때 사람들이 실제 나이보다 나이를 앞당겨서 "이제는 다 큰 청년이네요."라고 말하던 사람으로 남아 있었다. 지금도 그렇다고 생각했지만 이번에는 실제 나이를 훨씬 뒤로 늦추고 있었다. 나는 자신이 얼마나 변했는지 알지 못했다. 그런데 방금 폭소를 터뜨린 그들은 실제로 나의 무엇에서 그 변화를 감지했던 것일까? 내 머리털은 아직 반백이 아니었고, 콧수염도 검었다. 나는 그들에게 그런 끔찍한 자명성이 어디서 폭로되었는지 묻고 싶었다.

그리고 이제 나는 늙음이 무엇인지 깨달았다. 모든 실재 중에서도 어쩌면 우리가 삶에서 가장 오랫동안 추상적인 관념밖에 갖지 못하는 것이 늙음인지도 모른다. 달력을 보거나 편지에 날짜를 적으면서, 친구가 결혼하거나 친구의 자녀가 결혼하는 걸 보면서도 두려움과 게으름 때문에 아르장쿠르 씨의 형체처럼 우리가 이제 다른 세상에 살고 있음을 알려 주는 그런 낯선 형체를 볼 때까지는 죽음이 의미하는 바를 깨닫지 못한다. 여자 친구 중의 한 손자가, 우리가 본능적으로 친구로 대하는 젊은이가, 마치 그에게서는 할아버지처럼 보이는 우리가 그를 조롱하기라도 한다는 듯 미소를 짓는 날까지는 그 의미를 깨닫지 못한다. 나는 죽음과 사랑, 정신의 기쁨과 고통의 효능, 소명 따위가 의미하는 바를 이해했다. 왜냐하면 비록 이름이 내게서 그 개별성을 상실했다 해도, 말이 그것의 모든 의미를 발견하게 해 주었기 때문이다. 이미지의 아름다움은 사물 뒤에, 관념의 아름다움은 사물 앞에 존재한다. 그러므로 우리가 사물에 도달하면 이미지의 아름다움은 우리를 더 이상 현혹시키지 못하지만, 관념의 아름다움은 우리가 사물을 초월할 때라야 비로소 이해하게 된다.

아마도 내가 방금 깨달은 그 잔인한 발견은 내 책의 소재와 관련해서만 유용했으리라. 나는 작품의 소재가 진정으로 충만된 인상, 시간 밖의 인상만으로는 구성될 수 없다고 판단했으므로, 내가 그 인상들을 끼워 넣기를 기대하는 진리 중 특히 시간과 관계되는 진리, 인간과 사회와 국가를 적시면서 변하게 만드는 시간의 진리가 중요한 자리를 차지할 것이었다. 다만 존재의 겉모습에 나타난 변화, 매 순간 내가 새로운 사례를 주목한 그런 변화를 다루는 일에만 신경을 쓰지는 않을 터였다. 왜냐하면 작품에 대한 생각을 계속하면서 일시적인 기분 전환으로 중단되지 않을 만큼 작품이 꽤 결정적으로 진행 중이었으므로, 나는 지인들에게 인사도 하고 담소도 계속할 수 있었기 때문이다. 게다가 늙음은 모든 이들에게 유사한 방식으로 흔적을 남기지 않았다.

누군가가 내 이름을 묻는 것을 보았고, 그 사람이 캉브르메르 씨라고 어떤 이가 내게 알려 주었다. 그러자 캉브르메르 씨는 나를 기억한다는 걸 보여 주기 위해 "여전히 호흡 곤란을 겪고 계신가요?"*라고 물었다. 그렇다는 내 대답에 그는 "오래 사는 데에는 별 방해가 되지 않는다는 건 아시죠?" 하고 내가

---

* 화자의 호흡 곤란에 대해서는 『잃어버린 시간을 찾아서』 8권 131~132쪽 참조.

이미 100살이라도 되는 것처럼 말했다. 나는 그의 얼굴이 가진 두세 가지 특징에 시선을 고정하며 말했는데, 그것은 내 생각이 그의 인간이라고 부르는 전체 속에 포함시킬 수 있는 요소였고, 게다가 나머지 부분은 내 기억과 매우 달랐다.* 하지만 그가 한순간 고개를 반쯤 돌렸다. 그때 나는 눈이나 입을 완전히 열기가 불편할 정도로 뺨에 거대한 붉은 물집 주머니 같은 것이 달려 있어서 그를 거의 알아보기 힘들다는 걸 깨달았고, 너무 놀란 나머지 일종의 탄저병**에 걸린 듯한 그가 먼저 말하는 것이 적절해 보이는 얼굴을 감히 쳐다볼 엄두도 내지 못했다. 그러나 그는 용감한 병자인 듯 자기 병에 대해 전혀 언급하지 않고 그저 웃기만 했으며, 또 나는 병에 대해 질문하지 않는다면 인정 없는 사람으로 보일 테고, 또 병에 대해 묻는다면 요령 없는 사람으로 보일까 봐 걱정하고 있었다. "나이가 들면서 호흡 곤란이 나타나는 경우가 지극히 드물어지지 않던가요?" 하고 그는 계속 호흡 곤란 이야기를 했다. 나는 그렇지 않다고 대답했다 "아! 내 누이의 경우에는 예전보다 현저히 그 증세가 줄어들던데요." 하고 그는 뭔가 반박하는 투로 나와 자기 누이의 경우가 다를 리 없다는 듯, 또 나이는 일종의 치료제이므로 고쿠르 부인에게 잘 듣는 것이 내게도 이롭다는 사실을 인정하지 않을 수 없다는 듯이 말했다. 캉브르

---

* 프루스트에게서 한 인간이나 인격은 현실에서 직접 도출하는 일련의 추억들이 아니라, 종합적인 지적 구성물이다.
** 흙 속에 사는 탄저균에 의해 발생하는 급성 감염 질환으로 균이 들어오는 경로에 따라 피부나 호흡기 등에 증상이 나타난다.

메르-르그랑댕 부인이 우리 쪽으로 다가왔는데, 나는 그녀 남편의 얼굴에서 목격한 것에 비통해하지 않는 그런 무정한 사람으로 보일까 봐 점점 걱정이 되었지만, 차마 그에 대해 먼저 말을 꺼내지는 못했다. "저이를 만나서 반가우세요?" 하고 부인이 내게 말했다. "괜찮으신가요?" 하고 나는 조금은 모호한 어조로 대꾸했다. "그럼요! 그렇게 나쁘지 않아요. 보시다시피." 그토록 내 시선을 가린 병을 그녀는 깨닫지 못했는데, 그 병은 '시간'이 후작의 얼굴에 씌운 가면에 지나지 않았고, 그러나 조금씩 점차적으로 깊어지면서 후작 부인은 아무것도 알아차리지 못했던 것이다. 캉브르메르 씨가 내 호흡 곤란에 대한 질문을 마쳤을 때, 이번에는 내 차례로 후작의 모친이 아직도 살아 계신지 옆에 앉은 사람에게 낮은 소리로 물었다. 사실 흘러간 시간을 가늠하기까지는 첫걸음이 힘든 법이다. 처음에는 그렇게 많은 세월이 지나갔다고 상상하는 것이 매우 어렵지만, 나중에는 많은 세월이 지나가지 않았다고 상상하는 것이 이상해 보인다. 처음에는 13세기 성당이 그렇게 멀리 떨어져 있다고는 결코 상상하지 못하지만, 나중에는 13세기 성당이 아직 존재한다는 것을 믿는 것이 어려워 보인다. 그렇지만 프랑스에 13세기 성당은 수를 셀 수 없을 만큼 많다. 아주 짧은 순간에, 젊었을 때 알았던 사람이 60세가 되며, 십 년이 지난 후에도 여전히 살아 있으며, 그것도 75세밖에 되지 않았다는 말을 들으면 이해하기 힘들어하는 사람에게서 보다 느리게 진행되는 것과 같은 일이 내 마음속에서 이루어졌다. 나는 캉브르메르 씨에게 어머니가 어떠시냐고 물었다. "어머니는 여전히 놀라운 분이죠." 하고 그는, 나이 든 부모를 인정 없이 대하는 족속들과는 달리, 귀가 잘 들리며 걸어서 미사에 가며 장례의 슬픔도 무심하게 잘 견딘다는, 순전히 물질적 능력의 행사가 자녀들 눈에는 경이로운 정신적인 아름다움으로 새겨지는 그런 노인들이 있는 몇몇 집안에서 쓰는 형용사를 사용하며 말했다.

예전 그대로의 얼굴을 가진 사람들은 그저 걸음을 걸을 때에만 불편한 듯 보였다. 처음에는 그들의 다리가 아프다고 생각했으나, 조금 뒤에는 늙음이 그들 구두창에 납을 덧대었다는 걸 깨달았다. 또 몇몇 이들은 아그리장트 대공처럼 나이가 들면서 더 근사해 보이기도 했다. 길고 날씬하며 흐릿한 눈길에 영원히 붉은 빛깔로 남아 있을 것 같은 머리털을 가진 그의 뒤를 이어, 곤충에게 일어나는 탈바꿈과 유사한 변신에 의해 너무 오랫동안 보아 온 붉은 머리가 지나치게 오래 사용된 식탁보처럼 백발로 변한 노인이 나타났다. 그의 가슴은 비대하고 낯설 정도로 건장했으며 거의 검투사 같은 모습이었는데, 내가 알았던 그 가냘픈 번데기를 완전히 터뜨리는 것이 필요할 듯 보였다. 스스로 의식하는 듯 근엄한 눈길이 새로운 호의적인 눈길로 물들면서 모든 사람에게 경의를 표했다. 어쨌든 지금의 강력한 대공과 내 추억이 간직한 초상화 사이에는 어떤 유사성이 존속했으므로, 나는 '시간'이 가진 그 독창적인 쇄신의 힘에 감탄을 금치 못했다. 시간은 존재의 단일성과 삶의 법칙을 존중하면서 환경을 바꾸어 동일 인물의 연속적인 두 모습 사이에 과감한 대조를 끌어들일 줄 안다. 왜냐하면 그들 중 많은 이들은 대부분 즉시 식별이 가능했지만, 심술궂고 정확하지 않은 화가가 어떤 사람의 윤곽은 딱딱하게 만들고, 또 다른 이에게서는 상쾌한 안색이나 날씬한 자태를 제거하여 시선을 흐릿하게 만든, 그런 전시회에 한데 모아 넣은 시시한 초상화들과도 흡사했기 때문이다. 이런 이미지들을 내 기억의 눈에 응답하는 이미지들과 비교하자 최근에 제시된 이미지들은 별로 내 마음을 끌지 않았다. 여러 장의 사진 중 친구가 선택하라고 하는 사진이 별로 마음에 들지 않아서 거절할 때처럼, 나는 각각의 사람이 내게 제시하는 그들 자신의 사진을 바라보면서 "아뇨, 이건 아니에요. 당신은 이보다 훨씬 나아요. 당신 모습이 아닌걸요."라고 말하고 싶었으리라. 하지만 "당신의 멋진 그 똑바른 코를, 누군가가 내가 한 번도 본 적 없는 당신 아버지의 매부리코로 만들어 놓았군요."라는 말은 감히 덧붙이지 못한다. 사실 그것은 새로운 코로, 하지만 집안의 코였다. 간단히 말해 예술가인 '시간'이 그 모든 모델들을 알아볼 수 있게 만들었지만, 그들은 실물과 닮지 않았고, 그 이유는 시간이 그들의 비위를 맞추지 않아서가 아니라 그들을 실물보다 더 나이 들어 보이게 했기 때문이다. 게다가 시간이란 예술가는 작업 속도가 아주 느리다. 이렇게 해서 처음 베르고트를 만났던 날, 나는 오데트 얼굴의 복제품이 질베르트의 얼굴에 가까스로 초벌 그림을 그리고, 그러다 '시간'이 드디어는 그 그림을 가장 완벽한 닮음의 경지까지 밀고 나가는 것을 보았다. 마치 화가가 그림 하나를 계속 붙들고 매해 완성해 가는 것처럼 말이다.

몇몇 여인들이 화장을 해서 그들의 늙음을 강조했다면, 몇몇 남성들은 오히려 얼굴에 분을 칠하지 않아 더 늙게 보였다. 내가 특별히 눈여겨보지 않았던 몇몇 남성들은 여인의 환심을 사려는 의욕을 상실하고 화장하는 습관을 멈춘 후부터는 더 많이 변한 듯 보였다. 그런 사람들 중에 르그랑댕이 있었다. 인위적으로 칠했다고는 한 번도 생각해 보지 못한 입술이나 뺨에서 분홍빛의 사라짐이 그의 얼굴에 잿빛 안색과 또한 돌로 조각한 것 같은 정교함을 부여했고, 그의 기다랗고 침울한 얼굴을 몇몇 이집트 신들처럼 조각하고 있었다. 신들? 차라리 유령이라는 말이 더 적합할지 모른다. 그는 화장을 하고 싶은 용기뿐 아니라, 미소를 짓고 눈을 반짝거리게 하고 기발한 연설을 하고 싶은 용기마저 상실한 모습이었다. 그토록 창백하고 낙심하고, 마치 영혼을 부르는 의식에 불려 나온 망자가 하는 것 같은 별 의미 없는 말만을 어쩌다 지껄였으므로, 사람들은 이런 그를 보며 놀라워했다. 그들은 그가 어떤 이유로 해서 그처럼 활기차고 유창하고 매력적인 사람이 되는 것을 방해받고 있는지 자문했다. 마치 살아 있는 동안 그토록 찬란했던 사람의 별 의미 없는, 그렇지만 강령술사가 주문(呪文)을 발전시키는 데 도움이 되는 그런 질문을 던지는 '분신' 앞에서 자문하는 것처럼 말이다. 그리하여 사람들은 혈색이 좋고 민첩했던 르그랑댕이 창백하고 꿈꾸는 듯한 르그랑댕의 작은 유령으로 바뀐 것이 바로 늙음 때문이라고 생각했다.

여러 사람들에게서 나는 마침내 그들의 모습뿐만 아니라, 그들의 과거의 모습을 그대로 알아볼 수 있었는데, 이를테면 스키는 말린 꽃이나 말린 과일처럼 변함이 없었다.* 그는 예술에 대한 내 이론을 확인하는 미완의 시도와도 같았다. 다른 사람들은 사교계 인사들이었으므로 예술에 별 관심이 없었다. 그러나 그들 역시 늙음이 그들을 성숙하게 만들어 주지 못했고, 첫 번째 주름살과 백발이 그리는 동그라미가 그들의 얼굴을 둘러싸도, 예전과 똑같이 혈색 좋은 얼굴은 여전히 열여덟 살의 쾌활함을 간직하고 있었다. 그들은 늙은이가 아니라 극단으로 시들어 버린 열여덟 살의 젊은이였다. 아주 작은 것만으로도 삶의 시든 모습을 지우기에 충분하며, 또 죽음이 깃든 얼굴에 젊음을 돌려주는 일은 얼룩 때문에 예전처럼 반짝거리지 않는 그런 초상화에 낀 얼룩을 제거하는 것만큼이나 쉬운 일인지도 모른다. 유명한 노인의 얘기를 들으면서 우선 그의 선의와 정의, 영혼의 따뜻함을 신뢰한다면, 이는 우리가 어떤 환상에 속았기 때문이라고 생각했다. 왜냐하면 만일 그들이 사십 년 전에 끔찍한 젊은이였다면, 그때의 자만심이나 이중성, 오만함과 교활함을 지금도 가지고 있지 않다고 여길 하등의 이유도 없음을 깨달았기 때문이다.

하지만 이런 그들과는 매우 대조적으로 예전에는 그렇게도 견디기 어려웠던 남성이나 여성들과 담소를 나누면서, 지금은 삶이 그들의 욕망을 좌절하거나 충족하면서 오만함이나 원망 같은 것을 모두 빼앗아 갔는지 과거의 온갖 결점이 사라

* 스키의 유일한 변화는 말린 꽃이나 말린 과일과도 같다는 것인데, 생명 없는 마르고 건조한 사물이 되었다는 점에서 실제로는 아주 중요한 변화라고 할 수 있다.

진 걸 보고 놀랐다. 투쟁이나 과시를 더 이상 필요로 하지 않는 부자와의 결혼, 아내의 영향력, 또 경박한 젊은이가 배타적으로 믿는 가치와는 다른 가치를 천천히 인식하고 취득한 것이 그들의 성격을 부드럽게 만들었고, 장점을 드러나게 했다. 나이가 들면서 그들의 인성이 달라진 것 같았는데 마치 나무가 가을에 색깔이 변하면서 본질이 달라지는 것과도 같다. 그들에게서 노년의 본질이 진짜 표출되었으며 하지만 정신적인 것으로 표출되었다. 다른 이들에게서 본질은 오히려 육체적인 것이며 너무도 새로운 것이어서 그 사람이(이를테면 아르파종 부인 같은) 내게는 낯선 여인인 동시에 낯익은 여인으로 보였다. 낯선 여인이라고 말한 것은 그녀가 누구인지 짐작할 수 없었기 때문이다. 서너 명의 사람들 사이에서(그중에 아르파종 부인은 없었다.) 나를 망설이게 하는 정신의 작업을 나는 본의 아니게 여인의 인사에 답례하면서 누구와 인사하는지를 알기 위해 결국 드러내고 말았는데, 더욱이 여인은 나의 열렬한 인사에 틀림없이 놀랐을 것이다. 왜냐하면 내가 느끼는 의혹의 상태에서, 그녀가 만일 나와 친했던 여자 친구라면 내가 너무 냉담하게 구는 것처럼 보일까 봐 겁이 나서 나는 내 시선의 불확실성을 열정적인 악수와 미소로 보완했을 테니까. 다른 한편으로 그녀의 새로운 모습은 내게 낯설지 않았다. 그 모습은 내가 살아오는 동안 나이 든 살찐 여인에게서 자주 보아 왔던 것으로, 여러 해 전이라면 그 여인이 아르파종 부인과 흡사하리라고는 꿈에도 생각하지 못했을 것이다. 그 모습은 예전에 내가 알았던 후작 부인의 모습과는 너무도 달랐으므로, 사람들은 그녀가 마치 요정극의 인물처럼 처음에는 젊은 여자, 다음에는 살찐 중년 여자, 그러다가 아마도 곧 등이 굽은 비틀거리는 늙은 여자로 나타나는 저주받은 존재라고 말했을지도 모른다. 그녀는 마치 먼 거리에 있는 바닷가를 바라보며 자신을 집어삼키는 세월의 파도를 간신히 밀어내면서 무거운 몸으로 헤엄치는 여인과 같았으리라. 그렇지만 조금씩 그녀의 망설이는 불확실한 얼굴을, 마치 예전의 형태를 더 이상 기억하지 못하는 불충실한 추억처럼 바라본 덕분에 나이가 그녀의 뺨에 추가한 네모꼴이나 육모꼴을 지우는 작은 놀이에 몰두하다가 드디어는 뭔가를 발견하기에 이르렀다. 하기야 나이가 여인의 뺨에 끼워 넣은 건 기하학적인 도형만이 아니었다. 예전과 거의 흡사하게 남아 있는 게르망트 부인의 뺨에는 그래도 누가 사탕처럼 여러 복합적인 요소가 혼재되어 있었고, 그래서 나는 녹청의 흔적이나 잘게 부서진 분홍빛 조가비 조각, 그리고 겨우살이보다는 작고 유리구슬보다는 덜 투명한 그런 뭔가 정의하기 힘든 종기를 식별할 수 있었다.

몇몇 사람들은 다리를 절었고, 그것이 자동차 사고로 생긴 것이 아니라 첫 번째 병의 발작 때문이라는 걸 느낄 수 있었다. 왜냐하면 그들은 사람들의 말처럼 이미 무덤 속으로 한 발을 들여놓았기 때문이다. 그리고 그들 무덤의 방긋 열린 틈 사이로, 반신마비가 된 몇몇 여인들은 묘석에 걸린 치맛자락을 완전히 빼내지 못하는 것 같았고, 또 똑바로 몸을 일으키지도 못했으며 고개를 숙인 채, 최후의 추락 전에 삶과 죽음 사이에서 현재 그들이 그리는 곡선의 상징과도 같은 구부러진 모양으로 기울어져 있었다. 그들을 사로잡는 이런 포물선의 움직임에 맞서 싸울 수 있는 것은 아무것도 없었으며, 그들이 일어서려고 하자마자 몸은 떨리고 손가락은 아무것도 잡지 못했다.

몇몇 이들은 아직 백발이 아니었다. 이렇게 해서 나는 주인에게 한마디 하러 온 게르망트 대공의 늙은 하인을 알아보았다. 머리뿐 아니라 뺨에도 곤두서 있는 뻣뻣한 털이 분홍빛 도는 붉은색으로 아직 남아 있었는데, 게르망트 대공처럼 염색을 한다고는 생각할 수 없었다. 그렇다고 해서 늙어 보이지 않은 것은 아니었다. 다만 식물계의 이끼나 자의류, 또 다른 많은 것들처럼, 겨울이 다가와도 변하지 않는 종이 인간에게도 존재한다는 걸 느꼈을 뿐이다.

이런 변화는 사실 보통 유전적인 것이며, 또 가족이 때로는 특히 유대인들 사이에서는 ― 인종이 ― , 시간이 흘러가면서 남긴 변화를 메우러 왔다. 게다가 이런 특징도 언젠가는 사라진다고 생각해야 하지 않을까? 나는 언제나 우리 개인을 어느 주어진 시간의 순간에, 그 눈이 비록 다른 조직과 연관되어 있으면서도 독립된 조직으로서 먼지가 들어가면 우리 지성의 명령 없이도 깜박거리고, 더 나아가 기생충이 숨어 있는 장(腸)은 지성이 알리지 않아도 악취를 풍기는 군생체로 여겨 왔다. 또 우리의 영혼도 이와 유사한, 그러나 삶의 지속을 통해 나란히 놓여 있으면서도 서로 구별되는 연속체, 마치 콩브레에서 저녁이 다가오면 내 마음을 번갈아 차지하던 자아들처럼 사멸되거나 차례로 교체되는 자아들의 연속체로 여겨

왔다. 또한 존재를 구성하는 정신적인 세포가 그 존재보다 더 오래 지속되는 것도 보아 왔다. 나는 게르망트의 악덕과 용기가 생루에게, 그의 마음속에 든 성격상의 기이하고 짧은 결점처럼 다시 나타나는 것을 보았으며, 또 스완에게서 유대 기질이 나타나는 것도 보았다. 블로크에게서도 그 유대 기질을 볼 수 있었다. 그는 몇 해 전에 아버지를 여의었고, 내가 편지를 써 보냈을 때 처음에는 답장을 하지 않았다. 유대 가정에서 흔히 존재하는 가족에 대한 깊은 애정 외에도, 그의 아버지가 모든 이들보다 훨씬 우월하다는 관념이 아버지에 대한 그의 사랑에 일종의 종교적 숭배와도 비슷한 모양을 띠게 했다. 그는 아버지를 여의었다는 생각에 견딜 수 없었고, 일 년 가까이 요양원에 갇혀 지내야 했다. 내가 표한 애도에 깊이 감동하면서도 그는 거의 거만하다고 할 수 있는 어조로 응답했는데, 두 필 말이 끄는 마차를 기꺼이 역사 박물관에 기부하고 싶은 생각이 들 정도로 탁월한 분을 가까이에서 볼 수 있었다는 점에서 내가 선망의 대상이 된다고 평가했다. 그리고 블로크는 가족들이 모인 식탁에서 아버지 블로크 씨가 니심 베르나르 씨에게 터뜨렸던 것과 똑같은 분노를 이제는 자기 장인에게 터뜨렸다.* 식사 중에는 장인에게 똑같은 욕설을 퍼부었다. 같은 방식으로 나는 코타르와 브리쇼와 다른 사람들이 말하는 것을 들으면서, 문화와 유행에서 단 하나의 파동이 동일한 화법과 생각하는 방식을 모든 공간의 거리를 통해 퍼뜨린다고 느

---

* 『잃어버린 시간을 찾아서』 4권 228~229쪽 참조.

졌다. 이와 마찬가지로 시간의 전 지속을 통해 바다 밑에서 이는 큰 파도가 세월의 깊은 곳으로부터 겹겹이 쌓아 올린 수많은 세대를 가로질러 동일한 분노와 슬픔을, 동일한 용기와 기벽을 들어 올렸으며, 동일 계열의 여러 층에서 취한 각각의 단면은 마치 연속적인 화면에 비친 그림자처럼, 블로크와 그의 장인을, 아버지 블로크 씨와 니심 베르나르 씨를, 또 그 밖에 내가 알지 못하는 사람들을 대립시킨 것과 같은, 비록 조금은 덜 시시하지만 동일 장면의 반복을 제공했다.

　백발 쓴 두건 아래로 몇몇 사람들의 얼굴에서는 죽어 가는 사람의 경직 현상과 눈꺼풀 닫힘 현상이 나타났는데, 끊임없이 떨리며 움직이는 입술은, 죽어 가는 사람이 기도문을 중얼거리는 것과도 같았다. 아직 얼굴 윤곽이 그대로인 얼굴도 다른 얼굴로 보이기 위해서는 검은 머리나 금발 대신 백발로 만들기만 해도 충분했다. 연극 의상 담당자는 가루를 뿌린 가발만으로도 누군가를 충분히 변장하고 알아보지 못하게 할 수 있다. 캉브르메르 부인의 칸막이 좌석에서 만났던 당시 육군 중위였던 젊은 ○○백작은 ─ 그날은 내가 게르망트 부인의 사촌 동서 전용 아래층 특별석에서 게르망트 부인을 본 날이기도 했다 ─ 여전히 이목구비가 반듯했지만, 동맥 경화로 인한 신체적 경직 현상이 그 멋쟁이의 무감동하고 반듯한 얼굴을 더욱 강조하면서 강렬한 선명성을 띠게 했는데, 지나친 부동성 때문에 만테나나 미켈란젤로의 습작품에서 볼 수 있는 것과 같은 그런 이목구비에 거의 찌푸린 듯한 표정을 부여했다. 그렇게 과거에 활기 넘치던 붉은빛 안색이 지금은 경건한 창백함을 띠었다. 은빛 털과 가벼운 비만, 총독의 고귀함, 자고 싶은 생각이 들 정도로 피로한 모습, 이 모든 것이 그에게 불행한 전하에 대한 새로운 예언적인 인상을 주는 데 기여했다. 네모꼴의 금빛 턱수염을 대신하는, 역시 네모꼴이지만 하얀 턱수염이 그를 너무도 완벽하게 변신시켰으므로, 예전에 내가 알았던 소위가 이제 소매에 다섯 개의 금줄을 단 사람임을 인지한 내가 처음 한 생각은, 대령으로 승진한 그를 축하해야겠다는 생각이 아니라 대령으로 변장한 걸 축하해야겠다는 생각이었다. 그는 그렇게 변장하기 위해 고급 장교였던 아버지의 군복과 경건하고도 슬픈 표정을 빌린 것 같았다. 금빛 턱수염이 하얀 턱수염으로 바뀐 다른 사람은, 그래도 활기를 띠고 미소를 짓는 젊은 얼굴이었으며, 하얀 턱수염은 그의 얼굴을 더욱 붉게 만들고 더욱 군인처럼 보이게 하고 눈의 광채를 더욱 빛나게 하고, 그리하여 여전히 젊음을 간직한 그 사교계 인사에게 뭔가 계시를 받은 예언자의 모습을 부여했다.

하얀 머리와 그 밖의 다른 요소가 수행한 변신은, 특히 여인들에게서의 변신은 만일 그것이 인간의 변화, 그래서 우리의 정신을 불안하게 만드는 변화가 아니라 우리의 눈을 매혹하는 색채의 변화에 불과했다면 우리에게 그토록 강한 인상은 주지 못했으리라. 사실 누군가를 '알아본다'는 것은, 더 나아가 누군가를 알아보지 못했다가 나중에 식별한다는 것은 두 개의 모순되는 사실을 하나의 호칭 아래에서 사유하는 것이며, 한때 여기 있었던, 즉 우리가 기억하는 사람은 더 이상 존재하지 않으며, 그리고 지금 여기 있는 사람은 우리가 전에 알지 못했던 사람임을 인정하는 것이다. 또 그것은 죽음의 신비처럼 우리를 혼란스럽게 하는 신비, 사실상 죽음의 전조이자 예고인 신비를 생각해야 한다는 것 같았다. 왜냐하면 나는 그 변화의 의미가 무엇인지, 그 변화가 무엇의 전조인지 알고 있었기 때문이다. 따라서 하얀 머리털은 여인들에게서 다른 변화와 결부되어 내게 강한 인상을 주었다. 누군가가 내게 한 이름을 말하고, 그래서 그 이름이 내가 예전에 알던 그 왈츠 추던 금발 여인과, 지금 내 옆을 둔중한 걸음걸이로 지나가는 백발의 뚱뚱한 부인에게 동시에 적용된다고 생각하자 나는 무척 놀랐다. 어떤 분홍빛 안색과 더불어 그 이름은, 어쩌면 연극에 나오는 순진한 처녀와 작위를 상속받은 미망인보다 더 상이한 두 여인 사이에 ── 기억 속의 여인과 게르망트 대공부인의 오후 모임에서 만난 여인 사이에 ── 존재하는 유일한 공통점이었을 것이다. 우리의 삶이 왈츠 추는 여인에게 그 거대한 몸을 부여하기 위해서는, 그녀의 부자유스러운 동작을 메트로놈에서 하듯 천천히 가게 하고, 지금은 전보다 더 넓어졌지만 젊은 시절부터 붉은 반점이 있는 어쩌면 유일하게 공통 요소인 뺨을 가지고 그 날씬한 금발 소녀를 배가 나온 늙은 원수(元帥)와 교체하기 위해서는, 우리의 삶은 첨탑 대신 둥근 지붕을 설치하는 것보다 더 많은 파괴와 복구 작업을 수행해야 했을 것이다. 그리고 이런 작업이 생명 없는 물질이 아닌, 단지 조금씩 서서히 변해 가는 육체 위에서 이루어졌을 때, 지금 내 앞에 출현한 존재와 내가 기억하는 존재 사이에 그 엄청난 대조는 기억 속의 존재를 아득히 먼 과거, 거의 사실인 듯 보이지 않는 과거 속으로 물러가게 했다. 이 두 모습을 결합하고, 이 두 사람을 하나의 같은 호칭 아래 사유하기란 무척 어려웠다. 왜냐하면 죽은 사람을 살아 있다고 생각하거나, 살아 있는 사람을 오늘 죽었다고 생각하는 것이 어려운 일인 것처럼, 같은 종류의 어려움으로 인해(젊음의 사라짐이나 힘과 경쾌함으로 넘쳤던 인간의 파괴가 이미 허무의 첫 단계이므로) 그 젊은 여인을 늙은 여인으로 생각하기는 무척 어려웠다. 젊은 여인과 나란히 놓인 늙은 여인의 모습이 그 젊은 여인을 그토록 배제하는 듯 보여, 처음에는 늙은 여인이, 다음에는 젊은 여인이, 또 다음에는 늙은 여인이 꿈속에서처럼 번갈아 나타날 때면, 우리는 늙은 여인이 과거에 젊은 여인이었다는 사실을 믿을 수 없으며, 또 그 늙은 여인을 구성하는 물질이 젊은 여인과 같은 물질이며, 그 물질이 다른 곳으로 도피함 없이 시간의 교묘한 조작 덕분에 다른 것이 되었으며, 또 그것은 한 번도 같은 몸을 떠난 적 없는 동일한 물질임을 ─ 비슷한 이름의 지표와 친구들의 확신에 찬 증언이 없다면 ─ 결코 믿지 못할 것이다. 이 증언을 유일하게 사실처럼 보이게 하는 외관은 금빛 밀알 사이로 좁게 나 있던 분홍빛 반점이 지금은 하얀 눈 아래 넓게 펼쳐져 있다는 것이다.

게다가 하얀 눈처럼 백발의 하얀 정도는 일반적으로 사람들이 살아온 시간의 깊이를 나타내는 기호와도 같다. 우리 눈에 다른 산들과 동일 선상에 나타나 보일 때도, 그곳에 쌓인 눈의 하얀 정도에 따라 산의 고도를 드러내는 산꼭대기처럼 말이다. 하얀 머리는 모두에 대해, 특히 여인에 대해서는 정확하지 않았다. 이렇게 해서 게르망트 대공 부인의 머리 타래는 실크처럼 반짝이는 회색이었을 때는 특히 그녀의 볼록 튀어나온 이마 주위에서 은빛으로 보였는데, 지금은 머리가 하얗게 세면서 무광의 털실이나 밧줄 부스러기 같은 것이 되어 전과는 달리 광채를 잃은 더러운 눈처럼 잿빛으로 보였다.

그리고 자주 이 금발의 무용수들은 백발의 가발을 쓰면서 예전에는 알지 못했던 공작 부인들의 우정만 차지한 것은 아니었다. 예전에는 그저 춤이나 추게 했던 예술이 지금은 은총을 받은 것만큼이나 그들을 감동시켰다. 그리하여 17세기에 유명한 귀부인들이 수도원에 들어갔던 것처럼, 그들은 입체파 그림으로 가득한 아파트에서 살았고, 입체파 화가는 오로지 그들을 위해서만 작업했으며, 또 그들은 오로지 그를 위해서만 살았다. 이목구비가 변한 노인들로 말하자면, 외적인 이점을 이용하려 했는지, 아니면 일시적으로 결점을 얼버무리려고 했는지 잠시 포즈를 취할 적에 짓는 그런 순간적인 표정을 자신들의 얼굴에 항구적으로 고정하기 위해 애쓰고 있었다. 그들은 결정적으로 그들 자신에 대해 불변의 스냅 사진이 된 것 같았다.

이 모든 사람들은 변장하는 데 그토록 많은 '시간'을 소비했으므로, 일반적으로 변장한 모습으로 살아가는 사람들 눈에는 그 변장이 눈에 띄지 않았다. 변장하는 자주 유예되는 경우도 있었는데, 그때 그들은 늦게까지 그들 자신으로 남아 있을 수 있었다. 그러나 그때 유예된 변장은 그만큼 더 빨리 채택되었다. 어쨌든 변장은 불가피했다. 나는 X 부인과 내가 나이가 든 다음에야 알게 된 그녀의 어머니, 몸이 오그라들어 키 작은 터키 남자처럼 보이는 어머니 사이에서 닮은 점을 아무 것도 발견할 수 없었다. 사실 나는 X 부인을 매력적이고 꼿꼿한 자세의 여인으로 언제나 알아 왔고, 사실 그녀는 오랫동안 그런 모습으로 남아 있었으며, 어쩌면 지나치게 오래 그런 모습으로 남아 있었는지도 모른다. 왜냐하면 밤이 오기 전 터키 여자로 변장하는 것을 잊지 말아야 하는 사람처럼, 그녀는 자신이 지체했음을 알자마자 서둘러 몸이 갑자기 단번에 오그라들면서 예전에 그녀의 어머니가 지녔던 늙은 터키 여자의 모습을 충실히 재현했기 때문이다.

거기에는 내가 다른 이들의 친척으로 알고 있는 사람들도 있었는데, 나는 그들이 공통된 특징을 가졌다고는 한 번도 생각해 보지 못했다. 르그랑댕이 백발의 늙은 은둔자로 변한 모습을 찬미하면서, 나는 갑자기 르그랑댕 뺨의 비교적 평평한 부분에서 그의 젊은 조카 레오노르 드 캉브르메르*의 뺨에서와 같은 구성을 발견했고, 그렇지만 그는 조카와 전혀 닮지 않았다. 두 사람에게 공통된 이 첫 번째 특징에, 내가 레오노르 드 캉브르메르에게서 주목하지 못했던 다른 특징을, 그러다 또 다른 특징을 덧붙였는데, 그것은 평소에 그의 젊음을 종합해서 제시한 것과는 아주 달랐으므로, 나는 드디어 그에 대해 문자 그대로 닮은 그림보다 더 참되고 더 심오한 풍자화 같

* 르그랑댕의 여동생과 캉브르메르 후작 사이에 낳은 아들로, 샤를뤼스의 양녀인 올로랑 양과 결혼했다. 이들의 결혼에 대해서는『잃어버린 시간을 찾아서』11권 413쪽 참조.

은 것을 갖게 되었다. 그의 외삼촌은 이제 노인의 모습으로 변장하면서 재미있어하는 젊은 캉브르메르였을 뿐만 아니라, 그 노인의 모습이 언젠가는 실제로 그 젊은 캉브르메르의 모습이 될 것이기에, 따라서 예전의 젊은이들의 변한 모습만이 아니라 오늘날의 젊은이들이 앞으로 변할 모습이 그토록 강렬한 힘을 가지고 다가오면서 내게 시간의 감각을 불러일으켰다.

젊음이 새겨지지 않았다면 적어도 아름다움이 새겨졌던 특징이 사라졌으므로, 여인들은 그런 특징이 아직 남아 있는 얼굴을 가지고 다른 아름다움을 만들 수 있을지 모색했다. 그래서 얼굴의 중심을 중력이 아닌 원근법의 각도에서 이동하고 그 중심 주위에 얼굴의 특징을 다른 성격에 따라 구성하면서, 그들은 50세란 나이에 걸맞은 새로운 유형의 아름다움을 만들기 시작했다. 마치 인생 말년에 가서 새로운 직업을 갖거나, 포도 재배에 전혀 유용하지 않은 땅에서 사탕무를 생산하는 것처럼 말이다. 이런 새로운 특징 주위에 그들은 새로운 젊음을 피어나게 했다. 지나치게 아름다운 여인이나 지나치게 추한 여인만이 이런 변신에 적응하지 못했다. 아름다운 여인은 더 이상 아무것도 바꿀 수 없는 결정적 선의 대리석처럼 주조되어 조각품처럼 부스러졌다. 얼굴에 결함이 있는 추한 여인은 아름다운 여인에 비해 몇 개의 유리한 점이 있었다. 우선 우리가 금방 알아볼 수 있는 여인들은 이런 추한 여자들뿐이라는 사실이다. 우리는 파리에서 닮은 입술이 단 두 개도 없다는 걸 알며, 내가 아무도 알아보지 못한 이 모임에서조차 나는 그 입술 때문에 그들을 알아볼 수 있을 정도였다. 그리고 이런 추한 여인들은 나이도 들어 보이지 않았다. 늙음은 뭔가 인간적이다. 그 여인들은 괴물이었으며, 고래와 마찬가지로 더 이상 '변하지' 않을 것처럼 보였다.*

몇몇 남성들이나 여성들은 나이가 들어 보이지 않았고 몸매도 날씬하고 얼굴도 젊었다. 그러나 그들과 얘기하기 위해 그들의 매끄러운 피부와 섬세한 윤곽의 얼굴을 가까이에서 들여다보면, 마치 현미경 아래 놓인 식물 표면이나 한 방울의 물 또는 피처럼 얼굴이 전혀 달라 보였다. 그때 매끄럽게 보였던 피부에서 나를 역겹게 하는 수많은 기름 자국을 식별할 수 있었다. 얼굴의 선도 이런 확대에 저항하지 못했다. 콧날도 가까이 보니 부스러졌고, 얼굴의 다른 부분과 마찬가지로 기름 낀 부분이 침투해서 뭉툭했다. 그리고 가까이 보는 눈은 눈 밑 주름 부분이 들어가 있어 현재의 얼굴과 내가 발견했다고 생각한 과거 얼굴과의 유사성을 파괴했다. 그래서 그 손님들은 멀리서 보면 젊게 보였지만, 그들의 얼굴을 확대해서 보면, 여러 상이한 각도에서 관찰하는 가능성에 따라 나이가 늘어났다. 그 나이는 구경꾼에 달린 것으로, 그런 젊은 얼굴을 보기 위해서는 위치를 잘 정하고, 마치 안경사가 노안을 가진 사람에게 골라 주는 렌즈처럼, 물체를 축소하게 만드는 먼 시선으로 그 얼굴을 바라보기만 하면 된다. 그 얼굴들에서 늙음은, 마치 한 방울의 물속에 든 적층류의 존재처럼, 세월보다는 오

<hr>

* 프루스트는 여기서 일종의 삼단 논법을 시도하고 있다. 모든 인간은 늙는다. 추한 여인들은 늙지 않는다. 따라서 그들은 인간이 아닌 괴물이다.

히려 관찰자 시력의 등급에 따라 제시되었다.

나는 이곳에서 십 년 동안 거의 매일처럼 만났던 옛 친구 중 한 명과 재회했다. 누군가가 우리를 소개해 주고 싶다고 청했다. 그래서 나는 그쪽으로 갔고, 그러자 내가 잘 아는 목소리로 그가 말했다. "이토록 오랜 시간이 지나 만나다니 내겐 정말 큰 기쁨일세." 그러나 나는 얼마나 놀랐던지. 그 목소리는 비록 내 친구의 목소리이긴 했지만, 내가 모르는 어느 반백의 뚱뚱한 영감으로부터 나왔으므로 뭔가 완벽하게 만들어진 축음기에서 나오는 목소리처럼 들렸다. 그때부터 나는 인위적으로 어떤 기계 장치에 의해 내 친구의 목소리를 이 반백의 뚱뚱한 노인에게 머물게 한 것이라고 생각했다. 그렇지만 그는 분명 내 친구였으며, 오랫동안 만나지 못한 우리를 소개해 준 사람도 전혀 사기꾼 같은 데가 없다는 것도 잘 알고 있었다. 친구는 내가 변하지 않았다고 단언했고, 그때 나는 그가 스스로를 변하지 않았다고 믿고 있음을 알아차렸다. 그래서 그를 좀 더 자세히 들여다보았다. 요컨대 매우 뚱뚱하다는 점만을 제외한다면, 그는 예전과 같은 점을 많이 지니고 있었다. 그렇지만 그가 내 친구라는 사실은 이해할 수 없었다. 그래서 기억을 찾으려고 노력했다. 그는 젊은 시절에 항상 웃음 띤 푸른 눈으로 뭔가를 찾아 지속적으로 움직였으며, 나는 그 점에 대해 생각해 보지는 않았지만, 이해타산적인 것과는 거리가 먼 어떤 진리 같은 것을 지속적인 불확실성 속에서, 가족의 모든 친구들에게 고정되지 않은 존경심과 장난기 어린 행동을 하면서 계속 찾고 있다는 생각이 들었다. 그런데 그가 영향력 있고 유능하고 전제적인 정치가가 된 후부터는, 그의 푸른 눈은 자신이 추구하는 바를 찾지 못한 채 움직이지 않았고, 그것이 찌푸린 눈썹 아래 놓인 듯 날카로운 시선을 띠게 했다. 그리하여 쾌활하고 자연스럽고 순진한 표정이 교활하고 엉큼한 표정으로 변했다. 정말이지 그가 뭔가를 말하는 내 말에 돌연 웃음소리를, 예전처럼 미친 듯이 웃어 대는 웃음소리를, 끊임없이 움직이는 시선에 어울리는 웃음소리를 터뜨리는 것을 듣자 내 눈에는 그가 다른 사람으로 보였다. 음악 애호가들은 Z의 음악을 X가 지휘하는 오케스트라의 연주로 들을 때면 완전히 다른 곡이 된다고 생각한다. 평범한 사람은 사물의 미묘한 차이를 포착하지 못한다. 비록 조금은 비뚤어지게 깎았지만 그래도 잘 깎은 파란 연필처럼 뾰족한 눈 아래 숨 막힐 듯 웃어 대는 어린아이의 웃음소리는 단순히 교향악 편성 이상의 차이이다. 웃음소리가 멈추고, 나는 내 친구를 알아보고 싶었지만, 『오디세이아』에서 죽은 어머니를 향해 달려가는 오디세우스*처럼, 어느 혼령의 출현 앞에서 그 존재를 식별하게 해 주는 대답을 들으려고 헛되이 애쓰는 강신술사처럼, 또는 축음기가 약간 변조해서 재생한 목소리를 그래도 즉흥적으로 누군가가 말하는 목소리로 믿을 수밖에 없는 어느 전기 제품 박람회**의 방문자처럼, 나는 내 친구를 알아보는 일을 멈추

---

* 『오디세이아』 11장은 죽음의 세계를 다룬 부분으로, 오디세우스는 어머니의 혼령에게 말하고 어머니의 대답을 듣고 어머니를 포옹하려 한다.
** 1900년 파리에서 열린 만국 박람회를 암시하는 듯 보인다.(『되찾은 시간』, 플레이아드 IV, 1281쪽 참조.)

었다.

그렇지만 시간 측정 자체가 몇몇 사람에게는 가속화되거나 느려질 수 있다는 사실에 유념해야 한다. 우연히 거리에서 생 피아크르 자작 부인(게르망트 부부 친구의 며느리인)을 만난 적이 있었다. 조각 같은 이목구비가 그녀에게 영원한 젊음을 보장해 주는 것 같았다. 더욱이 그녀는 젊었다. 그런데 나는 그녀의 미소와 인사에도 불구하고 얼굴선을 되찾을 수 없을 만큼 갈기갈기 찢긴 얼굴에서 더 이상 그녀를 알아볼 수 없었다. 삼년 전부터 코카인이나 다른 약물을 복용했기 때문이었다.* 거무스레한 무리가 짙게 드리워진 눈언저리는 사나워 보였다. 입은 이상하게 비죽거렸다. 몇 달 동안 침대나 긴 의자를 떠나지 않고 지내다가 이 오후 모임을 위해 자리에서 일어났다고 누군가가 내게 말해 주었다. '시간'은 이렇게 때 이른 늙음에 빨리 이르게 하는 특급 열차를 가지고 있다. 그러나 그것과 나란히 놓인 선로에는 귀가 열차가 똑같이 빠른 속도로 달린다. 나는 쿠르지보 씨를 그의 아들로 착각했는데, 나이에 비해 훨씬 젊어 보였기 때문이다.(쉰 살이 넘었는데도 서른 살 난 사람보다 더 젊어 보였다.) 그는 현명한 의사를 만나 술과 소금을 끊었다. 그래서 다시 서른 살로 돌아갔고, 그날 그는 서른 살로도 보이지 않았다. 바로 아침에 이발했기 때문이다. 그곳에는 또 누가 이름을 가르쳐 주었지만 내가 모르는 이도 있었다. 나는

---

* 1890년경 파리 사교계와 예술계에서는 마약 복용이 만연했다고 지적된다.(『되찾은 시간』, 플레이아드 IV, 1282쪽 참조.)

그가 동일 이름을 가진 다른 사람이라고 생각했는데, 내가 과거에 알았고 몇 년 전에도 다시 만난 적 있는 남자와 어떤 관계도 없었기 때문이다. 그렇지만 그는 같은 사람이었고 단지 머리가 희어지고 살이 쪘으며, 하지만 콧수염을 밀었고, 그러나 그것만으로도 그의 인간적인 특징을 잃어버리게 하기에는 충분했다.

기이한 일이지만 이런 노화 현상은 그 방식에서 몇 개의 사회적 습관을 고려하는 것처럼 보인다. 몇몇 대귀족들은 언제나 가장 단순한 알파카 털로 만든 옷을 입고, 서민도 쓰려 하지 않는 오래된 밀짚모자를 쓰고, 그들 가운데서 함께 살아온 정원사나 농부처럼 늙어 갔다. 갈색 반점이 그들의 뺨을 뒤덮고 얼굴이 누래지면서 책처럼 짙어졌다.

그리고 나는 그곳에 참석하지 않은 사람들도 생각했다. 그곳에 올 수 없는 탓에 비서들은 그들이 살아 있다는 환상을 심어 주려고 참석하지 못해서 죄송하다는 전보를 대공 부인에게, 또 여러 해 전부터 자리에서 일어나지 못하고 움직이지도 못하고 죽어 가는 병자들에게도 이따금 보냈다. 관광객의 호기심이나 순례자의 믿음에 이끌려 열성적으로 방문한 경박한 손님들 가운데서, 눈을 감고 묵주를 쥐고 벌써 수의처럼 보이는 시트를 반쯤 걷어찬 병자들은, 마치 병이 대리석처럼 딱딱하고 하얀 살 속의 뼈대까지 조각해서 묘관 위에 펼쳐 놓은 묘상*과도 흡사했다.

---

* 중세의 묘관 위에 옆으로 누워 있는 상태로 조각된 묘지의 조각상을 가리키

여인들은 그들의 매력 중 가장 개인적인 매력을 그대로 유지하려고 했지만, 그들의 얼굴을 구성하는 새로운 물질이 흔히 그 작업에 동참하지 않았다. 얼굴의 지질학에서 이와 유사한 급변이 이루어지기 전에 흘러갔을 기간을 생각하면서, 얼마나 많은 침식 작용이 코를 따라 이루어지고, 얼마나 거대한 충적토가 뺨 주위에 불투명한 내성의 덩어리로 얼굴 전체를 감싸는지를 보자 몹시 겁이 났다.

물론 몇몇 여인들은 아직 알아볼 수 있었으며, 얼굴은 거의 예전 그대로이고, 계절과 적절한 조화를 이루려고 했는지 다만 머리털만 가을의 장식인 회색 머리털로 바뀌어 있었다. 그러나 다른 여인들과 또 남자들에게서도 그들의 변신이 얼마나 완벽했는지 신원을 확인하기가 무척 힘들었는데 — 이를테면 기억 속의 사악한 방탕자와 눈앞에 보이는 늙은 수도승 사이에서 —, 이런 엄청난 변신은 배우의 기술보다는 차라리 프레골리*가 그 전형인 어떤 놀라운 무언극을 연상시켰다. 나이 든 여인은 예전에 자신의 매력이었던 뭐라고 정의할 수 없는 그 우수에 찬 미소를 더 이상 늙음이 씌워 준 석고 가면의 표면까지 방사할 수 없음을 깨닫고 거의 울고 싶어 할 정도였다. 그러다 갑자기 다른 사람의 마음에 들 수 없다는 사실에 절망해서는 체념하는 편이 보다 재치 있다고 생각하고, 자신

는데, 생드니 예배당에는 역대 프랑스 왕족의 묘상이 많이 남아 있다.

* 레오폴도 프레골리(Leopoldo Fregoli, 1867~1936). 이탈리아의 배우로 무대에서 신속한 변장을 하는 것으로 유명했다.(『되찾은 시간』, 플레이아드 IV, 1282쪽 참조.)

의 늙음을 연극 가면처럼 이용하면서 웃음을 유발했다! 그러나 거의 대부분의 여인들은 나이에 맞서 싸우는 노력을 중단하지 않으면서, 일몰처럼 멀어져 가는 아름다움을 향해 그 마지막 빛을, 그들 얼굴의 거울을 열정적으로 보존하기를 바랐다. 몇몇 여인들은 그 일에 성공하기 위해 위협받은 보조개의 매력이나 사라질 운명에 처한, 그래서 이미 반쯤 무장 해제된 장난기 어린 미소도 포기하면서, 얼굴을 평평하게 펴고 하얀 표면을 넓히려고 애썼다. 반면 다른 여인들은 그들의 아름다움이 결정적으로 사라졌음을 보고, 마치 낭송법으로 목소리의 상실을 상쇄하듯이, 얼굴 표정에 도움을 청해야만 했으므로, 입을 비죽거리거나 잔주름을 짓거나, 모호한 시선을 보내거나 때로는 미소를 짓는 일에도 매달렸지만, 그 미소는 근육 조절 능력의 부족 탓인지 더 이상 그에 복종하지 않았으므로 오히려 여인을 우는 사람처럼 보이게 했다.

게다가 콧수염만 하얗게 되는 가벼운 변화를 겪은 남성들에게서도 사람들은 그 변화가 엄밀히 말해 신체적인 것만은 아니라고 느꼈다. 이는 마치 채색된 증기나 색유리를 통해서 바라본 탓에 그들의 얼굴 모습이 달라 보이고, 뿐만 아니라 특히 우리 시각에 흐릿한 요소를 덧붙이면서 그것이 '실물 크기'로 보게 한 것이 실제로는 우리로부터 아주 멀리 떨어져 있으며, 또 물론 다른 종류의 거리이긴 하지만 공간적인 거리에서도 아주 멀리 떨어져 있음을 보여 주는 것과도 같다. 그러나 그 거리의 끝에서 마치 다른 해안에서 바라보듯이 우리가 그들을 알아보기 힘들어하는 것처럼 그들도 우리를 알아보기 힘들어한다는 것을 느낄 수 있었다. 어쩌면 포르슈빌 부인만이 피부를 부풀리면서도 형태는 변하지 않게 하는 일종의 액체 파라핀 주사라도 맞은 듯, 예전의 화류계 여인으로 영원히 박제된 것 같았다.

"당신은 날 어머니로 착각하나 봐요." 하고 질베르트가 말했었다. 사실이었다. 게다가 정말 다행스러운 일이었다. 우리는 사람들이 예전과 똑같다는 관념에서 출발하며 그래서 그들을 늙었다고 생각한다. 그러나 그들이 늙었다는 관념에서 출발하면 그들을 알아보고, 그들이 그렇게 나쁘게 변하지 않았다고 생각한다. 오데트의 경우는 그뿐만이 아니었다. 그녀의 나이를 알고 늙은 여자를 기대했던 사람들에게서 그녀의 모습은, 자연의 법칙에 도전하는 라듐의 보존 이상으로 연대기적 시간의 법칙에 대한 기적적인 도전처럼 보였다.* 처음 순간에 그녀를 알아보지 못했다면, 그 이유는 그녀가 변해서가 아니라 변하지 않았기 때문이다. 시간이 우리 인간에게 새로운 것을 덧붙이고, 그래서 내가 알았던 대로의 모습을 되찾으려면 뺄셈을 해야 한다는 것을 나는 한 시간 전부터 깨달았으므로, 이제는 재빨리 계산해서 과거의 오데트에게 지나간 햇수를 더했으며, 그러자 내가 얻은 결론은 도저히 내 눈앞에 있는 사람과 동일한 사람일 수 없다는 것으로, 그 이유는 그녀가 예전의 모습과 너무도 닮았기 때문이다. 거기서 화장이나

---

* 지금은 별로 사용되지 않지만 예전에는 라듐에서 나오는 방사선으로 암세포를 죽이는 등 자연의 보존을 위해 많이 쓰였다.

염색의 몫은 무엇이었을까? 납작하게 붙인 금발에 ─ 커다란 기계인형처럼 조금은 헝클어진 올린 머리에 인형의 놀란 부동의 표정을 짓는 ─ 역시 납작한 밀짚모자가 나란히 놓인 모습은, 1878년 만국 박람회 역을 맡은 배우가(거기서 그녀는 틀림없이 인기가 많았을 것이며, 특히 오늘날 그녀가 가진 나이였다면 가장 인기 있는 경이로운 존재가 되었을 것이다.) 연말에 열리는 시사 풍자극 쇼에서, 그러나 여전히 젊은 여인이 공연하는 1878년 만국 박람회에 관한 쇼에서 풍자 가요를 읊으러 온 모습과도 흡사했다.*

우리 옆에는 불랑제파**들이 득세하기 전에 장관이었다가 지금 다시 장관이 된 사람이 역시 부인들에게 떨리는 듯한 넋나간 미소를 지으면서 지나갔는데, 마치 과거의 수많은 인연 속에 갇힌 듯, 또는 보이지 않은 손에 의해 조종되는 작은 유령이라도 된 듯, 키가 작아지고 실체도 변해서 마치 경석(輕石)으로 만든 자신의 축소물 같았다. 이 전직 국무 회의 의장은 지금은 포부르생제르맹에서 환대를 받고 있지만, 과거에

---

* 1878년 만국 박람회 때 두 개의 주요 건물이 건축되었는데, 하나는 샹드마르스 공원이며, 다른 하나는 1937년의 만국 박람회를 위해 해체된 트로카데로궁이다. 그리고 당시 연말에 행해지는 전통적인 시사 풍자극 쇼에서 '만국 박람회' 역을 맡은 여배우는 작은 프랑스 국기로 장식된 옷을 입고 풍자 가요를 불렀다고 한다.(『되찾은 시간』, 플레이아드 IV, 1282쪽 참조.)
** 1886년부터 1887년까지 전쟁 장관이었던 조르주 불랑제(Georges Boulanger, 1837~1891)는 왕당파와 가톨릭 세력이 결탁하여 제 3공화국에 막대한 세력을 행사한 정치 세력의 구심점이었으나, 1889년 선거에서 참패함으로써 막을 내렸다.

는 형사 소송의 대상이었으며, 사교계와 민중이 혐오하는 인물이었다. 그러나 각각의 집단을 구성하는 개인들의 쇄신 작업과 살아남은 사람들 사이에서의 열정의 쇄신, 또 기억조차 새로워진 덕분에 아무도 그 사실을 알지 못했고, 그래서 그는 존경의 대상이 되어 있었다. 이처럼 몇 해만 지나면 우리의 과오도 묻히고 눈에 보이지 않는 한낱 먼지가 되며 그 위로 자연의 평화가 미소를 지으면서 피어나리라는 걸 안다면, 아무리 큰 모욕이라고 해도 체념하고 쉽게 감수하지 않을 모욕은 없으리라. 일시적으로 흠 있는 개인도 시간이 균형을 잡는 작업에 의해 새로운 두 사회 계층 사이에 놓이기 마련이며, 그에 대해 존경과 감탄만을 가지게 될 그런 계층에 기대어 그는 편안하게 점잔을 뺄 것이다. 그런데 이런 작업을 맡는 것은 오로지 시간뿐이다. 그래서 그가 어려움에 빠지는 순간 앞집 우유 가게 아가씨만이 그를 위로해 줄 수 있는데도, 그가 '경찰차'에 올라타는 순간 '파나마 운하 사건에 연루된 놈'*이라고 군중이 주먹을 휘두르면서 외치는 소리를 그녀도 듣게 되는 것이다. 만사를 시간의 측면에서 보지 않는 우유 가게 아가씨는 오늘 아침 신문에서 숭앙받는 인물들이 과거에는 평판이 나빴던 자들이며, 지금 감옥 아주 가까이 있는 인간이, 또 어쩌면 우유 가게 아가씨를 생각하면서 자신에게 호감을 느끼게 할 그런 하찮은 말조차 하지 못하는 인간이, 언젠가는 신문을

_____

* 원문에 기재된 chéquard란 표현은 파나마 운하 사건에서 뇌물을 받은 사람 또는 그 사건에 연루된 사람을 가리킨다.

통해 유명해지고 공작 부인이 찾는 인기인이 되리라는 것을 알지 못한다. 그리고 시간은 가족 간의 분쟁도 멀어지게 한다. 게르망트 대공 부인 댁에서 한 부부를 만났는데, 남편과 아내 각각에게 오늘날 고인이 된 아저씨들이 있었다. 그 아저씨들은 서로의 따귀를 때리는 것만으로 만족하지 못했고, 그래서 그중 하나가 다른 하나에게 모욕을 주기 위해 결투 입회인으로서 사교계 인사는 너무 과분하다고 생각해서 상대에게 문지기와 집사를 보냈다. 그러나 이런 이야기는 삼십 년 전의 신문 속에 잠들어 있는 것으로 이제는 어느 누구도 알지 못했다. 이렇게 해서 게르망트 대공 부인의 살롱은 고요한 무덤처럼 빛을 발하다가 망각되고 또 꽃이 피어났다. 시간은 거기서 과거의 존재들만을 해체하지 않고, 새로운 연합도 가능하게 하며 또 창조했다.

조금 전의 정치인 이야기로 돌아가 보면, 일반 대중에게 그가 일깨운 도덕적 관념의 변화만큼이나 심오한 그의 신체적인 실질적 변화에도 불구하고, 한마디로 그가 국무 회의 의장이었던 이래 수많은 세월이 지났음에도 불구하고, 그는 새로운 내각의 일원이 되었고, 그 내각의 수장이 그에게 장관직을 수여했는데, 이는 조금은 극장 지배인이 오래전에 은퇴한 자신의 과거 동료 중 하나에게 배역을 맡기는 것과도 흡사하다. 지배인은 그녀가 젊은 여배우들보다 훨씬 그 역을 섬세하게 잘할 수 있다고 판단하고, 더 나아가 그녀가 처한 재정 상태의 어려움을 알기 때문이다. 그리하여 그 늙은 여배우는 80세 가까운 나이에 손상되지 않은 온전한 상태의 재능을 지속적인 생명력으로 대중에게 보여 주며, 대중은 그녀가 죽기 며칠 전에야 그 사실을 확인할 수 있었다면서 놀라워한다.

포르슈빌 부인으로 말하자면, 이와는 반대로 너무도 기적적인 모습이어서 그녀가 다시 젊어졌다기보다는, 오히려 그녀를 감싸고 있는 온갖 진홍빛과 온갖 붉은빛과 더불어 다시 피어났다고 말할 수 있었다. 그녀는 1878년 만국 박람회의 화신이라기보다는 오늘날의 식물 전시회에서 찾아볼 수 있는 진기한 인기 품종에 훨씬 가까웠다. 게다가 그녀는 내게 "난 1878년 만국 박람회예요."라고 말하지 않고, 오히려 "난 1892년의 아카시아 가로수 길이에요."*라고 말하는 것 같았다. 그녀가 아직도 그 거리에 있을 것 같았다. 게다가 그녀의 모습이 변하지 않은 탓에 그녀는 전혀 살아 있는 사람 같지 않았다. 단종된 장미와도 흡사했다. 나는 그녀에게 인사했다. 그녀는 잠시 내 얼굴에서 이름을 찾는 듯했다. 마치 자신의 머릿속에서 보다 쉽게 찾을 수 있는 대답을 시험관의 얼굴에서 찾는 학생처럼. 내가 이름을 말하자, 즉시 그 주술적인 이름 덕분에 아마도 나이 때문에 내가 가졌을 법한 그런 상록 관목**이나 캥거루의 외양을 상실했다는 듯 나를 알아보았고, 즉시 소극장에서 박수갈채를 보내던 사람들이 '시내에서' 그녀와 함께 오찬에 초대받으면 그들이 원하는 만큼 담소를 나누는 동

---

* 『잃어버린 시간을 찾아서』 3권 286쪽 참조. 2권에서는 아카시아 길 또는 아카시아 거리로 옮기기도 했다.
** 학명이 아르부투스(arbutus)인 이 나무는 겨울에도 잎이 떨어지지 않는 키 작은 관목으로 유럽 남부에서 많이 발견되며 딸기 비슷한 붉은 열매가 열린다.

안 그녀의 말 한마디 한마디에서 발견하며 그토록 황홀해하던 그런 특이한 목소리로 말하기 시작했다. 그 목소리는 예전 그대로였고 공연히 열기를 띠거나 가벼운 영어 악센트를 구사하면서 마음을 사로잡았다. 그렇지만 그녀의 눈은 아주 먼 바닷가에서 나를 바라보는 것 같았고, 목소리는 『오디세이아』에 나오는 망자들의 목소리처럼 처량하고 애원하는 듯했다. 오데트는 아직도 무대에서 연기할 수 있을 것 같았다. 나는 그녀의 젊음을 찬미했다. 그러자 그녀는 "상냥하시네요, '마이 디어.(my dear.)' 고마워요."라고 말했다. 그리고 아무리 진실한 감정이라고 해도, 그녀가 우아하다고 믿는 것을 배려하지 않는 표현은 하기 힘들다는 듯 여러 번 되풀이했다. "정말 고마워요, 정말 고마워요." 그러나 불로뉴숲으로 그녀를 보기 위해 그토록 먼 거리의 여정을 했던 나, 또 그녀의 집에 처음 갔을 때 그 입에서 마치 보석이라도 떨어지듯 목소리의 음향이 떨어지는 소리를 들었던 나는 지금 무슨 말을 해야 할지 몰라 그녀 옆에서 보내는 시간을 한없이 길게만 느끼고 있었다. 그래서 "당신은 날 어머니로 착각하나 봐요."라고 했던 질베르트의 말이 진실이며, 뿐만 아니라 그 말이 딸에게도 다정하게 느껴졌을 거라고 생각하면서 그 곁을 떠났다.

　게다가 지금까지 그녀의 얼굴에서 눈에 띄지 않았던 가족의 특징이, 마치 안에 접혀 있어 어느 날인가 밖으로 튀어나오리라고는 결코 짐작하지 못한 씨앗의 부분처럼 나타나는 것은 다만 질베르트에게만 해당되는 것은 아니었다. 이렇게 해서 어머니로부터 물려받은 커다란 매부리코가 이런저런 여인에게 50세가 되면서 나타나 지금까지 바르고 순수했던 코 모양을 변형시켰다. 그리고 다른 여인, 이를테면 은행가의 딸은 음식을 장식하는 야채처럼 싱그럽던 안색이 붉어지면서 구릿빛을 띠었고, 또 아버지가 그렇게나 자주 만지던 황금빛을 반사했다. 또 몇몇 사람들은 마침내 그들이 사는 동네와도 닮아 갔으며, 이를테면 아르카드 거리, 불로뉴숲 가로수 길, 엘리제 거리의 빛을 반사했다.* 그러나 그들은 특히 자기 부모의 모습을 재생했다.

슬프게도 포르슈빌 부인이 항상 그런 모습으로 남아 있을 수는 없었다. 그로부터 채 삼 년이 지나기 전, 질베르트가 베푼 어느 저녁 파티에서 어린 시절로 돌아간 것은 아니지만 약간은 총기를 잃은 그녀의 모습을 보아야 했다. 그녀는 자신이 생각하는 것을 — 생각한다는 말은 지나친 표현일 것이다 — 아니 차라리 느끼는 것을 움직이지 않는 가면 아래 감출 수만은 없었으므로, 어떤 인상을 받을 때마다 고개를 끄덕이거나 입술을 오므리거나 어깨를 흔들었다. 마치 술주정뱅이나 어린아이, 또는 자신을 둘러싼 사람들에게는 신경도 쓰지 않고 영감을 받기라도 하면 사교계에서라도 글을 쓰고, 또 놀란 부인의 팔을 잡고 식탁으로 가면서 눈살을 찌푸리고 입술을 쨍긋하는 몇몇 시인들처럼. 포르슈빌 부인이 느끼는 인상들 — 사랑하는 딸에 대한 애정, 딸이 그토록 찬란한 파티

---

* 아르카드 거리는 파리 8구의 거리로 마들렌 구역에 속하며, 엘리제 거리는 파리 8구의 아브뉘 가브리엘에서 시작하여 포부르 생토노레에서 끝나는 길이다. 블로뉴숲 가로수 길에 대해서는 13쪽 주석 참조.

를 베푼 데 대한 자부심, 그러나 어머니로서 더 이상 아무것도 아닌 존재가 되었다는 데서 오는 울적함을 감추지 못하는 자부심이라는, 그녀를 파티에 참석하게 한 그런 인상을 제외하고 ― , 그 인상들은 유쾌하지 않았고, 남들이 가하는 모욕에 맞서 지속적인 방어를, 어린애 같은 수줍은 방어를 하도록 명령했다. "포르슈빌 부인이 나를 알아보았는지 모르겠군. 어쩌면 다시 나를 소개해야 하지 않을까."라는 말만이 들렸다. "아! 그런 일이라면 하지 않아도 되네." 하고 누군가가 질베르트의 어머니에게 그 모든 말이 들리리라고는 생각도 하지 않고 (그에 대해 유념하거나 신경 쓰지도 않으면서) 목청껏 외쳤다. "필요 없네. 그녀가 자네에게 줄 기쁨으로 말하자면! 구석에 혼자 내버려 두는 편이 나을 걸세. 약간 정신이 나갔거든." 포르슈빌 부인은 슬며시 예전처럼 아름다운 눈길을 그 모욕적인 대화자들에게 던졌다가 무례하게 보일까 봐 재빨리 그 시선을 자신에게로 돌렸다. 그래도 그런 모욕적인 언사에 흥분해서는 무기력한 분노를 내색하지 않으려고 머리를 흔들며 가슴을 쳐드는 모습이 보였다. 그녀는 조금은 예의 없는 다른 참석자에게 다시 시선을 던졌고, 그래도 그렇게 과도하게 놀라지는 않았다. 왜냐하면 며칠 전부터 몸이 많이 불편하다고 느껴 딸에게도 약간 모호한 말투로 연회를 미루자고 넌지시 암시했지만 딸이 거절했기 때문이다. 그럼에도 불구하고 포르슈빌 부인은 딸을 사랑했다. 그 모든 공작 부인들이 들어오고, 새로운 저택에 대한 모든 이들의 찬사가 이어지면서 그녀의 가슴도 기쁨으로 넘쳤고, 그러다 어렵게 노력한 끝에 당시 사교계의 최고 단계에 이른 귀부인 사브랑 후작 부인이 들어왔을 때에는, 포르슈빌 부인은 자신이 선견지명 있는 훌륭한 어머니이며, 또 어머니로서의 임무도 완수했다고 느꼈다. 그때 그녀를 비웃는 새로운 손님들이 들어왔으므로 그들을 바라볼 수밖에 없었고, 또 만일 몸짓으로만 표현하는 무언의 언어도 말이라고 할 수 있다면 그녀는 혼잣말을 했다. 그녀는 여전히 아름다웠지만, 지금은 무한히 동정심을 불러일으키는 인물이 되었는데 — 예전에는 한 번도 그런 적이 없었지만 —, 왜냐하면 스완과 모든 이들을 배신한 그녀가 지금은 온 우주의 사람들로부터 배신을 당했기 때문이다. 그녀는 그렇게도 자신이 나약하다고 느꼈으므로, 지금은 역할이 바뀌어 감히 남성들에 맞서 자신을 방어할 용기조차 내지 못했다. 그리고 얼마 안 가 죽음에 대해서도 자신을 방어하지 못했을 것이다. 그러나 이런 예측은 그만하고 다시 삼 년 전으로, 다시 말해 게르망트 대공 부인의 오후 모임 이야기로 돌아가자.

나는 학교 친구였던 블로크를 가까스로 알아보았다. 게다가 그는 자크 뒤 로지에*란 가명을 본명으로도 택했다. 그 가명 아래서 내 친구가 완전히 절교한 헤브론의 '정겨운 골짜기'나 '이스라엘의 사슬'을 알아보려면 내 할아버지 같은 후각이

---

* 가명의 사용은 당시 인기가 많았으며 화류계뿐 아니라 문인들 사이에서도 널리 유행했다고 한다.(『되찾은 시간』, 플레이아드 IV, 1284쪽 참조.) 또한 자크 뒤 로지에란 이름에는 유대인들이 많이 사는 거리로 알려진 파리 4구의 '로지에 거리(rue des Rosiers)'란 함의가 담겨 있으며, 따라서 이 방면에 정통한 할아버지는 누구보다도 먼저 그 사실을 간파했을 거라는 의미이다.

필요했을 것이다.* 영국풍의 우아함이 사실 그의 얼굴을 완전히 변하게 했고, 지울 수 있는 것은 모두 대패로 밀어 버린 듯했다. 예전에 곱슬머리였던 머리털은 지금은 가운데 가르마를 타고 납작하게 빗어 넘겨 화장품으로 반짝거리게 했다. 코는 여전히 크고 붉었으나 오히려 일종의 만성적인 코감기로 부어오른 듯한 인상을 주었는데, 그것이 왜 그가 비음 섞인 억양으로 문장을 느리게 낭송하는지를 설명해 주었다. 왜냐하면 그가 자신의 안색에 어울리는 머리 스타일과 마찬가지로 발음에 적합한 억양을 찾아냈기 때문인데, 예전에 냈던 가벼운 콧소리는 이제 붉게 타오르는 콧방울과 잘 어울리는 경멸조의 어조를 띠었다. 머리 모양과 콧수염의 제거, 우아한 옷차림을 한 신사의 전형적인 모습과 의지 덕분에 그의 유대인 코는 사라졌다. 마치 곱사등도 잘 조절하면 펴진 듯이 보일 수 있는 것처럼 말이다. 그러나 특히 블로크가 나타나자마자 그의 용모는 그 무시무시한 외알 안경에 의해 의미가 달라졌다. 외알 안경이 블로크의 얼굴에 끌어들인 기계 사용의 몫은 인간의 얼굴이 복종해야 하는 온갖 어려운 의무, 아름답게 보이고 희망과 관대함과 노력을 표현해야 하는 의무를 면하게 해 주었다. 블로크의 얼굴에서는 외알 안경의 존재만으로도 그의 얼굴이 잘생겼는지 아닌지를 물어볼 필요가 없었는데, 이는 마치 영국제 물건 앞에서 상점 종업원이 "대유행입니다."라고 말하면 그것이 우리 마음에 드는지 아닌지도 더 이상 생

---

* 『잃어버린 시간을 찾아서』 1권 166쪽, 164쪽 참조.

각해 보지 않는 것과 마찬가지이다. 다른 한편으로 그는 외알 안경의 렌즈 뒤에서, 마치 그것이 스프링이 여덟 개 달린 호화 마차의 유리창인 듯 거만하고도 무관심하게 편안한 자세를 취할 수 있었고, 또 납작하게 붙인 머리칼과 외알 안경을 낀 얼굴을 돋보이게 하기 위해 그의 이목구비는 어떤 표정도 짓지 않았다.

블로크는 자신을 게르망트 대공에게 소개시켜 달라고 내게 청했다. 나는 이런 부탁에 내가 처음 게르망트 대공의 저녁 파티에 참석했던 날 부딪혔던 어려움을, 그때는 너무도 당연하게 생각되었던 어려움을 조금도 느끼지 않았는데, 오히려 손님 중 하나를 대공에게 소개하는 일이 지금은 그토록 간단해 보였고, 초대받지 않은 사람을 데리고 가서 느닷없이 소개하는 일조차 간단해 보였다. 이는 내가 오래전부터 사교계에서 '단골손님'이 되었기 때문일까? 비록 얼마 전부터는 '잊힌 사람'이 되어서 다시 사교계의 신참이 되기는 했지만. 아니면 반대로 내가 진정한 의미의 사교계 인사가 아니었으므로, 사교계 인사들에게 어려운 점이 일단 내가 수줍음을 극복하면서 더 이상 존재하지 않았기 때문일까. 또는 사람들이 내 눈앞에서 조금씩 첫 번째 가면을(자주 두 번째 가면, 세 번째 가면을) 벗어던졌으므로, 대공이 그 경멸적인 오만함 뒤로 사람들과 사귀고 싶어 하는, 그가 경멸하는 척하는 이들과도 사귀고 싶어 하는 그런 인간다운 커다란 갈망을 느꼈기 때문일까? 아니면 젊었을 때 오만했던 사람들도 나이가 들면서(사교계에 처음 나온 사람들이나 낯선 사상에 반발하지만, 그들이 얼굴을 익히고 사귀면서, 또는 그 사상이 주위에서 받아들여진 것을 알게 되면서) 온화한 사람이 되는 것처럼, 그리고 특히 늙음이 어떤 미덕이나, 그들의 교제 범위를 넓히는 악덕, 또는 대공이 드레퓌스파로 전향했듯이 정치적 전향을 초래하는 혁명을 조력자로 가지면서 공작이 변했기 때문일까?

블로크는 마치 내가 지난날 사교계에 처음 들어갔을 때 질문했던 것처럼, 또 아직도 가끔은 그런 것처럼 당시 내가 사교계에서 알았던 사람들에 대해 질문했는데 그들은 멀리, 또 내가 정확한 자리에 '위치시키고' 싶어 했던 콩브레 사람들처럼 모든 것으로부터 멀어져 있었다. 그러나 콩브레는 내게 그토록 독자적인 형태를, 나머지 어떤 것과도 혼동될 수 없는 형태를 지녔으므로 프랑스라는 지도 안으로 결코 집어넣을 수 없는 퍼즐 조각과도 같았다. "그렇다면 게르망트 대공은 스완이나 샤를뤼스 씨에 대해 어떤 의견도 줄 수 없단 말이야?"라고 블로크가 물었는데, 나는 오랫동안 그의 말투를 빌렸으며, 이제는 그가 자주 내 말투를 모방했다. "아무것도 줄 수 없어." "하지만 그 차이가 뭐지?" "자네가 직접 그들과 얘기했어야 하는데 불가능한 일이야. 스완은 죽었고, 샤를뤼스 씨도 별로 좋은 상태가 아니니까. 하지만 그 차이는 엄청나지." 그 경이로운 인물들이 어떤 존재였는지 생각하면서 블로크의 눈이 반짝거리는 동안, 나는 그들과 함께 있으면서 느꼈던 기쁨을 그에게 조금은 과장해서 말했다고 생각했다. 사실 나는 혼자 있을 때에야 기쁨을 느꼈고, 차이에 대한 진정한 인상은 우리의 상상력 속에서만 이루어지는 것인지도 모른다. 블로크가 내 말이 과장되었다는 걸 알아본 것일까? "어쩌면 넌 지나치게 그들을 미화하고 있는지도 몰라." 하고 그가 말했다. "이 집의 안주인인 게르망트 대공 부인이 이미 젊은 나이가 아니라는 건 나도 알지만, 네가 그녀의 비할 데 없는 매력, 그녀의 경이로운 아름다움에 대해 내게 말한 것이 그렇게 오래되지 않았는데 말이야. 물론 그녀가 당당하고 품위 있다는 건 인정해. 또 네가 말했던 그런 놀라운 눈도 가지고 있고. 하지만 네 말처럼 그렇게 상상을 초월하는 미인이라고는 생각하지 않아. 물론 순수 혈통이긴 하지만 말이야, 그래도⋯⋯." 나는 블로크에게 우리가 같은 사람에 대해 얘기하고 있는 게 아니라는 걸 알려 주어야 했다. 사실 게르망트 대공 부인은 사망했고, 그래서 독일의 패배로 파산한 대공이 베르뒤랭의 전부인과 결혼해야 했다. "네가 틀렸어. 금년에 발간된 「고타 연감」*에서도 찾아보았지만," 하고 블로크는 순진하게 털어놓았다. "지금 우리가 있는 저택의 거주자인 게르망트 대공이 아주 대단한 가문의 여인과 결혼한 걸 그 책에서 보았는데, 내가 기억할 수 있도록 좀 기다려 봐. 보 가문 태생의 뒤라스 공작 부인 시도니와 결혼했을걸." 사실 베르뒤랭 부인은 남편이 사망한 지 얼마 안 돼서 파산한 늙은 뒤라스 공작과 결혼했고, 그가 그녀를 게르망트 대공과 사촌지간으로 만들었으며, 또 뒤라스 공작은 결혼한 지 이 년 만에 사망했다. 그는 베르뒤랭 부인에게 매우 유익한 중간 단계였는데, 이제 베르뒤랭 부인은 세 번째 결혼에 의해

---

* 『잃어버린 시간을 찾아서』 8권 172쪽 주석 참조.

게르망트 대공 부인이 되었고 또 포부르생제르맹에서 지극히 중요한 지위를 차지했는데, 콩브레에서라면 무척이나 놀랄 만한 지위였다. 루아조 거리의 귀부인들과 구필 부인의 딸, 그리고 사즈라 부인의 며느리는 최근 몇 년 동안, 베르뒤랭 부인이 게르망트 대공 부인이 되기 전에 "뒤라스 공작 부인이라니." 하고, 그것이 마치 베르뒤랭 부인이 연극에서 맡은 역할이라도 되는 듯 냉소적으로 말했다. 비록 그들이 준수하는 카스트의 원칙이 그녀가 베르뒤랭 부인으로서 죽기를 바랐다고 해도, 공작 부인이라는 작위가 베르뒤랭 부인에게 어떤 새로운 사교상의 권력을 주리라고는 상상하지 못했고, 오히려 그녀에게 나쁜 효과를 초래했다. '남의 입에 오르내린다'라는 표현은 모든 세계에서 정부를 가진 여자에게 적용되는 말이지만, 포부르생제르맹에서는 책을 발간한 여자에게 적용되고, 콩브레의 부르주아 사회에서는 이쪽이든 저쪽이든 '어울리지 않는' 결혼을 한 여자에게 적용될 수 있었다. 그녀가 게르망트 대공과 결혼했을 때, 사람들은 그가 가짜 게르망트이며 사기꾼이라고 말했다. 이런 작위와 이름의 동일성과 관련하여, 그것이 내게는 또 다른 게르망트 대공 부인이 존재하며, 이 게르망트 대공 부인은 예전에 그토록 나를 매혹했던 대공 부인과 아무 관계가 없으며, 또 더 이상 존재하지 않는 그 죽은 여인은 사람들이 그녀에게서 이름을 훔쳐도 무방비 상태에 놓여 있다고 생각하게 했는데, 거기에는 마치 에드비주* 대공 부인

---

* 첫 번째 게르망트 대공 부인은 '마리'라는 본인의 세례명에, 남편의 세례명인

이 소유했던 물건들을, 성관이나 그녀에게 속했던 모든 것을 다른 여인이 즐기는 것을 볼 때처럼 뭔가 가슴 아픈 데가 있었다. 이름의 승계는 다른 모든 승계나 다른 모든 소유권의 찬탈처럼 슬픈 일이다. 그리고 언제나 중단되는 일 없이, 마치 새로운 게르망트 부인의 물결처럼 천년이라는 기간을 통해 이 시대에서 저 시대로 다른 여인에 의해 그 역할이 교체되면서 죽음도 모르고, 우리 마음을 변하게 하거나 아프게 하는 온갖 것에 냉담한 단 한 명의 게르망트 대공 부인이 나타나, 그 이름이 이따금 심연 속으로 가라앉는 여인들을 태곳적의 변함없는 고요함으로 덮을 것이다.*

물론 내가 알았던 사람들의 얼굴에 나타난 외적 변화도 날마다 이루어진 내적 변화의 상징에 불과했다. 어쩌면 그 사람들은 같은 일을 계속 수행했을 테고, 하지만 그 일에 대해, 그들이 교제하는 사람들에 대해 품는 관념은 날마다 조금씩 그 경로를 이탈했으므로, 몇 해가 지나 그들은 다른 물건과 다른 인간을 사랑했으며, 또 그들 자신도 다른 사람이 되었으므로, 만일 그들이 새로운 얼굴을 갖지 않았다면 그건 무척 놀라운 일이리라.

참석한 사람들 가운데에는 어느 유명한 재판에서 최근에 증언한 저명인사가 있었는데, 그 증언의 유일한 가치는 그의

질베르 또는 부인의 또 다른 세례명인 에드비주를 붙여 '마리질베르' 또는 '마리에드비주'로 불렸다.(『잃어버린 시간을 찾아서』 5권 377쪽 참조.)
* 여러 명의 게르망트 대공 부인으로 불리는 사람이 나타나도, 게르망트란 고귀한 이름은 영원히 지속될 것이라는 의미이다.

고매한 도덕성에 있었고, 판사들과 변호사들은 전원 일치로 그에게 경의를 표했으며, 또 그 도덕성이 두 사람의 유죄 판결을 초래했다. 그래서 그가 들어서자마자 호기심의 움직임이 감지되었고 또 존경심의 움직임도 있었다. 모렐이었다. 어쩌면 그가 동시에 생루와 생루의 한 친구에 의해 부양되었음을 아는 사람은 내가 유일했는지도 모른다. 이런 추억에도 불구하고 그는 기쁘게, 하지만 조금은 조심스러운 태도로 인사했다. 그는 우리가 발베크에서 만났던 시절을 떠올렸고, 그 추억들이 그에게는 젊음의 시(詩)이자 우울이었다.

또한 거기에는 내가 교류한 적 없는 이유로 알아보지 못한 사람들도 있었다. 이 살롱에서 시간은 인간만이 아니라 사회에 대해서도 그것의 화학 반응을 실행했기 때문이다. 이 환경은 그 특별한 속성에서 유럽의 모든 저명한 귀족의 이름들을 끌어들이는 친화력과, 귀족이 아닌 요소는 모두 멀리하는 혐오감으로 정의되었고, 나는 거기서 게르망트라는 이름을 위한 구체적인 은신처 같은 것을 발견했으며, 또 이름이 그 마지막 현실을 부여하는 이 환경은 내가 그토록 견고하다고 믿었던 내부 구성에서 깊은 변화를 겪고 있었다. 이와는 전혀 다른 사회에서 내가 만났던 사람들, 결코 꿰뚫고 들어올 수 없다고 믿었던 사람들이 이곳에 있는 모습은 세례명으로 불리면서 친밀하게 대접을 받는 모습에 비하면 그래도 덜 놀라운 것이었다. 과거에 게르망트라는 이름에서 그것과 어울리지 않은 것은 모두 자동적으로 멀리해 온 어떤 귀족적인 편견과 속물근성 전체가 작동하기를 멈추었다.

몇몇 사람들(토시자, 클라인미셸)*은 내가 사교계에 처음 진출했을 때 성대한 만찬을 베풀면서 게르망트 대공 부인과 게르망트 공작 부인과 파름 대공 부인 같은 이들만을 초대하고, 또 그 만찬에서 주빈석에 앉는 당시의 사회에서는 가장 확고하게 자리 잡은 이들로 통했고, 또 어쩌면 실제로 그랬는지도 모르지만 지금은 어떤 흔적도 남기지 않고 사라졌다. 그들은 외교 사절로 파견된 외국인들로 다시 본국으로 돌아간 것일까? 아니면 스캔들이나 자살 혹은 유괴 같은 일로 다시는 사교계에 나오지 못하게 된 것일까? 아니면 독일인이었을까? 그러나 그들 이름의 광채는 당시에 그들이 차지했던 지위에서 연유하며, 지금은 그런 이름을 가진 자가 없으므로, 만일 내가 그들에 대한 얘기를 해도 아무도 누구에 대해 말하는지 알지 못했고, 그들 이름의 철자를 하나씩 발음해도 화려한 외양의 수상쩍은 생활을 하는 이방인쯤으로 여겼을 것이다. 과거의 사회적 법전에 비추어 이곳에 오면 안 되는 사람들이 와 있었고, 그들은 놀랍게도 가장 훌륭한 가문 출신의 사람들과 친밀한 친구가 되어 있었다. 그들은 게르망트 대공 부인의 살롱에서 따분해했지만 다만 그들의 새 여자 친구 때문에 온 것이었다. 이런 사회의 가장 큰 특징은 사회적 지위를 실추시키

* 토시자(Tossiza)는 이집트에 정착한 그리스의 부유한 상인으로 나중에 뤼크 대공작으로 귀족의 작위를 차지한 사람을 가리키며, 클라인미셸(Kleinmichel) 백작은 프루스트가 몇 줄 아래에서 지적하듯이, 독일 태생이 아닌 핀란드 태생으로 러시아 황제의 의전 담당관이었던 인물이라고 서술된다.(『되찾은 시간』, 폴리오, 425쪽 참조.)

는 데 놀라운 능력을 발휘한다는 점이었으니까.

억압 기제의 스프링이 느슨해졌는지 아니면 끊어졌는지 더 이상 작동하지 않았고, 수많은 이질적인 집단들이 이곳으로 뚫고 들어오면서 온갖 동질성과 품위와 색깔을 제거했다. 포부르생제르맹은 마치 작위를 물려받은 노망난 미망인처럼 살롱을 침입하고 오렌지 음료를 마시고 자신의 정부를 소개하는 무례한 하인들에게 그저 수줍은 미소로 응답했을 뿐이다. 게다가 시간이 흐르고 과거의 아주 작은 부분이 사라졌다는 감각은 그 동질적인 전체(예전에 게르망트 살롱 같은)가 파괴되어서라기보다는, 오히려 어떤 사람에게는 자연스럽게 자신의 지정된 자리에 앉게끔 지시하는 데 반해, 또 다른 사람에게는 그를 스친 사람이 뭔가 의심적은 새로움을 제시하는 것 같은 그런 수많은 이유나 뉘앙스에 대한 지식이 소멸되었다는 데서 보다 생생하게 느껴졌다. 이런 무지는 사교계뿐 아니라 정치와 그 밖의 모든 것에도 해당되었다. 왜냐하면 개인에게서 기억은 삶보다 짧게 지속되며, 더욱이 지금은 타인에 의해 파기된 추억을 결코 가져 본 적 없는 매우 젊은 사람들이 사교계의 일부를 이루었으며, 어쩌면 귀족이라는 의미에서도 매우 합법적인 일부를 이루었다. 사교계에 처음 진출했을 때의 일은 잊히거나 알려지지 않기 마련이므로, 그들은 그곳에 있는 사람들이 현재 처한 상승과 추락의 지점에서 그 사람들을 받아들였고 항상 그래 왔다고 믿었다. 이를테면 스완 부인과 게르망트 대공 부인과 블로크는 가장 높은 지위를 차지했으며, 클레망소와 비비아니는 항상 보수

파였다.* 그리고 몇몇 사실은 보다 오래 지속되었으므로, 드레
퓌스 사건에 대한 가증스러운 기억이 그들의 아버지가 말한 것
덕분에 희미하지만 오래 남았고, 그래서 누군가가 만일 클레망
소가 드레퓌스파였다고 말하면 "불가능하네, 자넨 혼동하고 있
어. 그는 바로 반대편이야."라고 대답했다. 부패한 장관이나 전
직 창녀가 미덕의 귀감으로 여겨지기도 했다. 누군가가 가장 훌
륭한 명문가 출신의 젊은이에게 질베르트의 어머니에 관해 뭔
가 이야기할 게 없느냐고 묻자, 그 젊은 귀족은 사실 그녀가 인
생 초반에는 스완이라는 이름을 가진 건달과 결혼했으나, 나중
에는 사교계에서 가장 명망 높은 사람 중의 하나인 포르슈빌 백
작과 결혼했다고 대답했다. 물론 그 살롱에 여전히 출입하는 몇
몇 사람들, 이를테면 게르망트 공작 부인 같은 이는 이런 주장을
비웃었을 테고(스완의 우아함을 부인하는 이런 주장이 나는 끔찍했
지만, 나 역시 예전에 콩브레에서 고모할머니와 함께 스완이 '대공 부
인들'을 알 수 없다고 믿었으니까.),** 그리고 아직 이곳에 올 수는
있지만 이제는 거의·외출하지 않는 부인들, 이를테면 몽모랑시
나 무시, 사강 같은 공작 부인들도 마찬가지로 이런 주장을 비

---

* 1871년 좌파 연합에 충실한 급진 공화당원으로 의회에 진출해서 드레퓌스
의 변호를 위해 많은 역할을 한 클레망소가 1906년에 내무 장관, 이어 국무 회
의 의장 겸 전쟁 장관이 되어서 내린 일련의 조치는 초기의 클레망소와는 거리
가 먼 보수파의 행동처럼 보인다는 의미이다. 또 비비아니는 《뤼마니테》의 창간
자로 클레망소 내각의 노동 장관을 지내면서 노동 쟁의를 해결했으나, 이런 현
실주의적 사회주의자의 행동이 보수파로 비친다는 평을 받기도 했다.
** 『잃어버린 시간을 찾아서』 1권 41쪽 참조.

웃었을 것이다.* 그들은 스완과는 내밀한 친구 사이였지만, 포르슈빌이란 작자는 한 번도 보지 못했으며, 그들이 아직 사교계를 드나들던 시기에 포르슈빌은 사교계에서 초대도 받지 못했기 때문이다. 이는 바로 당시의 사교계가, 오늘날 얼굴도 변하고 금발도 백발로 바뀌는 것과 마찬가지로, 날마다 그 수가 감소하는 사람들의 기억 속에서만 존재했기 때문이다.

전쟁 동안 블로크는 '외출하는' 일도 멈추고, 그가 전에 자주 드나들면서 초라한 모습을 보였던 사회와도 단절했다. 대신 그는 멈추지 않고 책을 발간했으며, 오늘 나는 그의 엉뚱한 궤변으로부터 방해받지 않고 그 궤변을 깨부수려고 애썼는데, 독창성은 없지만 그 책들은 젊은이들이나 많은 사교계 여인들에게 예외적인 지적 탁월성과 일종의 천재라는 인상마저 주고 있었다. 그리하여 그는 과거와 현재의 사교 생활을 완전히 분리한 후, 영광스럽고 존경받는 삶의 새로운 단계를 위해 새롭게 재건된 사교계에서 위대한 인간으로 출현했다. 물론 젊은이들은 블로크가 그 나이가 되어서야 사교계에 데뷔했음을 알지 못했고, 생루의 지인 중에서 기억하는 적은 수의 이름이 현재 그가 누리는 인기를 아주 오래전부터 누려 왔던 걸로 여기게 했으므로 더욱 그러했다. 어쨌든 그는 여느

---

* 몽모랑시 공작과 공작 부인에 대해서는 『잃어버린 시간을 찾아서』 6권 479쪽 주석과 441쪽 참조. 안나 뮈라 공주는 1865년 6대 무시 공작과 결혼했으며, 사강 공작 부인은 프루스트가 「스완의 사랑」에서 언급한 사강 대공 부인(2권 10쪽)을 가리키는 것처럼 보이지만, 「게르망트 쪽」에서는 사강 공작(5권 316쪽)이 등장하기도 한다.(『되찾은 시간』, 리브르드포슈, 480쪽 참조.)

시대의 상류 사회에서나 꽃피는 재능 있는 인간 중의 하나로 보였고, 또 그가 다른 곳에서 살았다고는 아무도 생각하지 않았다.

오래전부터 그곳을 드나들던 사람들은 사교계의 모든 것이 변했으며, 또 그들 시대에는 결코 초대받지 않았을 사람들이 지금은 초대받는다고 단언했는데, 이 말은 맞기도 하고 틀리기도 했다. 이 말이 틀린 것은 그들이 시간의 흐름을 고려하지 않는다는 것으로, 오늘날의 사람들은 도착점에 있는 새로운 사람들을 보지만, 고참들은 그들이 출발점에 있던 모습을 기억하기 때문이다. 고참들이 사교계에 진출했을 때 이미 거기에는 다른 이들이 그 첫 출발을 기억하는 성공한 사람들이 있었다. 한 세대만으로도 변화를 유발하기에는 충분하지만, 과거에는 콜베르 같은 부르주아가 귀족의 이름을 얻기까지는 몇 세기가 걸렸다.* 다른 한편으로 그 말은 맞는 말일 수도 있는데, 왜냐하면 사람들의 사회적 지위가 변하면 가장 뿌리 깊은 사상이나 관습 또한 변하며(재산이나 국가 간의 동맹과 증오와 마찬가지로), 그 안에 가장 우아한 사람들만 초대하는 관습도 포함된다. 속물근성도 형태가 변할 뿐만 아니라 전쟁처럼

---

* 장바티스트 콜베르(Jean-Baptiste Colbert, 1619~1683). 루이 14세 치하에서 재상을 지낸 프랑스 중상주의의 대표적 정치가. 포목상의 아들로 태어나 나중에 귀족의 직위를 받았다. 한 세기는 대략 삼 세대로 구성되는데, 지금은 평민이 귀족이 되는 것 같은 신분 상승의 변화를 이루는 데 한 세대만으로도 충분하지만, 과거에는 콜베르처럼 유명한 부르주아도 귀족이 되기 위해 많은 시간이 걸렸음을 풍자하고 있다.

사라질 수 있으며, 그래서 급진파와 유대인이 조키 클럽의 회원이 될 수도 있다.

새로운 세대의 사람들이 게르망트 공작 부인을 여배우들과 교류한다고 해서 하찮은 사람으로 간주했다면, 오늘날 가문의 나이 든 귀부인들은 그녀를 언제나 비범한 인물로 간주했다. 그들은 그녀가 출생이나 문장학적으로 우월한 위치에 있으며, 또 포르슈빌 부인이 '로열티즈'라고 불렀을 그런 왕족들과 내밀한 사이임을 알았으며, 뿐만 아니라 부인이 가족 모임에 나오는 것은 무시하고 권태로워하며, 그래서 결코 사람들이 그녀의 참석을 기대할 수 없다는 걸 알았기 때문이다. 연극계와 정계와의 관계 역시 잘 알려지지 않았지만 그것이 부인의 희귀성을, 따라서 부인의 명성을 더욱 높였을 뿐이다. 그리하여 정계나 예술계에서는 그녀를 정의하기 힘든 인물, 정무 차관이나 인기 배우들과 교제하면서 포부르생제르맹의 정체성을 잃어버린 일종의 환속한 인물로 간주했다. 그러나 그런 포부르생제르맹에서도 누군가가 화려한 연회라도 열게 되면 이렇게 말하곤 했다. "그래도 오리안을 초대해야 하지 않을까? 오지 않을걸. 그렇지만 형식상 초대는 해야겠지. 헛된 기대는 하지 말고." 그래서 만약 오리안이 10시 30분경 눈부신 옷차림을 하고 나타나서 사촌들 모두를 경멸하는 듯한 냉랭한 눈길을 던지며 위풍당당하게 거만한 표정으로 살롱 문턱에서 걸음을 멈추거나, 또 거기서 한 시간 정도 머무른다면, 파티를 주최한 그 훌륭한 노부인에게는 커다란 축제가 되었으리라. 이는 마치 예전에 막연히 협연을 약속했지만 그렇게 큰 기대

를 하지 않았던 극장 지배인에게, 사라 베르나르가 나타나서
자신의 호의와 소탈함을 끝없이 과시하면서 약속한 작품뿐
만 아니라 다른 작품도 20편이나 낭송하는 것과도 같다. 내각
각료들이 거만하게 얘기하고 그럼에도 불구하고 그들과의
교류를 넓혀 가려고 모색하는(재치가 사교계를 주도하므로) 오
리안이 만일 파티에 참석하기라도 하면, 작위를 상속받은 미
망인이 개최한 그 파티는 미망인이 같은 '시즌'(포르슈빌 부인
은 여전히 그렇게 말했을 것이다.)에 개최한 다른 모든 파티(오
리안이 참석하는 수고를 하지 않는)를 넘어서는, 비록 지극히 우
아한 여인들밖에 없다 해도, 그런 예외적인 파티로 분류되었
을 것이다.

　내가 게르망트 대공과 이야기를 끝내자마자 블로크는 내
팔을 붙잡고 어느 젊은 여인에게 나를 소개했는데, 그녀는 게
르망트 공작 부인에게서 내 말을 많이 들었다고 했으며, 또 그
날 가장 우아한 여인 중 하나였다. 그런데 내게는 그녀의 이름
이 완전히 낯설었고, 또 여러 게르망트네 사람들의 이름 역시
그녀에게 그렇게 친숙하지 않았는지, 그녀는 한 아메리카 여
인에게 생루 부인이 어떤 자격으로 그곳에 있는 찬란한 사회
의 사람들과 친밀하게 보이는지 물었다. 그런데 그 아메리카
여인은 포르슈빌네의 잘 알려지지 않은 친척인 파르시 백작
과 결혼했고, 백작에게 포르슈빌 가문은 세상에서 가장 훌륭
한 가문을 대표했다. 그렇게 해서 그녀는 아주 자연스럽게 "그
거야 생루 부인이 포르슈빌 태생이기 때문이겠죠. 그보다 더
훌륭한 가문도 없으니까요."라고 대답했다. 그녀는 순진하게

포르슈빌이란 이름이 생루의 이름보다 더 우월하다고 믿었지만 생루라는 이름이 적어도 어떤 것인지는 알고 있었다. 그러나 블로크와 게르망트 공작 부인의 매력적인 여자 친구는 그 사실을 전혀 알지 못했고, 또 꽤 경솔한 탓에 한 아가씨가 생루 부인이 어떻게 해서 집주인인 게르망트 대공의 친척이 되는지를 묻자 자신이 믿는 대로 "포르슈빌가를 통해서 그렇게 된 거죠."라고 대답했다. 아가씨는 그 정보를 예로부터 언제나 갖고 있었다는 듯 자기 친구들 중 하나에게 전했고, 또 친구는 고약하고 예민한 성격인지라, 질베르트가 포르슈빌을 통해 게르망트의 친척이 되지 않았다는 말을 한 신사로부터 처음 듣고는 얼굴이 수탉처럼 새빨개졌으며, 그러자 신사는 자신이 틀렸다고 생각하고 그 잘못된 정보를 받아들이고 이내 그걸 다른 사람들에게 퍼뜨렸다. 만찬이나 사교적 연회는 그 아메리카 여인에게 일종의 베를리츠 어학원과도 같았다. 그녀는 이름을 들으면 그 가치나 정확한 영향력은 미리 알아보지도 않은 채로 그냥 되풀이했을 뿐이다. 탕송빌이 질베르트에게 그녀의 아버지 포르슈빌 씨를 통해 온 거냐고 묻는 사람에게, 누군가는 절대로 그렇게 해서 온 것이 아니며, 게르망트와 인접한 탕송빌은 원래 질베르트의 남편 가문의 땅으로 시어머니인 마르상트 부인에게 속했으나, 대부분 저당 잡혀 있어서 질베르트가 지참금으로 다시 샀다고 설명했다.* 마지막

---

* 우리는 탕송빌이 질베르트의 아버지 스완에게 속한다는 걸 알고 있다.

으로 고참 중의 하나인 한 노인은 스완이 사강과 무시* 부부의 친구였다고 설명했고, 그러자 블로크의 친구인 그 아메리카 여인은 내가 어떻게 스완네를 알았느냐고 물으면서, 우리 할아버지의 젊은 친구였던 스완이 내게는 시골 이웃을 대표하는 인물이었음은 전혀 생각도 못 하고 내가 게르망트 부인 댁에서 스완을 알았다고 단언했다. 이런 종류의 오해는 지극히 유명한 사람들도 하기 마련이어서 모든 보수적 색채의 사회에서는 특히 심각한 것으로 간주된다. 생시몽은 루이 14세가 "때때로 일반 사람들 앞에서 가장 야비한 바보짓을 할 정도로"** 무지했다는 걸 보여 주기 위해 다음과 같은 두 개의 예를 든다. 왕은 르넬이 클레르몽갈랑드 가문에 속한다는 것도, 생테랑이 몽모랭 가문에 속한다는 것도 몰랐으므로 그 두 사람을 별 볼 일 없는 사람으로 취급했다. 적어도 생테랑으로 말하자면, 왕이 완전한 오류 속에 죽음을 맞이하지 않았음을 아는 것만으로 우리는 그나마 위로를 받으리라. 왕은 "아주 늦게" 라로슈푸코 씨를 통해 자신의 오류를 깨달았다. "그래도" 하고 생시몽은 조금은 유감이라는 듯 "왕이 그들의 이름을 듣고도 아무것도 깨우치지 못했다면 그 가문이 어떤 가문인지 왕에게 설명해 드려야 했을 것이다."***라고 덧붙인다.

---

* 무시(Mouchy)는 노아유(Noailles) 가문의 한 분파였다.(『되찾은 시간』 플레이아드 IV, 1287쪽 참조.)

** 생시몽이 『회고록』에서 루이 14세의 무지를 고발하기 위해 쓴 글로 조금은 수정해서 인용되었다.(『되찾은 시간』, 플레이아드 IV, 1287쪽 참조.)

*** 원문 그대로 인용되었다고 지적된다.(『되찾은 시간』, 플레이아드 IV,

가장 가까운 과거까지도 아주 빨리 덮어 버리는 이런 활기 찬 망각이나 확산되는 무지는 그 반동 작용으로 아주 작은 지식을 창출하는데, 그렇게 널리 퍼져 있지 않은 만큼 더욱 귀중한 지식이다. 사람들의 족보와 그들의 진짜 사회적 지위, 또는 그들이 이런저런 가문과 결혼하거나 또는 신분 낮은 사람과 결혼한 것이 사랑이나 돈과 같은 이유 때문이며, 또는 그 밖의 다른 이유라고 설명하는 데 적용되는 이런 지식은, 보수적인 정신이 지배하는 사회에서는 높이 평가되며, 우리 할아버지가 콩브레와 파리의 부르주아에 관해 최고 수준으로 가지고 있던 지식이며, 생시몽이 콩티 대공의 경이로운 지성을 치하하는 순간, 콩티 대공의 학문을 논하기에 앞서, 아니 그것이 학문의 최고 형태라도 되는 듯 높이 평가했던 지식이다. 생시몽은 콩티 대공이 다음과 같은 사람이었다고 칭송한다. "매우 훌륭하고 빛나고 바르고 정확하고 폭넓은 정신을 가졌으며, 끝없는 독서를 통해 아무것도 잊지 않고, 족보에 정통하고, 왕위 계승권을 가진 왕족이 해야만 함에도 하지 않는 것을 그들의 지위와 가치에 따라 구별되는 예의범절로 하게 하면서 그들의 꿈과 현실에도 정통했다. 그는 그 점에 대해 자신의 생각을 밝혔으며 또 왕위 찬탈에 대해서도 설명했다. 책과 대화로부터 배운 역사가 대공에게 출생과 직책 따위의 문제에 관해 보다 유익한 설명을 할 수 있도록 소재를 제공했다."* 이보다

1287쪽 참조.)

* 프루스트는 생시몽의 『회고록』을 인용하면서 원문의 조금은 희극적인 면을 드러낼 수 있도록 약간 수정해서 인용했다. 학문적 소양보다는 족보나 처세술

찬란하지 않은 세계, 콩브레와 파리의 부르주아에 관한 모든 것을 할아버지는 콩티 대공 못지않게 정확히 알았고, 또 그 지식을 탐욕스럽게 음미했다. 질베르트가 포르슈빌 가문 태생이 아니며, 캉브르메르 부인이 메제글리즈 가문 태생이 아니며, 그녀의 젊은 며느리인 또 다른 캉브르메르 부인이 발랑티누아 가문 태생이 아님을 아는 그런 전문가나 애호가들의 수는 이미 많이 줄어들었다. 어쩌면 최상류 귀족 사회에서는 그런 사람들의 수가 미미해서 거의 찾아볼 수도 없지만(『황금전설』*이나 13세기의 채색 유리에 관해 가장 정통한 사람이 반드시 맹신자나 가톨릭 신자가 아닌 것처럼), 접근할 수 없는 것을 더 많이 탐내는 이류 귀족 사회에서는 보다 흔한 법이다. 그들은 자주 왕래하지 않는 만큼 연구할 틈도 있고 서로 만나면 즐겁고 그래서 '애서가 협회'나 '랭스 대성당 동우회'처럼 맛있는 만찬을 단체로 베풀고, 또 그 만찬에서 족보에 관한 지식을 음미한다.** 그런 모임에 여인은 허락되지 않지만, 남편들은 집에 돌아와 아내에게 말한다. "흥미로운 만찬이었소. 거기에는 라라스플리에르 씨라는 이름을 가진 사람이 있었는데, 그가 귀여운 딸을 가진 생루 부인이 포르슈빌 태생이 아님을 설명하

___

에 능한 대공을 풍자한다고 지적된다.(『되찾은 시간』, 플레이아드 IV, 1287쪽 참조.)

* 중세 유럽에 가장 많이 퍼져 있던 성인전(聖人傳)이다.

** '프랑스 애서가 협회'는 1820년에 창립되었으며, '랭스 대성당 동우회'는 전쟁 후 성당 복원 기금을 모집하기 위해 창립되었다.(『되찾은 시간』, 플레이아드 IV, 1287~1288쪽 참조.)

면서 우리를 매료시켰다오. 정말 소설 같았소."

블로크와 게르망트 공작 부인의 여자 친구는 우아하고 매력적이었으며 또한 지적인 여성이어서 그녀와의 대화는 유쾌했지만, 내게는 생경한 대화 상대자의 이름뿐만 아니라 그녀가 말하는 많은 사람들의 이름, 현재 사교계의 근간을 이루는 사람들의 이름이 생경했으므로 알아듣기 힘들었다. 다른 한편으로 그녀는 내 얘기를 듣고 싶어 했지만, 내가 인용하는 많은 이름들이 그녀에게는 아무것도 의미하지 않았다. 그 이름들이 모두 망각 속에 사라졌거나, 적어도 자신의 개인적인 명성을 통해서만 빛을 발했던 이름들로 몇몇 명문 귀족을 총칭하는 것과 같은 그런 영속적인 이름이 아니었기 때문이다.(젊은 여인은 전날 만찬에서 잘못 들은 이름에 따라 정확하지 않은 출생을 상상하면서 정확한 작위도 거의 알지 못했다. 그리고 그녀는 내가 사교계를 떠나고 나서 몇 년 지난 후에야 사교계 출입을 시작했으므로 그 대부분의 이름을 발음하는 것조차 들은 적이 없었다. 그때 그녀는 젊었고 뿐만 아니라 프랑스에 거주한 지 얼마 안 되어 금방 사교계에서 초대받지도 못했다.) 그런데 내 입에서 나도 모르게 르루아 부인의 이름이 나왔고, 우연히 내 대화 상대자는 그녀를 흠모하는 게르망트 부인의 오랜 남자 친구 덕분에 르루아 부인 얘기를 들은 적이 있었다. 그러나 속물인 그 젊은 여성이 "네, 르루아 부인이 누구인지 알아요. 베르고트의 오랜 여자 친구죠."라고 경멸조의 어조로 대답하는 걸 보고, 나는 그녀가 그 얘기를 부정확하게 들었다는 걸 알았다. 그녀의 어조가 의미하는 바는 '결코 우리 집에 오게 하고 싶지 않은 사람이죠.'라는 것이었다. 나는 게르망트 부인의 오랜 남자 친구가, 귀족과의 교제에 중요성을 두지 않는 것이 그 특징 중의 하나인 게르망트 정신에 완벽하게 젖어 있었으므로 "르루아 부인은 모든 전하와 공작 부인과 교류하는 분이죠." 라는 말이 지나치게 어리석고 지나치게 게르망트 정신에 반한다고 생각하여 "부인은 조금 괴상한 분이죠. 언젠가 부인은 베르고트에게 이렇게 말한 적이 있어요."라고 말하는 편을 더 좋아한다는 걸 알고 있었다. 다만 사정을 모르는 사람들에게서 이런 대화를 통해 얻는 정보는 신문이 일반 대중에게 제공하는, 그래서 그들이 신문에 의거하여 루베 씨나 레나크 씨를 번갈아 도둑이나 위대한 시민으로 간주하는 정보와 대등한 것이다.* 나의 대화 상대자에게서 르루아 부인은, 베르뒤랭 부인의 작은 패거리가 당시 베르고트에게만 국한되었으므로 르루아 부인만큼 그렇게 빛나지 않았던 초기의 베르뒤랭 부인과 흡사했다. 게다가 그 젊은 여인은 순전히 우연한 기회에 르루아 부인의 이름을 들은 마지막 여인 중 하나이다. 오늘날에는 아무도 르루아 부인이 누구인지 알지 못하며, 게다가 그것은 지극히 당연한 일이다. 빌파리지 후작 부인의 정신은 자주 르루아 부인의 생각으로 가득 차 있었지만, 빌파리지 부인의 사후에 발간된 회고록에는 색인에서조차 그 이름이 실려 있지 않았다. 게다가 빌파리지 후작 부인은 그 책

---

* 에밀 루베(Émile Louvert, 1838~1929)는 프랑스 대통령으로 그의 재임 기간(1899~1906) 동안 드레퓌스 재심이 진행되었다. 봉탕 씨의 모델로 간주되는 레나크에 대해서는 『잃어버린 시간을 찾아서』 5권 400쪽, 12권 75쪽 주석 참조.

에서 르루아 부인 얘기를 하지 않았는데, 르루아 부인이 살아생전 자신에게 상냥하지 않아서가 아니라, 사후에는 어느 누구의 관심도 끌지 못할 거라고 생각했기 때문이다. 따라서 이런 침묵은 여인의 사교적인 원한보다는 작가의 문학적 촉각에 의해 구술된 것이다. 블로크의 멋쟁이 여자 친구와 나눈 대화는 흥미로웠는데, 젊은 여인은 총명했고, 우리 두 사람의 어휘 차이가 대화를 어색하게 만들었지만, 그래도 동시에 교훈적인 것으로 만들었다. 세월은 흘러가며, 젊음은 늙음에 자리를 내주며, 가장 단단했던 재산이나 왕좌도 무너지며, 명성이 순간적이라는 걸 알아도 아무 소용이 없다는 것을. 왜냐하면 그 모든 것을 인식하는 방식이, 말하자면 '시간'에 휩쓸린 그 유동적인 세계의 사진을 찍는 방식이 모순되게도 그 세계를 고정하기 때문이다. 우리는 젊었을 때 알았던 사람들을 언제나 젊다고 생각하며, 반면 나이가 들어서 안 사람들은 과거를 회상하면서 그들을 노년의 미덕으로 장식하며, 억만장자의 명성과 군주의 영향력에 아낌없는 신뢰를 보내고 그들이 내일이면 권력을 빼앗긴 채 사라질 것임을 이성적으로는 알면서도 실제로는 믿지 않는다. 보다 제한된 순수 사교계의 영역에서 복잡하지만 그래도 동일한 종류의 문제를 풀 수 있게 가르쳐 주는 간단한 문제처럼, 그 젊은 여인과의 대화를 통해 우리가 어떤 종류의 사회에서 이십오 년의 거리를 두고 살았다는 사실에서 비롯하는 불가해성이 내게 깊은 인상을 주었고, 또 '역사'에 대한 감각을 더욱 단단하게 만들었는지도 모른다.

게다가 사람들을 현재의 모습 속에서 십 년마다 솟아오르게 하는 이런 현재 위치에 대한 무지가, 마치 과거가 존재하지 않는다는 듯, 금방 상륙한 아메리카 여자로 하여금 블로크가 아무것도 가지지 못했던 시절 샤를뤼스 씨가 파리에서 가장 높은 위치를 차지했으며, 봉탕 씨를 위해 많은 비용을 지출했던 스완 씨가 한때는 지극한 우정으로 대접을 받았음을 보지 못하게 하는* 이런 무지는 사교계의 신참들뿐 아니라 인접 사교계를 늘상 드나들던 고참들 사이에서도 존재했으며, 그리고 그들 둘 다에게서 그것이 또한 '시간'의 효과임을 말해야 한다.(그러나 이번에 그 효과는 사회 계층이 아닌 개인에게 작용한다.) 물론 우리가 환경이나 생활 양식을 바꾼다 해도 우리의 기억은 동일한 개인의 실타래를 붙잡으면서 우리가 살았던 사회의 기억을 비록 사십 년 전 일이라 해도 그 개인에, 그 연속적인 시대에 결부시키는지도 모른다. 블로크가 현재 게르망트 대공 저택에 있다고 해도 그는 자신이 열여덟 살까지 살았던 평범한 유대인 환경에 대해 아주 잘 알았으며, 또 스완이 더 이상 스완 부인을 사랑하지 않고 콜롱뱅 찻집에서 차를 내오는 종업원을 사랑하던 시절, 또 스완 부인이 한동안 루아얄 거리의 찻집처럼 콜롱뱅 찻집에 가는 것이 세련된 일이라고 믿었던 시절에도,** 스완은 사교계에서의 자신의 가치를

---

* 문맥상 "스완 씨가 한때는" 다음에 '공작 부인 또는 '웨일스 공에게서'란 구절이 누락된 것처럼 보인다고 지적된다.(『되찾은 시간』, 리브르드포슈, 480쪽 참조.)
** 루아얄 거리의 찻집과 콜롱뱅 찻집에 대해서는 『잃어버린 시간을 찾아서』 2권 106쪽 주석, 3권 148쪽 주석 참조.

잘 알았으며, 트위크넘*도 기억하고 있었다. 브로이 공작 부인 댁에 가기보다는 차라리 콜롱뱅 찻집에 가려는 이유를 그는 전혀 의심하지 않았으며, 또 자신이 천배나 '세련된 모습이 아니어도' 누구나 돈만 내면 갈 수 있는 콜롱뱅 찻집이나 리츠 호텔에 가는 일이 자신을 티끌만큼도 더 멋져 보이게 하지 않으리라는 것도 너무 잘 알고 있었다. 아마도 블로크의 친구들이나 스완의 친구들은 그 평범한 유대인 사회 또는 트위크넘에서의 초대를 기억했을 것이며, 그렇게 해서 친구들은 마치 스완과 블로크의 조금은 어렴풋한 '자아들'처럼, 오늘날의 우아한 블로크와 과거의 비천한 블로크를, 만년에 콜롱뱅 찻집을 드나들던 스완과 버킹엄 궁전을 드나들던 과거의 스완을 그들의 기억에서 구별하지 못했으리라. 그러나 이런 친구들은 어떻게 보면 삶을 사는 동안 스완의 이웃이었고, 그들의 삶도 스완에 대한 기억으로 가득 채워질 정도로 스완과 매우 인접한 선상에서 발전했다. 그러나 스완으로부터 보다 멀리 떨어져 있던 사람들, 반드시 사회적인 의미에서가 아니라 내밀한 관계의 측면에서 보다 멀리 있던 사람들에게서는 어렴풋이 교류하고 드물게 만나고 그래서 그렇게 많지 않은 추억거리가 스완에 대한 관념을 보다 유동적인 것으로 만들었다. 이런 종류의 낯선 사람들은 삼십 년이 지나면 현재 우리 눈앞에 있는 사람을 과거로 연장하거나 그 가치를 달라지게 할 수 있을 정도로 정확한 것은 아무것도 기억하지 못한다. 나는 스완

---

* 『잃어버린 시간을 찾아서』 1권 42쪽 주석 참조.

의 말년 삶에 대해 사교계의 사람들조차, 누군가가 스완에 대해 말하면 마치 그것이 그의 유명세라도 된다는 듯 "콜롱뱅 찻집에 가던 스완 말씀이시죠?"라고 얘기하는 걸 들었다. 그런데 나는 이제 블로크에 대해 잘 알 만한 사람들조차 그에 대해 얘기하면서 "그 게르망트네의 블로크 말인가요? 게르망트네의 단골손님인?"이라고 말하는 걸 들었다. 삶을 세분화하고, 또 거기서 현재의 삶을 분리하여 우리가 얘기하는 인간을 또 하나의 인간으로 만들고, 다른 인간, 전날의 창조물, 그가 현재 가진 습관들의 요약에 지나지 않은 인간으로 만드는(비록 그의 마음속에는 그를 과거에 연결해 주는 삶의 연속이 존재하는데도 불구하고) 이런 오류 또한 '시간'에 의해 결정되지만, 그것은 시간의 현상이 아닌 기억의 현상이다. 우리에게서 존재의 모습을 변모하게 하는 이런 망각에 대해, 나는 그 순간 물론 꽤 다른 종류이긴 하지만 보다 놀라운 사례를 체험했다. 게르망트 부인의 젊은 조카인 빌망두아 후작이 과거에 내게 집요할 정도로 무례하게 굴었고, 나도 그에 대한 보복으로 그에게 지독히 모욕적인 태도를 취했으며, 그래서 우리 둘은 암묵적으로 원수가 되어 있었다. 내가 게르망트 대공 부인 댁에서 '시간'에 대해 명상하는 동안, 그는 자신을 소개하게 하면서 내가 그의 부모와 알고 지내던 사이였다고 믿고 있으며, 또 내가 쓴 평론을 읽었고, 나와 사귀고 싶으며 아니 과거의 교분을 되찾고 싶다고 말했다. 그도 나이가 들면서 많은 사람들처럼 무례한 사람에서 진지한 사람이 되었고, 더 이상 예전처럼 건방진 태도도 보이지 않았으며, 반면 그가 드나드는 사회에서는 비록 보잘것없는 평론이었지만 사람들이 내 얘기를 한 것도 사실이다. 그러나 그의 친근함이나 접근은 다 부수적인 이유에 지나지 않았다. 주된 이유는, 적어도 다른 이유까지 끌어들이게 했던 이유는, 그의 기억력이 나보다 나쁜 탓에 또는 그가 내게 보인 것보다 내가 그에게서 하찮은 인물로 보여 내가 그의 공격에 대해 했던 것보다 내 반격에 지속적인 주의를 기울이지 않아 그가 우리의 적대 관계를 완전히 망각했기 때문인지도 몰랐다. 기껏해야 내 이름은 그에게서 내 친척 중의 누군가를, 그의 아주머니들 집에서 만난 누군가를 생각나게 했을 것이다. 그래서 그는 새로 소개를 받아야 할지 아니면 다시 소개를 받아야 할지 정확히 알지 못한 채로 서둘러 자기 아주머니 얘기를 시작했다. 그는 그곳에서 나를 만났다는 걸 전혀 의심하지 않았고, 우리가 다퉜던 일도 잊어버리고 그곳에서 나에 관해 자주 이야기했던 것만 기억했다. 이름이란 흔히 한 존재로부터 그가 사망했을 때도 아닌 살아 있는 동안 우리에게 남아 있는 전부이다. 그래서 그에 대한 우리의 관념이 그토록 모호하고 기이해도, 또 우리가 그에 대해 가졌던 관념과 거의 부합되지 않고 결투에서 싸울 뻔했던 일도 완전히 잊어버리지만, 그가 어렸을 때 샹젤리제 공원에서 이상한 노란 각반(脚絆)을 맸던 것은 기억하며, 우리가 그 사실을 단언하는데도 그는 우리와 놀았던 일을 전혀 기억하지 못한다.

블로크가 하이에나처럼 껑충 뛰면서 들어왔다. '이십 년 전에는 들어올 수도 없었던 살롱에 이제 왕림하시는군.' 하고 나는 생각했다. 하지만 그 역시 스무 살을 더 먹었고, 그만큼 전보다 죽음에 가까워져 있었다. 그렇다면 이런 일이 그에게 무슨 도움이 되겠는가? 멀리 불빛이 잘 비치지 않는 곳에서 보면 그의 반투명한 얼굴에는 쾌활한 젊음만이 보이지만(아직 젊음이 얼굴에 남아 있어서인지, 아니면 내가 젊음을 떠올려서인지는 모르겠지만), 가까이에서 보면 불안을 감추지 못하는 거의 소름 끼치는 늙은 샤일록의 얼굴이, 복도에서 분장한 채 무대에 등장할 때를 기다리면서 이미 낮은 소리로 첫 번째 대사를 낭송하는 얼굴이 보였다.* 십 년 후에는 살롱의 무기력한 타성이 강요하는 대로 지팡이를 짚고 '대가'가 된 모습으로 살롱 안에 들어설 테고, 라 트레무이유** 댁을 방문하는 일을 고역으로 여길 것이다. 그렇지만 이런 일이 과연 그에게 무슨 도움이 되겠는가?

사교계에 생긴 변화로부터 내 작품의 일부를 견고하게 만드는 데 적합한 중요한 진리를 도출할 수 있었다. 이 변화는 내가 처음 순간 생각할 수 있었던 것처럼 우리 시대에 고유한 변화는 전혀 아니었다. 나 자신이 겨우 성공하여 게르망트네 살롱에 지금의 블로크보다 더 신참으로 들어갔던 시절, 그 살롱의 일원이 된 지 얼마 안 되어 완전히 이질적인 요소들을 그 사회의 전체를 이루는 부분으로 관조해야 했고, 또 그보다 더 오래된 고참들에게도 기이할 정도로 새롭게 보이는 사람들을 그 고참들과 구별하지 못했다. 당시의 공작들에 의해 포

---

* 셰익스피어의 「베니스의 상인」에 나오는 매부리코를 가진 수전노이자 고리대금업자로, 잔인하고 돈만 아는 유대인의 전형을 축조한다. 블로크의 유대성을 환기하는 인물로 사용되고 있다.
** 『잃어버린 시간을 찾아서』 2권 128쪽 주석 참조.

부르생제르맹의 영원한 일원으로 간주되었던 고참들 역시 그들 자신이 또는 그들 아버지가 또는 그들 할아버지가 과거에는 벼락출세한 자였다. 그러므로 이 사회를 그토록 찬란하게 만든 것은 상류 사회 인간들의 자질이 아니라, 오십 년이 지나면 모두가 비슷해 보이는 사람들이 다소간 완벽하게 그 사회에 동화되었다는 사실이었다. 내가 게르망트라는 이름에 그 모든 위대함을 부여하기 위해 과거 속으로 거슬러 올라갔을 때에도 —— 게다가 이 방법은 타당했는데, 왜냐하면 루이 14세 때 거의 왕족과도 같았던 게르망트는 지금보다 더 위대했으니까 —— 현재 내가 주목하는 것과 동일한 현상이 일어났기 때문이다. 예를 들면 우리는 게르망트 가문이 콜베르 가문과 혼인에 의해 인척 관계를 맺는 것을 보지 않았던가? 물론 오늘날에는 콜베르 가문의 여성이 라로슈푸코 가문의 남성에게 매우 좋은 혼처로 여겨지므로, 콜베르 가문이 더욱 고귀해 보이는 것도 사실이다. 그러나 단순히 부르주아에 불과했던 콜베르 가문이 귀족이 되어 게르망트 가문이 그들과 인척 관계를 맺은 것은 아니며, 게르망트 가문이 그들과 인척 관계를 맺었기 때문에 콜베르 가문이 귀족이 될 수 있었던 것이다. 만일 오송빌이란 이름이 현재 이 집안을 대표하는 이와 함께 사라진다면,* 그 이름의 명성은 스탈 부인**의 후손이라는 점에서

---

* 스탈 부인의 증손자인 오송빌 백작을 가리킨다.(『잃어버린 시간을 찾아서』 12권 79쪽 주석 참조.)
** 스타엘 부인으로 불리기도 하는 제르멘 드 스탈(Germaine de Staël, 1766~1817)은 프랑스 낭만주의 태동에 큰 기여를 한 프랑스의 비평가이자 소

기인할 것이다. 그런데 대혁명 이전에 왕국의 제일가는 귀족 가운데 한 사람이었던 오송빌 씨는 브로이 씨에게 자신은 스탈 부인의 부친을 알지 못하며, 또 브로이 씨 자신이 그 부친을 소개할 수 없는 것처럼 자신도 그를 남에게 소개할 수 없음을 자랑으로 여겼는데, 그들의 아들 중 하나가 언젠가 『코린』을 쓴 저자의 딸과, 다른 하나가 저자의 손녀와 결혼하리라고는 꿈에도 생각하지 못했다.* 게르망트 공작 부인의 말에 따르면, 나도 이런 사교계에서 작위는 없지만 우아한 인간의 역할을 할 수 있으며, 또 사람들은 내가 언제나 귀족 사회에 속했음을 기꺼이 믿으려고 한다는 것도 알았다. 과거에 스완이 그랬듯이, 스완 전에는 르브룅 씨나 앙페르 씨, 브로이 공작 부인 — 처음에는 사교계와 아주 거리가 멀었던 — 의 모든 친구들이 그랬듯이 말이다.** 게르망트 부인 댁에서 저녁 식사

설가이다. 소녀 시절에 계몽 사상가들과 교류한 덕분에 자유 민주주의 사상에 일찍부터 눈을 떴으며, 나폴레옹과의 불화로 여러 차례 국외로 도피했다. 『델핀』(802), 『코린』(1805) 등의 소설과 「독일론」(1800)과 같은 평론이 있다.

* 스탈 부인의 부친은 스위스 출신 은행가이자 루이 14세 때 프랑스 재무상을 지냈던 자크 네케르로 고약한 성품 때문에 다른 사람의 기피 대상이었다고 한다. 그리고 『코린』의 저자인 스탈 부인의 딸 알베르틴은 브로이 공작의 아들 빅토르와 결혼했으며, 또 이들 부부의 딸이자 스탈 부인의 손녀인 루이즈는 오송빌 백작과 결혼했다. 이 손녀는 앵그르의 대표작으로 꼽히는 「오송빌 백작 부인」(1834)의 모델이기도 하다.(『되찾은 시간』, 플레이아드 IV, 1290쪽 참조.)
** 르브룅에 대해서는 『잃어버린 시간을 찾아서』 4권 121쪽 주석 참조. 장자크 앙페르(Jean-Jacques Ampère, 1800~1864)는 사학자이자 철학가로 소르본 대학교의 교수였으며, 레카미에 부인 살롱의 단골손님이었다. 그리고 브로이 공작 부인의 친구들이란, 스탈 부인의 손녀이며 여류 작가인 오송빌 백작 부인의 친구들을 가리키는 것처럼 보인다.

를 하던 초기에, 나는 사교계에서의 내 모습보다는 보세르쾨유 씨 같은 인간의 과거를 구성하고 그의 사교계에서의 이미지에 형태를 부여하는 일에 내가 완전히 무지하다는 걸 보여 주는 지적 때문에 그들을 몹시 놀라게 했다! 어느 날엔가 블로크도 아주 늙을 테고, 그래서 그때 그의 눈앞에 제시되는 게르망트의 살롱에 대해 조금은 오래된 추억을 가질 때면 그 역시 몇몇 불청객들과 무식한 사람들을 볼 때와 똑같은 놀라움과 불쾌감을 느낄 것이다. 다른 한편으로 그는 아마 내가 노르푸아 씨 같은 이들의 특권이라고 믿었던 요령과 신중함의 자질을 터득해서 자기 주위에 발산할 테고, 그렇게 해서 그 자질은 어느 누구보다 그것을 배척하는 것 같은 사람들 사이에서 다시 형성되고 구현될 것이다.

게다가 내게는 내가 게르망트네 사회에 받아들여지기 위해 일어났던 상황이 뭔가 예외적으로 보였다. 그러나 밖에서, 나를 둘러싼 환경 밖에서 보자 이런 사회 현상이 내가 처음 생각했던 것처럼 그렇게 고립적이지 않으며, 또 내가 태어난 콩브레란 샘에서 꽤 많은 물줄기가 그 물줄기를 공급하는 분수대 위로 솟아오르면서 나와 조화를 이룬다는 걸 깨달았다. 물론 이런 상황에는 늘 특별한 것이 있으며, 성격 역시 늘 개인적인 점이 있기 마련이지만. 르그랑댕이 그 차례로 이 사회에 들어오고(조카의 기이한 결혼을 통해), 오데트의 딸이 혼인에 의해 이 사회와 인척 관계를 맺고, 스완 자신과 끝으로 내가 이 사회에 들어온 것도 모두 지극히 다른 방식으로 이루어졌다. 내 삶에 갇혀 삶을 내면에서만 바라보며 살아온 내게서 르그랑댕의 삶은 나와는 완전히 무관하고 또 대립되는 것처럼 보였는데, 이는 마치 깊은 골짜기에서 흐르는 시냇물이 다른 지류는 보지 못하고 아무리 본류에서 이탈한다 해도 결국은 같은 강으로 흘러가는 것과도 같다. 그러나 새가 높은 곳에서 내려다보듯 전체를 한눈으로 관찰한다면, 감정적인 이유나 이런저런 사람을 죽음에 이르게 하는 그 불가피하고도 무모한 행동은 고려하지 않고 오로지 매해 사망자의 수만을 계산하는 통계학자처럼, 우리는 이 책의 첫 부분에서 묘사한 것과 동일한 환경에 속하는 인간들이 전혀 다른 종류의 환경에 이르는 것을 볼 수 있으며, 또 매해 파리에서 상당수의 결혼이 부르주아와 상류 사회 사람들 사이에서 이루어지므로, 교양 있고 부유한 각기 다른 환경의 부르주아 계급에서 태어난 사람들이 대략 같은 비율로, 이를테면 스완이나 르그랑댕, 또 나나 블로크 같은 사람들이 결혼을 통해 상류 사회라는 대양으로 몸을 던지는 것은 가능하다. 게다가 그들은 상류 사회에서 금방 서로를 알아볼 수 있었다. 젊은 캉브르메르 백작이 품위 있고 세련되고 점잖고 우아한 옷차림으로 사람들을 매혹했지만 — 동시에 그의 아름다운 시선과 출세에 대한 강한 욕망에서 — 나는 이미 그의 외삼촌 르그랑댕을 특징짓는 요소들을 알아보았으며, 다시 말해 귀족적인 모습이지만 우리 부모님의 오래된 지극히 부르주아적인 친구임을 알아보았다.

블로크의 성질보다 초기에 더 신맛 나는 성질도 결국은 단맛으로 바뀌는 단순한 성숙 과정인 선의의 감정 역시, 우리의 동기가 정당하다면 친절한 판사와 마찬가지로 편파적인 판사 또한 두려워할 필요 없다는 그런 정의의 감정만큼이나 널리 퍼져 있다. 그리고 블로크의 손자들은 거의 출생 시부터 착하고 신중할 수 있다. 어쩌면 블로크는 아직 그런 경지에는 이르지 못한 모양이다. 그러나 청하지도 않은 누군가를 보러 가기 위해 두 시간이나 기차를 타야 한다고 믿는 척했던 그가, 지금은 점심이나 저녁 식사뿐 아니라 여기서 보름 저기서 보름을 지내고 가라는 많은 초대를 받았지만 모두 거절했고 그 사실을 말하지 않았으며, 초대를 받은 것이나 거절한 것을 과시하지도 않는다는 점에 주목했다. 신중함이, 행동이나 말에서의 신중함이 사회적 지위와 나이와 더불어, 이렇게 말할 수 있다면 일종의 사회적 연령과 더불어 그에게 나타났다. 물론 예전에 블로크는 호의를 표하거나 충고하는 것이 불가능할 정도로 무례했다. 그런데 몇몇 단점이나 장점은 이런저런 개인에 결부되기보다는, 사회적 관점에서 보는 삶의 이런저런 순간과 관계된다고 할 수 있다. 그 장점과 단점은 개인 밖에 위치하며, 개인은 마치 예전부터 존재하는 보편적이고 피할 수 없는 여러 지점(至點)을 통과한다는 듯 그 빛 속을 통과한다. 어떤 약이 위의 산성 성분을 감소시키고 증가시키는지, 또는 위의 분비액을 활성화하거나 완화하는지를 알고자 하는 의사들이 상이한 결과를 얻는 것은 그 분비액에서 약간의 위 가스를 채취해서가 아니라, 약을 먹고 얼마의 시간이 지난 후 위 가스를 채취하느냐에 따른 것이다.

이렇게 해서 게르망트라는 이름은 그것이 지속되는 내내 그 자체 안에 또는 그 주위에 받아들이고 쇠퇴하고 또 새로운 요소들을 충원하면서, 마치 이미 시들기 시작한 꽃들을 대신하려고 매 순간 준비하는 꽃망울들이 서로 비슷해 보이는 거대한 꽃무리에 뒤섞인 정원과도 같았는데, 다만 새로운 꽃들을 아직 보지 못하고 그들의 기억 속에서 더 이상 존재하지 않는 꽃들의 이미지를 정확하게 간직하는 사람들은 거기서 제외되었다.

이 오후 모임이 한자리에 모이게 하거나 떠올리게 한 몇몇 사람들이 내게 차례로 제시하는 모습을 통해, 또는 번갈아 내 앞으로 불쑥 솟아오르게 하는 상이한 대조적인 상황을 통해 내 삶의 다양한 양상과 전망의 차이를 되살아나게 했다. 마치 땅의 기복이, 언덕이나 성관이, 때로 오른쪽에서 때로 왼쪽에서 나타나 처음에는 숲을 내려다보는 것처럼 보이다가 다음에는 골짜기에서 나와 여행자에게 그가 따라가는 길의 방향 전환과 해발 고도의 차이를 알려 주는 것과도 같이. 점점 더 오래된 과거로 거슬러 올라가면서 나는 그토록 오랜 시간의 간격을 통해 분리되면서 뚜렷이 구별되는 나의 자아들 속에 보존되어 있는 동일한 사람의 이미지를, 이미지 자체도 여러 다른 의미를 가진 그런 이미지를 발견하기에 이르렀는데, 그 이미지들은 내가 평소 그 사람과 가졌던 관계의 흐름을 한눈에 본다고 믿을 때면 누락했던 것으로, 예전에 알았던 이미지들과 동일하다고 생각하는 것조차 멈추었던 것이다. 그 이미지들을 하나의 어원 또는 그것이 초기에 내게 의미했던 것에 연결하기 위해서는 어떤 섬광 같은 우연이, 주의력이 필요했다. 스완 양이 분홍빛 산사나무 울타리 너머로 나를 바라보

았을 때, 나는 훗날 그 시선의 의미를 욕망의 의미로 수정해야
했다.* 콩브레에 떠도는 풍문에 따르면 스완 부인의 정부로 일
컬어지던 남자가 바로 동일한 울타리 뒤에서 나를 냉담한 표
정으로 바라보던 사람이었으며, 그러나 그 표정에는 그때 내
가 생각했던 의미는 전혀 없었고, 그 후 그가 얼마나 변했던
지, 발베크의 카지노 근처에서 포스터를 바라보던 신사에게
서 나는 그를 전혀 알아보지 못했으며, 또 십 년에 한 번쯤 그
에 대한 기억이 떠오를 때마다 "아니 그 사람이 샤를뤼스 씨였
어, 벌써! 참 신기한 일이군!"이라고 말하곤 했다.** 페르스피
에 의사의 결혼식에 참석한 게르망트 부인, 나의 작은할아버
지 댁에서 만난 분홍빛 드레스의 스완 부인, 자기 여동생이 너
무나 우아해서 우리가 소개장을 써 달라고 부탁할까 봐 그렇
게나 르그랑댕이 겁을 먹었던 캉브르메르 부인,*** 이런 이미
지들을 스완이나 생루 등등과 관계되는 다른 수많은 이미지
들처럼 되찾을 때면, 이따금 나는 그 이미지들을 그런 상이한
사람들과의 교제가 시작되던 입구의 권두 삽화로 배치하기를
즐겼지만, 그러나 그것은 사실 하나의 이미지에 지나지 않았
고, 또 존재 자체가 내 마음속에 남긴 것도 아니었으므로, 그

---

* 화자와 질베르트의 첫 번째 만남 장면에서 화자는 '모욕적인 경멸 표시'가 담
긴 시선을 포착했다고 생각했지만 실은 그것이 욕망의 시선이었음을 나중에 알
게 된다.(『잃어버린 시간을 찾아서』 1권 247~249쪽 참조.)
** 샤를뤼스의 콩브레와 발베크에서의 출현에 대해서는 『잃어버린 시간을 찾
아서』 1권 240~250, 4권 189쪽 참조.
*** 『잃어버린 시간을 찾아서』 1권 232~235쪽 참조.

존재와 나를 연결해 주는 것은 아무것도 없었다. 몇몇 사람들은 기억력이 좋으며 또 몇몇 사람들은 그렇지 못하다는 것뿐 아니라(터키 대사 부인*들이나 여타의 사람들이 겪고 있는 그런 지속적인 건망증까지는 가지 않아도, 전에 들은 소문은 일주일만 지나면 사라지며, 또는 그 소문 다음에 들은 소문이 전에 들은 소문을 쫓아버리는 힘이 있어서인지 사람들이 말하는 소문에는 항상 모순되는 소문을 위한 자리가 있기 마련이다.) 똑같이 기억력이 좋은 두 사람도 언제나 동일한 것을 기억하지 않는다. 한 사람은 다른 사람이 커다란 회한을 품고 있는 일에 별 주의를 기울이지 않으며, 이와는 반대로 다른 사람의 입에서 자기도 모르게 불쑥 튀어나온 말을 뭔가 자신에 대한 호의적인 특징의 표시로 재빨리 포착한다. 틀린 예측을 할 때에도 자신이 틀리지 않았다는 걸 보여 주려는 관심이 그런 예측을 기억하는 기간을 짧게 줄이거나 그 예측을 발언한 적 없다는 신속한 주장으로 이어진다. 그리고 마지막으로 보다 심오하고 비타산적인 관심이 우리의 기억을 다양하게 변화시키는 법이어서, 시인은 사람들이 기억하는 사실은 거의 모두 망각하지만 덧없음의 인상은 기억한다. 이 모든 것이 이십 년이란 긴 시간의 부재 후에 왜 우리가 예상했던 원한 대신 사람들이 무심코 또는 무의식적으로 우리를 용서하거나, 아니면 그 반대로 설명할 수 없는 이유의 증오심으로(우리가 준 나쁜 인상은 우리 차례가 되면 잊어버리므로) 우리를 대하는지를 말해 준다. 가장 많이 알았던 사

---

* 『잃어버린 시간을 찾아서』 6권 378~379쪽 참조.

람들에 대한 사적 기록에서 우리는 날짜조차 잊어버린다. 게르망트 부인이 처음 블로크를 만난 것이 적어도 이십 년 전의 일이므로, 부인은 블로크가 자기와 같은 세계에서 태어났으며, 그가 두 살 때 샤르트르 공작 부인* 이 무릎에서 흔들어 재웠다고 단언했을 것이다.

이곳에 있는 사람들이 살아오는 동안 얼마나 여러 번 내 앞에 다시 나타났으며, 그때마다 다른 상황이 그 동일한 사람들을 내게 얼마나 다양한 형태와 목적 아래 제시하는 듯 보였던가. 각각의 인물이 짠 실타래가 통과한 내 삶의 여러 다양한 지점은 지극히 멀리 떨어진 것처럼 보이는 인물들을, 마치 삶이 가장 다른 형태의 무늬를 짜기 위해 제한된 수의 실타래만을 소유한다는 듯 마침내 섞어 놓았다. 이를테면 나의 다양한 과거에는 아돌프 할아버지를 방문했던 일을 비롯하여, 원수(元帥)의 여사촌인 빌파리지 부인의 조카, 르그랑댕 씨와 그의 여동생, 우리 집 안마당에서 살던 프랑수아즈의 친구이자 조끼 짓는 전직 재봉사 등이 있었는데, 그들보다 더 멀리 떨어진 존재들이 어디 있단 말인가? 그리고 오늘 이 모든 상이한 실타래가 이야기의 골조를 짜기 위해 한데 모였고, 여기는 생루 부부, 저기는 젊은 캉브르메르 부부, 또 모렐은 말하지 않더라도 다른 많은 이들의 결합이 일련의 상황을 형성하는 데 기여했으므로, 내게는 이 상황이 완벽한 통일성을 이루면서 각각의 인물은 다만 그 구성 요소에 지나지 않는 것처럼 보였

---

* 『잃어버린 시간을 찾아서』 6권 47쪽 주석 참조.

다. 그리고 내 삶은 삶이 내게 제시하는 존재 중 하나 이상이 내 기억의 반대편에서 그 존재를 완성하기 위해 다른 존재를 발견할 수 있을 정도로 충분히 이미 긴 것이었다. 내가 이곳에서 만났으며, 이제 자신의 명성에 어울리는 자리를 차지한 엘스티르만 해도, 나는 그에게 베르뒤랭 부부와 코타르 부부, 리브벨 레스토랑에서의 대화, 내가 알베르틴을 만났던 오후 모임과 같은 가장 오래된 추억들을 덧붙일 수 있었다. 이처럼 어떤 예술 애호가는 누군가가 제단화 한 폭만 보여 주어도,* 다른 폭이 어느 성당, 어느 박물관, 어느 개인 소장품에 분산되었는지를 기억한다.(마찬가지로 우리는 경매 목록을 쫓아가거나 골동품 가게를 드나들면서 마침내 우리 자신의 소장품과 한 쌍을 이루는 다른 쪽을 발견한다.) 그는 머릿속에서 제단화의 밑부분을, 더 나아가 제단 전체를 재구성할 수 있다. 권양기를 따라 올라가는 통(桶)이 여러 번에 걸쳐 반대쪽에 걸린 밧줄을 건드리는 것처럼, 내 삶에서 자리를 차지했던 인물이나 하물며 사물들조차 차례차례로 번갈아 가면서 상이한 역할을 하지 않은 것은 없다. 단순한 사교 관계나, 물질적인 대상이라 해도 내가 몇 해 후 기억 속에서 다시 만날 때면, 나는 삶이 그 대상 주위에 부단히 다른 실들을 잣다가, 마치 오래된 공원의 하찮은 수도관을 에메랄드빛 칼집으로 에워싸는 벨벳처럼, 세월의 모방할 수 없는 아름다운 벨벳에 의해 그 대상의 울림을 약화시

---

* 보통 중앙 패널 양측에 날개 패널을 달고 문처럼 열고 닫는 '세 폭 제단화'가 가장 일반적인 형태이지만 여러 폭으로 구성된 것들도 많이 있다.

키는 것을 보았다.

여기 있는 사람들의 모습만이 내게 그들을 꿈속의 인간이라고 생각하게 한 것은 아니었다. 그들 자신에게서조차 이미 젊음과 사랑 속에 잠이 들어 나른해진 삶은 점점 꿈이 되어 갔다. 그들은 원한이나 증오조차 망각했고, 십 년 전부터 한마디 말도 걸지 않았던 사람이 누구인지 확인하기 위해 기록부를 참조해야 했지만, 그 기록부 자체가 누구에게서 모욕당했는지 모를 만큼 꿈처럼 점점 아련해졌다. 이 모든 꿈은 동일한 부처에서 살인이나 배신으로 사람들이 고발당하는 것을 목격하는 그런 정치적 삶의 대조적 양상을 형성했다. 그리하여 그 꿈은 몇몇 노인들에게서 사랑을 나눈 후에 이어지는 나날에서 느끼는 죽음처럼 깊어져 갔다. 그런 나날에는 그가 설령 대통령이라 해도 더 이상 아무것도 물어볼 수 없었다.* 모든 것을 망각했으니까. 그러다가 사람들이 그에게 며칠 휴식을 취하게 내버려 두고, 그러면 공적 사건에 대한 기억이 마치 꿈의 기억처럼 우연한 기회에 되돌아왔다.

이따금 내가 알던 사람과 그토록 다른 존재가 단 하나의 이미지로 떠오르지 않을 때가 있었다. 여러 해 동안 베르고트는 내게 온화하고 성스러운 노인으로 보였고, 스완의 회색 모자나 스완 부인의 보랏빛 망토를 볼 때면, 또는 게르망트 공

---

* 프루스트가 말하는 대통령이 누구인지는 정확히 알 수 없지만, 늙은 나이에 1880년부터 1887년까지 대통령을 지낸 쥘 그레비나, 엘리제궁에서 뇌출혈로 돌연사한 펠릭스 포르, 또는 1920년부터 1922년까지 대통령을 지낸 폴 데샤넬을 들 수 있다고 지적된다.(『되찾은 시간』, 리브르드포슈, 483쪽 참조.)

작 부인이 살롱에서조차 가문의 이름으로 에워싸는 그런 신비로움을 볼 때면, 나는 마치 환영이라도 본 듯 온몸이 마비되는 걸 느꼈다. 다시 말해 거의 전설과도 같은 기원, 그토록 매력적이지만 나중에는 그토록 평범한 관계가 되어 버린 신화, 그렇지만 이런 기원과 신화는 마치 하늘 한가운데서 반짝이는 혜성의 꼬리가 만드는 광채처럼 과거 속으로 멀리 이어져 갔다. 그리고 수브레 부인*과 나의 관계처럼 그렇게 신비로움 속에서 출발하지 않고, 또 오늘날에는 완전히 메마르고 순전히 사교적인 것으로 변한 관계도, 처음 해변에서 보내는 오후 또는 파리에서 봄날 끝자락의 요란한 마차 소리와 더불어 먼지가 일고 햇살이 물결처럼 움직이는 오후의 충만함 속에 감동적인 어조로 그려진, 보다 고요하고 부드러운 첫 미소를 간직하고 있었다. 또 어쩌면 수브레 부인을 그 배경과 분리했다면, 그녀는 별 가치가 없었을지도 모른다. 마치 그 자체만으로는 그렇게 아름답지 않지만 그것이 위치한 장소에서는 놀랄 만큼 멋진 역사적 건축물처럼, — 이를테면 산타마리아 델라 살루테 성당** 같은 — 그녀는 '한데 합쳐서' 가격을 매기는 한 묶음의 추억에 속했으므로, 나는 거기서 수브레 부인이란 인간이 정확히 어떤 가치가 있는지는 자문해 보

---

* 수브레 부인은 「소돔과 고모라」에서 게르망트 대공에게 소개를 받았으면 하는 화자의 소망을 기이한 방식으로 묵살한 여인이다.(『잃어버린 시간을 찾아서』 7권 100~101쪽 참조.)
** 베네치아의 대운하와 산마르코만 사이에 위치하는 성당으로 건물 자체의 가치보다는 풍광이 아름다운 것으로 더 유명하다.

지 않았다.

여기 모인 이 모든 존재들이 겪는 육체적이고 사회적인 변화보다 내게 더 강렬한 인상을 준 것은 그들이 서로에 대해 가진 상이한 관념에 연유했다. 르그랑댕은 블로크를 경멸했으므로 한 번도 그에게 말을 건넨 적이 없었다. 그런데 지금 그는 아주 다정했다. 이는 블로크의 현재 위치가 대단해서가 아니었다. 그랬다면 여기 쓸 가치도 없었을 것이다. 그 이유는 사회적 변화가 그 변화를 겪은 사람들 사이에서 필연적으로 상호적인 입장 변화를 유발하기 때문이다. 그렇다. 사람들이 ── 다시 말해 우리에게 보이는 모습은 ── 우리의 기억 속에서는 그림과 같은 균일성을 갖지 못한다. 그들은 우리의 망각에 따라 진화한다. 때로 우리는 그들을 다른 사람들과 혼동하기도 한다. "블로크, 콩브레에 오던 친구 말이지." 블로크라고 말하면서 실제로 그들은 나에 대해 얘기했다. 반대로 사즈라 부인은 필리프 2세에 관한 역사 논문을 쓴 사람이 나라고 확신했다.(실은 블로크가 쓴 것이었다.) 나를 블로크로 또는 블로크를 나로 혼동하는 이런 행동까지 언급할 필요 없이, 우리는 누군가가 했던 비열한 짓이나 그의 결점, 최근에 악수도 하지 않고 헤어진 일은 망각하고, 대신 우리가 함께 잘 지냈던, 보다 오래된 일은 기억하곤 한다. 블로크에 대해 다정하게 대하는 르그랑댕의 태도는 아마도 과거의 어떤 부분에 대한 기억을 잊어버렸는지, 아니면 용서와 망각과 무관심의 결합에서 그렇게 정해졌다고 판단했는지 이번에는 보다 오래된 상황에 부응했다. 게다가 우리가 서로에 대해 가진 기억은 사랑에 있어서도 동일하지 않다. 나는 알베르틴이 만남 초기에 내가 했던 말, 그러고는 완전히 잊어버렸던 말들을 놀라우리만큼 잘 기억하는 걸 보았다. 그러나 그녀는 내 머릿속에 조약돌처럼 영원히 처박혀 있는 어떤 일에 대해서는 전혀 기억하지 못했다. 평행선을 긋는 우리의 삶은 일정한 간격을 두고 꽃 화분이 대칭적으로, 그러나 바로 맞은편이 아닌 엇갈리게 놓여 있는 오솔길과도 같다. 하물며 우리가 잘 알지 못하는 사람들에 대해 그들이 누구인지는 기억하지 못하지만, 우리가 예전에 생각했던 것과는 다른 것, 더 오래된 일은 기억하며, 그들을 안 지 얼마 안 되는 사람들의 사회에서 그들이 예전에 갖지 않았던 자질과 지위로 장식되어 나타날 때—잊어버리기 잘하는 사람도 금방 인정하는—사람들이 암시하는 뭔가를 기억하는 것은 이해할 만한 일이다.

아마도 삶은 여러 번에 걸쳐 내가 가는 노상에 그 사람들을 배치하고 특별한 상황에서 제시했으며, 그런 상황이 도처에서 그들을 에워싸고 그들에 대한 나의 시야를 축소하고, 그들의 본질에 대한 나의 인식을 방해했는지도 모른다. 내게서 커다란 몽상의 대상이었던 게르망트 사람들조차, 내가 그들 중 처음으로 접근했던 사람은 할머니의 오래된 친구 모습으로 나타났고, 다른 한 사람은 카지노의 정원에서 정오에 그토록 불쾌한 표정으로 나를 바라보던 신사의 모습으로 나타났다.(마치 콩브레에서 책을 읽는 동안 실재와 정신 사이에 지각이란 경계가 존재하며, 그것이 그 둘 사이의 완전한 접촉을 방해한다는 사실을 깨달았을 때처럼, 우리와 사람들 사이에는 우연성의 경계가 존재하기 때문이다.) 그러다 겨우 나중에 가서 그들을 하나의 이름과 결부시킨 후에야, 마침내 그들과의 친분이 게르망트네와의 친분이 되었다. 그러나 어쩌면 그런 사실이 내 삶을 보다 시적으로 만들었으며, 꿰뚫어 보는 눈길과 새의 부리를 가진 그 신비스러운 종족이, 장밋빛과 금빛의 그 접근할 수 없는 종족이, 여러 눈부신 상이한 상황의 결과로 지극히 자연스럽게 자주 내 관조와 사교적 활동, 내가 스테르마리아 양을 만나고 싶어 했을 때, 또는 알베르틴을 위해 드레스를 만들어 주고 싶었을 때에는 친구들 중 가장 헌신적인 친구라는 듯 게르망트네 사람에게 부탁했을 정도로 나의 내밀한 관계에도 제공되었다. 물론 게르망트 댁에 가는 일은 내가 그다음에 알게 된 다른 사교계 인사들을 방문하는 일만큼이나 권태로웠다. 또 베르고트의 작품에 나오는 몇몇 페이지들처럼, 게르망트 부인의 매력은 거리감을 둘 때에야 보였고 가까이에서는 사라졌다. 왜냐하면 그 매력은 나의 기억과 상상 속에 존재했기 때문이다. 하지만 결국 그럼에도 불구하고 게르망트 사람들은 질베르트와 마찬가지로, 내가 더 많이 몽상하고 개별적인 존재를 믿었던 내 과거의 삶 속에 보다 깊이 뿌리를 내리고 있었다는 점에서 여타 사교계 사람들과는 달랐다. 지금 게르망트 사람들 중의 이런저런 사람과 담소를 나누며 권태로워하면서도 나는 내가 가장 아름답다고 생각하고 가장 접근할 수 없다고 믿었던 내 유년 시절의 상상 속 여인들을 소유할 수 있었으며, 그러자 마치 회계 장부를 보며 헷갈려하는 장사꾼처럼, 그 여인들을 소유하는 가치

와 내 욕망이 그들에게 매겼던 값을 혼동하면서 마음을 위로
했다.

그러나 다른 사람들에 대해서도 그들과 내 과거의 관계는
별다른 기대 없이 형성된 보다 열렬한 꿈으로 부풀어 있었고,
거기서 당시 그들에게 송두리째 바쳐진 내 삶은 그토록 풍요
롭게 꽃피었는데, 어떻게 그 꿈의 실현이 그들의 신비로움이
자 열정이자 부드러움이었던 것은 하나도 되찾을 수 없는, 이
런 무관심하고 경멸적인 친밀함을 이루는 가늘고 좁은 퇴색
한 띠였는지 나는 도저히 이해할 수 없었다. 모든 사람들은
'초대받거나' 훈장을 받지 못했으며, 몇몇 사람들을 수식하는
형용사 역시 달라졌지만 그들은 최근에 죽었으므로 그 일은
그리 중요하지 않았다.

"아르파종 후작 부인*은 어떻게 되셨나요?" 하고 캉브르메
르 부인이 물었다. "돌아가셨는데요." 하고 블로크가 대답했
다. "작년에 돌아가신 아르파종 백작 부인과 혼동하시나 봐
요."라고 캉브르메르 부인이 말했다. 아그리장트 대공 부인이
토론에 끼어들었다. 지극히 부유하고 명망 높은 이름의 늙은

---

* 아르파종 후작 부인(게르망트 공작의 정부였던 아르파종 백작 부인과 혼
동된)에 관한 긴 단락은 「되찾은 시간」과 「게르망트 쪽」 또는 「소돔과 고모
라」 사이의 연관 관계를 강조하고, 죽음과 오류의 모티프를 끌어들이는 의미
가 있다고 베르나르 브렁은 지적한다.(『되찾은 시간』, GF-플라마리옹, 491쪽
참조.)

남편*을 잃은 젊은 과부인 부인은 많은 사람들로부터 청혼을 받았으며 그래서 자만심에 부풀어 있었다. "아르파종 후작 부인 역시 거의 일 년 전에 돌아가셨어요." "아! 일 년이라고요? 그럴 리가 없는데요." 하고 캉브르메르 부인이 대꾸했다. "그 분 댁에서 열린 저녁 음악 파티에 간 적이 있었는데, 일 년이 안 되었어요." 사교계를 드나드는 '제비족'과 마찬가지로 블로크는 이런 토론에 도움을 줄 수 없었다. 그 모든 나이 든 사람들과 세월의 차이가 너무 큰 탓인지, 아니면 그가 간접적으로 접촉하면서 최근에 도착한(이를테면 블로크와 같은) 또 다른 사회가 황혼 속으로 기울어 가는 순간, 그 익숙지 않은 과거의 추억이 전혀 그에게 빛을 줄 수 없어서인지, 그들의 죽음이 그와 너무도 먼 거리에 있었기 때문이다. 같은 나이와 같은 환경의 사람들에게서 죽음은 그것의 낯선 의미를 상실했다. 더욱이 죽음이 임박한 많은 이들의 소식을 들으러 날마다 사람을 보내다가, 몇몇 이들은 회복되고 다른 이들은 '작고했다'는 소식을 들을 때, 우리는 한 번도 볼 기회가 없었던 이런저런 사람이 폐렴에서 회복되었는지 아니면 죽었는지도 더 이상 정확히 기억하지 못한다. 죽음은 이런 노년의 지대에서 활발하게 증식하고 또 보다 정확하지 않은 것이 되었다. 두 세대와 두 사회가 교차하는 지점에서, 여러 상이한 이유 덕분에 죽음을 식별하는 데 잘못 위치한 사회가 죽음을 삶과 거의 혼동하

---

* 그렇지만 아그리장트 대공은 앞에서 멋진 모습으로 연회에 참석하는 것으로 나온다.(138쪽 참조.)

는 지점에서, 죽음은 거의 사교적인 행사가 되며 조금은 한 인간을 규정하는 사건이 되기도 하지만, 죽음을 얘기하는 목소리의 어조는 그 사건이 그 사람의 모든 것에 종지부를 찍었음을 의미하는 것처럼 보이지 않았다. "그런데 당신은 잊었나 봐요, 그분이 돌아가신 걸."이라고 누군가가 "그분은 훈장을 받았어요.", "그분은 한림원 회원이에요."라고 말하듯 얘기했다. 아니면 연회 참석을 불가능하게 한다는 점에서는 결국 같은 말이지만 "그분은 겨울을 보내려고 남프랑스로 갔어요." 또는 "산에서 휴양하라는 의사의 지시를 받았어요."라고 말하기도 했다. 그래도 저명인사인 경우에는 그들이 죽으면서 남긴 것이 그들의 삶이 끝났음을 기억하는 데 도움이 되었다. 하지만 그저 나이가 든 사교계 인사인 경우, 그들을 잘 알지 못해서 또는 그들의 과거를 잊어버려서가 아니라, 그들이 미래와 아무 연관이 없다는 점에서 그들이 죽었는지, 죽지 않았는지를 혼동하기 마련이다. 그리고 나이 든 사교계 인사의 죽음에 대해 병이나 부재, 시골로의 은퇴와 죽음 사이에서 선택해야 하는 어려움이 선택을 망설이는 자의 무관심을 드러냈으며 마찬가지로 죽은 자의 하찮음도 드러냈다.

"하지만 부인이 죽지 않았다면 어떻게 해서 우리는 부인을 더 이상 보지 못하는 거죠, 남편도 마찬가지고요?" 재치가 있다는 걸 뽐내기 좋아하는 노처녀가 말했다. "그건 그들이," 하고 오십 대지만 연회라면 빠지는 법 없는 그녀의 어머니가 말했다. "늙어서란다. 그 나이에는 외출하지 않는 법이니까." 하고 마치 묘지 앞에 노인들로 닫힌 도시가, 항상 안개 속에 불이 켜져 있는 도시가 있는 것 같았다. 아르파종 백작 부인이 오래 병을 앓다가 일 년 전에 사망했으며, 또 아르파종 후작 부인 역시 그 후에 아주 빨리 "완전히 무의미한 방식으로" 사망했다고 생퇴베르트 부인이 말하면서 그 토론에 마침표를 찍었다. 이렇게 해서 이 모든 삶과도 흡사한 죽음은, 왜 그것이 눈에 띄는 일 없이 지나갔는지를 설명해 주었고, 또 그 죽음을 혼동한 자들도 용서해 주었다. 아르파종 부인이 정말로 죽었다는 말을 듣자 노처녀는 어머니에게 불안한 시선을 던졌는데, 어머니와 '동년배'인 사람의 사망 소식이 어머니에게 '충격을 줄까 봐' 두려웠기 때문이다. "그분은 이미 아르파종 부인의 죽음으로 매우 '충격'을 받았어요."라는 설명과 함께 사람들이 자기 어머니의 죽음을 미리 얘기하는 것이 들린다고 생각했다. 그러나 노처녀의 어머니는 그와 반대로 자기 또래의 사람이 '사라질' 때마다 시합에서 뛰어난 경쟁자들을 물리친 것 같은 인상을 받았다. 그들의 죽음은 부인이 자기 삶을 아직도 유쾌한 기분으로 의식할 수 있는 유일한 수단이었다. 노처녀는 어머니가 피로한 노인들이 좀처럼 나오려 하지 않는 처소에서 아르파종 부인이 칩거한다고 말하면서도 언짢은 기색이 없었고, 후작 부인이 사후 세계로, 한번 들어가면 더 이상 나오지 않는 세계로 들어갔다는 소식을 들었을 때는 더욱 그렇지 않다는 걸 알았다. 노처녀의 신랄한 재치는 어머니의 이와 같은 무관심을 확인하며 즐거워했다. 그녀는 친구들을 웃기기 위해 쾌활한 태도로 그 익살스러운 얘기를 했는데, 어머니가 두 손을 비비면서 "어머나, 저 가엾은 아르파종 부인이 죽은 것이 정말 사실이네."라고 말했다고 주장했다. 살아 있음을 즐기기 위해 이런 죽음을 필요로 하지 않는 사람들에게서조차 죽음은 그들을 행복하게 해 주었다. 왜냐하면 모든 죽음은 그들에게서 삶의 단순화를 의미하며, 그래서 고마움을 표해야 하는 세심한 배려나 방문의 의무를 면제해 주기 때문이다. 그러나 베르뒤랭 씨의 죽음은 엘스티르에 의해 이런 방식으로 받아들여지지 않았다.

한 부인이 그곳을 떠났다. 다른 오후 모임도 있고, 두 분 여왕과 하는 다과회에도 가야 했기 때문이다. 부인은 사교계의 유명한 화류계 여자로 예전에 내가 교류했던 나소 대공 부인이었다. 키가 줄어들어 머리가 예전보다 훨씬 아래 위치했으므로 이른바 '무덤 속에 한 발을 들여놓은' 사람과 흡사했지만, 키가 줄어든 것만 빼고는 늙었다고 말할 수 없었다. 그녀는 오스트리아인의 코와 매력적인 눈길, 라일락꽃 같은 얼굴로 만드는 멋지게 배합된 수많은 화장품 덕분에 방부제를 발라 보존한 마리 앙투아네트 유형의 여인으로 남아 있었다. 자리를 뜨면서 상냥하게 금방 돌아오겠다고 맹세하며 살짝 빠져나가는 얼굴에는 미안해하면서도 다정한 표정이 감돌았는데, 그 표정은 그녀를 기다리는 수많은 엘리트들과의 모임에서 비롯된 것이었다. 거의 왕위를 계승하는 위치에서 태어나 결혼을 세 번이나 했고, 오랫동안 부유한 대은행가의 부양을 받은 그녀가 즐겼던 그 수많은 환상적인 일들은 언급하지 않아도, 그녀는 자신의 매력적인 동그란 눈과 분 바른 얼굴과 연보랏빛 드레스 아래로 헤아릴 수 없는 과거에 대한 조금은 혼란스러운 기억을 가지고 있었다. 그녀가 '영국식으로' 도망치면서 내 앞을 지나갔으므로 인사했다. 그녀는 나를 알아보고는 내 손을 잡고 '꽤 오랫동안 만나지 못했네요! 다음에 만나면 거기에 대해 얘기하도록 해요.'라는 말을 하려는 듯 연보랏빛 눈길로 나를 응시했다. 어느 날 밤 게르망트 공작 부인 댁에서 나를 데려다주는 길에 마차 안에서 우리가 일시적인 바람기에 휩싸였었는지 어떤지도 정확히 기억하지 못한 채로 그녀는 내 손을 힘 있게 잡았다. 또 무턱대고 있지도 않은 일을 암시하는 듯한 표정을 지었는데, 딸기 파이가 나오면 감미로운 표정을 짓고, 음악이 끝나기 전에 자리를 떠야 한다면서 결정적으로 떠나는 것이 아닌데도 절망적인 표정을 짓는 그녀에게는 그리 어려운 일이 아니었다. 게다가 그녀는 나와의 바람기를 확신하지 못했으므로, 은밀하게 붙잡은 손을 곧 지체하지 않고 내려놓고는 한마디 말도 하지 않았다. 다만 내가 '정말 오랜만이네요!'를 의미하는 투로 말한다는 듯 나를 응시했으며, 그 눈에는 그녀를 부양했던 남편들과 남성들과 두 번의 전쟁이 스쳐 갔으며, 또 오팔석에 새긴 천문학용 시계와도 흡사한 그녀의 별 모양 눈은 그토록 먼 과거의 찬란한 시간들을 연속적으로 표시했으므로, 그녀가 항상 변명에 지나지 않는 인사를 하려고 할 때마다 거기서 그 순간을 되찾곤 했다. 그러고는 나를 떠나면서 아무도 자기 때문에 방해받지 않도록, 또 나와 담소를 나누지 못한 것이 나와 악수하면서 잃어버린 몇 분을 만회하기 위해 단둘이서만 차를 마실 예정인 스페인 왕비 댁에 정확히 제시간에 도착하기 위해 서두른다는 듯

문을 향해 종종걸음으로 걸어갔다. 문 옆 가까이에서는 그녀가 거의 줄달음쳤다고 생각했다. 그리고 사실 그녀는 무덤을 향해 달려가고 있었다.

어느 살찐 여인이 내게 인사했다. 짧은 순간 가장 상이한 상념들이 내 머릿속으로 밀려들었다. 사람들을 알아보는 데 나보다 별로 나을 게 없는 그녀가 나를 다른 누군가로 착각했을지도 모른다는 두려움에 나는 잠시 대답하기를 망설이다가, 그녀의 확신에 찬 태도 때문에 그녀가 과거에 나와 아주 가까웠던 사람이 아니었는지 겁을 내며 오히려 과장해서 다정한 미소를 지었고, 그동안 내 시선은 내가 알아내지 못한 이름을 그녀의 이목구비에서 계속 찾고 있었다. 마치 대학 입학 자격 시험 지원자가 불확실성 속에 계속 시험관의 얼굴을 응시하면서, 차라리 기억 쪽에서 찾는 편이 나을 대답을 헛된 기대 속에 찾는 것처럼, 나도 그렇게 미소를 지으면서 그 살찐 여인의 이목구비에 내 시선을 고정했다. 그러다 그것이 스완 부인의 이목구비로 보였고, 그래서 내 미소에는 존경의 빛이 어렸으며, 그동안 나의 불확실성도 멈추기 시작했다. 그때 난 그 살찐 여인이 내게 말하는 소리를 들었고, 조금 후에는 "당신은 날 어머니로 착각하나 봐요. 사실 난 어머니와 많이 닮아 가고 있어요."라고 말하는 소리를 들었다. 그리고 난 질베르트를 알아보았다.

우리는 로베르에 관해 많은 이야기를 나누었고, 질베르트는 로베르가 탁월한 존재라는 듯, 자신이 그를 존경하고 이해했음을 내게 보여 주고 싶다는 듯 공손한 어조로 말했다. 우리는 서로 로베르가 예전에 전술에 관해 전개했던 이론이(내가 예전에 동시에르에서 또 나중에 들은 것과 동일한 이론을 그는 탕송빌에서 여러 번 반복했다.) 최근에 일어난 전쟁을 통해 얼마나 자주 또 많은 점에서 증명되었는지를 회상했다.

"그이가 동시에르에서 말했던 지극히 사소한 것들이, 지금 와서 또 전쟁 동안 내게 어느 정도로까지 깊은 인상을 주었는지는 당신에게 다 말할 수 없군요. 내가 그에게서 들은 마지막 말은, 우리가 더 이상 만나지 않기로 하며 헤어졌을 때, 그가 나폴레옹류의 장군인 힌덴부르크*에게 기대하는 것은 나폴레옹 전쟁의 한 유형으로 두 적수를 분리하는 데 목적이 있다고 했죠. 그는 덧붙여 말하기를 어쩌면 이 경우 두 적수란 영국군과 우리 프랑스군일지 모른다고 했어요. 그런데 로베르가 죽은 지 일 년도 안 되어, 그가 깊은 존경심을 가졌고 그의 군사적 견해에도 지대한 영향을 끼친 평론가 앙리 비두 씨는 '1918년 3월에 있었던 힌덴부르크의 공격은 전쟁에 참가한 두 적군을 밀집 군대에 의해 분리시킨 전투로, 나폴레옹 황제가 1796년 아펜니노 산맥에서는 성공하고, 1815년 벨기에에서는 실패한 작전이었다.'**라고 했죠. 죽기 얼마 전 로베르

---

* 1차 세계 대전의 영웅으로 훗날 독일 대통령이 된 인물이다.(『잃어버린 시간을 찾아서』 12권 139쪽 주석 참조.)

** 이 문단은 앙리 비두가 《데바》에 게재한 논설을 인용했다고 지적된다.(앙리 비두에 대해서는 『잃어버린 시간을 찾아서』 5권 175쪽 참조.) 그는 이 논설에서 1796년 나폴레옹이 이탈리아 북쪽 아펜니노 산맥 근처에서 사르데냐 군대와 오스트리아 군대에 맞서 전투를 벌였고 이들 두 군대의 접속을 차단하여 전투를 승리로 이끌었으나, 1815년 프로이센 군대와 전투를 벌였을 때에는, 프로이

는 내 앞에서 작가 자신이 도중에 계획을 변경해서 그 의도를 알아보기가 항상 쉽지 않은 연극과 전쟁을 비교한 적이 있었어요. 그런데 1918년의 독일군의 공격을 비두 씨가 이런 식으로 해석했다면, 로베르는 아마도 그의 의견에 동의하지 않았을 거예요. 그러나 다른 평론가들에 따르면 힌덴부르크는 아미앵 방향에서 성공을 거두었고,* 플랑드르에서는 공격을 중단해야 했다가 성공하고, 그러다 또다시 중단했는데, 이런 일련의 상황이 사전에 계획하지 않은 아미앵과 불로뉴를 우연히 목표물로 삼는 결과를 초래했다는군요.** 또 누구나 자기 방식대로 각본을 다시 쓸 수 있으므로 어떤 이들은 그 공격에서 파리를 향한 전격적인 행진의 전조를 보기도 하고,*** 또

센 군대가 영국군을 돕기 위해 워털루에 합류하는 것을 차단하지 못했으므로 전쟁에 패했다는 의견을 피력했다.(『되찾은 시간』, 폴리오, 429쪽 참조.)

* 1918년 3월 독일의 공격은 빠르게 진행되어 영국과 프랑스의 접속을 차단하고 영국군을 해안으로 이동시켜 아미앵 전방까지 진출하는 데 성공했다. 그러나 때마침 연합국의 통합 지휘권을 맡은 포슈 장군이 샹제뉴 방면에서 반격을 개시하여 아미앵 북부와 남부 전선을 안정시키고 독일군에게 결정적인 타격을 가했는데, 이는 프랑스와 영국이 거둔 첫 방어전의 승리였다고 한다.(『되찾은 시간』, 폴리오, 429~430쪽 참조.)

** 1918년 4월 독일군이 다시 영국군을 프랑스 북부의 아즈부르크 방면에서 공격했으며 멀리 떨어진 불로뉴와 칼레, 덩케르크도 목표에 포함되었다고 한다. 그러나 이 두 번째 공격은 몇 주 만에 실패로 끝났으며, 또한 이 단락에는 전반적인 계획안에 포함되지 않은 돌발 상황이나 우연을 이용해야 한다는 앙리 비두의 견해가 반영되었다고 지적된다.(『되찾은 시간』, 폴리오, 429~430쪽 참조.)

*** 1918년 5월 프랑스 남서부를 향해 슈맹데담에서 출발한 독일군의 세 번째 공격은, 영국군에 맞서기 위한 새로운 작전 수립을 위한 교란 작전으로 계획되었다. 그러나 이 공격의 예기치 못한 성공은 프랑스 지휘부에 파리에 대한 깊은 우려를 야기하는 계기가 되었으며, 이런 상황은 7월 중순에 가서야 진정되었

어떤 이들은 영국군을 쳐부수기 위해 무질서하게 행해진 일련의 맹렬한 공격을 보기도 했죠. 우두머리가 내린 명령이 이런저런 견해와 대립된다 해도, 평론가들에게는 언제나 말할 여유가 있는 법이니까요. 코클랭이 자신이 연출하고 싶은 「인간 혐오자」는 슬프거나 비극적인 작품이 아니라고 무네 쉴리를 설득하려고 하자(몰리에르의 동시대 사람들 증언에 따르면, 몰리에르는 그 작품에 희극적인 해석을 부여하여 사람들을 웃기려고 했다는 거예요.) '그렇다면 몰리에르가 틀린 거죠.'라고 무네 쉴리가 말했던 것처럼 말이에요."*

"로베르가 비행기에 대해 했던 말(그는 정말 멋진 말들을 했어요.) '각각의 군대는 100개의 눈을 가진 아르고스가 되어야 한다.'는 말을 기억해요?" "슬프게도 그이는 자신의 말이 입증되는 걸 보지 못했어요." "천만에요." 하고 나는 대답했다. "솜 전투에서 그는 사람들이 적의 눈을 도려내고 눈을 멀게 하고 비행기와 계류 기구를 파괴하기 시작했음을 알고 있었어요." "아! 그렇군요. 사실이에요." 그리고 얼마 전부터 단지 지적인 일을 위해서만 살았으므로 그녀는 조금은 현학적인 여인이 되어 있었다. "또 그이는 사람들이 예전 방식으로 회귀했다고 주장했어요. 이번 전쟁에서 메소포타미아 원정은"(그녀는 아마

다고 한다.(『되찾은 시간』, 폴리오, 430쪽 참조.)
* 희극 배우 코클랭은 『몰리에르와 인간 혐오자』(1881)에서 알세스트를 비극의 주인공으로 만드는 해석에 반대했다고 한다. 그러나 프루스트가 무네 쉴리(Mounet-Sully, 1841~1916쪽)의 재담을 어디서 발견했는지는 알 수 없다고 말해진다.(『되찾은 시간』, 폴리오, 430쪽 참조.)

도 이런 사실을 당시 발표된 브리쇼의 논설에서 읽었을 것이다.) "매 순간 전혀 변하지 않는 형태로 크세노폰의 퇴각을 환기한다는 걸 아세요?* 그리고 티그리스강에서 유프라테스강으로 가기 위해 영국군 사령부는 그 나라의 곤돌라인 '벨럼'이라는 길고 좁은 배를 이용했는데, 그 배는 이미 고대 칼데아인이 사용했던 거랍니다."** 이 말은 어떤 특별한 무게로 몇몇 장소에 무한히 고정되어 있는, 그래서 우리가 그 과거를 있는 그대로 되찾을 수 있을 것 같은 그런 정체된 과거의 느낌을 주었다.

"제 생각에는 로베르가 전쟁의 한 단면을 깨닫기 시작했던 것 같아요." 하고 내가 말했다. "전쟁이 인간적이며, 사랑이나 증오처럼 존속하며, 또는 소설처럼 얘기될 수 있고, 따라서 누군가가 전술이 과학이라고 되풀이해도, 전쟁을 이해하는 데는 아무 도움이 되지 않는다는 것을요. 전쟁은 전술적인 것이 아니기 때문이죠. 우리가 사랑하는 여인이 추구하는 목적이 무엇인지 알지 못하는 것처럼, 적군도 우리의 계획을 알지 못하니까요. 1918년 3월 공격에서 독일군의 목적이 아미앵을 점령하는 것이었을까요? 우리는 그에 대해 아무것도 알 수 없어요. 어쩌면 독일군 자신도 알지 못하며, 우연히 서쪽으로 아

---

* 메소포타미아에서 터키와 전투를 벌인 영국인의 모습이, 마치 크세노폰이 페르시아의 왕위 계승전에 용병으로 출전했다가 키로스의 원정대에서 1만 명에 달하는 그리스 용병 부대를 안전하게 흑해 연안까지 철수시킨 사건으로 재현되고 있다.

** 영어로 '벨럼(bellum)'은 여덟 명이 탈 수 있는 페르시아만의 작은 배를 가리킨다.(『되찾은 시간』, 폴리오 430쪽 참조.) 칼데아인은 남부 바빌로니아에 사는 사람들을 가리킨다.

미앙을 향해 진군했던 사건이 그들의 계획을 결정했을지도 모르니까요. 만일 전쟁이 과학이라고 가정해도, 엘스티르가 바다를 그린 것처럼 다른 방향에서, 즉 환상이나 믿음에서 출발하여 점차적으로 그 환상이나 믿음을 수정해 가는 방식으로 전쟁을 묘사해야 했는지도 모르죠. 도스토옙스키가 삶에 대해 얘기하는 것과 같은 방식으로요.* 게다가 전쟁이 전혀 전술적이 아닌 오히려 의학적인 것으로, 러시아 혁명처럼 임상의가 피하고 싶어 하는 그런 예기치 못한 사건들을 포함한다는 것은 너무도 명백해요."

그러나 나는 로베르가 있는 곳에서 그리 멀지 않은 발베크에서 했던 독서 덕분에 세비녜 부인이 편지에서 언급한 '참호'**를 프랑스의 전원에서 발견했을 때처럼, 중동 지방의 쿠트 엘 아마라(Kout-el-Amara)(만일 콩브레의 주임 신부가 그의 어원학에 대한 갈증을 동방의 언어까지 확대했다면 "우리가 보르비콩트나 바이요레베크라고 부르듯이" 쿠트 레미르(Kout-l'émir)라고 칭했을) 포위전과 관련해서 그 단어를 다시 발견했고, 또 바

---

* 『잃어버린 시간』은 타인에 대한 판단의 오류와 끊임없는 수정 작업으로 서술되는데, 이런 서술 방식은 프루스트가 도스토옙스키를 통해 배운 것이다.(『잃어버린 시간을 찾아서』 10권 321~328쪽 참조.)
** 세비녜 부인은 루이 14세 아래서의 군사 작전을 얘기하면서 자주 '참호 또는 도랑(tranchée)'이라는 단어를 사용했다고 한다. 그러나 이런 참호가 공격에 적합한 장소를 물색하는 데 목적이 있었던 본래 의미와 달리, 1차 세계 대전(참호전이라고 정의해도 과언이 아닌) 중에는 다른 무엇보다도 적의 포탄에 직접적인 노출을 막기 위한 방어 수단으로 사용되었다고 한다.(『되찾은 시간』, 리브르드포슈, 484쪽 참조.)

그다드라는 이름과 그토록 밀접하게 관련 있는 그『천일야화』
에 자주 나오는 바스라라는 항구 이름이, 타운센드 장군이나
고린주 장군보다 훨씬 이전에 칼리프가 다스리던 시대에 뱃
사람 신드바드가 바그다드를 떠나거나 돌아가기 전에 승선이
나 하선을 하던 항구임을 알아보고 깊이 감동했다는 걸 말해
야 한다.*

이런 대화를 하는 동안 질베르트는 로베르에 대해 자신의
죽은 남편보다는 오히려 나의 옛 친구를 대상으로 얘기한다
는 듯 존경을 표하며 말했다. "당신이 그를 얼마나 찬미하는지

---

* 프루스트는 메소포타미아에서 있었던 영국의 두 주요 전투, 쿠트 엘 아마라
와 바스라에서의 전투를 환기하고 있다. 영국은 1915년 바그다드 남쪽에 위치
한 쿠트 엘 아마라를 점령했으나, 터키군의 공격으로 타운센드 장군과 부하들
이 쿠트에 포위되었고, 1916년에 이르러서야 타운센드 장군이 구출되고 고린주
장군으로 교체되었다.(『되찾은 시간』, 플레이아드 IV, 1295쪽 참조.) 그리고 바
스라라는 이름은 『천일야화』에서 바소라로 많이 알려진 이라크의 도시 이름으
로『천일야화』에 나오는 뱃사람 신드바드가 바그다드로 가기 위해 자주 드나들
던 항구이다. 어원학에 조예가 깊었던 콩브레 주임 신부는 이런 쿠트 엘 아마라
를, 사령관이 많이 등장하는 관계로 쿠트 레미르, 즉 쿠트 엘 에미르(에미르는
사령관을 의미하는 아랍어 아미르의 복수형이다.)로 칭했을 것이라고 화자는
서술하는데, 신부의 오류 가능성은 이미 브리쇼에 의해 지적된 바 있다.(『잃어버
린 시간을 찾아서』 8권 63쪽) 보르비콩트는 일드프랑스 지역의 맹시(Maincy)
에 위치하며, 이곳에 재무상 니콜라 푸케(Nicolas Fouquet, 1615~1680)가 당
시 유명한 건축가 루이 르 보와 화가 샤를 르 브룅, 조경 전문가 앙드레 르 노트
르에게 부탁하여 17세기의 가장 아름다운 고전주 양식의 성을 건축했다. 이
곳의 원래 지명은 '보'였으나 니콜라 푸케가 자작, 즉 비콩트였으므로 현재는 보
르비콩트(Vaux le Vicomte)'로 불린다. 바이요레베크(Bailleau-l'Evêque)는 키
큰 나무들의 길을 의미하는 바이요와 주교를 의미하는 에베크의 합성어로, 대
혁명 시절에는 키 큰 나무숲을 의미하는 바이요레부아로 불렸으나 현재는 바이
요레베크로 불린다.

알아요. 그가 얼마나 뛰어난 존재였는지 나도 이해할 수 있다는 걸 믿어 주세요."라고 말하는 것 같았다. 그녀는 물론 더 이상 로베르의 추억에 애정은 없었지만, 그럼에도 그 애정이 어쩌면 그녀가 현재 영위하는 삶의 특이함을 간접적으로 설명해 주는 이유인지도 몰랐다. 이렇게 질베르트는 이제 앙드레와 떨어질 수 없는 친구 사이가 되었다. 비록 앙드레가 남편의 재능과 또 그녀 자신의 지성 덕분에, 물론 게르망트네의 사회는 아니지만 그녀가 과거에 출입하던 사교계보다 훨씬 우아한 사교계를 드나들기 시작했다고는 하나, 생루 후작 부인이 그녀의 가장 친한 친구가 되기로 흔쾌히 응했다는 사실에 사람들은 놀랐다. 이 사실은 질베르트 쪽에서 보면, 그녀가 예술적인 삶이라고 믿는 것과 또 진정한 사회적인 실추에 대한 그녀의 성향을 보여 주는 기호로 보였다. 이런 설명은 진실일지도 모른다. 그러나 우리가 어디에선가 보는 이미지들의 결합이, 현재 우리가 보는 두 번째 이미지들과 지극히 멀리 떨어진 다른 이미지들과 유사하면서도 상이한 과거 이미지들의 첫 번째 결합의 반영이자 어떻게 보면 그 효과임을 언제나 확신하고 있는 내 정신에는 또 다른 설명이 떠올랐다. 앙드레와 남편이 매일 저녁 질베르트와 함께 있는 모습을 본 것이, 어쩌면 아주 오래전 장차 앙드레의 남편이 될 사람이 라셀과 같이 살다가 앙드레와 살기 위해 그녀와 헤어졌기 때문인지도 모른다고 생각했다. 아마 당시 지나치게 거리가 있는, 지나치게 상류 사교계에서 살았던 질베르트는 이 점에 대해 아무것도 몰랐을 것이다. 그러나 나중에 앙드레의 사회적 지위가 격상하고, 또 질베르트 자신도 높은 곳에서 내려와 두 사람이 서로를 알아볼 정도까지 되었을 때, 질베르트는 틀림없이 그 점을 깨달았을 것이다. 라셀이 로베르보다 더 좋아했던 만큼 틀림없이 매력적으로 보였을 남자가 그런 라셀을 버리고 앙드레를 좋아했다는 사실 자체가, 질베르트에게는 아주 큰 매력을 행사했을지도 모른다.(게르망트 대공 부인이 흥분한 표정과 틀니의 쇳소리 나는 목소리로 되풀이해서 말하는 것이 들렸다. "그래요, 우린 패거리를 만들 거예요! 패거리를! 난 이렇게 지적인 젊은이들이 동참하는 걸 좋아해요! 얼마나 대단한 '음아악가'*인지!" 그러고는 동그란 눈에 커다란 외알 안경을 대면서 반은 즐겁고, 반은 이런 활기를 오래 유지할 수 없다는 것을 변명하면서 그럼에도 끝까지 '동참하기로', '패거리를 만들기로' 결심했다.)**

이렇게 어쩌면 앙드레의 모습은 질베르트에게 로베르에 대한 그녀의 사랑이었던 젊은 시절의 소설을 환기했고, 또한 그토록 라셀의 사랑을 받았던 남성이 여전히 깊이 사랑하는 앙드레에 대해 커다란 존경심을 불러일으켰다. 질베르트 자신이 사랑을 받았던 것보다 라셀이 로베르의 사랑을 훨씬 더 많이 받았다고 느끼고 있었으니까. 아니면 반대로 이 추억은 예술가 부부에 대한 질베르트의 총애에 어떤 역할도 하지 않았으며, 다만 우리는 거기서 많은 사람들이 그렇듯이, 사교계 여

---

* 여성 음악가를 의미하는 musicienne 대신 mugichienne라고 틀리게 발음했다.
** 이 패거리란 단어는 「스완의 사랑」 첫 부분에 나오는 것으로, 게르망트 대공 부인으로 화려하게 변신하기 전 옛 베르뒤랭네 패거리의 여주인이었던 베르뒤랭 부인을 환기한다.

인에게서 분리될 수 없는 그런 교양을 쌓는 동시에 천박한 사람들과 사귀고 싶어 하는 성향을 인지해야 하는지도 몰랐다. 어쩌면 질베르트는 내가 알베르틴을 망각했던 것처럼 로베르를 망각했으며, 또 예술가가 앙드레 때문에 라셸을 떠난 걸 알아도, 그들 부부를 볼 때면 그들에 대한 그녀의 취향에 어떤 영향도 미치지 않은 그 사실을 전혀 생각하지 않았을 것이다. 나의 첫 번째 해석 가능성과 진실 여부는, 이 경우 유일한 수단이라고 할 수 있는 이해 당사자들의 증언을 통해서만, 그들이 통찰력을 가지고 진지하게 속내를 고백할 때라야 가능했다. 그런데 이런 통찰력은 흔치 않으며 진지함은 아예 찾아볼 수 없다. 어쨌든 오늘날 유명 배우가 된 라셸과의 만남은 질베르트에게 그렇게 유쾌할 수만은 없었다. 그러므로 이 오후 모임에서 라셸이 뮈세의 「추억」과 라퐁텐의 우화를 낭독할 거라는 발표에 나는 마음이 불편했다.

　"어떻게 당신이 사람들이 많이 모인 이런 오후 모임에 왔죠?"하고 질베르트가 내게 물었다. "이토록 혼잡한 곳에서 당신을 만나다니, 머릿속에서 그려 본 것은 이런 모습이 아니었는데. 물론 당신을 어느 곳에서든 만날 거라고는 기대했지만, 이런 요란한 연회가 열리는 내 아주머니 댁 같은 곳은 아니었어요. 저기 아주머니란 사람이 있네요."라고 그녀는 예리한 표정으로 덧붙였는데, 자신이 생루 부인이 된 것이 베르뒤랭 부인이 게르망트 가문에 들어온 것보다 조금 더 오래되었으므로 그녀는 예전부터 언제나 자신이 게르망트의 일원이며 시외숙부가 베르뒤랭 부인 같은 지체 낮은 여자와 결혼함으써 품위를 훼손했다고 생각했으며, 또 사실 가족들이 베르뒤랭 부인 앞에서 조롱하는 소리를 수없이 들었다. 반면 생루가 신분 낮은 여자인 그녀와 결혼했을 때는 물론 가족들이 그녀가 없는 자리에서만 비웃었다. 더욱이 그녀가 이런 안색 나쁜 아주머니에 대해 경멸적인 태도를 취한 이유는, 게르망트 대공 부인이 지적인 사람들로 하여금 그들의 습관적인 태도에서 벗어나도록 부추기는 일종의 변태적 성향에서, 또 자신의 새로운 우아함에 과거의 무게를 싣기 위해 옛 추억을 인용하고 싶은 나이 든 사람의 욕구에서, 질베르트에게 다음과 같이 말했기 때문이다. "질베르트가 내게는 새로운 지인이 아니라고 말해야겠네요. 저 애의 어머니와 나는 아주 잘 아는 사이였어요. 그래요, 그녀는 내 사촌 마르상트의 친한 친구였죠. 그녀가 질베르트의 아버지와 사귄 것도 바로 내 집이었답니다. 저 가엾은 생루로 말하자면, 나는 일찍부터 생루의 가족들을 모두 알고 있었는데, 생루의 외삼촌이 바로 라 라스플리에르에서 예전에 나의 친한 친구였으니까요." 게르망트 대공 부인이 이런 말을 하는 걸 들은 사람들은 "베르뒤랭 사람들이 완전히 보헤미안은 아니었군요."라고 내게 말했다. "예전부터 줄곧 생루 부인 가족의 친구였군요." 어쩌면 나는 할아버지를 통해 베르뒤랭 사람들이 사실상 보헤미안이 아님을 아는 유일한 사람인지도 모른다. 하지만 그들이 오데트와 알고 지내는 사이여서 그렇다는 말은 아니다. 아무도 더 이상 알지 못하는 과거에 대한 이야기는, 마치 어느 누구도 가 본 적 없는 고장의 여행담처럼 쉽게 각색되는 법이다. "어쨌든," 하고 질베르트가 말을 끝냈다. "때로는 당신이 상아탑에서 나오는 일도 있으니, 호감이 가는 사람들만 초대하는 내 작은 내밀한 모임이 당신에게는 더 어울리지 않을까요? 이 집처럼 성대한 연회는 당신에게 전혀 어울리지 않아요. 난 당신이 오리안 아주머니하고 얘기하는 모습을 보았는데, 아주머니는 우리가 원하는 장점은 모두 가졌지만, 생각하는 엘리트 계층에는 속하지 않는다고 단언해도 그리 틀린 말은 아닐 거라고 생각해요."

한 시간 전부터 내가 사유한 것을 질베르트에게 알려 줄 수는 없었지만 그래도 단순히 기분 전환이라는 점에서 그녀가 내게 즐거움을 줄 수 있다고 생각했는데, 그 즐거움은 사실 생루 부인도 마찬가지지만 게르망트 공작 부인과 문학 이야기를 나누는 데 있을 것 같지는 않았다. 물론 나는 내일부터 고독 속에 사는 삶을 그러나 이번에는 목적을 가지고 다시 시작하려고 했다. 내 집에서조차 내가 일하는 순간에는 사람들의 방문을 허락하지 않을 터였다. 작품을 써야 하는 의무가 예의를 지키고 친절하게 구는 것보다 앞서기 때문이다. 오랫동안 나를 보지 못했던 사람들은 내 병이 다 나았다고 생각하고, 그들의 일과나 삶의 노고가 끝나거나 멈추면, 내가 예전에 생루를 필요로 했던 것처럼 나를 필요로 하고 끈질기게 나를 만나려고 할 것이었다. 내가 콩브레에서 가장 칭찬받을 만한 결심을 한 순간 부모님께서 나를 책망했을 때 이미 깨달았지만, 인간에게 할당된 내적인 시계판은 모두 동일한 시간에 맞추어져 있지 않기 때문이다. 한 시계판이 휴식 시간을 울리는 순간 동시에 다른 것은 일하는 시간을 울리며, 하나가 판사에 의해 징벌의 시간을 알리는 순간 죄인에게는 후회와 내적인 개선의 시간이 이미 오래전에 울렸을 것이다. 그러나 나를 만나러 오거나 나를 찾으러 사람을 보내온 이들에게, 나는 지체하지 않고 곧 알아야 하는 본질적인 문제 때문에 나 자신과 아주 중요하고 시급한 약속이 있다고 대답할 용기가 있었으리라. 비록 우리의 진정한 자아와 다른 자아의 관계는 미미하지만, 이 두 자아는 동명이인이며 또 일체를 이루기 때문에, 우리에게 보다 쉬운 의무를, 즐거움조차도 포기하게 하는 자기희생이 타인에게는 이기심으로 보인다.

게다가 나를 만나지 못한다고 불평하는 사람들에게서 그들과 멀리 떨어져 사는 것이 오히려 그들에게 전념하고, 같이 있으면 하지 못할 일, 즉 그들에게 보다 깊이 전념해서 그들 자신을 발견하게 하고 자아 실현에 이르게 하지 않았을까? 내 모든 통찰력을 배제하는 사교적인 접촉의 무익한 즐거움을 위해, 아직도 몇 해 동안 그들의 말이 끝나는 즉시 그 메아리에 똑같이 내 말의 시시한 음향을 끼워 넣으면서 저녁 시간을 낭비하는 것이 무슨 도움이 되겠는가? 차라리 그보다는 그들이 했던 몸짓과 그들이 했던 말, 그들의 삶과 기질의 진행 곡선을 그리고, 거기서 어떤 법칙을 도출하는 편이 더 유익하지 않을까? 불행하게도 나는 타인의 입장에서 보는 이런 습관에 맞서 싸워야 했다. 그것은 작품 구상에는 도움이 될지 모르지만 작품의 완성은 지연시킨다. 왜냐하면 동시대인에 대한 이런 고결하고 예의 바른 행동이, 그들을 위해 자신의 즐거움뿐 아니라 의무도 희생하도록 부추길 수 있기 때문이다. 그 의무가 무엇이든, 전쟁에 직접 뛰어들어서 싸우기보다 후방에 남아 유익한 일을 하는 것이 자신의 의무라고 생각하는 사람에게 그 의무는 사실 즐거움이 아니지만, 타인의 입장에서 보면 즐거움으로 보일 수도 있기 때문이다.*

위대한 인간들에게도 가끔 있는 일이지만, 친구도 대화도 없는 이 삶을 불행하다고 여기는 것과는 달리 나는 우리가 우정을 통해 소모하는 열광의 힘이 개별적인 우정을 겨냥한 일종의 불안정한 힘으로, 아무것에도 이르지 못하며, 그 힘이 우리를 진리로 인도할 수 있다고 믿지만 오히려 그 진리로부터 멀어지게 한다는 걸 인식하고 있었다. 이따금 휴식이나 사교 생활도 필요할 테지만, 그럴 때에도 나는 사교계 인사들이 작가에게 유익하다고 생각하는 지적인 대화보다는, 꽃핀 소녀들과의 가벼운 연정이, 장미꽃으로만 양분을 취한다는 저 유명한 말**과 흡사한 내 상상력에는 부득이한 경우 내가 허용할 수 있는 선택된 양식이라고 느꼈다. 그때 돌연 내가 다시 소망한 것은, 발베크의 바다 앞에서 알베르틴과 앙드레와 그들 친구들과 아직 사귀기 전에 그들이 지나가는 모습을 보면

---

* 화자는 여기서 작가의 의무가 다른 사람들로부터 고립된 채 인간에 대한 분석에 전념하는 데 있지만, 이런 자기희생이 동시대인들의 눈에는 마치 후방에서 근무하는 병사처럼, 자신만의 즐거움을 위한 이기적인 행동으로 보일 수 있다고 말한다.(문장의 이해를 위해 고결하고 예의바른 행동 앞에 '동시대인들에 대한' 이란 표현을 덧붙였다.)

** 이 일화의 출처는 확실치 않다. 아마도 아풀레이우스의 『황금 당나귀』(일명 『변형담』)에 나오는, 장미꽃 화관을 먹으면서 인간의 모습을 숨기는 당나귀를 암시하는지도 모른다고 지적된다.(『되찾은 시간』, 플레이아드 IV, 1297쪽 참조.)

서 몽상하던 바로 그것이었다. 그렇지만 슬프게도! 바로 이 순간 그렇게도 열렬히 욕망하던 소녀들을 찾으려고 나는 시도조차 할 수 없었다. 오늘 내가 만난 모든 존재들과 질베르트마저 변하게 한 세월의 힘이, 만일 알베르틴이 죽지 않았다면 그녀도 그렇게 되었을 테지만, 틀림없이 모든 살아남은 여인들을 내가 기억하는 여인들과 지극히 다른 여인들로 만들었을 테니까. 나 자신이 이런 여인들을 찾아야 하는 것이 고통스러웠다. 존재를 변하게 하는 시간이 우리가 그들에 대해 간직한 이미지를 변경할 수는 없기 때문이다. 우리의 기억 속에서 그토록 싱그러움을 간직한 것이 삶에서는 그렇지 못하다는 걸 깨달을 때면, 그토록 우리 마음속에서 아름답게 보이는 것에, 우리에게 다시 보고 싶은 욕망을, 그렇지만 개인적인 욕망을 부추기는 것에 다가가기 위해서는 밖에서 예전에 사귀던 소녀와 같은 나이의 소녀, 다시 말해 다른 존재에게서 그 아름다움을 구하는 길밖에 다른 방법이 없다는 걸 깨달을 때면, 존재의 변화와 추억의 부동성의 대립이 내 마음을 더없이 고통스럽게 한다. 내가 여러 번 의혹을 품었던 것처럼, 우리가 욕망하는 존재에게서 유일한 것처럼 보이는 것이 실은 그 존재에 속하지 않기 때문이다. 흘러가는 시간이 그에 대해 보다 완벽한 증거를 제시했는데, 이십 년이 지난 후 나는 본능적으로 예전에 알았던 소녀들 대신 그때 그 소녀들이 가졌던 젊음을 지금 가지고 있는 다른 소녀들을 찾으려고 했기 때문이다.(게다가 이것은 잃어버린 시간을 고려하지 않은 탓에 어떤 현실에도 부합되지 않는 우리 육체적 욕망의 깨어남만을 의미하는 것은 아니다.

이따금 내가 생각했던 것과는 반대로 아직 살아 있는 할머니나 알베르틴이 기적적으로 내 곁에 와 주기를 소망하는 일이 종종 있었다. 나는 그들을 본다고 믿었고 내 가슴은 그들을 향해 달려들었다. 그러나 나는 다만 하나의 사실을 망각하고 있었다. 그들이 실제로 살아 있다면, 알베르틴은 지금쯤 코타르 부인이 발베크에서 내게 나타났던 모습과 거의 같을 것이며, 또 95세도 훨씬 넘었을 할머니는 내가 지금 상상하는 것처럼 고요하게 미소 짓는 아름다운 모습은 결코 보여 주지 못하리라는 것을. 마치 하느님 아버지에게 제멋대로 수염을 붙이거나, 17세기에 호메로스의 영웅들을 재현하면서 그 고대성은 무시한 채 당시 귀족들의 옷차림으로 묘사했던 것처럼 말이다.)

나는 질베르트를 바라보았고 '그녀를 다시 보고 싶다'고 생각하지는 않았지만, 그래도 매우 젊은 아가씨들을 가능하다면 가난한 소녀들과 함께 초대해 준다면 언제나 기쁠 거라고 말했다. 그렇게 되면 나는 작은 선물을 주면서 그들을 기쁘게 해 줄 테고, 그렇지만 그들에게는 내 마음속에 예전에 가졌던 몽상이나 슬픔, 어쩌면 사실 같지 않은 하루, 순결한 입맞춤을 다시 나타나게 해 주기를 바랄 뿐, 다른 것은 아무것도 바라지 않는다고 말했다. 질베르트는 미소를 지었고 머릿속에서 뭔가를 진지하게 찾는 것 같았다.

엘스티르가 작품에서 자주 묘사했던 베네치아의 아름다움이 눈앞의 아내에게서 구현되는 것을 보며 즐거워했던 것처럼, 나도 내게 고통을 야기할지도 모르는 여인들에게 어떤 미학적인 이기심에 의해 마음이 끌린다는 핑계를 댔고, 또 내가 만날 수도 있는 미래의 질베르트와 미래의 게르망트 부인, 미래의 알베르틴 같은 여인들에 대해서도 어떤 우상 숭배의 감정 같은 것을 느꼈는데, 마치 고대의 아름다운 대리석상 사이를 거니는 조각가처럼 그들이 내게 어떤 영감을 줄 수 있을 것만 같았다. 그렇지만 그 소녀들을 적신다고 느껴지는 신비의 감정이 각각의 소녀를 앞선다고 생각했을 것이며, 따라서 그 소녀들을 소개해 달라고 부탁하기보다는 차라리 그들과 이어 주는 것이 아무것도 없는, 그들과 나 사이에 뭔가 극복할 수 없는 것이 느껴지는 장소, 해변에서 두 걸음밖에 떨어지지 않은 채로 해수욕을 하러 가면서도 어떤 불가능의 감정에 의해 그들과 분리되었다고 느끼는 장소로 가는 편이 낫다고 생각했을 것이다. 이렇게 해서 내 신비로움의 감정은 질베르트나 게르망트 공작 부인, 알베르틴 그리고 다른 많은 여인들에게 차례로 적용될 수 있었다. 그 과정에서 아마도 미지의 거의 알 수 없는 존재는 알려지고 무관심해지고 고통스럽고 친숙한 존재가 되었지만, 그래도 여전히 뭔가 그 존재의 매력이었던 것을 간직하고 있었다.

그리하여 사실을 말하자면, 집배원이 새해 선물을 받고 싶어서 가져다주는 달력에서처럼, 그 속표지나 날들에 내가 욕망했던 여인들의 이미지가 들어 있거나 끼어 있지 않은 해는 한 해도 없었다. 지나치게 인위적인 그 이미지들에는 때로 내가 한 번도 본 적 없는 여인의 이미지가 포함되기도 했다. 이를테면 퓌트뷔스 부인의 시녀나 오르주빌 양, 또는 신문의 사교란에 실린 '매력적인 왈츠 추는 소녀들의 무리'에서 그 이름을 읽은 적 있는 이런저런 소녀였다. 나는 그녀가 아름다울 거라고 추측하며 사랑에 빠졌고, 『성관 연감』에서 읽었던 그녀 가족의 소유지가 있는 고장의 풍경을 그 큰 키로 압도하는 한 이상적인 몸을 창조했다. 내가 알던 여인인 경우 그 풍경은 적어도 이중적이었다. 각각의 여인들은 내 삶의 다른 지점에서 솟아오르면서, 먼저 내 삶을 바둑판 모양으로 나란히 배열하고 내가 그 여인을 상상하는 데 전념하는 몽상 속의 풍경 한가운데 지역의 수호신처럼 우뚝 서 있었고, 다음에는 추억의 관점에서 내가 그녀를 만난, 그녀가 내게 떠올리는 지역의 경치에 둘러싸여 거기 결합되어 있었다. 왜냐하면 우리의 삶이 방황자라면 기억은 칩거자이며, 또 우리가 아무리 쉬지 않고 뛰어든다 해도, 우리의 추억은 우리가 멀어진 장소에 그냥 묶여 있는 채로 그것의 틀어박힌 삶을 계속 끌어가기 때문이다. 마치 여행자가 방문한 도시에서 그동안 알고 지내던 일시적인 친구들을 도시를 떠나면서 버려야 하는 것과도 같다. 왜냐하면 바로 그곳에서, 성당 아래나 항구 또는 나무 그늘에서 떠나지 않고 남은 친구들은 마치 여행자가 아직 그곳에 있다는 듯, 그들의 일과를, 삶을 마칠 것이기 때문이다. 그러므로 질베르트의 그림자는 내가 그녀를 상상하던 일드프랑스의 성당 앞만이 아니라 메제글리즈 쪽에 있는 정원의 오솔길을 따라 길게 이어졌으며, 게르망트 부인의 그림자는 보랏빛 붉은빛 줄기 꽃들이 방추형으로 올라가던 습기 찬 오솔길과 파리의 보도를 적시는 금빛 아침으로 이어졌다. 그리고 욕망이 아닌 추억에서 태어난 이 두 번째 인간은 각각의 여인들에게는 유일한 인간이 아니었다. 왜냐하면 내가 여러 번 다른 시기에 걸쳐 교제한 여인들이 저마다 내게는 타자였고, 또 나 자신도 다른 빛깔의 몽상 속에 잠긴 타자였기 때문이다. 그런데 해마다 그 몽상을 지배하던 법칙은 내가 거기서 알았던 여인의 추억 주위에 모였고, 그리하여 이를테면 내 유년 시절에는 게르망트 공작 부인과 관계된 모든 것이 어떤 인력에 의해 콩브레 주위에 집중되었으며, 또 게르망트 공작 부인이 얼마 후 나를 점심 식사에 초대하려고 했을 때에는 그녀와 관계된 모든 것이 예민한 감수성을 가진 다른 존재 주위에 모였다. 분홍빛 드레스의 여인 다음으로 여러 명의 스완 부인이 존재했던 것처럼, 세월이라는 무색 에테르에 의해 분리된 여러 게르망트 부인이 존재했으며, 마치 내가 하나의 행성을 떠나 에테르로 분리된 다른 행성으로 가야 한다는 듯 나는 더 이상 그중 한 여인에게서 다른 여인에게로 건너뛸 수 없었다. 그 여인은 나와 분리되었을 뿐만 아니라, 마치 다른 행성에서나 찾아볼 수 있는 특별한 식물로 장식되었다는 듯, 내가 여러 다양한 시기에 했던 몽상으로 장식된 다른 존재였기 때문이다. 그러므로 포르슈빌 부인 댁이나 게르망트 부인 댁에 오찬을 들러 가지 않겠다고 생각한 후에도, 그것이 그토록 나를 다른 세계로 옮겨 놓았으므로, 한 여인은 주느비에브 드 브라방의 후손인 게르망트 공작 부인과 별반 다르지 않으며, 또 한 여인은 장밋빛 드레스의 여인과 다르지 않다고 생각할 수밖에 없었다. 그토록 내 속에 있는 박학한 남자가, 마치 수많은 별무리로 이루어진 은하수가 실은 단 하나의 동일한 별이 쪼개져서 생긴 것이라고 학자의 권위적인 태도를 가지고 단언했기 때문이다. 마찬가지로 나는 별생각 없이 질베르트에게, 예전에 그녀가 친구였던 것처럼 다른 여자 친구들을 소개해 달라고 부탁했는데, 질베르트가 이제는 내게서 단지 생루 부인에 지나지 않았기 때문이다. 나는 그녀를 보면서 예전에 베르고트에게 했던 나의 찬미가 그녀와의 사랑에서 그토록 큰 역할을 했음을 더 이상 생각하지 않았고, 그녀 역시 그 사실을 잊고 있었다. 이런 베르고트는 이제 내게서 단순히 그가 쓴 책의 저자에 불과했으며, 나는 하얀 모피 융단이 깔리고 제비꽃이 가득한 살롱에서, 이른 시간부터 그토록 많은 램프를 콘솔 탁자 위에 가져다 놓은 곳에서, 베르고트란 인간에게 소개되었을 때의 감동과, 그와의 대화에서 느꼈던 환멸과 놀라움도 기억하지 못했다.(완전히 다른 드문 회상의 순간을 제외하고는.) 스완 양의 첫 번째 이미지를 구성하는 이 모든 추억들이 현재의 질베르트로부터 떨어져 나와 다른 우주의 인력에 의해 아주 멀리 있는 베르고트의 문장 주위에 붙들린 채로 그 문장과 하나를 이루면서 산사나무 향기에 젖어 들었다.

오늘의 조각난 질베르트가 내 부탁에 미소를 지으면서 귀를 기울였다. 그리고 그 부탁을 깊이 생각하며 진지한 표정을 지었다. 나는 그녀의 그런 모습에 만족했는데, 그 일이 아마 그녀가 보면 유쾌하지 않을 사람들 무리에게 신경을 쓰지 않게 할 것이기 때문이다. 게르망트 부인이 어느 끔찍한 늙은 여인과 한창 대화에 몰두하는 모습이 보였다. 나는 그 여인을 보면서도 누군지 전혀 짐작할 수 없었다. 사실 그 사람은 라셸이었다. 질베르트의 아주머니인 게르망트 공작 부인과 담소를 나눈 사람은 이 오후 모임에서 빅토르 위고와 라퐁텐의 시구를 낭송할 예정인 유명 여배우가 된 라셸이었다. 공작 부인은 지나치게 오래전부터 자신이 파리에서 첫째가는 지위를 차지한다고 의식했으므로(그런 지위란 것이 그것을 믿는 사람들의 정신 속에서만 존재하며, 또 대다수의 신참들이 어디서든 부인을 만나지 못하거나, 또는 우아한 연회 보도 기사에서 부인의 이름을 읽지 못하면 부인이 어떤 지위도 차지하지 않는다고 생각한다는 사실은 알지 못하고) 되도록이면 드물게, 간격을 두고 그녀의 말마따나 죽을 만큼 권태로운 포부르생제르맹에 대해 하품을 하면서 나타났고, 반대로 그녀가 매력적으로 생각하는 이런저런 여배우와의 오찬은 그녀의 변덕스러운 욕구를 충족시켜 주었다. 새로운 모임에 가도 그녀의 생각과 그렇게 다르지 않았고, 그래서 쉽게 권태를 느끼는 것이 자신이 가진 지적 우월성 때문이라고 계속 생각했지만, 부인이 그 사실을 일종의 격한 어조로 표현했으므로 쉰 목소리가 났다. 내가 게르망트 부인에게 브리쇼 얘기를 하자, 부인은 "그 사람은 나를 이십 년 동안 꽤 귀찮게 했어요."라고 말했고, 캉브르메르 부인이 "쇼펜하우어가 음악에 관해서 한 말을 다시 읽어 보세요."라고 하자, 게르망트 부인은 격한 어조를 사용하여 자신의 말에 주목하게 했다. "'다시 읽는다'는 말이 걸작이군요. 아! 아니죠, 이를테면 우리에게 영향을 미치려고 해서는 안 되죠."* 나이 든 알봉 씨가 게르

---

* 캉브르메르 부인이 쇼펜하우어에 정통한 추종자라면(『잃어버린 시간을 찾아서』 12권 99쪽 참조), 게르망트 공작 부인에게 쇼펜하우어는 반대로 별 가치 없는 따분한 작가로 간주된다. 그러나 그녀는 게르망트의 재치를 발휘하여 이런

망트식 재치의 한 표현을 알아보고 미소를 지었다. 그보다 현대적인 질베르트는 냉담했다. 스완의 딸이지만 닭이 품은 오리 알처럼 아버지를 별로 닮지 않은 그녀는 스완보다 더 낭만적인 호반 시인*으로서 이렇게 말했다. "난 감동적이라고 생각하는데요. 그가 아주 매력적인 감수성을 가졌다고 생각해요."

나는 게르망트 부인에게 샤를뤼스 씨를 만났다고 말했다. 부인은 그가 실제보다 더 '실추했다'고 생각했다. 왜냐하면 사교계 인사들은 지성에 관한 일이라면 대부분 비슷한 사교계 인사들 사이에서 차이를 두며, 뿐만 아니라 동일한 사람에게서도 삶의 다양한 시기에 따라 차이를 두기 때문이다. 그리고 이렇게 덧붙였다. "그는 언제나 우리 시어머니의 판박이였어요. 지금은 더 놀라울 정도지만." 이런 닮음은 전혀 이상할 데가 없다. 사실 우리는 몇몇 여인들이 어떻게 보면 그들 자신을 매우 정확히 다른 존재에 투사한다는 걸 안다. 다만 그 경우 유일한 잘못은 성(性)과 관계된다고 할 수 있다. 그것은 '축복받은 죄(felix culpa)'**라고도 할 수 없다. 왜냐하면 성은 그

쇼펜하우어에 대한 부정적 평가를 우회적으로 표현하고, 그래서 나이 든 알봉 씨만이 이해한다는 의미이다.

* 호반 시인은 19세기 초 영국의 호수 지방에 살면서 자연을 사랑하고 서정적인 시를 주로 썼던 낭만파 시인을 가리킨다. '닭이 품은 오리 알'이란 표현은 '자기 부모와 닮지 않은 사람'을 의미하는 관용구로, 게르망트 부인이 쓰는 말투를 빗댄 것이다. 질베르트는 스완의 딸이긴 하지만 아버지와 닮지 않고 아버지보다 더 낭만적이어서 일종의 '호반 시인'처럼 쇼펜하우어를 매력적으로 생각한다는 의미이다.

** 펠릭스 쿨파(felix culpa)는 '축복받은 죄', '다행스러운 죄'로 번역되는 라틴어 경구이다.

사람의 인격에 영향을 주고, 또 남성에게서 동일한 여성화 현상은 가식으로, 신중함은 신경과민 등으로 간주되기 때문이다. 얼굴에 수염이 났든, 뺨의 구레나룻 밑이 충혈되었든 어머니의 초상화가 겹쳐질 수 있는 몇 개의 선이 있다. 무너진 늙은 샤를뤼스 씨의 온갖 지방 덩어리와 분을 바른 끈적거리는 얼굴 아래로 우리는 영원한 젊음을 갈망하는 아름다운 여인의 한 편린을 알아보고 놀란다. 그 순간 모렐이 들어왔다. 공작 부인은 그에게 아주 다정하게 대했는데, 그런 다정함은 나를 조금 당혹스럽게 했다. "아! 나는 가족 간의 다툼에서는 어느 편도 들지 않아요."라고 부인이 말했다. "가족 간의 다툼이 따분하다고 생각하지 않으세요?"

그리고 이십 년이라는 기간을 통해 사단이라는 결합체가 새로운 별자리의 인력에 따라 — 그 자체도 사라졌다 다시 나타나도록 정해진 — 해체되었다가 다시 형성된다면, 이와 동일한 결정화와 파편화, 또 그 뒤를 잇는 새로운 결정화 현상이 인간의 영혼 속에서도 일어났기 때문이다. 내게서 게르망트 공작 부인은 여러 명의 인간이었지만, 게르망트 공작 부인이나 스완 부인과 여타의 사람들에게는 드레퓌스 사건 전에 그들의 총애를 받던 사람이 드레퓌스 사건부터는 광신도나 바보로 보였다. 드레퓌스 사건이 그들에게서 존재의 가치를 바꾸고, 정당을 해체하고 재편성하면서 달리 분류했기 때문이다. 이런 변화에 강력히 기여하고, 순수한 지적 친화력에 영향력을 덧붙인 것은 우리의 반감이나 경멸, 또 그 반감이나 경멸을 우리에게 설명해 주던 이유마저 망각하게 하는 시간의 흐름이다. 만일 우리가 젊은 캉브르메르 부인의 우아함을 분석한다면, 우리는 거기서 우리 집 안마당에서 장사하던 쥐피앵의 딸*이라는 사실과, 또 그녀를 찬란한 사람으로 만들기 위해 그녀의 아버지가 샤를뤼스 씨에게 남자들을 제공한 사실을 발견할 수 있을 것이다. 그러나 이 모든 것이 결합하여 반짝거리는 효과를 자아냈지만, 그 원인은 이미 까마득하게 먼 일이 되어 사교계에 새로이 도착한 많은 사람들은 알지 못했고, 뿐만 아니라 그 원인을 알던 사람들마저 수치스러운 과거보다는 현재의 광채를 더 많이 생각함으로써 그 원인을 망각했다. 우리는 이름을 항상 현재의 의미로 받아들이기 때문이다. 이런 살롱의 변모에서 흥미로운 점은 그것 역시 잃어버린 시간의 효과이며 기억의 현상이라는 것이었다.

공작 부인은 게르망트 씨 앞에서 언쟁을 벌이는 게 두려워 자신이 멋지다고 생각하는 발티와 미스탱게트**에게 다가가는 것은 망설였지만, 라셀과는 분명히 친구로 지내고 있었다. 그래서 새로운 세대들은 게르망트 공작 부인이 그 이름에도 불구하고, 한 번도 완전히 상류 사회에 속한 적 없는 여느 시시한 화류계 여자***일지도 모른다는 결론을 내렸다. 사실 부

---

* 쥐피앵의 조카딸이 여기서는 쥐피앵의 딸로 표현되고 있다. 우리는 「사라진 알베르틴」에서 캉브르메르 아들과 결혼한 쥐피앵의 조카딸이 죽었다는 사실을 이미 읽은 바 있다. 『잃어버린 시간을 찾아서』 11권 413쪽, 436~437쪽 참조.
** 발티(Louise Balthy, 1869~1925)는 오페레타와 버라이어티 쇼에서 가벼운 노래를 부르던 여가수였으며, 미스탱게트(Mistinguett, 1875~1956)는 몽파르나스의 뮤직홀에서 인기가 많았던 여가수이자 배우였다.
*** 원문에는 demi-castor로 표기되었다.(『잃어버린 시간을 찾아서』 2권

인은 가까이 지내는 몇몇 군주들에 대해 다른 두 명의 귀족 부인들과 경쟁을 벌이고 있어서, 그 군주들을 오찬에 초대하기 위해 아직도 많은 애를 썼다. 그러나 한편 군주들은 그곳에 오는 일이 드물었고 그곳에 모인 사람들을 거의 알지 못하며, 그래서 공작 부인은 옛 의전에 대한 게르망트네의 맹신적 집착에 의해(잘 자란 사람들의 예의 바른 태도가 그녀를 '지겹게 했지만' 동시에 부인은 이런 예의 바른 태도에 애착을 갖고 있었다.) "폐하께서 게르망트 부인에게 명하시고 허락하셨으니 등등."과 같은 말을 초대장에 쓰게 했다. 따라서 이런 관례적인 문구를 모르는 새로운 계층은, 공작 부인의 지위가 그만큼 낮다는 결론을 내렸다. 게르망트 부인의 관점에서 이런 라셸과의 친밀한 관계는, 우아한 세계에 대한 부인의 비난이 위선적이고 정직하지 못하며, 그녀가 생퇴베르트 부인 집에 가기를 거절했을 때 그것은 지성의 이름이 아니라 속물근성에서 나온 행동이며, 또 생퇴베르트 후작 부인을 바보로 여긴 것도 후작 부인이 자신의 목적을 달성하지 못해 스스로 속물임을 드러냈기 때문이라는 우리의 생각이 틀렸다는 걸 의미할 수 있었다. 그러나 또한 라셸과의 친교는 공작 부인의 지성이 사실은 평범하고 충족되지 못하고, 또 나중에 사교계에 지쳤을 때는 진정한 지적 현실에 대해서는 완전히 무지한 채로, 훌륭한 귀부인들에게 '그렇게 하면 얼마나 재미있을까.'라고 생각하면서 지극히 권태로운 저녁 파티를 끝내고 누군가를 깨우러 가는 장난을 치

141쪽 참조.)

지만, 무슨 말을 해야 할지 몰라 파티용 망토를 걸친 채 잠시 침대 옆에 서 있다가, 밤이 너무 늦은 걸 깨닫고 결국은 잠을 자려고 집에 돌아가는 그런 충동적인 기질을 통해 부인이 어떤 종류의 실현을 열망하고 있음을 의미할 수도 있었다.

질베르트에 대해 공작 부인이 얼마 전부터 품은 반감이 라셸의 초대를 통해 어떤 기쁨을 맛볼 수 있게 했는데, 이것은 더 나아가 그녀에게 게르망트의 여러 가훈 중 하나를 선포하게 했다. 즉 게르망트 가족의 수가 너무 많아 그들 중 누군가의 편을 들기 위해(상복을 다 입지 못할 정도로 지나치게 많은) '내가 왜 그렇게 해야 하는지 모르겠네요.'라는 식의 독립을 선포하는 것으로, 이것은 샤를뤼스 씨와 관련된, 즉 그를 따르면 모든 사람과의 불화를 택해야 하는 그런 정책에 의해 더욱 강화되었다.

라셸로 말하자면, 게르망트 공작 부인과 친분을 쌓기 위해 사실상 많은 노력을 했지만(공작 부인은 라셸의 경멸하는 척 가장하는 태도 아래에서 어떤 의도적인 무례함을 짐작하지 못했고, 그것이 그 놀이를 더욱 자극하면서, 부인은 속물과는 거리가 먼 배우라는 조금은 과장된 견해를 그녀에게 부여했다.), 이는 일반적으로 보헤미안 자신이 사교계 인사들에게 행사하는 매혹과 병행하여, 어느 순간부터는 사교계 인사들이 가장 뿌리 깊은 보헤미안에게 행사하는 매혹에 연유하는데, 이런 이중의 역류는 정치 분야에서 교전국 국민들 사이에 상호적인 호기심과 동맹을 맺으려는 욕망에 상응한다. 그런데 라셸의 욕망에는 보다 깊은 원인이 있었다. 그녀는 게르망트 부인 댁에서 바로 게르망트 부인으로부터 과거에 가장 심한 모욕을 받았다.* 라셀은 그 모욕을 망각하지 않았지만 점차 용서했고, 그럼에도 그녀의 눈에 공작 부인이 그 일에서 느꼈다고 생각하는 그 특이한 매력은 결코 지워질 수 없었다. 내가 조금 전 질베르트의 주의를 다른 데로 돌리고 싶어 했던 대화는 낭송 시간이 되어 여주인이 여배우를 찾으러 왔으므로 중단되었고, 여배우는 공작 부인을 떠나 곧 단상에 나타났다.

그런데 그동안 파리의 다른 끝에서는 이와 매우 다른 광경이 벌어지고 있었다. 앞에서 말했던 것처럼, 라 베르마가 아들과 며느리를 축하하기 위해 차를 마시자고 몇몇 사람들을 초대했다.** 그러나 초대받은 이들은 도착을 서두르지 않았다. 라셀이 게르망트 대공 댁에서 시를 낭송한다는 말을 듣고 (이 말은 라 베르마를 몹시 분노하게 했는데, 대배우인 그녀에게 라셀은, 라 베르마 자신이 주역으로 출연한 연극에서 생루가 무대 의상 비용을 지불했기 때문에 무대에 등장하게 내버려 둔 그런 창녀로 남아 있었다. 그런데 초대장은 게르망트 대공 부인의 이름으로 작성되었으나, 실제로는 라셀이 게르망트 대공 부인 댁에서 손님들을 초대했다는 소문이 파리 안에 파다했으므로 그 분노는 더욱 컸다.), 라 베르마는 그녀에게 충실한 몇몇 지지자들에게 편지를 다시 보내 자신이 베푸는 다과회에 빠지지 말도록 끈질기게 부

---

* 『잃어버린 시간을 찾아서』 5권 374~377쪽 참조.
** 아들과 며느리가 아니라 딸과 사위이다.

탁했는데, 그들이 게르망트 대공 부인의 친구들로 부인이 베르뒤랭 부인이었던 시절부터 알고 지내던 친구임을 알았기 때문이다. 그런데 시간이 흘러도 라 베르마의 살롱에는 한 사람도 도착하지 않았다. 어느 쪽에 가기를 원하느냐라는 질문에 블로크는 솔직히 대답했다. "그래요, 전 게르망트 대공 댁에 가고 싶은데요." 아! 슬프게도 그것이 사람들이 각자 마음속에서 결정한 바였다. 중병에 걸려 사교계를 거의 출입하지 못하던 라 베르마는, 사치를 좋아하는 딸의 욕구를 몸이 아프고 게으른 사위의 힘으로는 도저히 채워 줄 수 없다는 걸 알고 그 욕구의 비용을 대기 위해 다시 연기를 시작했는데, 그때 그녀는 몸 상태가 나빠지고 있음을 깨달았다. 자신의 삶을 단축한다는 걸 알았지만, 막대한 사례금을 주어 딸과 사위를 기쁘게 해 주고 싶었다. 사위를 싫어했지만 그의 비위를 맞추려고 했는데, 딸이 그를 좋아하는 걸 아는 데다 그의 비위를 거스르면 심술을 부려 딸을 보지 못하게 할까 봐 겁이 났기 때문이다. 라 베르마의 딸은 남편의 건강을 돌보는 의사로부터 은밀한 사랑을 받고 있었는데, 어머니의 「페드르」 공연이 별 위험이 없다는 그의 말에 설득되도록 자신을 내버려 두었다. 그녀는 어떻게 보면 의사에게 그렇게 말하게끔 강요했고, 또 의사의 대답에서 그 말만을 기억하고 반대 의견은 전혀 고려하지 않았는지도 모른다. 사실 의사는 라 베르마가 공연한다는 사실에서 별다른 어려움을 보지 못했다. 자신이 사랑하는 여인이 그렇게 말하면 기뻐할 거라고 생각했고, 또한 어쩌면 무지에서, 아니면 어쨌든 고칠 수 없는 병임을 알고 환자의 수명을 단축한다고 해도 그 편이 우리에게 득이 될 때면 기꺼이 환자의 고통을 덜어 주는 편을 받아들이겠다고 생각했는지, 또 어쩌면 그렇게 하는 편이 라 베르마를 기쁘게 하고 또 그녀에게 이로울 거라는 어리석은 생각을 했는지 그는 그렇게 말했다. 이런 어리석은 생각도, 의사가 라 베르마 자식들의 칸막이 좌석에 초대되어 환자들을 모두 내팽개치고 갔을 때에는, 시내에서 죽어 가는 것처럼 보였던 라 베르마가 무대에서는 경이로운 생명력으로 넘치는 걸 보자 정당화되는 것 같았다. 사실 습관이란 상당한 정도로 우리에게, 또 우리의 신체 기관에도 처음에는 가능한 것처럼 보이지 않았던 삶에 적응하게 한다. 심장병에 걸린 늙은 승마 교사가 단 일 분도 심장이 버틸 수 없는 것처럼 보이는데도, 온갖 종류의 곡예를 부리는 것을 보지 않았던가? 라 베르마도 그에 못지않게 무대의 오래된 고객이었고, 따라서 그녀의 신체 기관이 무대의 까다로운 요구에 완전히 적응했으므로, 관중이 눈치채지 못하도록 조심스럽게 힘을 소모하여, 양호한 건강 상태가 단지 순전히 신경증적인 상상의 병에 의해 방해를 받았다는 착각을 일으키게 할 수 있었다. 이폴리트에 대한 사랑의 고백 장면 후, 라 베르마는 자신이 보내게 될 끔찍한 밤을 절감했지만 아무 소용 없이 그녀의 찬미자들은 그녀가 어느 때보다도 아름답다고 단언하면서 힘껏 박수를 쳤을 뿐이다. 그녀는 격심한 고통 속에서 귀가했고, 그러나 딸에게 파란 지폐를 가져다주는 것이 기뻐서, 어렸을 때부터 무대에서 자란 늙은 배우의 장난기인 스타킹에 지폐를 끼우는 습관으로 미소와 키스를 기대하면서 자랑스럽게 지폐를 꺼냈다. 불행하게도 그 지폐는 어머니의 저택에 인접한 딸과 사위의 저택을 장식하는 데 쓰였을 뿐, 딸의 집에서 끊임없이 울리는 망치 소리가 그 위대한 비극 배우가 그토록 필요로 하는 수면을 방해했다. 유행의 변화에 따라, 또 그들이 초대하고 싶어 하는 X 씨나 Y 씨의 취향에 맞추기 위해 그들은 모든 방을 개조했다. 그래서 수면만이 그녀의 고통을 진정시켜 줄 수 있었는데도 그 수면이 날아갔다고 생각한 라 베르마는 체념하고 더 이상 잠을 자지 않기로 결심했는데, 마음속으로는 은밀하게 자신의 죽음을 재촉하면서 마지막 날들을 끔찍하게 만든 그 멋진 장식을 경멸하는 마음이 없지도 않았다. 아마 조금은 그런 이유 때문에 그녀는 멋을 경멸했고, 이는 우리에게 해를 끼치고 우리의 힘으로 저지할 수 없는 것에 대한 본능적인 복수심일 것이다. 그러나 그것은 또한 자신에게서 천재성을 의식하고, 아주 어린 시절부터 이런 유행의 명령이 얼마나 무의미한 것인지를 깨우쳤기 때문인지도 모른다. 그녀로 말하자면 그녀 자신이 언제나 존중했던 전통에 충실했으며 또 그 화신이라고도 할 수 있었는데, 이런 전통이 그녀로 하여금 삼십 년 전에 했듯이 사물과 사람들을 판단하게 했으며, 또 이를테면 라셀을 오늘과 같은 인기 여배우가 아닌, 자신이 알았던 시절의 시시한 창녀로 판단하게 했을 것이다. 게다가 라 베르마는 자기 딸보다 나을 것이 없었다. 딸은 유전에 의해, 또 지나치게 당연한 어머니에 대한 존경이 보다 효과적으로 만드는 그런 본보기에 전염되어, 이기심과 신랄한 야유, 무의식적인 잔인성을 어머니로부터 물려받았다. 다만 이 모든 것을 라 베르마는 딸에게 바쳤고 그래서 그로부터 자유로워졌다. 하기야 라 베르마의 딸은 쉴 새 없이 일꾼들을 불러 대지 않아도, 마치 젊음의 잔인하고도 경박하고 매력적인 힘이 그들을 쫓아다니려고 지나치게 무리하는 노인들이나 병자들을 지치게 하듯이 틀림없이 어머니를 피곤하게 했을 것이다. 그들은 날마다 새로운 오찬을 베풀었고, 만일 라 베르마가 딸에게 오찬을 하지 못하게 하거나, 그들이 최근에 사귄 지인들이 좀처럼 초대를 승낙하지 않아 그 지인들을 어렵게 유인하기 위해 유명 어머니의 참석이라는 매력에 기대고 있었을 때, 만일 어머니가 참석하지 않기라도 하면 라 베르마를 이기적인 인간으로 생각했을 것이다. 그들은 동일한 지인들에게 단순히 인사치레로 야외에서 행해지는 축제에도 어머니의 참석을 '약속했다.' 그래서 자기 몸속에 자리 잡은 죽음과 마주하기에도 무척이나 바쁜 그 가엾은 어머니는 아침 일찍부터 일어나 밖으로 나가야 했다. 더구나 같은 시기에 레잔*이 눈부신 재능을 발휘하여 외국 공연에서 엄청난 성공을 거두었으므로, 사위는 라 베르마를 이처럼 사라지게 내버려 두어서는 안 되며, 또 가족들도 동일한 영광의 사치를 누려야 한다고 생

----

* 가브리엘 레잔(Gabrielle Réjane, 1856~1920). 20세기 초반 가장 대중적인 희극 배우로, 라 베르마의 모델인 비극 배우 사라 베르나르와 쌍벽을 이루던 인물이다. 프루스트는 1919년 여름 오스만가의 아파트를 떠나 로랑피샤 거리 8의 2번지에 소재하는 레잔의 아파트를 임대해서 잠시 산 적이 있는데, 이때의 경험이 라 베르마의 비극적인 말년을 묘사하는 계기가 되었다고 한다.(『되찾은 시간』, 리브르드포슈, 486쪽 참조.)

각했으므로 라 베르마를 강제로 지방 순회에 끌어들였다. 그 일로 그녀는 모르핀 주사를 맞아야 했고, 그것이 신장 상태로 인해 그녀를 죽음에 이르게 할 수 있었다. 우아함과 사회적 인기와 삶과 같은 동일한 매력이 게르망트 대공 부인 댁에서 연회가 있는 날에는 흡수 펌프 같은 역할을 했고, 그래서 라 베르마의 가장 충실한 고객조차 압축 공기관의 힘으로 그곳에 데려갔으며, 반대로 또 그 결과 라 베르마의 집에는 완전히 텅 빈 죽음만이 감돌았다. 라 베르마의 연회가 대공 부인 댁의 연회처럼 화려한지 어떤지 확신하지 못한 한 젊은 남자가 라 베르마의 집에 왔다. 라 베르마가 시간이 지난 걸 보고 모든 사람들이 자신을 버렸음을 이해하고 다과를 내오게 했으며 그래서 그들은 식탁에 앉았으나 그것은 마치 장례식 식사와도 같았다. 라 베르마의 얼굴에는 사순절 셋째 목요일 저녁 그토록 나를 혼란스럽게 했던 그런 사진 속의 모습은 전혀 찾아볼 수 없었다.* 사람들의 말처럼 라 베르마는 죽음을 목전에 두고 있었다. 이번에 그녀는 에레크테이온** 신전의 대리석상으로 보였다. 그녀의 굳어진 동맥은 이미 반쯤 마비되어, 조각 같은 긴 띠가 뺨을 단단한 광물처럼 관통하는 것 같았다. 죽어 가는 눈은 뼈가 앙상한 끔찍한 가면과는 대조적으로 비교적 살아 있는 듯 보였고, 돌 한가운데 잠든 뱀처럼 희미하게 반짝였다. 그동안 예의상 식탁에 앉은 젊은이는 게르망트 댁에서 열릴

---

* 화자는 사순절 셋째 목요일 저녁이 아니라 새해 첫날을 기념하기 위해 라 베르마의 사진을 구입했다.(『잃어버린 시간을 찾아서』 3권 112쪽 참조.)
** 『잃어버린 시간을 찾아서』 3권 236쪽 주석 참조.

찬란한 연회에 마음을 빼앗겨 연신 시계만 쳐다보았다.

라 베르마는 자신을 버리고 게르망트네에 간 사실을 순진
하게도 그녀가 모르기를 바라는 친구들을 향해 어떤 비난의
말도 하지 않았다. 그녀는 단지 "라셸 같은 계집애가 게르망트
대공 부인 댁에서 연회를 베풀다니. 이런 일을 보려면 파리에
와야 해."라고 속삭였다. 그리고 그녀는 마치 장례식 절차를
따르는 듯한 표정으로 말없이, 엄숙한 느린 몸짓으로 금지된
과자를 먹었다. 자신과 아내를 잘 아는 라셸이 그들을 초대하
지 않은 데 대해 사위가 몹시 분노했으므로 '다과회'는 그만큼
침울했다. 초대를 받은 젊은이가 라셸과 잘 아는 사이니 지금
이라도 금방 게르망트 댁으로 출발한다면, 늦은 시각이긴 하
지만 그 경박한 부부를 초대하도록 부탁해 줄 수 있다는 말에
사위의 비통함은 더욱 커졌다. 그러나 라 베르마의 딸은 어머
니가 라셸을 얼마나 하찮은 수준의 사람으로 취급하는지, 또
과거의 창녀에게 초대를 간청하는 것이 어머니를 절망 속에
죽게 할 수 있다는 걸 너무도 잘 알고 있었다. 그래서 딸은 그
젊은이와 남편에게 그럴 수 없다고 말했다. 그렇지만 그녀는
다과회가 진행되는 동안 쾌락에 대한 열망과, 어머니라는 훼
방꾼에 의해 쾌락을 빼앗긴 데 대한 지겨움을 미세한 얼굴 표
정으로 표현하면서 복수하고 있었다. 어머니는 딸의 찌푸린
얼굴을 보지 못한 척하면서, 이따금 죽어 가는 목소리로 자기
집에 와 준 단 한 명의 손님인 젊은 남자에게 다정한 말을 건
넸다. 그러나 이내 모든 것을 게르망트네 쪽으로 휩쓸어 가고,
또 나 자신도 끌고 가는 강력한 바람이 불었고, 그러자 청년은

자리에서 일어나 페드르 또는 죽음을 버리고 떠났는데, 그 둘 중 어떤 것이 딸과 사위와 함께 장례식 과자를 먹는 일을 마쳤 는지는 분명하지 않았다.

우리의 대화는 지금 막 높아진 여배우의 목소리에 의해 중 단되었다. 여배우의 연출은 기발했는데, 현재 낭송하는 시가 낭송 전에 존재하는 전체와 하나를 이루며, 또 마치 예술가가 길을 가는 도중 우리의 귀가 들리는 곳에 잠시 길을 멈추었다 는 듯, 우리가 듣는 것이 다만 그 일부에 지나지 않음을 미리 가정하고 있었기 때문이다.

거의 모든 사람들이 아는 시를 낭송한다는 발표에 사람들 은 기뻐했다. 그러나 여배우가 낭송하기에 앞서, 길을 잃고 헤 매는 눈길로 사방을 두리번거리기 시작하더니 한마디 한마디 를 애원하듯 신음 소리 같은 소리를 내며 두 손을 공중으로 쳐 드는 것을 보자, 모두들 이런 감정의 노출에 충격을 받은 듯 불편함을 느꼈다. 시를 낭송하는 것이 이런 종류의 일일 거라 고는 어느 누구도 생각해 보지 못했다. 점차 사람들은 익숙해 졌고, 다시 말해 처음의 불편한 감각을 망각하고 좋은 점을 찾 아내면서, 머릿속에서 이편이 더 낫고 저편이 좋지 않다는 말 을 하기 위해 여러 다양한 낭송법을 비교했다. 그러나 처음으 로, 마치 간단한 소송 사건에서 변호사가 앞에 나와 법복이 흘 러내리는데도 팔을 허공에 쳐들고 협박하는 투로 말을 시작 할 때처럼, 사람들은 감히 옆에 앉은 사람을 바라보지 못했다. 왜냐하면 그 낭송이 기이하다고 생각했지만 어쨌든 대단한 것일지도 모르며, 그래서 평가가 결정되기를 기다렸기 때문이다.

그렇지만 청중은 여인이 단 하나의 소리를 내기에 앞서 무릎을 구부리고 팔을 뻗으며, 마치 눈에 보이지 않는 존재를 재우듯 다리가 휘어지고 그러다 돌연 많이 알려진 시구를 낭송하기 위해 애원조를 띠는 걸 보고 몹시 놀랐다. 모두들 어떤 표정을 지어야 할지 몰랐고, 몇몇 무례한 젊은이들은 옆에 앉은 사람에게 남몰래 은밀한 눈길을 던졌는데, 마치 우아한 식사 자리에서 바닷가재를 먹는 도구와 설탕 분쇄기 같은, 용도나 사용법을 모르는 새로운 도구가 앞에 놓여 있을 때면, 거기에 보다 정통한 손님이 먼저 사용해서 우리가 따라 할 수 있게끔 시범을 보여 주기를 기대하는 것과도 같다. 또는 우리가 모르지만 아는 것처럼 보이고 싶은 시구를 누군가가 인용할 때면, 마치 문 앞에서 다른 사람에게 길을 양보하는 것처럼 그 방면에 가장 정통한 사람에게 은총을 베풀듯이 그 시가 누구의 시인지 말하는 기쁨을 맡긴다. 이렇게 사람들은 여배우의 낭송에 귀 기울이며 머리를 숙이고 탐색하는 눈길로 다른 이들이 먼저 웃거나 비방하기를, 울거나 박수 치기를 기다렸다.

게르망트 공작 부인이 거의 추방당한 것처럼 보이는 게르망트 공작 저택에서 일부러 이날 모임을 위해 이곳에 온 포르슈빌 부인은,* 자신이 전문가이며 또 단순히 사교계 인사로 오

---

* 다음에서 다루어지겠지만 게르망트 공작 부인은 예술가들 집단과 교제한다는 이유로 게르망트가에서 거의 추방당한 처지에 있었으며, 게르망트 공작의 정부가 된 포르슈빌 부인은 이제 늘 그의 곁에 있다.

지 않았다는 걸 보여 주기 위해서인지, 또는 자신에게 다른 이야기를 할지도 모르는 문학에 덜 정통한 자들에 대한 적개심에서인지, 또는 자신이 좋아하는지 아닌지를 알기 위해 전력투구를 해서인지, 아니면 '흥미롭다'고 생각하면서도 적어도 몇몇 구절을 낭송하는 방식을 좋아하지 않아서인지 주의 깊고 긴장된 표정, 거의 노골적으로 불쾌한 표정을 짓고 있었다. 이런 태도는 오히려 게르망트 대공 부인이 취해야 할 태도인 것 같았다. 그러나 바로 그곳은 게르망트 대공 부인의 집이었고, 부자이면서 동시에 수전노인 대공 부인은 라셸에게 수고비로 장미꽃 다섯 송이만 주고, 자신이 직접 박수 부대 노릇을 하기로 결심했다. 부인은 청중들 사이에 열광의 물결을 일으키고 매 순간 환호성을 지르면서 청중을 압박했다. 이럴 때만은 그녀가 예전의 베르뒤랭 부인의 모습을 되찾은 듯했다. 왜냐하면 부인은 그녀 자신의 즐거움을 위해 그 시구들을 들었고, 누군가가 와서 '그녀에게' 오로지 그녀 자신에게만 그 시구에 관해 얘기해 주기를 원했고, 그런데 어쩌다 500명이나 되는 사람들이, 그녀의 친구들이 거기 있어서 그들에게 그녀의 즐거움에 은밀히 참석하도록 허락한 듯했기 때문이다.

그동안 나는 여배우가 그래도 조금은 조심스럽게 내게 윙크를 보내는 것에 주목했고, 여배우가 늙고 추했으므로 내 자만심을 만족시켜 준다는 느낌은 전혀 없었다. 나는 그녀의 눈에서 낭송하는 내내 자제하면서도 꿰뚫어 보는 듯한 미소가 번득이는 것을 보았는데, 나로부터 동의를 구하는 유혹의 눈길 같았다. 그런데 시의 낭송에 익숙하지 않은 몇몇 노부인들은 옆에 앉은 사람에게 "보셨어요?"라고 말하면서 여배우의 엄숙하고도 비극적인 몸짓, 또 그들이 뭐라고 정의할 수 없는 몸짓을 암시했다. 게르망트 공작 부인은 잠시 흔들렸으나 시의 낭송을 성공적인 것으로 결정했고, 그래서 아마도 시가 끝났다고 생각했는지 중간 부분에서 "정말 놀라워요!"라고 외쳤다. 그러자 여러 손님들이 낭송자에 대한 그들의 이해보다는 공작 부인과의 친분을 보여 주기 위해, 동의의 눈길을 보내고 머리를 끄덕이면서 부인의 외침을 돋보이게 하려고 했다. 시의 낭송이 끝났을 때 여배우 곁에 있었으므로, 나는 여배우가 게르망트 부인에게 감사 인사하는 걸 들었고, 동시에 여배우는 내가 공작 부인 옆에 있는 걸 이용하여 내 쪽으로 돌아서더니 우아하게 인사했다. 그때 나는 그녀가 내 지인이며, 나를 다른 사람으로 착각하고 인사했다고 생각한 보구베르 씨 아들의 열정적인 눈길과 달리, 여배우에게서 욕망의 눈길로 착각했던 것이 실은 자기를 알아보게 하고 내 인사를 유도하기 위한 그런 자제된 도발의 눈길이었음을 알아차렸다. 나는 그녀의 인사에 미소로 답했다. "저분이 나를 알아보지 못하는 게 확실해요." 하고 낭송자가 공작 부인에게 말했다. "천만에요." 하고 나는 확신을 가지고 말했다. "전 당신을 분명히 알아보았는데요." "그렇다면, 제가 누구죠?" 그에 대해서는 아는 바가 전혀 없었으므로 난감했다. 다행스럽게도 라퐁텐의 가장 아름다운 시를 그토록 자신감을 가지고 낭송한 여인이 선의나 어리석음 또는 거북함에서 내게 인사하기 어렵다고 생각했을 때, 그 동일한 아름다운 시가 낭송되는 동안 블로크는 그것이 끝나자마자 포위된 사람이 밖으로 탈출하듯 뛰쳐나와 거기 있는 사람들의 몸 아니면 발을 밟으면서, 의무에 대한 잘못된 개념에서인지 또는 과시욕에서인지, 낭송자에게 축하 인사를 하러 갈 생각만을 하고 있었다. "라셸을 여기서 보다니 정말 우습군!" 하고 그가 내 귀에 속삭였다. 그 마술적인 이름이 즉시 생루의 애인에게 추악한 노파의 낯선 형태를 부여했던 마법을 깨뜨렸다. 그 말에 나는 곧 그녀가 누구인지 알았고, 그녀를 정확히 알아보았다. "정말 아름다웠어요!" 하고 블로크가 라셸에게 말했다. 이 간단한 말을 한 후 그는 자신의 욕망이 충족되었는지 그 자리를 떠났는데, 얼마나 어렵게 얼마나 요란한 소리를 내며 자기 자리로 돌아갔는지, 라셸은 자신의 두 번째 시를 낭송하기 위해 오 분 이상이나 기다려야 했다. 그녀가 「두 마리의 비둘기」 낭송을 마쳤을 때, 모리앙발 부인이 생루 부인에게 다가갔다. 생루 부인이 문학에 조예가 깊은 건 알지만, 그의 아버지로부터 섬세하고 냉소적인 재치를 물려받은 건 기억하지 못하고 "정말 라퐁텐의 우화군요. 그렇지 않나요?"라고 그 시를 알아본다고는 생각했지만 절대적인 확신이 없이 그렇게 질문했다. 왜냐하면 그녀는 라퐁텐의 우화를 잘 알지 못했고, 게다가 우화란 어린아이들을 위한 것으로 사교계에서는 낭독하지 않는 법이라고 생각했기 때문이다. 그런 성공을 거두기 위해 예술가가 아마 라퐁텐의 우화를 모작했을지도 모른다고 그 어리석은 부인은 생각했다. 그런데 질베르트는 본의 아니게 모리앙발 부인을 그렇게 생각하도록 유도하고 있었는데, 라셸을 좋아하지 않는 데다, 또 그와 유사한 방식으로 낭독하면 우화다운 점이 하나도 남지 않는 다는 말을 하고 싶었으므로, 그녀는 지나치게 섬세한 말투, 순진한 사람에게는 무슨 의미인지 의심이 가는 그런 자기 아버지로부터 물려받은 말투로 말했다. "4분의 1은 연기자의 창작이고, 4분의 1은 광기이고, 4분의 1은 아무 의미도 없고, 나머지가 라퐁텐이죠." 이 말은 모리앙발 부인에게 지금 그녀가 들은 것이 라퐁텐의 「두 마리의 비둘기」가 아닌, 기껏해야 라퐁텐은 4분의 1에 불과한 편작이라고 주장하게 했지만, 이런 주장은 청중의 비상식적인 무지 탓에 어느 누구도 놀라게 하지 않았다.

그러나 블로크의 친구 중 하나가 늦게 도착했고, 블로크는 그에게 라셀의 낭송을 들은 적 있느냐고 기꺼이 묻고 그녀의 낭송법에 대한 놀라운 묘사를 하면서 과장하다 보니, 돌연 그 현대적인 낭송법을 다른 사람에게 얘기하고 드러내는 데서 자신이 들을 때는 전혀 느껴 보지 못했던 어떤 낯선 기쁨을 맛보았다. 그래서 그는 자신이 받은 감동을 과장하면서 라셀에게 거짓된 어조로 축하 인사를 건네고는 친구를 소개했다. 친구는 그녀를 다른 누구보다도 찬미한다고 단언했다. 그러자 지금은 상류 사회의 부인들과 사귀고 자기도 의식하지 못하는 사이에 그들을 모방하게 된 라셀이 대답했다. "오! 아주 기뻐요. 그렇게 평해 주시니 정말 영광이에요." 블로크의 친구는 라셀에게 라 베르마에 대해 어떻게 생각하느냐고 물었다. "가엾은 여자죠. 지극히 비참한 상태인가 봐요. 재능이 없다고는 말하지 않겠지만, 실제로는 진정한 재능을 갖지 못했죠. 끔찍한 것만을 좋아했어요. 그래도 물론 도움은 됐죠. 다른 사람들보다 훨씬 살아 있는 연기를 했으니까요. 그리고 매우 정직하고 관대한 사람이어서 다른 사람들 때문에 파산했죠. 한 푼도 벌지 못한 지가 꽤 오래됐어요. 오래전부터 관객들이 그분 연기를 조금도 좋아하지 않으니까요……. 게다가," 하고 그녀는 웃으면서 덧붙였다. "물론 나이 때문에 나는 그분이 아주 최근에 한 것만 들을 수 있었죠. 그분이 한 것을 이해하기에는 내가 너무 젊었으니까요." "그분이 시를 잘 낭송하지 못했나 봐요?"라고 블로크의 친구가 라셀의 환심을 사려고 과감한 시도를 했다. 그러자 라셀은 "오! 그럼요, 단 하나의 시구도 제대로 낭송하지 못했어요. 그건 산문이고 중국어이고 볼라퓌크어*이고, 시를 제외한 다른 모든 거라고 할 수 있죠."

그러나 나는 시간의 흐름이 반드시 예술의 발전을 가져오지 않는다는 사실을 깨닫게 되었다. 프랑스 대혁명과 과학적인 발견, 또 전쟁도 알지 못했던 17세기의 작가가 오늘날의 이런저런 작가보다 우월할 수 있으며, 또 파공**이 뒤 불봉과 같은 위대한 의사일 수 있는 것과 마찬가지로(재능의 탁월함이 여기서는 지식의 열등함을 보충하면서), 라 베르마도 사람들의 말처럼 라셀보다 훨씬 뛰어난 존재였지만, 시간이 엘스티르와

---

* 1879년 독일인 슐레이어(Schleyer)가 발명한 일종의 인공 세계어이다.
** 기크레상 파공(Guy-Crescent Fagon, 1638~1718). 루이 14세의 주치의로 생시몽이 『회고록』에서 높이 평가했던 인물이며, 문인이자 명의인 뒤 불봉 의사는 코타르와 함께 할머니의 병상에서 발견되는 인물이다.(『잃어버린 시간을 찾아서』 5권 502쪽 참조.)

같은 시기에 라셸을 인기 배우로 만들면서 라셸의 평범한 연기를 과대평가하고 그녀를 천재로 축성할 수 있었다.

생루의 옛 애인이 라 베르마를 비판한다고 해서 놀랄 필요는 없다. 젊었을 때에도 그녀는 그렇게 했을 것이다. 그때 그러지 않았다면 지금 했을 것이다. 만일 가장 지적이고 가장 선량한 사교계 여인이 여배우가 되어 그 새로운 직업에서 대단한 재능을 펼치고 성공만 거두는 경우, 오랜 시간이 지난 후 이런 여인을 만나게 되면 우리는 그 입에서 그녀 자신의 언어가 아닌 여배우의 언어를 듣게 되며, 동료 배우를 향한 특이하고도 악의적인 험담이나 '무대 생활 삼십 년' 동안의 체험에서 그 존재에게 영향을 미친 모든 것을 들으면서 놀라게 된다. 라셸은 이 모든 걸 가졌고, 그런데 사교계 출신은 아니었다.

"누구든 자신이 원하는 걸 말할 수 있어요. 정말 대단했어요! 그건 품위가 있고 개성이 있으며 지적이고, 어느 누구도 시를 그렇게 낭송한 적이 없어요." 하고 공작 부인은 질베르트가 비판하지 않을까 두려워하며 말했다. 질베르트는 아주머니와의 충돌을 피해 다른 그룹 쪽으로 멀어졌고, 게다가 아주머니는 라셸에 대해 매우 일반적인 것만 말했다. 게르망트 부인은 말년에 이르러 그녀의 마음속에서 새로운 것에 대한 호기심이 깨어남을 느꼈다. 사교계에서는 아무것도 배울 게 없었다. 그녀가 사교계에서 첫 번째 자리를 차지한다는 관념은 그녀에게는 땅 위에 놓인 푸른 하늘의 높이만큼이나 자명했다. 그러나 그녀는 그토록 확고하다고 판단하는 자신의 지위를 더 공고히 해야 한다고는 생각하지 않았다. 대신 책을 읽고 극장에 가면서, 독서나 감상하는 시간을 더 연장하고 싶어 했다. 예전에 작고 좁은 정원에서 오렌지 음료를 마셨을 때처럼, 상류 사회의 가장 우아한 사람들이 격식을 차리지 않고 찾아와서 저녁의 향기로운 미풍과 꽃가루의 흐린 구름 사이로 그녀에게 상류 사회에 대한 취향을 유지하게 해 주었던 것처럼, 지금은 또 다른 욕구가 이런저런 문학 논쟁의 동기를 알고 작가와 교류하고 또 여배우와의 교류도 소망하게 했다. 그녀의 지친 머리는 새로운 종류의 양분을 요구했다. 작가나 여배우를 만나기 위해 예전 같으면 명함 교환도 원치 않았을 여인들에게 다가갔고, 또 그 여인들은 공작 부인을 그들의 집에 끌어들이려는 희망에서 이런저런 잡지사 사장과의 친분을 내세웠다. 처음 초대받은 여배우는 자기 혼자만 이런 놀라운 세계에 있는 줄 알았지만, 그녀보다 먼저 초대받은 여배우를 본 두 번째 여배우에게는 그 세계가 보다 평범해 보였다. 공작 부인은 이따금 군주들을 저녁 파티에 초대했으므로, 자신의 위치에 아무런 변화도 없다고 믿었다. 사실 게르망트로 태어나 어떤 불순물도 섞이지 않은 유일한 혈통인 그녀는 '게르망트 공작 부인'이라고 서명하지 않을 때에도 '게르망트-게르망트'라고 서명할 수 있는 유일한 사람이었으며, 그녀의 사촌 동서들에게도 가장 고귀해 보이는 사람으로, 마치 나일강에서 구원받은 모세나 이집트로 피신한 그리스도, 또는 탕플 감옥에서 탈출한, 순수한 사람 중에서도 가장 순수한 루이 17세와도 같았다.* 이런 그녀

---

* 마리 앙투아네트의 아들로 1795년 파리의 탕플 감옥에서 열 살의 어린 나이

가 정신적 양식에 대한 유전적 욕구 때문에 모든 것을 희생하려고 했는데, 이것이 바로 빌파리지 부인을 사교적으로 실추하게 했던 것이다. 이제 그녀 스스로가 빌파리지 부인 같은 여인이 되어 가고 있었다. 속물근성의 여성들은 그녀의 살롱에서 이런저런 여성이나 남성을 만날까 봐 두려워했고, 전에 있었던 일을 모르는 젊은이들은 기정사실을 인정하면서 부인을 등급 낮은 포도주, 수확이 좋지 않은 해에 생산한 포도주와 같은 게르망트, 실추한 게르망트로 생각했다.

그러나 아무리 탁월한 작가라고 해도 나이가 들면서 또는 지나치게 다작을 한 후에는 재능이 멈추는 경우가 허다한데, 사교계 여인들이 어느 순간부터 재치를 발휘하지 못하는 것은 용서할 만한 일이다. 스완은 게르망트 공작 부인의 완고한 정신에서 부인이 젊은 롬 대공 부인 시절이었을 때 가졌던 '융합'* 정신을 더 이상 발견하지 못했다. 만년에 이르러 게르망트 공작 부인은 피곤하거나 조금이라도 힘든 일을 한 후에는 허튼소리를 자주 지껄였다. 물론 이 오후 모임이 진행되는 중에도 게르망트 부인은 매 순간 여러 번에 걸쳐 내가 알았던 여인으로 다시 돌아가 사교계 일들에 대해 재치 있게 말했다. 그

로 죽은 비운의 왕자이다. 탕플 감옥에서 탈출했다는 소문이 돌기도 하는 등 신비에 싸였던 인물이다.

* '녹이다', '용해하다', '융합하다'란 의미를 가진 프랑스어 fondre의 명사형 '퐁뒤(fondu)'를 '융합'으로 옮긴다. 프루스트는 이런 융합을 어떤 이질적인 것도 불순물도 남아 있지 않은 플로베르의 존재론적 글쓰기 또는 실체적 글쓰기의 특징이라고 정의한 바 있으며, 또 이것은 항상 다른 것을 불러들이는 프루스트의 유추적 글쓰기 또는 은유적 글쓰기와 대립된다고 지적된다.

러나 그와 동시에 아름다운 시선 아래 반짝반짝 빛나는 말이, 그토록 오랜 세월 동안 그녀의 지성의 지배 아래 파리의 일류 명사들을 붙잡아 두었던 말이 아직 반짝거리긴 했지만, 말하자면 허공에서 반짝거렸다. 한마디 재담을 끼워 넣어야 할 때가 되면, 그녀는 예전처럼 몇 초 동안 말을 중단하고 망설이며 말을 제조하는 듯 보였지만, 그녀가 던지는 말은 아무 가치도 없었다. 게다가 얼마나 극소수의 사람만이 그런 사실을 알아차렸던가! 사람들은 예전과 같은 재치의 제조 과정이 지속되고, 그녀의 재치가 아직 살아 있다고 믿었다. 마치 제과점 상표에 맹신적으로 집착하는 사람들이 형편없는 맛으로 변한 줄도 모르고 여전히 같은 가게에서 계속 프티 푸르를 주문하는 것과도 같다. 이미 전쟁 동안 공작 부인은 기력이 쇠약해진 징조를 보였다. 누군가가 '문화'라는 단어를 말하면, 그녀는 그 말을 중단하고 미소를 지으면서 그녀의 아름다운 눈을 반짝이며 "라 크크크쿨투어(la KKKKultur)"*라고 소리쳤다. 그러면 친구들은 거기서 게르망트의 재치를 발견했다고 생각하고 웃음을 터뜨렸다. 물론 그것은 베르고트를 매혹했던 것과 같은 틀이며 같은 억양이고 같은 미소였다. 베르고트였다면 그 역시 문장을 자르는 그만의 방식과 감탄사와 생략과 형용사를 간직했을 테지만, 아무것도 말하지 않기 위해 간직했으리라. 그러나 신참들은 놀라워했고, 또 이따금 우연히 부인이

---

* 문화란 말을 독일어식으로 발음한 것이다. 교양 또는 문화를 의미하는 독일어의 kultur에서 k란 철자가 가진 의미에 대해서는 『잃어버린 시간을 찾아서』 12권 175쪽 주석 참조.

익살스럽고 '그녀의 능력을 자유자재로 발휘하는' 날에 참석하지 않으면 "얼마나 바보 같은 여자인가!"라고 말했다.

　그래도 공작 부인은 천한 사람들과 어울리는 일을 잘 조정해서 자신의 귀족적 명예를 견인하는 집안사람들에게는 그 일이 퍼지지 않게 했다. 만일 극장에서 예술 후원자라는 그녀의 임무를 다하기 위해 장관이나 화가를 초대할 경우, 그 두 사람 중 어느 하나가 혹시 시누이나 남편이 객석에 있지 않으냐고 순진하게 물으면, 공작 부인은 겉으로는 대담하게 오만한 표정을 지으면서도 조금은 두려운 듯 도발적으로 대답했다. "전혀 모르겠는데요. 집에서만 나오면, 나는 가족들이 무얼 하는지 더 이상 알지 못하는걸요. 모든 정치가들이나 예술가들에 대해 전 과부나 다름없어요." 그렇게 해서 그녀는 지나치게 성급한 벼락부자가 마르상트 부인과 바쟁으로부터 퇴짜 맞는 일을—그녀에게는 비난을 야기하는—스스로 피할 수 있었다.

　"당신을 만나서 얼마나 기쁜지 이루 말할 수 없네요. 저런, 당신과 마지막으로 만난 게 언제였죠?" "아그리장트 부인 댁을 방문했을 때였습니다. 부인을 그곳에서 자주 뵈었는데." "그렇군요. 그곳에 자주 갔으니까요, 내 가엾은 친구 바쟁이 그때 그녀를 얼마나 사랑했는지, 그때 사람들이 나를 가장 많이 만난 곳이 항상 그의 여자 친구 집이었으니까요. 바쟁이 '그녀 집에 방문하러 가는 걸 잊지 않도록 하구려.'라고 내게 말했거든요. 사실 그가 식사를 마치자마자 일종의 식사를 '소화하기 위한 방문'으로 나를 보내는 것이 조금은 부적절해 보였지만 말이에요. 거기에 꽤 빨리 익숙해졌는데, 그래도 불편했던 건 바쟁이 그녀와 관계를 끊은 후에도 내가 그 관계를 유지해야 한다는 거였어요. 그 일은 언제나 내게 빅토르 위고의 시를 생각나게 했죠.

　　행복은 가져가고 근심은 내게 남겨라!"*

　"물론 그가 같은 시에서 말한 것처럼 그래도 난 미소를 지으며 그곳으로 들어갔지만,** 그건 정말 공정하지 않았어요. 바쟁의 정부들에 대해 마음대로 의견을 바꿀 권리 정도는 내게 줘야 하는 게 아닌가요. 그 모든 버림받은 사람들이 쌓이다 보니 단 하루의 오후도 남아 있지 않게 되더군요. 그래도 지금에 비하면 그때가 즐거웠다는 생각이 드는군요. 물론 그가 다시 배신하기 시작하면 젊은 느낌이 들어 기쁠지도 모르죠. 그래도 전 그이의 예전 태도가 마음에 들어요. 그가 나를 배신하지 않은 지도 너무 오래돼서, 그가 어떤 식으로 했는지도 기억나지 않지만요. 아! 우린 그렇게 나쁘지는 않았어요. 얘기도 하고, 서로를 꽤 좋아하기도 하고." 하고 공작 부인은 그들 부부가 완전히 헤어졌다고 내가 이해할까 봐 두려워하면서 또 매우 아픈 사람에 대해 얘기하듯이 말했다. "하지만 여전히 그

---

* 빅토르 위고가 딸 레오폴딘의 결혼을 위해 지은 「1843년 2월 15일」에 나오는 시구로, 『명상 시집』(1856)에 수록되었다.(빅토르 위고에 대한 게르망트 부인의 찬미에 대해서는 『잃어버린 시간을 찾아서』 6권 301~306쪽 참조.)
** 위에서 인용한 빅토르 위고의 시에 나오는 또 다른 시구 "눈물을 흘리며 나갔다가 미소를 지으며 들어가리!"를 암시한다.

는 말도 잘하고, 오늘 아침만 해도 난 그에게 한 시간이나 책을 읽어 주었어요. 그러고는 당신이 여기 있다는 말을 하러 가야겠어요. 보고 싶어 할 거예요."라고 덧붙였다. 그러고는 공작 옆으로 갔는데, 공작은 긴 의자에 앉아 귀부인 옆에서 담소를 나누고 있었다. 나는 공작이 예전과 거의 같은 모습이며 흰머리가 조금 더 짙어졌을 뿐, 언제나와 똑같이 당당하고 잘생긴 모습이라는 데 감탄했다. 그러나 아내가 얘기하러 오는 걸 보고 무척 격노한 표정을 지었으므로, 아내는 물러갈 수밖에 없었다. "바쁜가 봐요, 무슨 일인지는 모르겠지만. 조금 후면 알게 되겠죠." 하고 부인은 내가 알아서 처리하게 내버려 두는 편이 낫다고 생각했는지 그렇게 말했다.

블로크가 우리 옆으로 다가오더니 그의 아메리카 여인을 대신해서 손님 중 젊은 공작 부인이 누구인지 물었다. 나는 브레오테 씨의 조카딸이라고 대답했는데, 블로크에게는 그 이름이 아무것도 의미하지 않았는지 설명을 부탁했다. "아! 브레오테," 하고 게르망트 부인이 내게 말을 걸면서 소리쳤다. "그 일을 기억해요? 오래된 일인데, 아주 먼 옛날 일인데! 그래요, 그는 속물이었어요.* 시어머니 댁 근처에 살던 사람들이었죠. 블로크 씨, 이 이야기는 당신에겐 별 흥미가 없을 테지만, 예전에 나와 같은 시기에 이 모든 걸 알았던 이 젊은이에게는 재미있을걸요." 하고 게르망트 부인은 나를 가리키면서,

---

* 게르망트 부인은 「게르망트 쪽」에서 "사람들이 브레오테 씨를 속물로 취급하면 분노해서" 정반대라고 주장했다.(『잃어버린 시간을 찾아서』 6권 233쪽 참조.)

또 이 말을 통해 얼마나 많은 세월이 흘렀는지를 여러 다양한 방식으로 보여 주면서 덧붙였다. 그 순간부터 게르망트 부인의 우정이나 견해는 새롭게 달라졌고, 매력적인 바발도 돌이켜 생각하니 속물로 보였다. 한편 브레오테 씨는 다만 시간 속에서만 멀어진 것이 아니라, 내가 사교계에 처음 데뷔했을 때, 마치 루이 14세가 통치하던 역사에서 콜베르가 그러했듯이, 사교계 역사에 항상 연결된 파리의 주요 명사 중 하나라고 생각하던 시절에는 결코 알지 못했던 일이지만, 그 역시 지방 사람의 특성을 가진, 게르망트 노공작 부인의 시골 이웃으로 그렇게 해서 롬 대공 부인과도 인연을 맺게 되었다고 했다. 그렇지만 재치를 박탈당하고 그의 나이를 추정하는 먼 시절로, 게르망트네 근방으로 추방당한(이는 브레오테가 그 뒤 공작 부인의 기억에서 완전히 잊힌 존재임을 증명했다.) 브레오테가, 바다 동굴에 사는 해신처럼 나타났던 오페라코미크의 개막일 저녁에는,* 결코 믿을 수 없는 일이었지만, 공작 부인과 나를 연결해 주는 끈이었던 것이다. 왜냐하면 공작 부인은 내가 브레오테 씨를 알고 있다는 사실을 떠올렸고, 따라서 내가 비록 부인과 같은 세계 출신은 아니지만, 적어도 여기 참석한 많은 사람들보다는 훨씬 오래전부터 부인과 같은 세계에 사는 친구라는 사실을 떠올렸기 때문이다. 그런데 부인의 기억은 불완전했고, 그때 내게는 그토록 중요해 보였던 몇몇 세부 사항들,

* 팔랑시 씨와 혼동한 것처럼 보인다고 지적된다. 그리고 장소도 오페라코미크가 아닌 오페라 좌이다.(『되찾은 시간』, 리브르도포슈, 487쪽; 『잃어버린 시간을 찾아서』 5권 72쪽 참조.)

이를테면 내가 게르망트성에 간 적이 없으며, 또 부인이 페르스피에 양의 결혼식 미사에 참석하려고 왔을 무렵 나는 다만 콩브레의 프티 부르주아에 불과했으며, 또 생루의 온갖 간청에도 불구하고 오페라코미크에 부인이 나타났던 다음 해에 나를 자기 집으로 초대하지 않았던 일도 잊고 있었다. 내게는 이 모든 것이 지극히 중요해 보였는데, 왜냐하면 그 시기에는 게르망트 공작 부인의 삶이 내가 들어가지 못할 어떤 천국처럼 보였기 때문이다. 그러나 그녀에게는 그 삶이 언제나와 똑같이 평범한 삶으로 보였으며, 그러다 어느 순간 나는 그녀 집에서 자주 식사를 했으며, 더욱이 그런 일이 있기 훨씬 전부터 나는 부인 남편의 고모와 조카의 친구였으므로 어느 시기부터 우리의 친분이 시작되었는지 그녀는 알지 못했으며, 그래서 이 우정을 실제보다 몇 년 먼저 시작한 것으로 만드는 시대착오조차 깨닫지 못했던 것이다. 왜냐하면 이것은 내가 게르망트라는 이름을 가진 게르망트 부인, 만나는 것조차 불가능한 여인을 만났으며, 그리하여 금빛 음절의 이름 속으로, 포부르생제르맹 속으로 초대받았고, 그러나 이미 그때 나는 다른 여인과 똑같은 그저 평범한 귀부인 댁에 식사하러 가는 데 지나지 않았고, 또 그녀는 이따금 네레이데스*가 사는 바닷속 왕국으로 내려가기 위해서가 아니라 사촌 동서의 아래층 특별석에서 저녁 시간을 보내기 위해 나를 초대하곤 했다. "브레오테에 대해 자세한 걸 알고 싶다면, 그럴 가치가 전혀 없는 사

---

* 『잃어버린 시간을 찾아서』 4권 112쪽 주석 참조.

람이긴 하지만," 하고 그녀는 블로크에게 말을 걸면서 덧붙였다. "이 젊은 친구에게 물어보세요. (그보다는 백배나 나은) 이분은 내 집에서 브레오테와 함께 쉰 번이나 식사했으니까요. 당신이 그 사람을 만난 게 내 집이 아니었나요? 어쨌든 스완을 만난 건 내 집이었으니까요." 나는 그녀가 자기 집에서 내가 스완을 만났다고 생각하는 것을 보는 것만큼이나, 내가 그녀 집이 아닌 다른 곳에서 브레오테 씨를 만났다고 생각하는 것을 보고 깜짝 놀랐다. 그럴 경우 내가 부인을 알기도 전에 그 세계를 드나들었다는 말이 될 테니까. 질베르트가 브레오테에 대해 "시골의 오래된 이웃 분이에요. 저분하고는 탕송빌 얘기를 하는 게 즐거워요."라고 말했을 때 브레오테는 과거에 한 번도 탕송빌을 방문한 적이 없으므로, 이런 그녀의 거짓말보다는 어쩌면 내가 스완에 대해 "예전에 우리 집에 저녁마다 자주 오던 시골 이웃이었어요."라고 했던 말이 더 진실이었을 것이다. 사실 스완은 게르망트와는 아주 다른 것을 내게 연상시켰다.

"뭐라고 해야 할지 모르겠네요. 어쨌든 왕족에 관한 얘기라면 뭐든지 하는 사람이었으니까요. 그는 게르망트 사람들이나 우리 시어머니, 또 파름 대공 부인 곁에 있기 전의 바랑봉 부인에 관해 꽤 재미있는 이야기를 많이 알고 있었어요. 그렇지만 오늘날 바랑봉 부인이 누구인지 아나요? 그래요, 저 친구는 알고 있어요. 그 모든 걸 알았죠. 그러나 지금은 이 모든 게 끝났어요. 이제는 이름조차 존재하지 않는 사람들이니까요. 하기야 죽은 후에도 살아남을 가치가 있는 사람들은 아니지만." 사실 사교계란 것이 사회적 관계가 최대한 집중되고, 또 모든 것이 서로 연결되어 단일한 것으로 보이지만, 그럼에도 거기에는 지방이라는 요소가 있으며, 또는 적어도 '시간'이 그걸 만들었다는 듯 이름을 변경한 곳이 있어서, 단지 그 외형이 달라진 후에 도착한 사람들에게는 더 이상 이해할 수 없는 것이 된다. "지극히 어리석은 말을 하던 착한 여인이었어요." 하고 공작 부인은 시간의 효과라 할 수 있는 불가해한 것의 시적 정취를 느끼지 못하고, 모든 것에서 메이야크풍의 문학에 유사한 우스꽝스러운 요소, 게르망트의 재치만을 끌어냈다. "한 때 부인은 사탕형 알약을 빠는 습관이 있었는데, 그 무렵 기침 예방용으로 쓰던 약이었죠."(예전에는 그렇게도 잘 알려졌으나, 지금 그녀가 말하는 사람들에게는 알려지지 않은 그런 생소한 이름에 그녀 자신이 웃으면서 덧붙였다.) "제로델 사탕형 알약이었어요.* '바랑봉 부인이 저렇게 노상 제로델 알약만 게걸스럽게 빨다가는 위에 해로울 텐데.'라고 시어머니께서는 바랑봉 부인에게 말하셨죠. 그러자 '공작 부인,' 하고 바랑봉 부인이 대답했어요. '어떻게 해서 위에 해롭다고 하시는 거죠. 이 약은 기관지로 가는 건데요.' 그리고 이런 말도 했답니다. '공작 부인께서 소유하신 암소가 너무 잘생겨서 사람들은 언제나 종마로 착각한답니다.'" 게르망트 부인은 바랑봉 부인에 관해, 우리가 알고 있는 수백 개의 이야기를 기꺼이 계속하고 싶었

---

* 1863년에 창간된 일간지 《르 프티 주르날》에는 제로델 사탕형 알약 광고가 실렸다고 지적된다.(『되찾은 시간』, GF-플라마리옹, 487쪽 참조.)

지만, 그 이름이 바랑봉 부인이나 브레오테 씨와 아그리장트 대공 같은 이들과 관계되면 즉시 우리 머리에서 솟아오르는 이미지가 블로크의 무지한 기억에는 단 하나도 떠오르지 않는다는 걸 느낄 수 있었다. 어쩌면 바로 그런 이유 때문에 그 이름이 그에게 어떤 매력을 불러일으켰는지는 모르지만, 나는 그 이야기가 과장되었다는 걸 알았으며 그래도 이해할 수는 있었다. 나 자신이 마음속에서 그런 매력을 느껴서가 아니라, 우리는 자신의 과오와 어리석음을 깨달을 때에도 그 결과에 의해 타인의 과오와 어리석음을 관대하게 대하는 일이 드물기 때문이다.

그 머나먼 시간의, 게다가 무의미하기만 한 현실은 너무도 잊힌 것이 되어 누군가가 나로부터 멀지 않은 곳에서 질베르트가 탕송빌 땅을 질베르트의 부친인 포르슈빌 씨로부터 물려받은 거냐고 묻자 "천만에요! 그 땅은 남편의 집안으로부터 온 거죠. 그 모든 건 게르망트 쪽에서 온 거예요. 탕송빌은 게르망트성 가까이에 있어요. 생루 후작의 어머니 마르상트 부인에게 속했었죠. 다만 저당 잡혔던 거고. 그래서 약혼자에게 지참 재산으로 주었으며, 포르슈빌 양의 재산으로 다시 산 거예요."라고 대답할 정도였다. 그리고 또 한번은 그 시대에 재치 있는 사람이 어떤 사람인지 이해시키기 위해 스완 얘기를 하는 내게, 누군가는 이렇게 말했다. "오! 게르망트 공작 부인이 그에 관해 얘기해 주더군요. 당신이 그 노신사를 공작 부인 댁에서 알게 되었다고 하던데, 아닌가요?"

과거가 게르망트 공작 부인의 정신에서 얼마나 변형되었는지(그렇지 않다면 나의 정신에 존재하는 경계가 언제나 부인의 정신에는 부재했으므로, 내게 사건이었던 것이 그녀에게는 눈에 띄지 않은 채 그냥 지나갔는지도 모른다.) 내가 스완을 자기 집에서 만났으며, 브레오테 씨는 다른 곳에서 만났다고 상상할 수 있었고, 또 그렇게 하면서 내게 사교계 인사로서의 과거를 만들어 주고, 또 그 과거를 아주 멀리 물러나게 했다. 왜냐하면 내가 지금 막 습득한 이 흘러간 시간의 개념은 공작 부인 역시 소유했지만, 그 흘러간 시간을 실제보다 짧은 것으로 착각한 나와는 달리, 그녀는 그 시간을 과장하고, 특히 그녀가 내게 처음에는 하나의 이름이었다가 다음에 사랑의 대상이 된 시기와, 또 그저 평범한 사교계 여인에 지나지 않게 된 시기 사이에 존재하는 그 무한한 경계선을 고려하지 않고 그 시기를 실제보다 더 멀리 거슬러 올라가게 했기 때문이다. 그런데 나는 이 두 번째 시기에만, 즉 그녀가 내게 다른 사람이 되었던 시기에만 그 집에 갔다. 그러나 그녀의 눈에서는 이 차이가 빠져나갔고, 또 그녀 자신도 다른 현관 깔개*를 가진 완전히 다른 사람이 되었음을 인지하지 못했고, 또 그녀라는 인간 자체도 그녀에게서와 마찬가지로 내게서도 어떤 불연속적인 모습도 제시하지 않았으므로, 내가 이 년 먼저 그녀 집에 갔다고 해도 전혀 이상하게 생각하지 않았을 것이다.

나는 게르망트 공작 부인에게 말했다. "그 일이 내게 처음

---

* 게르망트 살롱의 현관에 놓인 낡은 깔개가 화자에게는 포부르생제르맹의 오랜 역사를 말해 주는 상징이었다.(『잃어버린 시간을 찾아서』 5권 51쪽 참조.)

으로 게르망트 대공 부인 댁에 갔던 저녁 연회를 생각나게 하네요. 그날은 내가 초대받지 못했다고 생각해서 사람들이 내쫓을까 봐 걱정했던 날이며, 또 부인께서 빨간 드레스에 빨간 구두를 신었던 날이기도 하죠." "어머, 그 모든 것은 아주 오래된 일이에요." 하고 공작 부인은 그렇게 흘러간 시간의 인상을 강조하면서 대답했다. 그녀는 우수에 찬 표정으로 먼 곳을 바라보았고, 그렇지만 특별히 빨간 드레스에 주목했다. 그 옷을 상세히 묘사해 달라는 내 부탁에 그녀는 친절하게 답했다. "지금은 그런 드레스를 더 이상 입지 않을 거예요. 당시에 유행하던 옷이죠." "그렇지만 아름다운 옷이 아니었나요?" 하고 내가 말했다. 부인은 자신이 한 말로 남이 이득을 취하거나, 자신의 가치를 축소시키게 될까 봐 늘 겁을 냈다. "그럼요, 전 그 옷이 무척 아름답다고 생각했어요. 그런데 지금은 더 이상 만들지 않으니까 입지 않는 거죠. 하지만 다시 입을 날이 올 거예요. 옷이나 음악, 그림에서 모든 유행은 돌아오는 법이니까요." 하고 그녀는 힘차게 덧붙였는데, 이런 철학에 뭔가 독창적인 면이 있다고 생각했기 때문이다. 그렇지만 늙음에 대한 슬픔이 그녀를 무기력하게 만들었고 미소로 그런 무기력과 싸우려 했다. "분명히 빨간 구두였나요? 금빛 신발이었다고 생각했는데." 그런 주장을 하게 된 상황에 대해서는 말하지 않았지만, 그것이 지금도 내 정신에 선명하게 떠오른다고 단언했다. "그걸 환기해 주다니 고마워요." 하고 그녀는 다정한 표정으로 말했다. 화가들이 자기 작품의 찬미자들을 친절한 사람이라고 부르듯이, 여인들은 자신들의 아름다움을 기억해 주는 사람을 친절하다고 부르는 법이다. 게다가 아무리 과거의 일이 멀어졌다고 해도 공작 부인만큼 분별력 있는 여자라면 잊을 수 없는 일이었다. "기억하세요." 하고 그녀는 자기가 입었던 드레스와 구두를 잊지 않은 나의 기억력에 고마움을 표하면서 말했다. "바쟁과 내가 당신 집까지 당신을 데려다주었던 걸 기억하세요. 자정이 지난 시간에 젊은 여자가 당신 집에 오기로 되어 있었잖아요. 바쟁은 그런 시간에 당신을 방문한다고 생각하면서 기꺼이 웃음을 터뜨렸죠." 사실 그날 밤 대공 부인의 저녁 파티 후에 알베르틴이 나를 보러 왔다.* 나도 그 일을 공작 부인만큼이나 잘 기억했는데, 그날 밤 그들의 집에 가지 못한 이유가 알베르틴 때문이었음을 안다 해도 부인은 별 관심이 없었을 테지만, 지금의 내게도 관심이 없었다. 가엾은 망자들이 우리 마음에서 빠져나가고 오랜 시간이 지난 후에도 그들의 별 의미 없는 부스러기가 계속해서 과거의 상황과 뒤섞이고 합금하는 데 사용되기 때문이다. 더 이상 그들을 사랑하지 않으면서도 어떤 시간에 그들이 있었던 방이나 산책로와 길을 회상하면서, 그들을 그리워하거나 이름을 부르거나 그들이 누구인지 알아보도록 허락하지 않으면서도, 그저 그들이 차지했던 자리를 메우기 위해 그들을 슬쩍 암시해야 할 때가 있다.(게르망트 부인은 그날 밤 방문할 예정이던 소녀가 누구인지 알아보지 않았고 그녀가 누구인지도 알지 못했으며, 다만 시간과 상황의 기이함 때문에 그녀에 대해 말했던 것이다.) 바로 이것이

---

* 『잃어버린 시간을 찾아서』 7권 247~248쪽 참조.

우리의 살아남은, 달갑지 않은 마지막 모습이다.

라셀에 관한 공작 부인의 평가는 그 자체로는 진부했지만, 시계의 눈금판에 새로운 시각을 표시했다는 점에서 그 역시 내 관심을 끌었다. 왜냐하면 공작 부인은 라셀이 부인 댁에 왔던 저녁 파티의 기억을 라셀과 마찬가지로 완전히 망각하지는 않았지만, 그 기억도 적지 않은 변화를 겪은 듯했기 때문이다. "말해 드리죠." 하고 그녀가 말했다. "어느 누구도 그녀를 알지 못했고 모든 사람들이 비웃던 시기에, 내가 그녀를 끌어내서 높이 평가하고 찬미하고 존경하게 했으므로 그만큼 그녀의 낭송을 듣는 일에, 그녀의 낭송을 듣고 박수 치는 일에 관심이 많답니다. 그래요, 내 친구, 당신도 놀랄 테지만 그녀가 관객 앞에서 맨 처음 낭송을 했던 곳이 바로 우리 집이랍니다!* 그래요, 나의 새로운 사촌 동서 같은 자칭 아방가르드라고 주장하는 사람들이," 하고 오리안은 자신에게 여전히 베르뒤랭 부인으로 남아 있는 게르망트 대공 부인을 가리키며 빈정거리듯 말했다. "그녀의 낭송을 들을 생각은 하지도 않고 거의 굶어 죽게 내버려 두는 동안, 나는 그녀를 흥미롭다고 생각하고 그래서 사례금을 주고, 내가 청할 수 있는 가장 훌륭한 명사들 앞에서 낭송하게 해 주었죠. 조금은 어리석고 건방진 말 같지만, 정말 재능이 있다면 아무도 필요로 하지 않을 테니, 사실은 내가 그녀를 데뷔시켜 준 셈이죠. 물론 그녀는 날

---

* 생루의 부탁으로 게르망트 부인은 라셀에게 마테를링크의 「일곱 공주」를 자신의 살롱에서 공연하도록 허락한 적이 있다.(『잃어버린 시간을 찾아서』 5권 375쪽 주석 참조.)

필요로 하지 않았지만요." 나는 이 말에 가볍게 반박하는 몸짓을 했고, 게르망트 부인이 기꺼이 이 반대 의견을 받아들일 용의가 있음을 보았다. "그래요, 재능도 도움을 필요로 한다고 생각하세요? 조명을 비추어 줄 누군가의 도움이? 사실 어쩌면 당신 말이 맞을 거예요. 신기하네요. 뒤마가 예전에 내게 했던 말을 바로 당신이 하다니. 그 경우 내가 뭔가를 할 수 있다면 정말로 기쁠 거예요. 뭔가 작은 것이라도, 물론 재능의 발굴에서가 아니라 예술가로서의 명성을 높이는 데 도움이 될 수 있다면." 하고 게르망트 부인은 재능은 종기처럼 저절로 터진다는 의견을 포기하고 싶어 했는데, 그 편이 그녀를 보다 우쭐하게 했고, 또 조금 전부터 새로 온 손님들을 맞이하느라 피곤했으므로, 조금은 겸손해져서 자신의 의견을 결정하기 위해 다른 사람에게 질문하고 그들의 의견을 물어보았기 때문이다. "당신에게는 말할 필요가 없지만," 하고 그녀는 말을 이었다. "사교계라고 불리는 그 지적인 관객은 그것에 대해 아무것도 이해하지 못했어요. 그들은 반박하고 웃음을 터뜨렸죠. 내가 아무리 그들에게 '정말 신기해요. 흥미로워요. 지금까지 사람들이 한 번도 한 적 없는 거예요.'라고 말해도 소용없는 일이었어요. 어떤 것에 관해서든 내 말을 한 번도 믿지 않았던 것처럼, 이번에도 내 말을 믿지 않았어요. 그녀가 연기한 것이 마테를링크의 작품이었는데, 지금은 잘 알려졌지만, 그때는 모두들 야유했고, 그렇지만 난 아주 대단한 작품이라고 생각했어요.* 내가 생각해도 놀라워요. 지방 출신 소녀의 교육밖에 받지 못한 나 같은 시골 여자가 단번에 그런 것을 좋아했으니 말이에요. 물론 그 까닭은 말할 수 없지만, 왠지 그것이 내 마음에 들었고 또 나를 움직였어요. 그런데 감수성을 가진 자의 모습이라곤 전혀 없는 바쟁이, 그것이 내게 미친 효과에 강한 인상을 받았죠. 그는 내게 말하더군요. '당신이 저런 엉뚱한 걸 듣지 않았으면 좋겠소. 당신을 아프게 할 거요.' 맞는 말이었어요. 사람들은 나를 냉담한 여자로 보지만, 실은 신경 덩어리랍니다."

그때 예기치 못한 사건이 일어났다. 하인이 라셸에게 와서 라 베르마의 딸과 사위가 면담을 청한다고 알렸다. 우리는 앞에서 라 베르마의 딸이 라셸의 초대를 받고 싶어 하는 남편의 소망에 저항했음을 알고 있다. 그러나 그 젊은이가 떠난 후, 어머니 옆에서 젊은 부부의 권태는 더욱 심해졌고, 다른 사람들이 재미있게 지낸다는 생각이 그들을 괴롭히면서, 요컨대 라 베르마가 피를 조금 토하고 자기 방으로 물러간 순간을 이용하여 그들은 가장 멋진 옷으로 차려입고 자동차를 부르고 초대를 받지 않았는데도 게르망트 대공 부인 댁으로 갔다. 라셸은 무슨 일이 일어났는지 추측하고 내심 기뻤지만, 거만한 표정으로 하인에게 자리를 뜰 수 없으니, 그들의 기이한 행동

---

* 앞에서 게르망트 공작 부인은 상징주의 색채가 짙은 마테를링크의 「일곱 공주」를 전혀 이해하지 못한 것으로 나온다.(『잃어버린 시간을 찾아서』 5권 375~376쪽 참조.)

목적이 무엇인지 한마디 적게 하라고 일렀다. 하인이 라 베르마의 딸이 자기와 남편이 라셀의 낭송을 듣고 싶은 욕망에 저항할 수 없었고, 그러니 그들을 들어가게 해 달라고 부탁하는 말을 급하게 적은 명함을 가지고 돌아왔다. 라셀은 그들의 바보 같은 핑계와 자신의 승리에 미소를 지었다. 그녀는 유감스럽지만 이미 낭송은 끝났다고 대답하게 했다. 이미 젊은 부부의 기다림이 길어지는 응접실에서는 하인들이 이 거절당한 두 청원자를 공개적으로 조롱하기 시작했다. 모욕으로 인한 수치심과 어머니에 비하면 아무것도 아니었던 라셀에 대한 추억이 라 베르마의 딸로 하여금 처음에는 단순히 즐거움의 욕구 때문에 감행했던 그 행동을 철저히 밀고 나가도록 부추겼다. 그래서 그녀는 라셀에게 도움을 청한다면서, 라셀의 낭송을 듣지 못하면 악수라도 하게 허락해 달라고 간청했다. 라셀은 한 이탈리아 대공과 담소 중이었다. 그는 사람들의 말에 따르면 그녀가 가진 막대한 재산의 매력에 반했는데, 재산의 출처가 그녀의 몇몇 사교적 관계에 의해 가려져 있었다. 라셀은 저 유명한 라 베르마의 자식들을 이제 자신의 발밑에 꿇게 하는 상황의 역전을 헤아려 보았다. 그녀는 그곳에 있는 모든 사람들에게 그 사건을 재미있게 떠들고 난 후, 젊은 부부에게 들어오라는 말을 전하게 했고, 젊은 부부는 청할 필요도 없이 즉시 들어왔으며, 이렇게 해서 라 베르마의 건강을 망쳤던 것과 마찬가지로 이번에는 그녀의 사회적 지위를 단번에 실추시켰다. 라셀은 그들의 부탁을 거절하기보다는 친절하고 상냥하게 대하면 사교계에서 그녀의 선의에 대한 명성이 더욱 높아질 테고, 그 젊은 부부에게는 비열함의 명성이 더욱 커지리라는 것을 이해했다. 그래서 그녀는 두 팔을 벌리고 반가운 척하며 젊은 부부를 맞이했고, 자신의 위대함을 잊어버릴 줄 아는 존경받는 후원자의 표정을 지으며 말했다. "오셨군요! 반가워요. 대공 부인께서도 기뻐하실 거예요." 연극계에서는 손님들을 초대한 사람이 그녀라는 걸 알지 못했으므로, 어쩌면 라 베르마의 자식들이 들어오는 것을 거절한다면 그들이 그녀에게는 별 상관없는 일인 그녀의 선의를 의심하는 대신, 그녀의 영향력을 의심하게 될까 봐 두려웠는지도 모른다. 게르망트 공작 부인은 본능적으로 그곳에서 멀어졌다. 누군가가 사교계를 찾는 기색을 보일수록 공작 부인의 평가에서는 그 가치가 떨어졌기 때문이다. 공작 부인은 그 순간 라셀의 선의만을 높이 평가했을 뿐, 누가 라 베르마의 자식들을 소개했다 해도 등을 돌렸을 것이다. 그동안 라셀은 내일 무대 뒤에서 라 베르마에게 퍼부을 멋진 말들을 이미 머릿속에서 구상하고 있었다. "따님을 응접실에서 기다리게 해서 얼마나 죄송하고 미안했는지 몰라요. 제가 알았더라면! 따님이 계속해서 명함을 보내긴 했지만." 그녀는 라 베르마에게 일격을 가할 생각에 매혹되었다. 그러나 그것이 라 베르마에게 치명적인 일격이 될 줄 알았다면 아마 물러섰을 것이다. 인간은 희생자를 만들기는 좋아하지만 잘못했다는 비난을 받지 않으려고 그들을 살게 내버려두는 편을 좋아한다. 게다가 무엇을 잘못했단 말인가? 며칠 후 그녀는 미소를 지으면서 말해야 했다. "이건 좀 심하군요. 라 베르마가 결코 내게 다정한 적은 없지만, 그래도 난 그 자식들에게 좀 더 다정하게 대하고 싶었는데, 만일 내가 조금이라도 못되게 굴면 그들은 내가 자기 어머니를 죽였다고 비난할 테니까요. 그 경우 난 공작 부인을 증인으로 세울 거예요." 무대 생활의 온갖 좋지 못한 감정이나 가식적인 삶이 그 어머니를 동반했던 끈질긴 노력의 파생물 없이 자식에게 전해지면서, 위대한 비극 여배우들은 자신이 연기했던 연극의 마지막 장면에서 그토록 여러 번 일어났던 것처럼 주위 가족들이 꾸민 음모의 희생물로 죽어 가는 것 같다.

게르망트 공작 부인의 삶은, 게다가 게르망트 씨가 자신이 드나들던 사회를 실추시킨 결과이기도 한 그런 이유로 불행할 수밖에 없었다. 오래전부터 나이가 들면서 마음이 진정된 게르망트 씨는 아직 건장하기는 했지만 게르망트 부인을 배신하기를 멈추었고, 그러다 돌연 포르슈빌 부인과 사랑에 빠졌는데, 사람들은 그들의 관계가 어떻게 시작되었는지 알지 못했다.(포르슈빌 부인의 나이가 지금 몇 살인지 생각해 본다면, 무척이나 놀라운 일이었다. 그러나 어쩌면 그녀는 아주 젊었을 때부터 바람기 많은 여자의 삶을 시작했을지도 모른다. 그리고 십 년마다 새로운 화신으로 나타나는 여인들이 있다. 새로운 사랑을 하고, 때로 사람들은 그들이 이미 죽었다고 생각하지만, 그들 때문에 남편으로부터 버림받은 젊은 아내는 절망에 빠진다.)

그러나 이 관계는 늙은 공작이 예전에 그가 사랑했을 때 사용하던 수법을 이 마지막 사랑에서도 똑같이 모방하면서 그의 정부를 유폐시킬 정도로 중요성을 갖게 되었는데, 만일 알베르틴에 대한 내 사랑이 커다란 차이가 있기는 하지만 오데트에 대한 스완의 사랑을 되풀이한 것이라면, 게르망트 씨의 사랑도 나와 알베르틴의 사랑을 환기했다. 오데트는 공작과 함께 점심도 저녁도 먹어야 했으며, 그는 항상 그녀 집에 있었다. 그녀는 그를 남자 친구들 앞에서 과시했고, 그녀가 없었다면 감히 공작과 교류할 생각조차 하지 못했을 그들은 공작을 만나기 위해 그 집에 왔다. 마치 어느 화류계 여자 집에 그녀의 정부인 국왕을 만나러 가는 것처럼 말이다. 물론 포르슈빌 부인은 이미 오래전에 사교계 여인이 되어 있었다. 그러나 뒤늦게 그녀에게서 그래도 중요한 인물이라 할 수 있는 그토록 오만한 늙은이로부터 부양받는 삶을 다시 시작하면서, 그녀는 공작의 마음에 드는 실내복을 입고, 공작이 좋아하는 음식을 만들고, 예전에 그녀에게 담배를 보내 주던 대공작에게 우리 작은할아버지 얘기를 했다고 말했을 때처럼,* 공작에게 그들 얘기를 했다면서 남자 친구들을 기쁘게 하려고 했을 뿐 자신을 낮추었다. 한마디로 사교적 지위를 확보했음에도 불구하고, 또 새로운 상황의 힘을 통해 그녀는 예전 내 어린 시절에 나타났던 모습 그대로 다시 장밋빛 드레스의 여인이 되어 가는 경향이 있었다. 사실 아돌프 할아버지는 오래전에 돌아가셨다. 그러나 우리 주위의 사람들이 옛 사람들을 대신하면서 같은 삶을 다시 시작하는 것을 우리는 막을 수 있을까? 오데트는 이런 새로운 상황을 아마도 탐욕 때문에 동의했을 테

---

* 『잃어버린 시간을 찾아서』 1권 141쪽 참조.

지만, 거기에는 또한 그녀가 결혼시킬 딸이 있을 때는 사교계의 인기 대상이었다가, 질베르트가 생루와 결혼하자마자 사교계에서 배제된 그녀에게, 그녀를 위해 모든 것을 다 할 것 같은 게르망트 공작이 많은 공작 부인들을, 어쩌면 그들의 친구인 오리안을 골탕 먹이는 데 매혹된 공작 부인들을 데려올 거라고 느꼈기 때문인지도 모른다. 어쩌면 끝으로 게르망트 부인의 불만스러운 표정에 자극되어 부인을 이기는 데서 행복감을 느끼는 어떤 여성적인 경쟁심이 발동했기 때문인지도 모른다.

포르슈빌 부인과의 관계는 게르망트 공작에게 그의 보다 오래된 관계를 모방한 데 지나지 않았지만, 조키 클럽의 회장직도 두 번째로 잃게 했으며 예술 아카데미의 자유 회원직도 잃게 했다. 샤를뤼스 씨의 삶이 공개적으로 쥐피앵의 삶과 결합되면서 위니옹 클럽과 옛 파리 동우회 회장직을 잃게 한 것과도 같았다. 그리하여 두 형제는 비록 취향은 달랐지만 똑같이 게으름과 의지의 결핍 때문에 불신의 대상이 되었고, 이런 의지의 결핍은 한림원 회원이었던 그들의 조부 게르망트 공작에게서도 감지되었지만 그래도 덜 불쾌하게 느껴졌던 것인데, 한 손자는 자연스러운 취향으로, 다른 손자는 자연스럽지 않은 취향으로 사회에서 고립하게 만들었다.

죽음을 맞기 전까지 생루는 아내를 포르슈빌 부인 집으로 충실하게 데려갔다. 그들은 둘 다 게르망트 씨와 오데트의 상속자이며, 더 나아가 오데트 자신이 게르망트 공작의 주요 상속자가 될 수도 있지 않은가? 더욱이 성격이 까다로운 쿠르부아지에의 조카나 마르상트 부인, 트라니아 대공 부인조차도 이런 상속에 대한 기대에서 게르망트 부인의 멸시에 자극받은 오데트가 부인에 대한 험담을 늘어놓는 집에 갔는데, 그들은 그 일이 게르망트 부인에게 줄 아픔에 대해서는 개의치 않았다.

늙은 게르망트 공작은 밤낮으로 오데트와 함께 지내느라 더 이상 외출도 하지 않았다. 그러나 그날은 아내와 만나는 게 불편했지만 잠시 오데트를 보러 왔다. 나는 공작을 보지 못했는데, 누군가가 그리고 분명히 가르쳐 주지 않았다면 그를 알아보지 못했을 것이다. 그는 이제 폐허에 지나지 않았지만 웅장한 폐허, 어쩌면 폭풍우 속의 바위라고 할 수 있는 낭만적 아름다움이 깃든 폐허였다. 고통과 고통에 대한 분노의 물결, 얼굴을 둘러싼 죽음의 치솟는 물결이 사방에서 휘몰아치면서 바윗덩어리처럼 잘게 부서진 모습은, 그렇지만 내가 언제나 감탄하던 자세, 몸을 뒤로 젖히며 꼿꼿이 하던 풍모를 여전히 간직하고 있었다. 얼굴은 지나치게 훼손되었지만 기꺼이 서재를 장식하고 싶은 생각이 드는 그런 고대의 아름다운 두상처럼 부식되어 있었다. 그것이 예전보다 더 오래된 시기에 속하는 것처럼 보이는 까닭은, 과거에 더 많이 반짝거렸던 질료가 거칠고 부서진 형태를 띠었으며, 뿐만 아니라 교활하고 쾌활한 표정의 뒤를 이어 병에 의해 만들어진 비의지적이고 무의식적인 표정이, 죽음에 맞서 싸우고 저항하는 힘든 삶을 말하는 표정이 나타났기 때문이다. 혈관은 모든 유연성을 상실하고 예전에 그토록 활짝 핀 얼굴에 지금은 조각 같은 단단함만을 부여했다. 그리고 공작은 자기도 모르게 목과 뺨과 이마를 드러내고 있었는데, 거기에 존재는 매 순간 끈덕지게 매달려야 한다는 것처럼 비극적인 돌풍 속에 휩쓸린 듯했으며, 한편 전보다 숱이 적어진 멋진 머리털에 생긴 흰머리 타래가 그 휩쓸린 얼굴의 돌출부를 거품으로 때리는 듯했다. 지금까지 다른 색깔이었던 바위에 모든 것을 침몰시키는 폭풍우의 접근이 투사하는 그런 기이하고 이색적인 반사광처럼, 뻣뻣하고 마모된 뺨의 납과 같은 잿빛, 치켜올린 머리 타래의 거품이는 거의 흰색에 가까운 잿빛, 겨우 보일까 말까 한 눈에 부여된 희미한 빛은 비현실적인 색조가 아닌 반대로 지나치게 현실적인, 그러나 환상적인 색조였으며, 또 늙음과 임박한 죽음의 소름 끼치는 예언적인 빛 속에 모방할 수 없는 조명 장치의 팔레트로부터 빌려 온 색조라는 걸 깨달았다.

공작은 몇 분밖에 머무르지 않았지만, 오데트가 그녀를 연모하는 젊은 사람들에게 신경을 쓰면서 자신을 조롱하고 있음을 깨닫기에는 충분했다. 그러나 신기하게도 예전에 연극 속 왕과도 같은 태도를 취했을 때는 우스꽝스럽게 보였던 그가 지금은 진정으로 위대한 모습을 띠었고, 조금은 자기 동생처럼 늙음이 모든 부수적인 것들을 벗어던지게 하면서 동생과도 닮아 보였다. 예전에는 동생처럼 비록 다른 방식이긴 하지만 오만했다면, 지금은 물론 또한 다른 방식이긴 하지만 예의 바르고 공손했다. 왜냐하면 그는 예전 같았으면 멸시했을 사람에게, 자기 동생처럼 건망증에 걸린 사람이 예의를 차린답시고 공손하게 인사하는 정도까지는 실추하지 않았기 때문이다. 그러나 그는 나이가 매우 많았고, 외출하려고 문을 지나 계단을 내려가려고 할 때면, 그래도 남성에게는 가장 비참한 상태인 늙음이, 또 그리스 비극의 왕처럼 명예의 절정에서 그들을 추락하게 하는 늙음이, 위기에 처한 불구자가 도달하기 마련인 그런 십자가의 길에 그를 멈추도록 강요하면서, 땀이 줄줄 흐르는 이마를 닦게 하고, 잘 보이지 않는 계단을 눈으로 찾으면서 더듬게 했다. 뒤뚱거리는 걸음걸이나 흐릿한 시야 탓에 그는 도움을 필요로 했고, 그래서 자기도 모르게 타인의 도움을 부드럽게, 수줍게 간청하는 듯한 표정을 지었는데, 늙음이 그를 위엄 있는 자보다는 애걸하는 자로 만들었기 때문이다.

오데트 없이 살아갈 수 없는 게르망트 공작은 언제나 그녀의 집에서 같은 안락의자에 앉아 늙음과 통풍 때문에 쉽게 일어나지 못한 채로, 공작에게 소개받고 그로부터 과거의 사교계 일이나 빌파리지 후작 부인과 샤르트르 공작 같은 이들의 이야기를 들으면 너무도 만족해하는 친구들을 오데트가 초대해도 그냥 내버려 두었다.

이렇게 포부르생르맹에서 외관상 난공불락으로 보였던 게르망트 공작과 공작 부인과 샤를뤼스 씨의 위치는 어느 누구도 생각해 보지 못한 내적 원리의 작용에 의해 세상만사가 변하는 것처럼 그들의 불가침성을 상실하게 되었다. 다시 말해 샤를뤼스 씨의 경우 그를 베르뒤랭의 노예로 만든 샤를리에 대한 사랑과 이어 정신력 약화에 의해, 게르망트 부인의 경우 새로운 것과 예술에 대한 취향에 의해, 게르망트 공작의 경우 그의 배타적인 사랑에 의해 그렇게 되었다. 공작은 살아오면서 여러 번 이와 유사한 사랑을 체험했지만, 나이의 노쇠가 그 사랑을 더욱 난폭하게 만들었고, 또 공작이 더 이상 나타나지 않고 게다가 더 이상 작동하지 않는 공작 부인 살롱에서 엄격한 기준의 약화가 그 사랑을 부인하거나 사교적인 보상도 할 수 없게 했다. 이렇게 제국의 중심과 재산 대장, 사회적 신분 증서 등 결정적인 것으로 보였던 온갖 것이 지속적으로 개조되면서, 삶을 경험한 인간의 눈은 그에게 가장 불가능하게 보였던 바로 그곳에서 가장 완전한 변화를 관찰하게 된다.

때로 스완이라는 '수집가'가 모으고 배치한 옛 그림들의 시선 아래, 그토록 '왕정복고'풍인 공작이 그토록 '제2제정'풍인 화류계 여자와* 더불어 유행에 뒤진 고풍스러운 장면의 마지막 특징을 완성하는 가운데, 공작이 좋아하는 실내복을 걸친 분홍빛 드레스의 여인이 수다를 떨며 공작의 말을 중단시켰다. 공작은 곧바로 말을 멈추었지만, 매서운 눈초리로 그녀를 뚫어지게 바라보았다. 어쩌면 공작은 그녀 역시 공작 부인처럼 가끔은 바보 같은 말을 한다는 걸 알았으며, 어쩌면 노인의 환각 속에서 게르망트 부인의 그 무례한 재치 넘치는 말이 자신의 말을 중단한다고 생각하고, 마치 사슬에 묶인 야수가 잠시 아프리카 사막에서 자유롭게 뛰노는 상상을 하는 것

---

* 왕정복고는 1814년부터 1830년까지 나폴레옹의 몰락과 더불어 부르봉 왕조가 다시 복귀한 시기로 중앙 집권화가 공고해지던 시기이며, 제2제정은 1852년부터 1870년까지 나폴레옹 3세가 제위에 오른 후부터 보불 전쟁으로 포로가 될 때까지, 프랑스가 세계 유행의 중심이었던 시기이다.

처럼 자신이 잠시 게르망트 저택에 있다고 생각했는지도 모른다. 공작은 갑자기 얼굴을 쳐들면서 작고 노란 둥근 눈으로 그녀를 응시했는데, 야수의 눈처럼 광채를 번득이는 그 눈길은 내가 게르망트 부인 댁에 갔을 때 부인이 지나치게 말을 많이 할 때면 공작이 노려보던, 그래서 나를 전율케 하던 눈길이었다. 이렇게 공작은 잠시 그 대담한 분홍빛 드레스의 여인을 노려보았다. 그렇지만 그녀는 그에게 대들면서 그를 바라보기를 멈추지 않았으므로, 구경꾼들에게 길게 느껴지는 몇 분이 지나자 그 길들여진 늙은 야수는 자신이 층계참의 신발 닦는 깔개로 현관이 표시된 공작 부인의 집, 다시 말해 자유롭게 뛰놀던 사하라 사막이 아니라, '식물원'*의 우리에 갇힌 채 포르슈빌 부인의 집에 있음을 기억하고 금발인지 백발인지 모를 아직은 숱 많은 덥수룩한 머리털을 어깨 속으로 집어넣으면서 다시 얘기를 이어 갔다. 그는 포르슈빌 부인이 무슨 말을 하려고 했는지 이해하지 못했고, 게다가 대개는 별의미 없는 말이었다. 공작은 오데트에게 그와 함께 식사할 친구들의 초대를 허락했다. 그러나 사실 스완의 기벽에 익숙했던 오데트에게는 별로 놀라운 일이 아니며 알베르틴과의 삶을 떠올리게 하는 내게는 감동적인, 그런 과거의 사랑에서 빌린 기벽에 의해 자신이 오데트에게 마지막으로 인사할 수 있도록 친구들이 먼저 물러가기를 요구했다. 공작이 떠나자마자 그녀가 다른 이들을 만나러 간다는 건 말할 필요도 없었

---

* 파리 5구에 위치하는 식물원에는 동물원도 있다.

다. 하지만 공작은 그런 사실을 의심하지 않았는데, 어쩌면 의심하지 않는 것처럼 보이고 싶었을지도 모른다. 노인의 시력은 그들의 귀가 점점 들리지 않는 것처럼 약해지고, 명철함은 둔해지고 피로조차 그들의 경계심을 느슨하게 한다. 그리하여 어느 특정 나이에 이르면 제우스가 어쩔 수 없이 변하는 것은 몰리에르의 한 인물이다. 그것도 알크메네의 연인인 올림포스산의 신이 아니라, 우스꽝스러운 제롱트이다.* 더욱이 오데트는 게르망트 씨를 배신했고, 그런데 또한 매력이나 고귀함도 없는 그를 보살폈다. 그녀는 다른 역할에서도 그러했지만 이 역할에서도 그저 평범했다. 삶이 그녀에게 멋진 역할을 맡기지 않아서가 아니라, 그녀 자신이 그런 역할을 할 줄 몰랐기 때문이다.

그리고 사실 내가 그 뒤에 그녀를 만나려고 할 때마다 만나지 못했던 이유는, 게르망트 씨가 그의 건강 관리에 대한 요구와 동시에 질투의 요구를 절충하기 위해, 그녀에게 낮에 열리는 연회에만, 그것도 무도회가 아닌 조건에서만 참석을 허락했기 때문이다. 그녀가 자신의 이런 유폐 생활을 내게 솔직하게 털어놓은 데에는 여러 이유가 있었다. 그 주된 이유는 내가 몇 편의 평론을 쓰고 에세이를 출간한 사실밖에 없는데도 그

---

* 몰리에르의 「앙피트리온」(1668)은 앙피트리온의 아내 알크메네에게 반한 제우스가 남편이 전쟁터에 간 사이 남편으로 변장해서 헤라클레스를 낳게 한 그리스 신화를 다룬 희극 작품이다. 또 제롱트(Géronte)는 일반적으로 몰리에르의 작품에서 어리석고 속임수나 배신을 당하는 노인의 전형을 표상하는 인물로 「마음에도 없이 의사가 되어」(1666)와 「스카펭의 간계」(1671)에 나온다.

녀가 나를 유명 작가로 상상했기 때문이다. 바로 그 때문에 그녀는 내가 그녀의 지나가는 모습을 보기 위해 아카시아 가로수 길에 갔던 시절과, 나중에 그녀의 집에 갔던 시절을 회상하면서 순진하게도 "당신이 언젠가 위대한 작가가 되리라는 걸 그때 내가 짐작할 수 있었다면!"이라고 말했다. 그런데 작가들이 자료를 수집하고 사랑 이야기를 듣기 위해 여성들 옆에 있는 걸 좋아한다는 말을 들은 그녀는 이제 다만 나의 관심을 끌기 위해 화류계 여인이 되어 있었다. 그녀가 얘기했다. "그런데 한번은 내게 홀딱 반한 남자가 있었고, 나 역시 그를 미칠 듯이 사랑했죠. 우리는 아주 멋진 삶을 살았어요. 그는 아메리카로 여행을 떠나야 했고 나도 그와 함께 갈 예정이었죠. 출발 전날 밤, 나는 언제나 이런 상태로밖에 남지 못할 사랑을 축소시키지 않는 편이 더 아름다울 거라고 생각했어요. 우리는 마지막 밤을 보냈고, 그 사람은 내가 함께 떠나는 줄로 확신했고, 정말 황홀한 밤이었죠. 나는 그 사람 옆에서 끝없는 기쁨을 느꼈고, 또 그를 다시 만나지 못하리라는 생각에 절망감을 느꼈어요. 아침이 되자 나는 어느 여행자에게 표를 주려고 외출했고, 그는 내가 모르는 사람이었죠. 그 사람은 푯값이라도 지불하게 해 달라고 부탁하더군요. '아뇨, 그 표를 가지시는 것만으로도 제게는 큰 도움이 돼요. 돈은 받고 싶지 않아요.'라고 대답했죠." 그런 후 다른 이야기가 이어졌다. "어느 날 샹젤리제에 있었는데, 내가 한 번밖에 본 적 없는 브레오테 씨가 나를 집요하게 바라보더군요, 그래서 걸음을 멈추고 왜 나를 그렇게 바라보느냐고 물었죠. 그는 내게 '당신이 우스꽝스러운 모자를 쓰고 있어서 보고 있소.'라고 대답하더군요. 그의 말이 맞았어요. 팬지꽃이 달린 작은 모자였는데 당시의 유행이 끔찍했거든요. 하지만 나는 몹시 화가 났고 그래서 '내게 그런 식으로 말하는 건 용납하지 못해요.'라고 말했죠. 그때 마침 비가 오기 시작했어요. '마차가 있으면 용서해 드리죠.'라고 내가 말했죠. '마침 마차가 있군요. 당신을 모셔다 드리죠.' '아뇨, 난 당신이 아니라 당신 마차만 원해요.' 나는 그의 마차를 탔고, 그는 비를 맞으며 떠났죠. 하지만 그는 저녁에 내 집에 왔고, 우리는 이 년 동안 미칠 듯이 사랑했어요. 한번 차를 마시러 오세요. 내가 어떻게 해서 포르슈빌 씨와 교제하게 되었는지 말해 드릴 테니까요. 사실," 하고 그녀는 우울한 표정으로 말했다. "내가 수도원에 갇힌 것 같은 삶을 산 것은 지독하게 나를 질투하는 남자들하고만 큰 사랑을 한 탓이에요. 포르슈빌 씨의 이야기가 아니에요. 사실 그는 평범한 사람이고, 나는 진정으로 지적인 남자들만 사랑했으니까요. 하지만 스완 씨도 저 가엾은 공작처럼 질투가 심했어요. 공작의 경우, 나는 그가 자기 집에서 행복하지 않다는 걸 알기 때문에 모든 걸 포기했어요. 하지만 스완 씨로 말하자면, 나는 그를 미친 듯이 사랑했죠. 사랑하는 남자를 기쁘게 하거나 그저 걱정을 끼치지 않기 위해서만이라도, 우리는 춤이며 사교계며 모든 걸 희생할 수 있다고 생각해요. 가엾은 샤를, 그는 정말 지적이고 매력적이고 정확히 내가 사랑하던 스타일의 남자였어요." 어쩌면 그 말은 진실이었는지도 모른다. 스완이 그녀의 마음에 들었던 시절이 있는데, 바로 그녀가 '그의 스타일'이 아니었던 시절이었다.* 사실을 말하자면 나중에도 그녀는 결코 그가 좋아하는 취향의 여자가 아니었다. 그렇지만 그때 그는 그녀를 얼마나 많이, 또 고통스럽게 사랑했던가. 훗날 그는 그런 모순에 놀랐다. 하지만 한 남성의 삶에서 '자신의 취향이 아닌 여자로 인한' 고통의 비율이 얼마나 큰 것인지를 생각해 보면, 이는 모순이 아닌지도 모른다. 거기에는 어쩌면 많은 이유가 있을 것이다. 우선 여인이 '우리 취향'이 아닌 경우, 우리는 사랑하지 않으면서도 사랑하도록 내버려 두고 그러다가 '우리 취향'인 여인하고라면 생기지 않았을 그런 습관에 물들게 되고, 그러면 여인은 우리가 자신을 욕망한다고 느껴 언쟁을 벌이고 드물게만 밀회를 허용하고, 우리 삶의 모든 시간을 함께하지 않으면서도 나중에 우리가 그녀를 사랑할 때면, 우리 옆에 부재하거나 불화를 일으키거나 여행을 떠나면서 소식도 주지 않고, 이렇게 해서 우리로부터 하나의 관계가 아니라 수많은 관계를 박탈한다. 다음으로 이런 습관은 그 근저에 강렬한 육체적 욕망이 없으므로 감정적이라고 할 수 있는데, 그래서 만일 사랑이 생기면 우리의 두뇌가 더 많이 작동한다. 다시 말해 욕망 대신 소설이 자리한다. 우리는 '우리 취향'이 아닌 여자를 경계하지 않고 우리를 사랑하도록 내버려 두며, 그러다 만약 우리가 그녀를 사랑하게 되면 그들을 백배나 더 사랑하면서도 그들 옆에 있을 때면 욕망이 충족된다는 느낌

---

* 스완은 "그의 스타일도 아닌 여자 때문에" 가장 커다란 사랑을 했다고 외친다.(『잃어버린 시간을 찾아서』 2권 330쪽 참조.) 여기서는 스타일을 취향과 병행해서 옮긴다.

은 받지 못한다. 이런 이유나 그 밖의 여러 많은 이유로 해서 '우리의 취향'이 아닌 여인들 때문에 가장 큰 슬픔을 느낀다는 것은, 우리 마음에 들지 않는 형태로만 행복을 실현하는 운명의 장난 때문만은 아니다. '우리의 취향'인 여자는 그렇게 위험하지 않다. 그 이유는 그녀가 우리에게서 아무것도 바라지 않으며, 또는 우리를 충족시키고 그런 다음에는 재빨리 떠나거나 하여 우리의 삶 속에 머물지 않기 때문이다. 사랑에서 위험하고 고뇌를 배태하는 것은 여인 자체가 아니라, 그녀의 일상적인 현존, 매 순간 그녀가 하는 일에 대한 호기심이다. 그것은 여인이 아니라 습관이다.

나는 비겁함에서 그녀가 무척 친절하고 고결하다고 말했지만, 사실은 이 말이 얼마나 허위이며, 또 그녀의 솔직함에 얼마나 많은 거짓이 섞여 있는지도 알고 있었다. 그녀가 사랑 이야기를 계속함에 따라 스완이 알지 못했던 그 모든 것을 스완이 알았다면 얼마나 괴로워했을까 생각하자 소름이 끼쳤다. 왜냐하면 스완은 그 존재에게 그의 온 감각을 집중했으므로, 그녀가 어느 낯선 남자나 여자를 바라볼 때의 시선만으로도 누가 그녀의 마음에 들었는지를 거의 확실히 짐작했을 것이기 때문이다. 요컨대 그녀는 자신이 다만 단편 소설의 주제라고 생각되는 걸 내게 제공하기 위해 얘기한다고 했다. 그러나 그녀는 잘못 생각하고 있었다. 그녀가 예로부터 언제나 내 상상력에 풍부한 재료를 제공하지 않아서가 아니라, 보다 비의지적인 방식으로, 그리고 그녀도 모르는 사이에 그녀의 삶의 법칙을 끌어낸 나 자신에게 유래하는 행동으로 그 재료를 제공했기 때문이다.

게르망트 씨는 그의 벼락같은 분노를 주로 공작 부인에게만 품고 있었는데, 포르슈빌 부인이 게르망트 부인의 자유로운 교제에 대해 공작의 분노한 주의를 돌리는 걸 결코 소홀히하지 않았기 때문이다. 그리하여 공작 부인은 몹시 불행했다. 사실 샤를뤼스 씨에게 내가 한 번 부인 이야기를 한 적이 있었는데, 그는 내게 처음 잘못을 저지른 것은 형 쪽이 아니며, 또 공작 부인의 순결함에 대한 전설도 실제로는 수없이 교묘하게 은폐된 많은 정사로 이루어져 있다고 주장했다. 나는 그에 대해 한 번도 들은 적이 없었다. 거의 모든 이들에게서 게르망트 부인은 그와는 매우 다른 여인으로 보였다. 언제나 완전무결한 여인이라는 관념이 사람들의 정신을 지배했다. 나는 이 두 개의 관념 사이에서 어느 편이 진실에 부합하는지 결정할 수 없었는데 이런 진실을 4분의 3이나 되는 사람들은 거의 언제나 모르는 법이다. 나는 콩브레 성당의 중앙 통로에서 게르망트 공작 부인의 방황하는 몇몇 푸른 시선을 떠올렸다.* 사실이 두 관념 중 어떤 것도 그 시선에 의해 반박되지 않았으며, 오히려 그 시선에 다른 의미를, 수긍이 갈 만한 의미를 부여했다. 어린아이의 광기 속에서, 나는 그 시선이 내게 보내진 사랑의 시선이라고 착각했다. 그 후 나는 그것이 성당의 채색 유리에 그려진 여인처럼 신하들을 내려다보는 성주 부인의 관대한 시선에 지나지 않았음을 깨달았다. 지금 나는 나의 첫 생

---

* 『잃어버린 시간을 찾아서』 1권 303쪽 참조.

각이 옳았으며, 또 그 후에 공작 부인이 내게 결코 이 사랑을 말하지 않았던 것은 바로 콩브레의 생틸레르 성당에서 우연히 만난 미지의 소년이 아닌, 그녀 아주머니의 친구이자 조카의 친구인 나와 더불어 그녀의 평판을 위태롭게 할까 두려웠기 때문이라고 생각해야 할까?

공작 부인은 나와 자신의 과거를 공유한다는 사실에 그 과거가 더욱 견고하다고 느껴 한순간 만족했지만, 내가 당시에 사강 씨* 또는 게르망트 씨와 거의 구별하지 못했던 브레오테 씨의 지방 사람 기질에 관해 몇 가지 질문을 하자, 곧 사교계 여인의 관점을, 다시 말해 사교계를 경멸하는 여인의 관점을 다시 취했다. 공작 부인은 나와 계속 말을 하면서 저택을 보여 주었다. 몇몇 작은 살롱에는 주인과 친한 손님들이 음악을 듣기 위해 스스로 떨어져 나와 있었다. 제정시대**풍의 작은 살롱에는 드물게 검정 연미복을 입은 몇몇 손님들이 긴 의자에 앉아 음악을 듣고 있었으며, 아테네 여신상이 받치고 있는 전신 거울 옆에는 요람처럼 안이 오목한 긴 의자가 직각으로 놓였고 그 의자에 한 젊은 여인이 누워 있었다. 공작 부인이 들어와도 방해받지 않는 여인의 나른한 자태가, 그녀가 입은 제정시대 스타일의 연분홍 실크 드레스의 아름다운 광택과 대조를 이루었는데, 그 앞에서는 짙은 자홍색 푸크시아꽃도 빛이 바랜 듯했다. 또 자개 광택이 나는 옷감에는 상징과 꽃이 오래전에 압

---

* 스완의 친구이다.(『잃어버린 시간을 찾아서』 3권 370쪽 주석 참조.)
** 『잃어버린 시간을 찾아서』 2권 258쪽 참조.

착된 듯 그 흔적이 파여 있었다. 그녀는 공작 부인에게 인사를 하기 위해 아름다운 갈색 머리를 가볍게 기울였다. 대낮이었지만 그녀가 음악에 몰입할 목적으로 두꺼운 커튼을 쳐 달라고 했으므로, 사람들이 발을 삐지 않도록 삼각대 위 항아리 모양의 램프에 불이 켜져 있어 거기서 희미한 불빛이 무지개처럼 아롱거렸다. 게르망트 공작 부인은 내 질문에, 그 젊은 여인이 생퇴베르트 부인이라고 대답했다. 그러자 난 예전에 내가 알았던 생퇴베르트 부인과 어떤 관계인지 알고 싶었다. 게르망트 부인은 그 여인이 내가 말하는 부인의 증손부로, 라로슈푸코 가문 태생이라 생각한다고 말했지만 자신은 생퇴베르트 부인을 알지 못한다고 부인했다. 나는 부인에게 그녀가 아직 롬 대공 부인이었던 시절 스완을 만났던 저녁 파티(사실 다른 사람을 통해 전해 들은 것이긴 하지만)를 환기했다. 게르망트 부인은 그 파티에 절대 간 적이 없다고 단언했다. 공작 부인은 언제나 조금은 거짓말쟁이였는데, 지금은 그런 성향이 더 심해진 듯했다. 생퇴베르트 부인은 그녀에게 '살롱' 자체였으며 — 하기야 시간과 함께 사라졌지만 — 그녀는 그런 사실을 부인하고 싶어 했다. 나는 우기지 않았다. "아니에요, 당신도 우리 집에서 그를 만난 적이 있을걸요. 재치 있는 사람이었으니까요. 당신이 말하는 사람의 남편이죠. 나는 부인과는 사귄 적이 없어요." "하지만 그분에게는 남편이 없었는데요." "그들이 헤어져서 그렇게 생각하는 거겠죠. 어쨌든 남편 쪽이 아내보다는 훨씬 유쾌했어요." 나는 내가 여기저기서 만났지만 결코 이름을 알지 못했던, 그 엄청나게 키가 크고 엄청나게 힘이 세고 완전히 백발인 거대한 인간이 바로 생퇴베르트 부인의 남편이었음을 마침내 이해하게 되었다. 그는 작년에 사망했다. 그의 증손부로 말하자면, 나는 누가 들어와도 꼼짝 않고 드러누운 채로 음악을 듣는 것이 위병이나 신경병 또는 정맥염 때문인지, 아니면 임박한 출산 또는 최근의 해산이나 유산 때문인지도 알 수 없었다. 모든 가능성 중에 그녀의 아름다운 붉은색 실크가 자랑스러워, 긴 의자에 드러누우면 레카미에 부인*과 같은 효과를 낼 수 있다고 생각했는지도 모른다. 그러나 그녀는 오랜 세월의 간격을 두고 '시간'의 거리와 연속성을 표시하는 그 생퇴베르트라는 이름이 왜 내게 새롭게 꽃피웠는지를 이해하지 못했으리라. 생퇴베르트라는 이름과 제정시대의 양식이 붉은색 푸크시아 실크로 활짝 핀 요람에서 그 여인이 잠재운 것은 바로 '시간'이었다. 게르망트 부인은 이런 제정시대의 양식이 항상 싫었다고 단언했다.** 이 말은 그녀가 지금은 그 양식을 싫

---

* 「레카미에 부인의 초상화」는 자크루이 다비드(Jacques-Louis David, 1748~1825)가 긴 의자에 앉은 레카미에 부인을 1800년에 그리기 시작했지만, 프랑수아 제라르(François Gérard, 1770~1837)가 동일한 모델의 초상화 제작을 주문받았음을 알고 의도적으로 중단했다가 나중에 완성한 작품이다. 이 초상화를 그리기 위해 다비드는 젊은 앵그르(Ingres)의 도움을 받았는데, 이 작품은 다비드가 개인적으로 소장하다가 1889년 만국 박람회에서 처음으로 전시했으며 현재는 루브르 박물관에 소장되어 있다. 제라르가 그린 「쥘리에트 레카미에의 초상화」(1805)는 카르나발레 미술관에 소장되어 있다. 그러나 모두 하얀색 옷을 입은 이들 그림의 레카미에 부인과 텍스트에서 묘사된 붉은색 옷을 입은 여인은 대조를 보인다.
** 게르망트 공작 부인이 롬 대공 부인이었던 시절 그녀는 "백조 머리로 장식된 욕조나 서랍장 같은, 그런 끔찍한 스타일보다 더 과장되고 더 부르주아적인 건 없다고 생각해요."라고 말하면서 제정시대풍 장식품에 대한 혐오감을 드러냈

어한다는 의미로, 다소 지연되기는 했으나 유행을 따르는 것으로 보아 사실이었다. 그런데 부인이 잘 알지 못하는 다비드를 얘기하면서 일을 복잡하게 만들 필요는 없지만, 그녀는 젊었을 때 앵그르를 진부한 주제의 그림을 그리는 가장 따분한 화가로 여겼는데, 이런 앵그르가 돌연 '아르 누보'의 거장들 중 가장 흥미로운 화가가 되었으므로 들라크루아를 싫어하는 단계에까지 이르게 되었다. 그녀의 숭배가 어떤 단계를 거쳐 비난으로 이어졌는지는 중요하지 않다. 왜냐하면 그것은 지적인 여인들의 대화가 있기 십 년 전부터 이미 예술 비평가들에 의해 반영된 취향의 변화이기 때문이다. 그녀는 제정시대의 양식을 비판한 후, 생퇴베르트과 같은 별 볼일 없는 사람들과 브레오테 씨에게서 지방 사람의 기질 같은 시시한 주제에 관해서만 얘기한 것을 사과했다. 왜냐하면 그녀는 생퇴베르트 드 라로슈푸코 부인이 왜 위장에 이로운 걸 찾고 앵그르풍의 효과를 찾는 것이 내 관심을 끄는지 생각하지 못했고, 왜 내가 그녀 부모님의 영광스러운 이름이 아닌 남편의 이름에 매혹되었는지,* 또 상징으로 가득한 이 방에서 '시간'을 잠재우는 것이 그녀의 기능이라고 생각하는지도 전혀 짐작하지 못했기 때문이다.

　"어떻게 이런 바보 같은 얘기를 당신에게 할 수 있죠? 어떻

다.(『잃어버린 시간을 찾아서』 2권 258~259쪽 참조.) 그러나 「게르망트 쪽」에 이르면 "전 항상 제정시대 양식이 좋았어요. 그 양식이 아직 유행하기 전부터요."라고 선언한다.(『잃어버린 시간을 찾아서』 6권 346쪽)
* 남편의 이름인 생퇴베르트보다는 결혼 전 이름인 라로슈푸코가 훨씬 명문이기는 하지만 화자는 생퇴베르트라는 이름에 더 관심이 있다는 말이다.

게 이런 얘기가 당신의 관심을 끌 수 있죠?"라고 공작 부인이 외쳤다. 그녀는 이 말을 낮은 소리로 했고, 그래서 아무도 듣지 못했다. 그러나 한 젊은 남자가(그는 예전에 생퇴베르트라는 이름보다 내게 더 친숙했던 이름에 의해 나중에 내 관심을 끌었다.) 화난 표정으로 자리에서 일어나더니 보다 몰입해서 음악을 듣기 위해 조금 멀리 갔다. 크로이처 소나타*가 연주 중이었으나 프로그램을 착각했는지, 그는 팔레스트리나**의 곡처럼 아름답지만 이해하기 힘들다고 사람들이 말하는 라벨***의 곡이 연주되고 있다고 착각했다. 그래서 자리를 바꾸려고 어둠 속에서 움직이다 덮개 달린 책상에 부딪쳤고, 그것이 많은 사람들에게 고개를 돌리게 하여 이런 간단한 동작이 오히려 조금은 크로이처 소나타를 '종교적으로' 청취하는 고역을 멈추게 했다. 이 작은 소동의 원인인 게르망트 부인과 나는 서둘러 다른 방으로 이동했다. "그래요, 어떻게 저런 아무것도 아닌 일들이 당신같이 유능한 사람의 관심을 끌 수 있죠? 조금 전에 당신이 질베르트 드 생루와 담소를 나누는 걸 보았을 때도 그랬어요. 당신에게 어울리지 않아요. 내가 보기에 그 여잔 정확히 아무것도 아니에요. 여자라고도 할 수 없어요. 내가 만난 사람 중에

---

* 베토벤이 작곡한 「바이올린 소나타 A장조, op 47」, 일명 '크로이처' 소나타를 가리킨다.
** 조반니 피에를루이지 다 팔레스트리나(Giovanni Pierluigi da Palestrina, 1525~1594). 이탈리아의 교회 음악가로 많은 미사곡을 남겼다.
*** 『잃어버린 시간』에서 유일하게 모리스 라벨(Maurice Ravel, 1875~1937)이 인용된 부분이다. 프루스트는 라벨이 1814년에 작곡한 「피아노 3중주곡 a단조」를 알고 있었던 것으로 보인다.(『되찾은 시간』, 플레이아드 IV, 1307쪽 참조.)

가장 가식적이고 가장 부르주아적인 사람이에요."(자신의 지성을 변호하는 일에도 공작 부인은 귀족적인 편견을 섞고 있었다.) "게다가 당신은 정말로 이런 집에 올 예정이었나요? 물론 오늘은 이해가 가요. 라셀의 낭송이 있었으니까요. 그건 당신의 관심을 끌 수 있죠. 비록 그녀의 낭송은 훌륭했지만, 이런 관객들 앞에서는 그녀의 전부를 보여 줄 수 없었어요. 그녀와 단둘이서만 식사할 수 있게 해 드리죠. 그러면 당신은 그녀가 어떤 사람인지 알게 될 거예요. 여기 있는 모든 사람들보다 백배는 더 뛰어난 사람이니까요. 점심 식사 후에는 그녀가 베를렌 시를 낭송할 거예요. 그 낭송을 듣고 소감을 말해 주세요. 그러나 이런 큰 연회에서는 그렇게 할 수 없어요. 난 당신이 왜 왔는지 도저히 이해할 수 없어요. 적어도 연구하러 오지 않았다면." 하고 부인은 의혹과 경계의 표정으로 덧붙였지만, 그녀가 암시하는 그 사실 같지 않은 일의 종류가 정확히 무엇인지 알지 못했으므로 그녀 스스로가 더 이상 모험을 감행하려고 하지 않았다.

부인은 특히 날마다 X와 Y가 참석하는 점심 식사 후의 모임을 자랑했다. 왜냐하면 부인은 이제 그녀가 과거에 경멸했던(비록 오늘날에는 그 사실을 부정하고 있지만) '살롱'을 가진 여인이라는 관념에 이르게 되었는데, 여인의 진정한 우월성, 또는 선택받은 여인의 표시는 그들 집에 '모든 남성들이' 모이는 것이라는 견해를 가졌기 때문이다. 내가 살롱을 가진 어느 귀부인이, 하울랜드 부인*이 살아 있을 때 그녀에 대해 좋지 않

---

* 프루스트는 「드 브레이브 부인의 우울한 전원 생활」(1893)이란 단편 소설을

게 말했다고 하자, 공작 부인은 나의 순진함 앞에서 웃음을 터뜨렸다. "당연하죠, 그 귀부인의 살롱에는 모든 남성들이 모여 있었는데, 하울랜드 부인이 그들을 유인하려고 했으니까요." "생루 부인에게는 지금 막 그랬듯이 남편의 옛 애인의 낭송을 듣는 게 고통스러울 거라고 생각하지 않으세요?" 하고 나는 공작 부인에게 말했다. 나는 공작 부인의 얼굴에서 방금 들은 말을 어떤 추론에 의해 유쾌하지 못한 사유에 연결할 때면 생기는 그런 비스듬한 줄을 보았다. 이런 추론은 사실 말로 표현되지 않지만, 우리가 말하는 온갖 심각한 것은 이렇게 말이나 글로 대답을 받지 못한다. 어리석은 자만이 그들이 잘못 쓴 편지, 그저 실수에 불과한 편지에 대한 답장을 연이어 열 번이나 간청하지만 아무것도 얻지 못한다. 이런 종류의 편지에 대해서는 다만 행동으로만 대답하는 법이다. 이를테면 당신이 제때 답장을 보내지 않는다고 생각한 여인을 우연히 길에서 만나는 경우, 그녀는 당신을 이름으로 부르는 대신 '므시외'라고 부른다. 생루와 라셸의 관계에 대한 나의 암시는 전혀 심각한 것이 아니었고, 게르망트 부인에게 내가 생루의 친구이며, 어쩌면 공작 부인 댁의 저녁 파티에서 라셸이 겪은 실패에 대해 속내를 털어놓는 친한 친구였음을 환기하면서 아주 짧은 순간만 불만을 품게 했을지도 모른다. 하지만 그 불만은 그녀의 생각 속에서 그리 오래 지속되지 않았고 그 화난 사선도 사

메러디스 하울랜드 부인에게 헌정했는데 이 글은 나중에 『쾌락과 나날』(1896)에 수록된다. 몽테스큐와 내밀한 사이라고 알려졌던 미국 여인이다.

라졌으며, 그래서 게르망트 부인은 생루 부인에 대한 내 질문에 대답했다. "질베르트는 한 번도 남편을 사랑한 적이 없으니까 그런 일에는 더욱 개의치 않을 거라고 생각해요. 아주 무서운 아이랍니다. 지위와 이름을 원해서 내 조카며느리가 되고, 그래서 진흙탕에서 벗어나고, 그런 다음에는 다시 거기로 돌아갈 생각만 하고 있어요. 그 생각을 하면 내 가엾은 로베르 때문에 무척 마음이 아파요. 로베르가 뛰어난 아이는 아니었을지 모르지만, 그래도 그 아이는 그 점을 깨닫고 있었고, 다른 많은 것도 깨닫고 있었죠. 어쨌든 저 애는 내 조카니까 이런 말을 해서는 안 되겠지만, 또 남편을 속였다는 명백한 증거도 없지만, 많은 이야기들이 떠돌았어요. 그래요, 내가 아는 걸 말해 드리죠. 로베르가 메제글리즈의 한 장교와 결투하려고 했어요. 그리고 그 모든 것 때문에 로베르가 군에 지원했고요. 전쟁이 그에게는 가족의 괴로움에서 해방되는 길로 보였으니까요. 내 생각을 알고 싶다면, 로베르는 전사한 게 아니라 스스로 목숨을 끊은 거예요. 그런데 저 앤 어떤 종류의 슬픔도 보이지 않았어요. 무관심을 가장하는 어떤 냉소적인 방식으로 날 놀라게 했어요. 그것이 날 무척 슬프게 했어요. 난 가엾은 로베르를 아주 좋아했거든요. 당신은 날 잘 모르니까 이런 모습에 놀랄지 모르지만, 지금도 로베르 생각을 할 때가 있어요. 난 어느 누구도 잊지 않는답니다. 로베르는 내게 아무것도 말하지 않았지만, 내가 모든 걸 짐작한다는 걸 이해하고 있었어요. 그런데 저 애가 조금이라도 남편을 사랑했다면, 그토록 오랜 세월 동안 남편이 미친 듯이 사랑했던 여자와 같은 살롱에서 저렇게 냉정한 태도로 버틸 수 있을까요? 아니, 그녀는 그가 언제나 사랑했던 여자라고 할 수 있어요. 한 번도, 전쟁 중에도 멈춘 적이 없다는 걸 난 확신할 수 있어요. 그러니 그녀의 목덜미라도 잡으려고 달려들어야죠!" 하고 공작 부인은 외쳤다. 라셀을 초대함으로써, 질베르트가 로베르를 사랑한다면 불가피하다고 생각되는 장면을 가능하게 함으로써 그녀 자신이 어쩌면 잔인하게 행동한다는 것도 잊어버리고 외쳤다. "그래요, 알다시피,"라고 그녀는 결론을 내렸다. "돼지 같은 년이에요." 이런 표현은 상냥한 게르망트 사회에서 연극 배우의 세계로 내려간 성향 탓에, 또한 그녀가 자유분방함으로 넘친다고 판단하는 18세기의 취향에 그 표현을 접붙였기 때문에, 끝으로 자기에게는 무슨 것이든 허용된다고 생각했기 때문에 가능했다. 그러나 이 표현은 질베르트에 대한 증오심과, 물리적으로 할 수 없다면 그 초상화라도 때려 주고 싶은 욕구에서 구술되었다. 그와 동시에 공작 부인은 그런 표현을 통해 질베르트에 대해, 보다 정확히 말하면 질베르트에 맞서 자신이 취하는 모든 행동이, 로베르의 이해관계나 상속 문제의 관점에서조차 사교계나 집안에서 정당화된다고 생각했다.

그러나 때로 우리의 판단은 우리가 알지도 못하고 또 상상도 할 수 없었던 사실로부터 어떤 표면상의 정당성을 부여받기도 하는데, 아마도 어머니 쪽 조상의 피를 이어받은 질베르트가(그녀에게 어린 소녀들을 소개해 달라고 부탁하면서 무의식적으로 기대했던 것도 바로 이런 어머니 쪽의 쉬운 성격 때문이었는지도 모른다.) 내 부탁을 깊이 생각해 본 후, 아마도 경제적 이득이 자기 집안에서 빠져나가지 않을 거라고 생각했는지, 내가 상상할 수 있는 바를 훨씬 초과하는 그런 대담한 결론을 끄집어냈다. 그녀가 말했다. "괜찮으시다면, 내 딸을 찾아서 당신에게 소개해 드리고 싶군요. 저기 모르트마르 아들과 또 별 흥미 없는 풋내기들과 이야기하고 있네요. 틀림없이 당신에게 상냥한 친구가 될 거에요."

로베르가 딸을 가진 데 대해 만족했느냐고 묻자 "오! 딸을 아주 자랑스럽게 생각했어요. 물론 그래도 그의 취향에 비추어 보면," 하고 질베르트가 순진하게 말했다. "남자아이를 더 원했겠지만요." 그녀가 가진 이름과 재산으로 왕족과 결혼해서 장차 스완과 그 아내의 모든 상승 작업을 완성시켜 줄 거라고 그 어머니에게 기대하게 했던 딸은 나중에 한 무명작가를 남편으로 택했는데, 왜냐하면 그녀에게는 속물근성이 전혀 없었고 그래서 자신이 출발한 수준보다 훨씬 낮은 수준으로 그 집안을 내려가게 했기 때문이다. 따라서 이 무명의 부부에게 과거에 엄청난 지위를 가진 부모가 있었다고 새로운 세대에게 믿게 하기란 무척 어려웠다. 스완과 오데트 드 크레시라는 이름은 사람들의 생각이 틀렸음을, 또 이처럼 놀라운 집안도 없음을 가르쳐 주기 위해 기적적으로 부활했다. 그리고 사람들은 생루 부인이 결국 그녀가 할 수 있는 최고의 결혼을 했으며, 그녀의 아버지와 오데트 드 크레시(아무것도 아닌 존재였던)의 결혼은 높은 곳으로 올라가기 위한 헛된 시도였지만, 적어도 사랑이란 관점에서 보면 스완의 결혼은 18세기에 루소의 제자인 대귀족들이나 대혁명 이전의 사람들에게 자연의 삶을 살고 그들의 특권을 포기하도록 만든 이론으로부터 영향을 받았다고 생각했다.

질베르트의 말이 가져다준 놀라움과 또 그 말을 들으면서 내가 느낀 기쁨은 생루 부인이 다른 방으로 가면서 이내 지나간 '시간'의 관념으로 대체되었지만, 이 관념 역시 저 나름대로 내가 아직 만나지 못한 생루 양에 의해 유발된 것이었다. 게다가 대부분의 사람들처럼 생루 양은 숲속에서 여러 갈래의 길들이 한 곳으로 모여드는, 우리의 삶에서도 여러 다양한 지점에서 온 길들이 모여드는 교차로, '원형 광장'*이 아니었을까? 생루 양에게 도달하고 또 그녀 주위에서 빛을 방사하는 길들은 수없이 많았다. 우선 내가 그토록 산책을 많이 하고 몽상했던 두 개의 커다란 산책로가 ─ 그녀의 아버지 로베르 드 생루에 의해 게르망트 쪽이, 그녀의 어머니 질베르트에 의해 '스완네 집 쪽으로' 가는 메제글리즈 쪽이 ─ 마침내 그녀에게 이르렀다. 하나는 소녀의 어머니와 샹젤리제를 통해 나를 스완과 콩브레에서의 저녁 시간과 메제글리즈에 이르게 했고, 다른 하나는 그녀의 아버지를 통해 햇살이 비치는 바다 옆에서 그를 다시 보았던 발베크의 오후에 이르게 했다. 이 두 길 사이에는 이미 횡단선이 놓여 있었다. 왜냐하면 내가 생루를 만난 현실의 발베크도, 대부분 그곳에 있는 성당, 특히 페르시아풍의 성당에 대해 얘기한 스완 때문에 그토

---

* 프랑스어로 étoile은 별을 의미하나, 개선문처럼 여러 길들이 동시에 방사형으로 뻗어 나가는 원형 광장이나 로터리를 의미하기도 한다.

록 가고 싶어 했던 것이며, 다른 한편으로 게르망트 공작 부인의 조카인 로베르 드 생루를 통해 내가 게르망트 쪽을 콩브레에 결합했기 때문이다. 그러나 내 삶의 여러 다양한 지점에서, 생루 양은 나를 그녀의 할머니이자 내가 작은할아버지 댁에서 만났던 그 분홍빛 드레스의 여인에게로 인도했다. 새로운 횡단선이 여기에도 있었다. 왜냐하면 그날 나를 안내해 주고, 훗날 '분홍빛 드레스의 여인'을 식별할 수 있는 사진을 선물했던 작은할아버지의 시종은,* 샤를뤼스 씨가 사랑했고 뿐만 아니라 생루 양의 아버지도 사랑했으며, 그래서 그녀의 어머니를 불행하게 만들었던 바로 그 젊은이의 아버지였기 때문이다. 마치 처음 내게 알베르틴의 얘기를 해 준 사람이 질베르트였던 것처럼, 처음 내게 뱅퇴유 음악에 대해 얘기한 사람은 바로 생루 양의 할아버지 스완이 아니었던가? 그런데 알베르틴에게 뱅퇴유의 음악에 대해 얘기하면서, 나는 그녀의 절친한 친구가 누구인지 알았고, 또 그녀와 함께 그녀를 죽음에 이르게 한 그런 삶을 시작했으며, 또 그 삶이 내게 그토록 큰 슬픔을 초래했다. 게다가 이런 알베르틴을 돌아오게 하려고 떠난 사람도 바로 생루 양의 아버지였다. 그리고 파리에서 스완 부부의 살롱이나 게르망트네의 살롱, 또는 이와 정반대편에 있는 베르뒤랭네의 살롱에서 보낸 사교계에서의 내 모든 삶만 해도, 콩브레의 두 산책로 옆에 샹젤리제 공원과 라스플리에르 성관의 아름다운 테라스를 한 줄로 늘어서게

---

* 『잃어버린 시간을 찾아서』 5권 443~444쪽 참조. 모렐의 아버지를 가리킨다.

했다. 게다가 우리가 만난 존재가 누구이든 그들과의 우정을 얘기하려면, 우리 삶의 가장 상이한 풍경 속에 그들을 연속적으로 배치해야 하지 않을까? 내가 묘사하는 생루의 삶만 해도 모든 배경 속에 전개되면서 내 모든 삶과, 나의 할머니나 알베르틴과 같은 가장 낯선 부분의 삶과도 관계를 맺으리라. 게다가 아무리 반대편에 있다 해도 베르뒤랭네 사람들은 오데트의 과거를 통해 오데트와 연결되며, 샤를리를 통해서는 로베르 드 생루와 연결되었다. 그리고 그들의 집에서 뱅퇴유의 음악은 어떤 역할을 했던가! 끝으로 스완은 르그랑댕의 여동생을 사랑했으며,* 르그랑댕은 그 차례로 샤를뤼스 씨의 지인이 되었고 캉브르메르의 아들은 샤를뤼스 씨의 피후견인**과 결혼했다. 물론 우리 마음만이 문제라면, 삶이 산산조각 내는 '신비로운 실'에 관한 시인의 말은 타당한지도 모른다.*** 그러나 어쩌면 우리의 삶이 존재와 사건 사이에 끊임없이 실을 짜고, 보다 두꺼운 짜임을 위해 실을 엇갈리거나 겹치게 하여, 그 결과 추억의 풍요로운 그물망은 우리 과거의 미미한 지점과 다른 모든 것 사이에서 그 연결에 대한 선택권만을 주는지도 모른다.

---

* 『잃어버린 시간을 찾아서』 2권 328쪽 참조.
** 샤를뤼스의 양녀이자 쥐피앵의 조카딸인 올로롱 양을 가리킨다.
*** 빅토르 위고의 시 「올랭피오의 슬픔」에 나오는 시구를 암시한다고 지적된다.("고요한 이마를 가진 자연이여, 어떻게 너는 그렇게 빨리 망각하는가!/ 어떻게 자연의 변신 속에서 그렇게 산산조각 내는가/ 우리의 마음이 맺어져 있는 그 신비로운 실을.") 이 시는 『빛과 그림자』(1840)에 수록되었다.

만일 내가 과거의 모습을 무의식적으로 이용하려 하지 않고 있는 그대로 기억하려고 한다면, 그때 우리에게 유용하지 않은 것은 단 하나도 없으며, 그것은 살아 있는 요소는 아니지만 우리 마음속에서 독자적인 삶을 살고 있다가 나중에 우리가 사용할 수 있도록 순전히 물질적인 소재로 변모했다고 말할 수 있다. 생루 양에게 소개받는 일이 곧 베르뒤랭의 살롱에서 이루어질 예정이었다. 생루 양에게 알베르틴의 대용품이 되어 달라고 부탁하기에 앞서 알베르틴과 했던 그 모든 여행을 — 베르뒤랭네의 별장에 가기 위한 도빌행 작은 열차에서, 그 동일한 베르뒤랭 부인이 내가 알베르틴을 사랑하기 전에 이미 생루 양의 할아버지와 할머니의 사랑을 맺어 주고 또 갈라지게 했던. — 다시 생각하는 일은 얼마나 매력적이었던가! 우리 주위에는 나를 알베르틴에게 소개했던 엘스티르의 그림들이 걸려 있었다. 또 베르뒤랭 부인은 우리의 과거를 보다 잘 융합하기 위해 질베르트처럼 게르망트의 한 사람과 결혼했다.

우리가 잘 알지 못하는 사람과의 관계를 이야기할 때도, 우리는 삶의 가장 다양한 풍경들을 떠올릴 수밖에 없다. 그리하여 각각의 개인은 — 나 자신도 그런 개인들 중의 하나이지만 — 그의 주위뿐만 아니라 타인의 주위에서 그가 이룬 대변화를 통해, 특히 그가 나와 관계하여 연속적으로 차지했던 자리를 통해 내게 시간의 지속을 가늠하게 했다. 그리고 아마도 내가 이 연회에서 지금 막 포착한 '시간'이 그 모든 상이한 면들에 따라 삶을 배열하면서 삶의 이야기를 쓰고 싶은 책에서는 보통 사람들이 사용하는 평면 심리학과 대립되는 공간 심리학을 사용해야 한다고 생각하게 했는지,* 내가 서재에서 홀로 생각하는 동안 기억이 수행했던 과거의 부활에 새로운 아름다움을 덧붙였다. 왜냐하면 기억은 과거를 변경하지 않고 그 과거가 현재였던 순간 그대로 과거를 현재 안으로 끌어들이면서, 삶이 현실화되어 가는 '시간'의 거대한 차원을 삭제하기 때문이다.

질베르트가 나를 향해 걸어오는 모습이 보였다. 생루의 결혼과 그때 나를 사로잡았던 생각들이, 오늘 아침만 해도 같은 생각들이 지금은 바로 어제 일어난 일인 듯 생생했고, 그리하여 질베르트 옆에서 열여섯 살가량의 소녀를 보자 놀랄 수밖에 없었는데, 그녀의 키 큰 자태가 내가 보고 싶어 하지 않은 거리를 측정하게 해 주었기 때문이다. 포착할 수 없는 무색의 시간이, 말하자면 내가 그 시간을 보고 만질 수 있도록 그녀에게서 물질화되어 그녀를 예술품으로 빚어 놓았고, 한편 내게도 나란히 슬프지만! 시간이 그 작업을 완성했을 뿐이다. 그동안 생루 양은 바로 내 앞에 와 있었다. 움푹 들어간 그녀의 눈은 꿰뚫어 보는 듯했으며, 새의 부리처럼 휘어진 약간 튀어나온 매력적인 코는, 어쩌면 스완의 코라기보다는 생루의 코를 더 많이 닮은 것 같았다. 이제 그 게르망트의 영혼은 사라졌지만, 날아가는 새의 꿰뚫어 보는 눈을 가진 매력적인 머리가 어

* "내가 글을 쓰면서 모색한 것 중의 하나는(사실 가장 중요한 것은 아니지만) 평면 심리학을 피하기 위해 다각도로 작업하는 것이었습니다."라고 프루스트는 자크 리비에르에게 보낸 편지에서 밝힌다.(『되찾은 시간』, 플레이아드 IV, 1309쪽에서 재인용.)

깨 위에 놓인 생루 양의 모습은 그녀의 아버지를 알았던 많은 이들을 오랫동안 몽상에 잠기게 했다.

그녀의 어머니와 할머니의 견본을 가지고 만든 멋진 코가 비록 그렇게 짧지는 않았지만 그 아래 그것과 완벽한 수평을 이루는 선에서 멈추는 걸 보고 나는 강한 인상을 받았다. 그 특이한 모습만 보아도 수천 개의 조각상 중에서 구별할 정도였으며, 나는 어머니나 할머니와 마찬가지로 증손녀에게도 자연이 독창적인 위대한 조각가로서 그토록 힘차고 결정적인 조각도를 휘두르기 위해 제때에 알맞게 돌아왔다는 사실에 감탄해 마지않았다. 나는 그녀를 아름답다고 생각했다. 다시 말해 아직 희망으로 가득한 채 웃고 있는 그녀는 내 잃어버린 세월 자체로 만들어진 내 젊음과도 흡사했다

끝으로 이 '시간'의 관념이 가진 마지막 가치는 삶의 자극제라는 점이었다. 이 관념이 내가 지금까지 살아오는 동안 게르망트 쪽이나 빌파리지 부인과 함께 마차로 산책하던 중 이따금 섬광 같은 짧은 순간에 내가 느꼈던 것, 또 삶이 살 만한 가치가 있다고 느끼게 했던 것에 도달하고 싶다면 지금이 바로 시작해야 할 때라고 말해 주었다. 그리하여 어둠 속에서 살아온 삶이 밝혀질 수 있고, 우리가 끊임없이 왜곡하는 삶도 본래의 진정한 삶으로 되돌릴 수 있고, 그리하여 마침내 책을 통해 실현될 수 있는 것처럼 보이는 지금 이 순간 삶은 얼마나 살 만한 것으로 보였던가! 나는 생각했다. 그런 책을 쓸 수 있는 사람은 얼마나 행복할 것이며, 얼마나 힘든 작업이 그 앞에 놓일 것인가! 그것이 어떤 것인지 알기 위해서는 가장 숭고

하고 가장 상이한 예술 분야에서 그 비유를 빌려 와야 할 것이다. 왜냐하면 각각의 인물에게서 가장 대립되는 면을 나타나게 하고 그 입체감을 보여 주기 위해 작가는 마치 공격전에서처럼 지속적으로 힘을 재결집하면서 책을 매우 면밀하게 준비해야 하고, 피로처럼 책을 견뎌야 하고, 규칙처럼 책을 받아들여야 하고, 성당처럼 책을 축조해야 하고, 식이 요법처럼 책을 따라야 하고, 장애물처럼 책을 극복해야 하고, 우정처럼 책을 쟁취해야 하고, 어린아이처럼 책에 과도한 양분을 주어야 하고, 세계처럼 책을 창조해야 하고, 그렇다고 해서 어쩌면 다른 세계에서나 설명을 찾을 수 있는, 또 그 예감이 삶과 예술에서 우리를 깊이 감동시킬지도 모르는 신비로움을 소홀히 해서도 안 되기 때문이다. 이런 위대한 책에서는 건축가의 계획이 너무 방대한 탓에 스케치를 할 틈밖에 없어 결코 완성되지 않은 채 남아 있는 부분도 있을 것이다. 얼마나 위대한 대성당들이 미완성인 채로 남아 있는가! 우리는 책에 양분을 주고 취약한 부분을 보강하고 책을 보존하지만, 나중에는 책 스스로가 자라면서 우리의 무덤을 가리키고, 세상의 풍문에 맞서 또 얼마 동안은 망각에 맞서 그 무덤을 보호한다. 그러나 나 자신으로 돌아가 보면, 나는 내 책에 대해 보다 겸허하게 생각했으며, 그러므로 그 책을 읽을 사람들을 생각하면서 나의 독자라고 말하는 것은 정확하지 않을 것이다. 그들은 내 관점에서 보면 나의 독자가 아니라 그들 자신의 독자일 테니까. 내 책은 콩브레의 안경점 주인이 손님 앞에 내놓던 일종의 확대경일 뿐이다. 내 책 덕분에 나는 독자들에게 그들의 마음속을 읽을 수 있는 방법을 제공할 수 있다. 그러므로 나는 그들에게 나에 대한 찬양도 비방도 요구하지 않을 것이며, 다만 그것이 내가 쓴 그대로인지, 독자들이 자기 내면에서 읽는 말들이 내가 쓴 말들과 일치하는지만을 물어볼 것이다.(이 점에서는 의견의 불일치가 있을 수 있는데, 이는 반드시 내가 틀렸기 때문이 아니라, 이따금 독자가 자신을 읽어 내는 데 있어 내 책이 적합하지 않은 눈을 가질 수도 있기 때문이다.) 그리고 내가 전념하게 될 일을 보다 적절하게, 보다 구체적으로 더 잘 표현해 줄 것에 대한 비유를 매 순간 다르게 하면서, 나는 커다란 원목 책상 앞에 앉아, 우리 옆에 살며 우리 임무에 대해 직관적으로 느끼는 그 모든 겸손한 존재들처럼 프랑수아즈가 지켜보는 가운데(프랑수아즈가 알베르틴에게 할 수 있있던 그 모든 적대적인 행동들을 용서할 만큼 이미 나는 알베르틴을 망각했다.) 그녀 옆에서, 또 그녀처럼 일할 것이라고 생각했다.(적어도 예전에 그녀가 일했던 것처럼 말이다. 지금은 늙어서 아무것도 보지 못하니까.) 왜냐하면 여기 종이를 덧붙이고 핀으로 고정하면서 나는 야심차게 대성당처럼 축조한다고는 감히 말하지 못하겠지만, 그저 옷을 만들듯이 그렇게 책을 만들어 갈 것이기 때문이다. 프랑수아즈의 말처럼 이 모든 종잇조각들이 내 옆에 없을 때면, 또 내가 필요로 하는 것이 마침 없을 때면, 프랑수아즈는 언제나 원하는 실의 번호와 필요한 단추가 없으면 재봉질을 할 수 없다고 말해 온 만큼, 나의 흥분 상태를 이해해 줄 것이다. 또 그녀는 나와 함께 살다 보니 문학 작업에 대해 일종의 본능적인 이해력을, 대부분의 지적인 인간들보다 하물며 바보 같은 인간들보다는 훨씬 더 정확한 이해력을 가지게 되었다. 그래서 내가 예전에 《르 피가로》에 기고문을 썼을 때, 늙은 집사가 자신은 해 보지도 못하고 생각조차도 못 하는 힘든 일을 할 때면 — 또는 "그처럼 재채기를 하다니 지치시겠어요."라고 말하는 사람들처럼 자신이 갖지 못한 습관에 대해서도 — 언제나 조금은 과장하는 그런 연민에 찬 표정을 지으면서 "얼마나 골치 아픈 일이야!"라고 말하며 작가들을 진심으로 동정했을 때에도, 프랑수아즈는 반대로 내가 느낄 행복을 간파하고 내 작업을 존중했다. 그녀는 다만 내가 블로크에게 기고문 이야기를 먼저 한 것에 대해 화를 냈는데, 그가 나를 앞지를까 봐 두려워하면서 "도련님은 그 모든 사람들을 충분히 경계하지 않아요. 그들은 표절자예요."라고 말했다. 사실 블로크는 내가 초벌 원고로 쓴 것이 흥미롭다고 생각할 때마다 "참 신기해. 나도 거의 같은 걸 썼거든. 네게 그 말을 해야겠어."라고 말하면서 스스로에게 사후 알리바이를 제공했다.(그는 그 초벌 원고를 내게 읽어 줄 수조차 없었는데, 아마 그날 저녁에 썼을 것이다.)

프랑수아즈가 내 종잇조각이라고 부르는 것들을 하나하나 붙이다 보니, 종이가 여기저기 찢어졌다. 필요 시에는 프랑수아즈가 그 종잇조각들을 단단히 하는 걸 도와줄 수 있지 않을까? 그녀가 옷의 해진 부분에 천 조각을 대거나, 또는 부엌 창문에서 내가 인쇄공을 기다리듯 유리장이가 오기를 기다리면서 깨진 유리 대신 신문지 조각을 붙였던 것과 같은 방식으로 말이다. 프랑수아즈는 벌레 먹은 나무처럼 여기저기 물어뜯긴 내 공책을 가리키면서 "온통 좀이 쏠았네요. 보세요, 불쌍

해요. 이 페이지 끝은 그냥 레이스 조각에 불과해요." 그리고 그것을 재단사처럼 살피면서 "제가 수선할 수 있을 것 같지 않아요. 끝났어요. 유감이에요. 도련님의 가장 훌륭한 생각이 적혀 있는지도 모르는데. 콩브레에서 말하듯이, 좀벌레처럼 모피를 잘 아는 모피상도 없거든요. 그들은 항상 가장 훌륭한 원단만을 공략하니까요."라고 말할 것이다.

게다가 개체성이란(인간이든 아니든) 수많은 인상들로 만들어지며, 이렇게 해서 많은 소녀들과 성당과 소나타들로부터 포착된 인상이 한 권의 책에서 단 하나의 소나타와 단 하나의 성당과 단 하나의 소녀를 만드는 데 사용되는 것처럼, 나도 프랑수아즈가 쇠고기 젤리를 만드는 것과 같은 방식으로 내 책을 만들어야 하지 않을까? 노르푸아 씨가 높이 평가했던 그 쇠고기 젤리는 프랑수아즈가 그토록 많은 부위의 고기를 선택하고 첨가해서 풍미가 깊어졌다.* 그리하여 마침내 나는 게르망트 쪽을 산책하면서 그렇게 소망했으며, 또 불가능하다고 믿었던 일을 실현할 터였다. 어렸을 때 집으로 돌아가면서 어머니에게 키스하지 않고는 잠자리에 드는 일에 결코 익숙해질 수 없으며, 또는 그 후에 알베르틴이 여자를 사랑한다는 생각에도 영원히 익숙해질 수 없다고 생각했는데, 지금은 그런 생각의 존재마저 의식함 없이 그 생각과 더불어 살게 되었다. 왜냐하면 우리의 가장 큰 두려움은 가장 큰 희망도 마찬가

---

* 프랑수아즈가 만든 '쇠고기 젤리'에 대해서는 『잃어버린 시간을 찾아서』 3권 40쪽 참조.

지지만, 우리의 힘보다 우위에 있지 않으며, 그리하여 마침내 우리는 두려움을 극복하고 희망을 실현할 수 있기 때문이다.

그렇다, 내가 조금 전에 언급한 '시간'의 관념이 작품을 시작해야 할 때라고 말해 주었다. 지금이 바로 시작해야 할 때였다. 그리고 이것이 내가 살롱에 들어서자마자 분장한 얼굴들이 잃어버린 시간의 관념을 유발했을 때 나를 사로잡았던 불안감을 설명해 주었지만, 그러나 아직 내게 시간이 있으며 또 그 일을 할 수 있을까? 우리의 정신에는 그만의 고유한 풍경이 있지만 그 풍경을 관조하는 데에는 아주 짧은 시간만이 허용된다. 나는 호수 위로 돌출된 길이나 바위, 나무들의 장막이 시야를 가리는 오솔길을 올라가는 화가처럼 살아왔다. 바위나 나무 틈 사이로 이따금 호수가 보이고, 그러다 송두리째 화가 앞에 그 모습을 드러내면 화가는 붓을 잡는다. 그러나 벌써 아무것도 그릴 수 없는 밤이 내리며, 해는 그 위로 결코 다시 뜨지 않을 것이다. 다만 내가 조금 전에 서재에서 구상했던 작품의 조건은 인상에 대한 탐색으로, 그 인상은 먼저 기억을 통해 재창조되어야 했다. 그런데 기억이 마멸된 것이다.

우선 아무것도 시작하지 않았으므로, 나이를 고려하면 아직도 내 앞에 몇 해가 있기는 하지만, 나는 불안할 수밖에 없었다. 몇 분 후면 나의 마지막 시간이 울릴지도 모르기 때문이다. 실제로 나는 육체를 가지고 있으며, 다시 말해 안과 밖이라는 이중의 위험으로부터 끊임없이 협박받고 있다는 사실에서 출발해야 했다, 이것도 다만 언어의 편의를 위해 말한 것일 뿐이다. 왜냐하면 뇌출혈 같은 내부의 위험도 육체에 속하므로 그것 또한 외부의 위험이라고 할 수 있기 때문이다. 또 육체를 가진다는 것은 정신에는 커다란 위협이다. 생각하는 인간의 삶이란, 아마도 동물적이고 육체적인 삶의 기적적인 완성 단계라기보다는, 차라리 산호처럼 공동생활을 하는 원생동물이나 고래의 몸처럼 정신적 삶의 조직체에서 불완전한 초보 단계라고 말해야 할 것이다. 육체는 정신을 요새 안에 가둔다. 곧 요새는 사방에서 공격을 받으며 마침내 정신은 항복해야 한다.

그러나 정신을 협박하는 두 종류의 위험을 구별하는 데 만족하고, 또 외부에서 오는 위험부터 언급해 본다면, 나는 종종 이미 내 삶에서 어떤 상황 때문에 온갖 육체적 활동이 중단되고, 오로지 지적 흥분이 나를 사로잡았을 때 일어났던 일들을 상기하곤 했다. 이를테면 마차를 타고 반쯤 취한 채로 리브벨의 식당을 떠나 인근 카지노로 갔을 때, 그때 나는 마음속에서 내 사유의 당시 대상을 분명히 느꼈고, 또 그 대상이 지극히 작은 우연 때문에 내 사유 속으로 들어오지 못하고, 뿐만 아니라 내 육체와 더불어 소멸될 수도 있음을 깨달았다. 그때 나는 그 문제에 대해 별로 걱정하지 않았다. 내 기쁨은 신중함이나 불안에 의해 약화되지 않았으니까. 그 기쁨이 몇 초 후면 사라지고 허무 속으로 들어간다 해도 별 상관이 없었다. 그러나 지금은 그때와 같지 않았다. 내가 느낀 행복이 우리를 과거와 단절하는 신경의 순전히 주관적 긴장에서 유발되지 않고, 오히려 반대로 그 과거가 다시 형성되고 현동화되면서 내게는 슬프게도! 순간적이나마 영원성의 가치를 주는 내 정신의 확대로부터 유발되었기 때문이다. 나는 내 보물로 풍요롭게 해 줄 수 있는 이들에게 그 가치를 전해 주고 싶었다. 물론 내가 서재에서 지각하고 보존하려 한 것도 여전히 기쁨이었지만, 그러나 그것은 이기적인 기쁨이 아니라 적어도 그 이기주의가 (왜냐하면 자연에 대한 온갖 풍요로운 이타주의는 모두 이기적인 방식으로 발전하며, 이기적이지 않은 인간의 이타주의는 불행한 친구를 맞이하거나 공직을 맡거나 선전문을 쓰기 위해 작업을 중단하는 작가의 이타주의처럼 아무 결실도 맺지 못하기 때문이다.) 일종의 타인을 위해 유용한 이기주의에 속하는 기쁨이었다. 나는 더 이상 리브벨에서 돌아올 때처럼 무관심하지 않았고, 내 마음속에 짊어진 작품으로(누군가 내게 맡긴 소중하고 깨지기 쉬운 귀중품을, 내 손이 아니라 그것을 받을 사람의 손에 온전한 형태로 되돌려주고 싶은) 보다 고양된 것 같은 느낌이 들었다. 이제 나 자신이 작품을 짊어진 사람이라고 느끼면서 내게 죽음을 유발할지도 모를 사고를 보다 두려워하게 되었고(이 작품이 내게 필연적이고 오래 걸릴 거라는 점에서), 또 그것이 내 욕망과 내 사유의 비약과 모순된다는 점에서 부조리한 생각마저 들었지만, 그렇다고 해서 사고가 일어나지 않을 가능성이 전혀 없는 것은 아니었다. 왜냐하면 물질적 원인에 의해 생기는 사고는 (소리를 내지 않으려고 조심하는데도, 지나치게 탁자 끝에 놓인 물병이 떨어져서 잠든 친구를 깨우는 것과 같은 지극히 사소한 삶의 사건을 통해 매일 일어나는), 그것과 매우 상반된 의지가, 자신도 모르게 사고에 의해 파괴된 의지가 그 사고를 끔찍하게 여기는 바로 그 순간 발생할 수 있기 때문이다. 나는 내 두뇌가 진귀한 광맥이 지극히 다양하고 광대한 지대에 걸쳐 매몰돼 있는 풍요로운 광산임을 알고 있었다. 그러나 그 광맥을 개발할 시간이 내게 있을 것인가? 나는 그 일을 할 수 있는 유일한 사람이었다. 두 가지 이유에서였다. 나의 죽음과 더불어 그 광석을 채굴할 수 있는 단 한 명의 광부가 사라질 테고, 또 광맥 자체도 사라질 것이기 때문이다. 그런데 잠시 후 집에 돌아갈 때면, 내가 탄 자동차가 다른 자동차와 충돌하기만 해도 내 육체는 파괴되고, 그래서 생명이 빠져나간 내 정신은 새로운 관념을 책이란 안전한 공간에 집어넣을 시간이 없어 그 순간에도 그것의 떨리는 보호 물질, 하지만 연약한 물질로 불안하게 조이면서 그 새로운 관념을 영원히 포기할 수밖에 없으리라. 그런데 어떤 기이한 우연의 일치인지, 이런 위험에 대한 합리적 두려움이 조금 전 내가 죽음의 관념에 무관심해지면서 다시 내 마음속에 생겨났다. 내가 더 이상 존재하지 않는다는 두려움이 예전에 나를 무섭게 했으며, 또 그것은 내가 (질베르트나 알베르틴에 대해) 새로운 사랑을 체험할 때마다 나를 무섭게 했다. 왜냐하면 그들을 사랑했던 자가 더 이상 존재하지 않으리라는 관념이, 일종의 죽음과도 같은 관념이 더 이상 견딜 수 없었기 때문이다. 그러나 이런 두려움도 여러 번 되풀이된 후에는 자연스럽게 신뢰할 수 있는 평온함으로 바뀌었다.

뇌를 훼손하는 사고도 필수적인 것은 아니었다. 뭔가 머릿속이 텅 빈 듯 느껴지고, 또 물건을 정리하다 찾을 생각도 하지 않았던 잊어버린 물건을 우연히 발견할 정도로 모든 것에 대한 망각 증상이 나를 부서진 금고에서 부가 점차 새어 나가는 수전노처럼 만들었다. 얼마 동안은 재물의 손실을 슬퍼하고 기억에 저항하는 자아가 존재했으나, 이내 기억이 물러가면서 그 자아 또한 휩쓸어 가는 것을 느꼈다.

그 시기에 죽음의 관념이 우리가 앞에서 본 것처럼 사랑을 암울하게 만들었다면, 이미 오래전부터 사랑의 추억은 나로 하여금 죽음을 두려워하지 않게 했다. 죽음이 뭔가 새로운 것이 아니며, 오히려 반대로 이미 어린 시절부터 나는 여러 번 죽음을 체험했음을 깨달았다. 가장 최근의 시기만 보아도, 나는 내 삶보다 알베르틴에게 더 집착하지 않았던가? 그때 그녀를 계속해서 사랑하지 않는 나란 인간을 상상할 수 있었을까? 그런데 이제 나는 그녀를 사랑하지 않으며, 더 이상 그녀를 사랑했던 존재가 아니라 그녀를 사랑하지 않는 다른 존재이며, 이렇게 타자가 되었을 때 나는 그녀를 사랑하기를 멈추었다. 그런데 내가 이렇게 타자가 되었음에도, 더 이상 알베르틴을 사랑하지 않는데도 나는 고통스럽지 않았다. 물론 언젠가 더 이상 내 육체를 갖지 않는 날이 오면, 예전에 알베르틴을 사랑하지 않을 때가 오면 뭔가 슬퍼했으리라고 생각했지만, 지금은 어떤 방식으로든 전혀 그렇게 보이지 않았다. 어쨌든 이제 그녀를 사랑하지 않는 일이 내게는 아무 상관이 없었다! 이런 연속적인 죽음은, 그로 인해 내가 소멸될지도 모른다고 생각하며 그토록 두려워하던 죽음은, 그것이 일단 완성되자 그토록 무관심하고 평온하게 느껴졌고, 또 그 죽음을 두려워하던 자가 그것을 느끼기 위해 더 이상 존재하지 않게 되자 얼마 전부터 죽음을 두려워하는 것이 얼마나 바보 같은 짓인지를 깨닫게 해 주었다. 그런데 이렇게 얼마 전부터 무관심해진 죽음을 나는 다시 두려워하기 시작했다. 사실 다른 형태이긴 하지만 나를 위해서가 아니라 나의 책을 위해 두려워했는데, 책을 꽃피우게 하려면 적어도 얼마 동안은 그토록 많은 위험이 닥쳐 올지도 모르는 삶이 필수적이기 때문이다. 빅토르 위고는 말한다.

풀은 자라야 하고 아이들은 죽어야 한다.*

나는 예술의 잔인한 법칙은 존재들이 죽어 가며, 우리 자신도 망각의 풀이 아닌 영원한 생명의 풀을, 풍요로운 작품의 무성한 풀을 자라게 하기 위해 온갖 고뇌를 소진하면서 죽어 가며, 그 풀밭 위로 다음 세대의 사람들이 그 아래 잠든 이들을 개의치 않고 즐겁게 그들의 「풀밭 위의 점심」**을 들러 오는 것이라고 말한다.

나는 외부의 위험에 대해 말했다. 내부의 위험 역시 존재한다. 외부에서 오는 사고를 모면한다 해도, 이 책을 쓰기 위해

---

* 빅토르 위고의 『명상 시집』에 수록된 「빌키에에서」에 나오는 시구로, 사랑하는 딸 레오폴딘의 죽음을 회상하며 쓴 시이다. 빌키에는 노르망디 센강가에 위치한 마을로 현재 빅토르 위고 박물관이 있다.
** 에두아르 마네의 「풀밭 위의 점심」(1863)을 가리킨다. 이 그림은 르네상스 시대의 조르조네의 「전원의 주악」에서 다룬 주제를 반복하면서도, 완전히 다른 기법으로 새롭게 조망한 작품이다. 예술 작품이 과거의 작품을 반복하고 부정하는 가운데 고통을 통해 새롭게 축조된다는 말은 바로 프루스트의 미학을 표상한다.(『되찾은 시간』, 플레이아드 IV, 1313쪽 참조.)

필요한 달들이 지나가기 전 나의 내부에서 발생한 사고나 어떤 내적인 참사로 인해 그 은총을 누리지 못할지 누가 알겠는가?

잠시 후 샹젤리제를 거쳐 집으로 돌아갈 때면, 그것이 자신의 마지막 산책이 될 거라고 의심도 못 한 할머니가 나와 함께 산책하러 갔던 날 오후처럼, 시계의 태엽이 작동하여 마지막 시간을 알리는 지점에 바늘이 이른 것도 모르는 우리의 무지 속에서, 내가 똑같은 병으로 쓰러지지 않을 거라고 누가 말할 수 있겠는가? 어쩌면 그 마지막 시간을 알리는 첫 번째 타격이 이미 준비되어 그걸 앞서는 모든 순간을 거의 통과했을 거라는 두려움이, 어쩌면 나의 뇌에서 이미 진동 중인 이런 타격에 대한 두려움이 앞으로 일어날 일에 대한 어떤 어렴풋한 인식인 듯, 뇌동맥이 포기한 불안정한 뇌의 상태에 대한 의식의 반영인 듯, 마치 부상당한 사람들이 아직 명철한 의식을 갖고 있는데도 의사와 삶의 욕망이 그들을 속이려고 할 때면 앞으로 일어날 일을 그려 보면서 "난 죽을 겁니다. 준비되었습니다."라고 말하며 아내에게 작별 인사를 쓰는 것처럼, 돌연 죽음을 받아들이는 것이 불가능해 보이지 않는다

그리고 사실 책을 시작하기 전에 내게 일어났던 그 기이한 일은, 내가 한 번도 생각해 보지 못한 형태로 일어났다. 내가 외출했던 어느 날 저녁 사람들은 내 안색이 전보다 나아졌고, 머리털도 아직 온통 까맣다면서 놀라워했다. 그러나 계단을 내려가면서 나는 세 번이나 넘어질 뻔했다. 단 두 시간의 외출이었다. 그러나 집에 돌아왔을 때 내게는 더 이상 기억도 생각도 힘도 삶도 남아 있지 않은 것 같았다. 누군가가 나를 보러

와서 왕으로 임명하거나 붙잡고 체포한다고 해도, 나는 한마디 말도 없이 눈도 다시 뜨지 않은 채로, 마치 카스피해를 건너면서 바다에 던져 버리겠다고 해도 저항할 몸짓조차 하지 못하는 그런 뱃멀미의 최고 단계에 이른 사람처럼 그냥 그렇게 자신을 내버려두었을지도 모른다. 엄밀히 말해 나는 아무 병도 없었지만, 전날만 해도 매우 민첩했던 노인이 엉덩이뼈가 부러지거나 소화 불량에 걸려 아직은 침대에서 얼마 동안 살 수 있으나 그 삶이 더 이상 피할 수 없는 죽음에 이르는, 조금은 긴 준비 과정에 지나지 않는다는 듯, 이제는 아무것도 할 수 없을 것처럼 느껴졌다. 내 안에 있는 여러 자아 중의 하나는, 과거에 흔히 사람들이 사교적 만찬이라고 부르는 야만인들의 연회에 자주 참석했는데, 거기서 하얀 셔츠를 입은 남자들과 깃털 장식의 반쯤 벌거벗은 여자들 중 가치관이 완전히 바뀌었는지 초대를 승낙하고도 만찬에 참석하지 않거나 아니면 단지 구운 고기가 나올 때만 얼굴을 내미는 것은 만찬 중에 경솔하게 부도덕한 언행이나, 최근에 죽은 사람들 얘기를 꺼내는 것보다 더 큰 죄를 지은 것으로 간주되며, 죽음이나 중병만이 연회에 참석하지 않는 유일한 핑곗거리가 될 수 있지만, 그것도 열네 번째 손님을 초대할 수 있도록 자신이 죽어 간다는 걸 제때에 알리는 조건에서만 가능한데, 이런 연회에 참석하던 자아는 그 모든 것에 신경 쓰느라 기억력이 감퇴했다. 또다른 자아, 작품을 구상했던 자아는 반대로 아직도 기억하고 있었다. 나는 몰레 부인의 초대를 받았고, 사즈라 부인 아들의 사망 소식도 들었다. 이런 시간 중 한 시간을 이용하여 모렐

부인에게 사과 편지를 보내고, 사즈라 부인에게 애도의 편지를 보내기로 결심했는데, 그런 후에는 임종 시의 할머니처럼 혀가 묶인 듯 한마디 말도 못 하고 우유도 삼킬 수 없을 정도였다. 그러나 몇 분이 지나자 나는 내가 해야 할 일을 잊어버렸다. 행복한 망각이었다. 작품에 대한 기억이 잠들지 않았고, 또 내게 주어진 마지막 남은 시간을 작품의 첫 번째 기초 공사를 하는 데 쓰려고 했기 때문이다. 불행하게도 글을 쓰려고 노트를 집어 드는 순간, 몰레 부인의 초대장이 내 옆으로 빠져나왔다. 그러자 곧 쉽게 망각하는 자아가, 그러나 다른 자아보다 우위를 차지하는 자아가 사교적 만찬에 참석했던 그 모든 세심한 야만인들처럼, 노트를 밀어내고 몰레 부인에게 편지를 쓰기 시작했다.(게다가 몰레 백작 부인은 내가 건축가로서의 작업보다 그녀의 초대장에 답장 쓰는 일을 우선시했다는 걸 알았다면 틀림없이 나를 높이 평가했으리라.) 돌연 내 답장의 한마디 말에서 사즈라 부인이 아들을 잃었다는 사실이 기억났고, 그래서 사즈라 부인에게도 편지를 썼으며, 그렇게 예의 바르고 인정 많은 나를 보여 주기 위한 가식적인 도리에 나의 진정한 의무를 희생하고 나자, 나는 힘없이 쓰러졌고 눈을 감고 일주일 동안 식물처럼 목숨만 부지해야 했다. 그렇지만 나의 진정한 의무를 희생할 준비가 되어 있던 그 쓸데없는 의무가 몇 분 후 내 머리에서 빠져나가자, 이제는 작품 구상에 대한 관념이 한순간도 내 머리를 떠나지 않았다. 나는 그것이 신도들이 조금씩 진리를 깨우쳐 가고 조화를 발견하고 완전한 전체적인 구성을 발견해 가는 성당이 될지, 아니면 ── 섬 꼭대기에 위치한 드루이드교의 기념물처럼 — 뭔가 사람들이 영원히 드나들지 않는 곳이 될지는 알 수 없었다. 그러나 나는 거기에 내 힘을 바치기로 결심했고, 그 힘은 어쩔 수 없이 사라져 갈 테지만 그 모든 윤곽을 완성하고 '장례식장의 문'*을 닫을 틈은 줄 수 있을 것 같았다. 나는 곧 사람들에게 초고 일부를 보여 줄 수 있었다. 아무도 아무것도 이해하지 못했다. 그러나 내가 뒤이어 신전 안에 새기기로 결심한 내 진리 인식에 호의적인 사람들조차, 내가 사물을 지각하기 위해 '현미경'을 통해 그 진리를 발견한다고 축하했지만, 사실 이와는 반대로 나는 먼 거리에 위치한 탓에 지극히 미세하게 보이는, 그러나 그 각각이 하나의 세계를 구축하는 사물들을 보기 위해 망원경을 사용했다. 내가 위대한 법칙을 찾고 있을 때, 그들은 나를 세부적인 것을 뒤지는 사람이라고 불렀다. 게다가 그렇게 했다고 해서 무슨 도움이 되었겠는가? 젊었을 때 나는 재능이 있었고, 베르고트는 내가 학생 때 쓴 글이 '완벽하다'고 말했다.** 그러나 글을 쓰는 대신 나는 게으름 속에, 쾌락의 소진 속에, 근심이나 괴벽 속에 살았고 죽기 전날에야 내 일이 어떤 것인지도 모른 채로 작품에 착수했다. 나는 사람들에 대한 도리나 내

---

* 빅토르 위고의 「테오필 고티에에게」에 나오는 시구이다. "사랑했던 사람들을 따라가네, 유배당한 나./ 그들의 움직이지 않는 눈이 나를 무한의 깊이로 끌어가네./ 그곳으로 달려가네. 장례식장의 문을 닫지 말기를." 이 시는 위고의 유고 시집 『모든 리라』(1888~1899)에 수록되었다.(『되찾은 시간』, 플레이아드 IV, 1313쪽에서 재인용.)

** 베르고트의 모델이 되는 아나톨 프랑스가 프루스트의 첫 번째 작품 『쾌락과 나날』에 쓴 서문을 암시한다.

사유와 작품에 대한 의무, 더욱이 그 두 개와 마주할 힘은 더더욱 없다고 느꼈다. 사람들에 대한 도리로 말하자면, 편지를 쓰는 일 따위를 잊어버리는 것은 내 임무를 다소 간단하게 해 주었다. 그러나 돌연 어떤 연상 작용이 한 달 후에는 내 회한에 대한 추억을 떠올렸고, 그러자 무력감이 짓눌렀다. 그럼에도 내가 거기에 무관심하다는 데 놀랐고, 하지만 계단을 내려오면서 그토록 다리가 떨렸던 날부터 나는 모든 것에 무관심했고, 마침내 다가오게 될 그 커다란 휴식을 기다리면서 오로지 휴식만을 갈망했다. 내가 현 엘리트층의 동의에 무관심하다면, 그것은 사람들이 내 작품에 대해 가질 거라고 생각되는 찬미를 나의 사후로 연기했기 때문이 아니다. 내가 죽은 후 지식인은 그들이 원하는 대로 생각할 수 있으며, 이는 내가 상관할 바가 아니었다. 사실 내가 나의 답장을 기다리는 편지가 아니라 내 작품을 생각했다면, 그것은 내가 게으름을 피우던 시기와 내가 작업을 시작해서 계단 난간을 붙잡아야 했던 시기에 이르기까지, 그런 두 시기 사이에 내가 큰 중요성의 차이를 포착해서도 아니었다. 내 기억과 관심사의 구조는 항상 책에 연결되었는데, 어쩌면 내가 받은 편지는 금방 잊었지만, 내 작품의 관념은 항상 머릿속에 동일하게 지속적인 생성 과정에 있었던 탓이리라. 그러나 그런 관념마저 귀찮아졌다. 그 관념은 내게서 마치 죽어 가는 어머니가 주사를 맞고 흡각기를 붙이는 동안, 끊임없이 어머니를 돌보아야 하는 힘든 일을 강요당하는 아들과도 같았다. 어머니는 어쩌면 아직도 아들을 사랑할 테지만, 단지 아들을 돌보아야 한다는 그런 지나치게 힘에 부치는 임무를 통해서만 그 사실을 인지했으리라. 내게서 작가의 힘은 작품의 이기적인 요구 수준에 미치지 못했다. 계단에서의 일이 있고 난 후부터 사교계의 어떤 것도 그 어떤 행복도, 비록 그것이 사람들의 우정과 내 작품의 발전과 명예에 대한 기대에서 왔다 해도, 그저 대낮의 강렬한 햇살이 희미하게 비추는 듯, 내 마음을 따뜻하게 해 주고 내가 살 수 있도록 도와주고 어떤 소망을 품게 하는 힘은 더 이상 갖지 못했으며, 또 그 빛은 희미하다고 해도 내 눈에는 지나치게 반짝거리는 듯 보여, 눈 감기를 더 좋아했으며 벽 쪽으로 돌아눕곤 했다. 그러다 입술이 약간 움직이는 것처럼 느꼈고, 한 여인이 "제가 보낸 편지에 답신이 없어서 무척 놀랐어요."라는 편지를 보내왔을 때처럼 미세한 입꼬리에 엷은 미소가 떠오르는 것을 느꼈다. 그렇지만 그 일로 여인의 편지가 생각났고 그래서 답장을 썼다. 나를 은혜 모르는 사람이라고 여기지 않도록, 그들이 내게 베풀었던 것과 똑같은 수준의 친절을 베풀기 위해 노력하고 싶었다. 그리하여 죽어 가는 존재에 삶의 초인적인 피로를 부과하면서 나는 온몸이 으스러지는 것 같았다. 기억의 상실은 내 의무와 단절하는 데 조금 도움이 되었다. 내 작품이 의무를 대신했다.

이런 죽음의 관념이 사랑이 그러하듯 내 몸속에 결정적으로 뿌리를 내렸다. 죽음을 사랑해서가 아니라, 나는 죽음을 증오했다. 아마 이따금 사랑하지 않는 여인을 여전히 생각하는 것처럼 죽음을 생각할 때면, 그 사유가 뇌의 가장 깊은 층에 완전히 부착되어 있어, 나는 그 사유가 먼저 죽음의 관념을 관통하지 않고는 아무것도 생각할 수 없었으며, 또 내가 아무것도 하지 않고 완전한 휴식 상태에 머무를 때에도 죽음의 관념은 내 자아의 관념처럼 끊임없이 나를 동반했다. 내가 거의 죽은 사람처럼 되었던 날, 무의식적인 추론을 통해 내가 거의 죽었다는 죽음의 관념을 유발한 것이, 계단을 내려갈 수도 없고 이름도 기억하지 못하고 자리에서도 일어날 수 없는 그런 상태를 특징짓던 사건이 아니라, 오히려 그 모든 것들이 함께 밀려와서 정신이라는 거대한 거울이 필연적으로 새로운 현실을 반영한 것이라고 생각한다. 그렇지만 내가 앓고 있는 병에서 어떻게 미리 통고도 받지 않고 완전한 죽음으로 넘어갈 수 있는지 이해할 수 없었다. 그러나 그때 나는 다른 사람들을, 그들의 병과 죽음 사이의 거리가 그렇게 대단해 보이지 않는 매일매일 죽어 가는 모든 이들을 생각했다. 바로 내가 그들의 병을 내면에서 본 탓에(희망의 속임수를 통해서 보는 것보다 훨씬 더 많이), 나 자신의 죽음은 믿으면서도 몇몇 몸의 불편함을 하나하나 따로 놓고 볼 때는 그렇게 치명적으로 보지 않은 것이라고 생각했다. 마찬가지로 임종의 순간이 다가왔다고 확신하는 사람들도 몇몇 단어를 발음하지 못하면 쉽게 그것이 뇌졸중이나 실어증 같은 것과는 전혀 관계없는, 단순히 혀의 피로나 말더듬이 증상과 같은 신경 상태, 또는 소화 불량에 따른 탈진 상태 때문에 생긴 것이라고 확신하는 법이다.

내가 써야 할 책은 다른 것, 더 길고 여러 사람을 위한 책이었다. 그 책을 쓰려면 오랜 시간이 걸릴 것이다. 낮에는 적어도 잠을 자려고 노력하겠다. 글을 쓴다면 밤에만 쓸 생각이었다. 하지만 내게는 많은 밤이, 어쩌면 수백 수천의 밤이 필요할지도 모른다. 내가 이야기를 멈추는 아침이 되면, 샤푸리 야르 왕*보다 관대하지 않은 운명의 주인이, 내 죽음의 선고를 유예하고 다음 날 저녁 이야기를 계속하게 할지 어떨지를 모르면서 불안 속에 살 터였다. 그렇다고 해서 내가 『천일야화』나 역시 밤에만 쓴 생시몽의 『회고록』, 또는 어린아이의 순진한 마음에서 좋아했던 책들, 사랑처럼 맹신적으로 그 책들에 집착하면서 그 책들과 다른 작품은 끔찍해서 상상도 못 하는 그런 책을 다시 쓰겠다고 주장하지는 않겠다. 하지만 엘스티르나 샤르댕처럼, 우리는 우리가 좋아하는 것을 포기함으로써만 다시 만들 수 있다. 물론 내 책 역시 육체를 가진 나라는 존재와 마찬가지로 언젠가는 죽을 것이다. 그러나 우리는 체념하고 죽음을 받아들여야 한다. 인간은 십 년 안에는 그 자신이, 백 년 안에는 그의 책이 더 이상 존재하지 않을 거라는 생각을 받아들인다. 영원한 지속은 인간에게나 작품에게나 약속된 것이 아니다.

그것은 어쩌면 『천일야화』처럼 긴 책이 될 테지만, 완전히 다른 책이 되리라. 물론 우리가 어떤 책을 좋아할 때면 그것과 매우 비슷한 걸 만들고 싶어 하지만, 순간에 대한 사랑은 버리고 자신의 취향도 생각하지 말고 진리를, 당신이 좋아하는지 어떤지를 묻지 않고 그에 대한 생각도 금지하는 진리만을 생

---

* 『천일야화』에 나오는 페르시아의 술탄으로 셰에라자드의 운명을 결정하는 인물이다. 이야기의 힘 덕분에 천하루를 죽지 않고 버틴 셰에라자드와 마침내 행복한 결혼을 한다.

각해야 한다. 또 이런 진리 추구를 통해서만 우리는 우리가 포기한 것을 이따금 발견할 수 있으며, 그 책들을 망각함으로써만 다른 시대의 '아랍 이야기'와 '생시몽의 『회고록』'을 쓸 수 있었던 것이다.* 그러나 아직 내게 그럴 시간이 있을까? 너무 늦지 않았을까?

나는 스스로에게 '아직 그런 시간이 있을까?'라고만 묻지 않고 '내가 아직 그런 충분한 상태에 있을까?'라고도 물어보았는데, 엄격한 양심의 지도자와도 같은 병이 내게 속세를 등지게 함으로써 많은 도움을 주었다.** 왜냐하면 "밀알 하나가 땅에 떨어져 죽지 않으면 한 알 그대로 남고 죽으면 많은 열매를 맺는다."***라는 말처럼, 게으름이 쉽게 목적을 달성하는 데서 나를 지켜 준 후, 병이 이런 게으름으로부터 나를 보호해 주려고 했는지 내 모든 힘을 소진시키고, 또 오래전부터 주목했던 일이지만, 특히 알베르틴을 사랑하지 않게 되면서부터 내 기억력을 소진시켰기 때문이다. 그런데 깊이 탐색하고 규명하고 지성의 등가물로 변형하는, 그런 인상의 기억을 통한 재창조 작업은 내가 조금 전 서재에서 구상했던 대로 예술 작품의 조건 가운데 하나인 바로 그 본질이 아니었을까? 그때

---

* 발자크의 야망은 자기 시대의 서양에 관한 『천일야화』를 다시 쓰는 것이었는데, 프루스트가 이런 사실을 암시하는 것 같다고 지적된다.(『되찾은 시간』, 리브르드포슈, 491쪽 참조.)
** '양심의 지도자'나 '속세를 등지다'라는 말은 종교적인 신앙심의 표현으로, 이런 표현은 파스칼에게서 발견된다고 서술된다.(『되찾은 시간』, 플레이아드 IV, 1316쪽 참조.)
*** 「요한복음서」 12장 24절.

『프랑수아 르 샹피』를 보면서 내가 떠올렸던 그날 밤에 남아 있던 힘을 훼손하지 않은 채 아직도 그대로 간직하고 있다면! 어머니가 포기했던 그날 저녁, 할머니의 느린 죽음과 함께 내 의지와 건강은 쇠락의 길에 들어섰던 것이다. 어머니의 얼굴에 입맞춤을 하기 위해 더 이상 다음 날까지 기다리는 것을 견딜 수 없었던 내가, 침대에서 뛰어내려 잠옷 바람으로 달빛 비치는 창가에서 스완 씨가 떠나는 소리를 들을 때까지 기다리기로 결심한 그 순간에 모든 것은 결정되었다. 부모님이 스완 씨를 배웅하고 또 나는 들었다. 정원 문이 열리고, 종소리가 울리고, 문이 닫히는 소리를……

그때 나는 돌연 내게 작품을 완성할 힘이 아직 남아 있다면 이 오후 모임이 — 예전에 콩브레에서 내게 영향을 주었던 몇몇 날들처럼 —, 오늘까지도 내 작품에 대한 관념과 동시에 그 실현에 대한 두려움을 주는 이 오후 모임이, 다른 무엇보다도 틀림없이 이 작품 속에서 예전에 내가 콩브레의 성당에서 예감했고, 또 여느 때는 우리 눈에 보이지 않는 '시간'의 형태를 표시하게 되리라고 생각했다.

물론 이 밖에도 세계의 실제 모습을 왜곡하는 감각의 오류는 많으며, 우리는 이 이야기의 여러 일화들이 그 사실을 입증했음을 이미 앞에서 보았다. 그러나 부득이한 경우 정확한 표기를 하려고 노력하는 가운데, 만약 방 한가운데서 빗소리가 나거나 펄펄 끓는 찻주전자에서 폭우 쏟아지는 소리가 나도, 우리는 소리가 나는 장소를 이동하지 않고, 소리의 원인이 되는 장소로부터(우리의 지성이 나중에 그 소리를 위치시킬) 소리를 분리하려고 하지도 않을 것이다.* 이는 화가들이 원근법과 색채의 강도, 시선의 첫 착시 현상에 따라 돛단배나 산봉우리를 아주 가까이 또는 아주 멀리(나중에 우리의 추론이 때로 매우 엄청난 거리로 이동시킬) 보이게 하면서 그렸던 것보다 더 놀라운 일도 아니다. 지나가는 여인의 얼굴에 코와 뺨과 턱 대신에 기껏해야 우리 욕망의 그림자가 뛰노는 텅 빈 공간만이 존재한다는 듯, 다양한 이목구비를 여인의 얼굴에 붙이는 일을 계속하면서 보다 심각한 오류를 범할 수도 있다. 그리고 설령 같은 얼굴이라 해도 보는 눈과 눈이 거기서 읽는 의미에 따라, 또 같은 눈이라 해도 희망 또는 두려움에 따라, 또는 반대로 삼십 년 동안이나 나이의 변화를 감추어 온 사랑과 습관에 따라 적절하게 붙일 수 있는 수백 개의 가면을 준비할 여유가 없다고 해도(가면을 준비하는 것만 해도 이미 중요한 작업이라고 할 수 있는), 또 내가 몇몇 인물을 외부에서 보여 주려 하지 않고 내부에서 보여 주려고 했다 해도 — 나와 알베르틴의 관계처럼 그런 시도가 없었다면 모든 것이 거짓이고 허위임을 보여 주기에 충분했을 것이며, 또 지극히 사소한 행동이 치명적인 문제를 일으키고, 그래서 우리 감수성의 압력에 따라 도덕적인 하늘의 빛을 다양하게 만들고, 또는 확실성의 고요한 하늘 아래서는 그토록 작아 보이는 대상이 한 조각 위험한 구름이 덮치면 순식간에 그 크기가 확대되는 그런 내부에서 — , 만

---

* 여기서 화자는 문장의 순서와 단어들의 일상적인 의미를 바꾸지 않고, 화가들처럼 착시 현상에 따라 우리 시선에 나타나는 그대로 묘사함으로써 보다 정확한 진리 묘사에 이를 수 있음을 조망한다.

일 내가 완전히 새롭게 다시 그려야 하는 우주를 표기하는 데 있어 이런 변화나 그 밖의 다른 것을(실재를 묘사하고 싶은 경우 이미 그 필요성이 이야기의 진행 과정에서 나타난) 옮겨올 수 없다면, 적어도 육체의 길이가 아닌, 세월의 길이를 가진 인간, 점점 거대해져 가는 임무가 마침내 그를 굴복시키고 그가 움직일 때마다 함께 세월을 끌고 다녀야 하는 인간을 묘사하는 일은 결코 소홀히 하지 않을 것이다.

더욱이 우리는 '시간' 속에서 자리를 차지하며, 또 이 자리가 끊임없이 커져 가는 것을 모든 사람은 인식하고 있으며, 또 이런 보편성이 내가 규명해야 하는 진리가 우리 모두가 예감하는 진리라는 점에서 나를 기쁘게 할 수밖에 없었다. 우리가 '시간' 속에 자리를 차지하고 있다는 사실을 모든 사람들은 느끼며, 뿐만 아니라 아무리 단순한 사람이라 해도 우리가 공간 속에서 차지하는 자리를 측정하듯 그 자리를 대략적으로 측정할 수 있으며, 특별히 통찰력이 없는 사람도 그들이 모르는 두 남자와 만나면, 검은 콧수염이 났든 면도를 했든 한 남자는 스무 살 정도이며 다른 남자는 마흔 살 정도라고 말한다. 물론 이런 나이 측정에서 우리는 종종 오류를 범하지만, 그래도 그것은 나이를 뭔가 측정 가능한 대상으로 생각한다는 것을 의미한다. 검은 콧수염이 난 두 번째 남자에게는 실제로 스무 살이 더 붙여졌다.

이 합체된 시간의 개념, 우리와 분리되지 않은 흘러간 세월의 개념을 내가 지금 그토록 강조하고 싶었다면, 이 순간 바로 대공 부인 저택에 있으면서도 스완 씨를 바래다주는 부모님의 발자국 소리와 드디어 스완 씨가 떠나고, 어머니가 곧 올라오는 것을 알리는 그 튀어 오르듯 그치지 않는 쇠방울의 요란하면서도 상쾌한 작은 종소리가 여전히 내 귀에 들렸으며,* 그렇지만 그토록 먼 과거에 위치하는 소리가 예전 그대로 들렸기 때문이다. 그리하여 내가 그 소리를 들었던 순간과 게르망트네의 오후 모임 사이에 위치하는 모든 사건들을 생각하면서, 여전히 내 마음속에서 울린 것은 바로 그 종소리였지만, 내가 그 요란한 방울 소리에서 아무것도 바꿀 수 없다는 생각에 마음이 불안했다. 왜냐하면 그 요란한 방울 소리가 어떻게 해서 사라졌는지 기억하지 못했으므로 그 소리를 다시 익히고 제대로 듣기 위해서는 주위에 가면 쓴 사람들이 나누는 대화 소리를 듣지 않으려고 애를 써야 했기 때문이다. 그 소리를 보다 가까이 듣기 위해서는 나 자신 속으로 다시 내려가야 했다. 그러므로 그 소리는 언제나 내 마음속에 존재했으며, 또한 그 소리와 현재의 순간 사이에는 내가 젊어지고 다닌다는 걸 알지 못하는 과거가 무한대로 펼쳐져 있었다. 그것이 울렸을 때 나는 이미 존재했으며, 그 소리를 다시 들으려면 어떤 불연속성의 순간도 없어야 했으며, 나 역시 존재하고 사유하고 자아를 의식하는 일로부터 한순간도 멈춰서는 안 되며 휴식을 취해서도 안 되었다. 왜냐하면 이 과거로부터 온 순간은 여전히 내게 고정되어 있어, 내가 자신 속으로 깊이 내려가기만 하면 여전히 그 순간을 되찾고 다시 그 순간으로 돌아갈 수 있었

---

* 『잃어버린 시간을 찾아서』 1권 34쪽 참조.

기 때문이다. 그리고 인간의 육체가 그 육체를 사랑하는 이들에게 그토록 아픔을 줄 수 있는 것은, 그 안에 그토록 많은 과거의 시간을 담고 있으며, 또 그토록 많은 기쁨과 욕망의 추억을, 그들의 마음에서는 이미 지워졌지만 사랑하는 육체를 시간의 순서 속에서 관조하고 연장하면서 그것이 파괴되기를 소망할 정도로 질투했던 자에게는 그토록 잔인한 추억을 담고 있기 때문이다. 존재의 죽음 후에 '시간'은 육체에서 물러가고, 그리하여 추억은 — 그토록 무관심하고 희미해진 — 더이상 존재하지 않는 여인에게서 지워지며, 또 그 추억 때문에 아직 고통스러워하는 자에게서도 곧 지워질 것이다. 그러나 그에게서도 살아 있는 육체에 대한 욕망이 더 이상 그 추억을 부양하기 위해 존재하지 않을 때면, 그 추억도 마침내 사라지리라. 내가 잠든 모습을 보았던 그 깊은 곳의 알베르틴은 죽은 여인이었다.

그렇게 긴 시간이 내내 멈추는 일 없이 나를 통해 존속되고 사유되고 분비되었다는 생각에 나는 어떤 피로감과 공포감을 느꼈다. 그 시간은 바로 내 삶이었고 나 자신이었으며, 게다가 시간의 현기증 나는 꼭대기에 올라선 나를 시간이 지탱할 수 있도록, 매 순간 그 시간을 내게 묶어 놓아야 했으며, 마치 시간과 함께 갈 수 있다는 듯 시간을 이동하지 않고는 내 몸을 움직일 수 없다는 걸 느꼈다. 그렇게 멀리 있으면서도 마음속에 있는 콩브레 정원에서 종소리가 울리는 걸 들었던 날은, 내가 내 안에 가진 것을 알지 못한 채로 가지고 있던 그런 광대한 차원의 출발점이었다. 그토록 많은 세월이 내 아래, 그렇지

만 마음속에 있는 걸 보자, 마치 수천 리 높은 곳에 있는 듯 현기증이 났다

나는 게르망트 공작이 의자에 앉은 모습을 보면서 나보다 훨씬 많은 세월을 자기 아래 갖고 있으면서도 그렇게 나이가 들어 보이지 않는다는 사실에 감탄했지만, 공작이 자리에서 일어나 똑바로 서려고 하자마자, 단단한 것이라곤 금속 십자가밖에 없지만 주위에 젊고 활기찬 신학생들이 몰려드는 늙은 대주교의 다리처럼, 왜 그가 휘청거리는 다리를 가누지 못하고 비틀거렸는지, 또 여든세 살이라는 거의 감당 못 할 꼭대기에 놓인 나뭇잎처럼 몸을 떨지 않고는 한 발짝도 나아가지 못했는지 이해했다. 이는 마치 모든 인간이 살아 있는 나무 다리,* 끊임없이 자라 때로는 종탑보다 더 높아진 나무 다리 위에 놓여 있어 드디어는 걷기가 힘들고 위험해지고 그러다 갑자기 떨어진다는 것 같았다.(바로 그런 이유로 어느 일정 나이가 지난 사람의 얼굴은 가장 무지한 사람의 눈에도 젊은 사람의 얼굴과 혼동되지 않으며, 또 일종의 구름 같은 진지함을 통해서만 나타나는 것은 아닐까?) 나의 나무 다리가 이미 발아래 높이 솟아 있다는 사실에 나는 겁이 났고, 이미 그렇게 멀리 내려가 있는 과거를 오래 붙잡아 둘 힘이 있을 것 같지 않았다. 그러므로 만일 내게 작품을 완성할 만큼 충분히 오랜 시간과 힘이 있다면, 비록 그 일이 인간을 괴물과 같은 존재로 만들지라도 인간을 묘사

---

* 두 개의 긴 막대기 위에 평평한 발판을 붙여 그 위에 발을 놓고 걸어가는 놀이에서 사용되는 나무 다리 또는 대말을 가리킨다.

하는 일을 소홀히 하지 않을 터였다. 거기서 인간은 공간 속에 마련된 한정된 자리에 비해 반대로 지극히 중요한 자리를 차지할 것이며, 세월 속에 침잠한 거인들처럼 그토록 멀리 떨어진 여러 다양한 시기를 살아 그 시기 사이로 많은 날들이 자리하러 오면서 삶의 여러 시기와 동시에 접촉하는 그런 무한으로 뻗어 가는 자리를 차지할 것이다 —— '시간' 속에서.

끝*

---

* 셀레스트 알바레에 의하면 프루스트는 「되찾은 시간」의 마지막 페이지에 '끝'이란 단어를 1922년 봄에 쓴 것처럼 보인다. 초고의 여러 다양한 표현에도 불구하고, 이 끝이란 말은 프루스트의 성찰이 이미 오래전에 결정되었음을 말해 준다. 이와 같은 사실은 "내 책의 마지막 페이지는 몇 해 전에 쓴 것입니다.(작품 전체의 마지막 페이지, 마지막 권의 마지막 페이지)"라는 1920년 자크 불랑제에게 보낸 작가의 편지를 통해서도 확인된다.(『되찾은 시간』, 플레이아드 IV, 1320쪽에서 재인용.)

작품 해설

1909년 인생의 중반에 선 한 인간이, 사랑하는 어머니와 연인의 죽음이라는 더 이상 죽음을 인식론적인 두려움의 대상이 아니라 구체적인 육체의 아픔으로 체험한 인간이, 가진 것이라곤 두 권의 번역서와 신문에 발간된 몇 편의 에세이가 전부인 인간이 사랑하는 사람과의 헤어짐이라는 그 긴 고통의 시간을 견딜 수 있었던 것은 오로지 '글을 쓰고 싶은 욕망' 때문이었을 것이다. 1909년부터 1922년 11월 18일 죽는 날까지 작가의 내적 고향은 동일하며 따라서 작가는 엄밀한 의미에서 한 권의 책밖에 쓰지 못한다고 외치면서 『잃어버린 시간을 찾아서』를 쓰고 또 썼던 프루스트. 만약 전쟁이 일어나지 않았다면, 1922년에 죽지 않았다면 그의 사후에 발간된 「갇힌 여인」(1923)과 「사라진 알베르틴」(1925)과 「되찾은 시간」(1927)은 또 다른 교정 작업으로 인해 어떤 모습이 되었을까 하고 질문해 보지만 돌아오는 것은 공허한 메아리일 뿐 모든 것은 미결인 채로 남아 있다. 그럼에도 이런 질문을 가능하게 하는 것은 프루스트가 일생 동안 단 한 권의 작품만을 썼다는 사실이 서구 문학사에서는 거의 유례를 찾아볼 수 없는 드문 현상으로, 젊은 시절에 발표한『쾌락과 나날』(단편집),『에세이와 평론』,『장 상퇴유』(미완의 소설),『생트뵈브에 반하여』(소설 형식의 평론집)도 모두 작가 자신에 의해『잃어버린 시간을 찾아서』를 쓰기 위한 습작품으로 간주되기 때문이다. 주네트는 동일한 상황의 작가로 휘트먼이나 몽테뉴, 생시몽을 들수 있다고 했지만, 그러나 휘트먼의『풀잎』은 시집이며, 몽테뉴의『에세』나 생시몽의『회고록』은 허구 작품이 아니며, 프루스트 이후 세대인 로베르트 무질의『특성 없는 사나이』가이에 속하긴 하나 그것 역시 미완의 작품이기에 프루스트만이 유일한 경우라고 설명된다.*

프루스트가 1909년에 계획했던 책은 '마음의 간헐'이라는 제목 아래 '잃어버린 시간'과 '되찾은 시간'의 이분법적인 구성이었다. 그러나 그가 출판사 찾기에 실패하면서 1913년 신생 출판사인 그라세 출판사가 자비 출판을 조건으로 예고한 작품은 처음의 두 권에서 세 권으로 늘어난,『잃어버린 시간을 찾아서』란 제목 아래「스완네 집 쪽으로」,「게르망트 쪽」,「되찾은 시간」의 세 권이었으며, 이것이 1차 세계 대전의 발

---

* Gérard Genette, "La question de l'écriture," in *Recherche de Proust*, Seuil, Points, 1980, 9쪽.

발로 수많은 교정 작업 덕분에 일곱 권으로 늘어난다. 그러므로 「되찾은 시간」은 처음 계획에 비해 그 중요성이나 양이 많이 축소되었다고 할 수 있지만, 그럼에도 작가가 「스완네 집 쪽으로」의 1부 「콩브레」를 쓰고 난 후에 곧바로 「되찾은 시간」의 마지막 장을 쓸 정도로 작품의 전 내용을 관통하고 요약하는 핵심 부분이다. 그러므로 「되찾은 시간」의 여정은, 일찍부터 문학적인 소명을 꿈꾸어 온 한 문학청년이 무엇을 쓸 것인가와 어떻게 쓸 것인가에 관한 답을 발견하고, 드디어는 작가의 꿈을 실현하는 이야기라고 할 수 있다.

「되찾은 시간」은 어린 시절의 친구 질베르트의 초대를 받아 화자가 콩브레 근방 탕송빌성에 체류하는 것에서부터 출발한다. 과거에 콩브레를 산책하며 품어 왔던 꿈이 하나씩 하나씩 무너지는 걸 보면서, 또 공쿠르의 미발표 일기를 읽으면서, 자신이 오랜 세월 꿈꾸어 왔던 문학이 이런 것이라면 차라리 재능의 부족으로 글을 쓸 수 없는 것이 다행이라고 여기며 삶과 문학에 대한 깊은 회의와 우울증에 빠진다. 이어 긴 투병 생활이 이어지고 파리를 떠나 두 번의 요양원 생활을 한다. 그러다 1914년과 1916년 파리에서의 짧은 체류를 통해 1차 세계 대전의 참상을 목격하고, 비행기 공습으로 컴컴한 파리에서 길을 잃고 헤매다가 쥐피앵이 운영하는 수상적은 호텔에서 기이한 손님들과 사슬에 묶여 채찍질당하는 샤를뤼스를 목격한다. 마침내 전쟁이 끝나고 오랜 시간이 지난 후 옛 지인들을 만나기 위해 게르망트 대공 저택에서 열리는 오후 모임에 참석하려고 저택에 들어가는 순간 포석을 밟으면서, 또 연이어 게르망트 대공의 서재에서 어린 시절 종탑을 보며, 또는 베르고트의 책을 읽으면서 글을 쓰고 싶다는 욕망을 느꼈으나 출세의 도구로서의 문학을 제시하는 노르푸아나 객관적인 사실의 나열에 만족하는 공쿠르의 일기와 마주하며 느꼈던 문학에 대한 부정적 인식을 송두리째 바꾸어 놓는 일련의 비의지적 기억을 체험한다. 그리하여 "문학 작품의 모든 소재는 내 지나간 삶"이라는 인식에 도달하면서 '가면무도회'에 들어가는 순간, 또 한 번의 반전이 일어나고 드디어는 피로와 승화의 절정에서 긴 여정을 마감한다.

1 공쿠르 일기의 모작과 반사성의 미학

화자는 파리로 떠나기 전날 밤의 무료함을 달래기 위해 공쿠르의 미발표 일기를 읽는다. 그 책에서 그는 자신의 지인인 베르뒤랭 부부를 위시하여 엘스티르와 스완과 코타르와 브리쇼 같은 인물에 대한 묘사를 읽게 되는데, 프루스트의 창작물인 이들 허구적 인물들을 공쿠르가 실제로 만나는 것은 불가능하며, 따라서 이 글이 공쿠르가 진짜로 쓴 일기가 아니라, 프루스트가 공쿠르의 문체를 모방해서 쓴 허구적인 패스티시임을 우리는 곧 인지하게 된다. 그렇다면 왜 프루스트는 무려 17페이지나 되는 허구적인 일기를 공쿠르의 이름으로 게재한 것일까? 이는 프루스트가 문학 수업의 한 방편으로 해 오던 패스티시 능력을 과시하기 위함일까? 아니면 보잘것없는 한 평범한 여인(베르뒤랭 부인)이 문학적인 조명을 받으면서 새롭게 변신하는 모습을 통해 삶의 무의미함과 문학의 위대함을 조명하려는 걸까? 그 대답이 어떠하든 우리는 이 일화가 다른 것을 향한 문을 만들고 있다는 것을 안다. 스완과 엘스티르와 브리쇼와 코타르 등의 허구적인 인물들을 공쿠르가 실제로 만났다고 설정한 것은, 이런 허구적인 인물들이(베르뒤랭 부인뿐 아니라 화자를 포함한 모든 인물들이) 허구를 떠나 연대기 속으로 들어갔다는 것을 의미하며, 이것은 작품의 차원에서는 불가능하지만(독자에게 이 책은 아직 쓰이지 않았으므로) 허구의 차원에서는 가능하다고 설명된다.* 그런데 화자는 이런 구조의 불완전성이 바로 19세기의 위대한 예술 작품의 본질이라고 단언한 바 있다.

자연의 관조가 사건의 전개나, 단순히 인물의 이름을 나열하는 것이 아닌 개인의 성찰에 기반을 두는 이런 작품의 풍요로움에도 불구하고, 나는 어쨌든 이 작품들이 얼마나 19세기의 모든 위대한 작품들의 특징인 — 사실은 경이로운 것이지만 — 불완전성이라는 공통점을 가지고 있는지 생각해 보았다. 19세기의 위대한 작가들은 그들이 쓴 책에서는 실패했지만, 동시에 노동자이며 심판인 양 자신이 일하는 모습을 바라보면서, 이런 자기 관조로부터 작품 밖에 있는, 또 작품을 초월하는 어떤 새로운 아름다움을 끌어내어, 그때까지 작품이 갖지 못했던

---

* Gérard Genette, "Proust Palimpseste," *Figures I*, Seuil, 1966, 61쪽.

통일성과 위대함을 소급해서 작품에 부여했다.(9권 263쪽)

"동시에 노동자이며 심판인 양 자신이 일하는 모습을 바라보는" 이런 자기 반영 또는 반사성의 미학은 허구적인 작품 안에 작품의 창작 과정이나 성찰을 끌어들임으로써 여기라는 소설의 언어에 다른 시간이나 다른 공간, 또는 다른 인물의 언어를 중첩하는 것을 말한다. 물론 위 인용문에서 말하는 구조의 '불완전성'이나 사후에 통일성을 부여하는 19세기의 걸작들에 비해, 프루스트의 소설로 말하자면 성당처럼 단단한 구조 위에 축조된 작품이라는 반론이 제기될 수도 있지만, 모든 인물이나 시간, 공간, 구조를 관통하는 그 수많은 이탈과 변신의 움직임은, 프루스트의 소설이 결코 단 하나의 의미나 움직임으로 귀결되지 않는 불확실하고 불완전한 미완의 작품이라는 인상을 주며, 이 불완전성이 어쩌면 프루스트 소설이 가지는 특징인지도 모른다.＊

그렇다면 왜 프루스트는 공쿠르를 그의 문학적 성찰의 대상으로 삼은 것일까? 사실 공쿠르 형제는 1860년대부터 다양한 사회와 직업 환경을 다루는 작품을 쓰기 시작했으며, 그

＊ Antoine Compagnon, "Un classique moderne," *Magazine littéraire*, hors-série n 2, 2000, 7~8쪽. 콩파뇽은 프루스트의 현대성을 그 복합성과 무질서에서 본다. 즉 고전주의 작가들이 추구했던 것이 통합과 단일성이었다면, 이런 인과적이고 시간적인 연속성 대신에 수많은 불연속적인 단편들을 동시적으로 또 공간적으로 포용하려는 프루스트의 시도는, 현대 삶이 가지는 복합성과 무질서의 지극한 현실 인식에서 비롯된다고 지적된다.

들의 대표작 『제르미니 라세르퇴』(1865)는 노동 계급의 현실을 구체적으로 다룬 프랑스 최초의 본격적인 리얼리즘 소설로 평가된다. 엄밀한 조사와 과학적인 분석 방법에 의거해서 작품을 집필했던 이들은 졸라의 자연주의 문학에 큰 영향을 주었으며, 바로 이것이 공쿠르의 일기를 읽고 나서 화자가 던지는 첫 번째 질문으로, 이 질문은 기록 문학(littérature de notation)이라는 말로 요약된다.

어떻게 기록 문학이 가치를 가질 수 있단 말인가? 그것이 관찰하는 작은 사물들 아래 그 실재가(멀리서 들리는 비행기 소리나 생틸레르 성당 종탑이 그리는 선 안에 담긴 위대함, 마들렌의 맛에 담긴 과거 등) 들어 있으며, 또 사물들로부터 실재를 끌어내기 전까지 그 자체로는 아무 의미가 없는데 말이다. (……) 삶처럼 단순하며 어떤 아름다움도 찾아볼 수 없는 이런 예술은 우리 눈이 보고 우리 지성이 확인한 것의 권태롭고 무의미한 이중 사용에 불과하므로, 우리는 그런 예술에 전념하는 자가 어디서 자신의 일을 추진할 수 있는 원동력인 기쁨의 불꽃을 발견하는지 자문하게 된다.(13권 73쪽)

"우리 지성이 확인한 것의 권태롭고 무의미한 이중 사용에 불과"한 기록 문학은 오로지 체험한 진리의 객관성만을 보증할 뿐 삶의 원동력이 되는 어떤 '기쁨의 불꽃'도 주지 못한다. 그것은 "'사물의 묘사'에 만족하거나, 사물의 선과 표면의 초라한 목록을 나열하는 데 만족하는 문학"(13권 56쪽)으로, 삶이 가진 그 복합적이고 다양한 의미를 포착하지 못하는 불모의 문학이다. 우리는 마치 질투에 사로잡힌 연인처럼, 사랑하는 사람의 진실을 파헤치지 않고는 견딜 수 없는 어떤 필연적인 강요된 상황에 처할 때라야 진실에 도달할 수 있으며, 사물의 깊이에 이를 수 있는 것이다. 그러므로 객관적인 사실만을 나열하고 묘사하는 이런 기록 문학은 이미 드러난 진리, 알려진 진리만을 반복하는 상투적이고 정형화된 문학이다. 이에 반해 진정한 리얼리즘은, 프루스트에 따르면 단순한 객관적 현실의 관찰을 넘어서서 외적 현실이 우리 의식에 반사하는 내적 현실, 즉 그 울림까지도 포착할 수 있어야 한다.

존재가 가진 표면적이고 복사할 수 있는 매력은 나로부터 빠져나갔다. 마치 여인의 매끄러운 배 아래서도 그 배를 잠식하는 내부의 병을 알아보는 외과 의사처럼 내게는 그런 매력에 멈출 능력이 없었기 때문이다. 사교적인 만찬에 참석해도 손님들을 보지 않았으므로 아무 소용이 없었다. 왜냐하면 그들을 본다고 믿을 때에도, 나는 그들의 엑스레이를 찍고 있었기 때문이다.(12권 60쪽)

이처럼 "존재가 가진 표면적이고 복사할 수 있는" 현실을 넘어서서 존재 깊숙이 매몰되어 있는 내적 현실까지도 담아내려는 프루스트의 시도는 단순히 외적 현실의 반영을 겨냥하는 통상적인 의미에서의 리얼리즘 문학과는 구별된다. 게다가 앞에서도 지적했지만 리얼리즘에서 가장 중요한 것이 세계의 모방이나 사물의 재현이 아닌 백과사전적인 지식의 무대화에 있다는 바르트의 말이 사실이라면, 역사적이고 사회적인 사건을 인식론적인 담론이 아닌 소설적이고 극적인 담론으로 재현한 프루스트야말로 발자크와 더불어 리얼리즘의 본질을 가장 잘 이해한 작가라고 할 수 있다.*

이런 리얼리즘 문학에 대한 성찰 외에도 공쿠르 일기의 모작은 예술 작품에 대한 우상 숭배의 몸짓과 관계된다.

사흘 전 《라 르뷔》에서 활동하던 옛 평론가이자 휘슬러**에 관한 책을 저술한 베르뒤랭이 자기 집 만찬에 나를 데려가려고 이곳에 들렀다. 독창적인 미국 화가의 색채 작업이 회화 작품에서의 온갖 섬세함과 온갖 '예쁜 것'을 사랑하는 베르뒤랭에 의해 대체로 섬세하게 묘사된다.(12권 41~42쪽)

지금까지 베르뒤랭 부인의 그늘에 가려 빛을 보지 못했던 베르뒤랭 씨가 갑자기 '휘슬러'에 관한 책의 저자로 소개되면서 그 모습을 드러낸다면, 우리는 이런 베르뒤랭의 모습 아래에서 쉽게 러스킨을 유추할 수 있다. 엘스티르의 모델이 되는

---

* 프루스트 소설의 리얼리즘적 양상에 대해서는 『잃어버린 시간을 찾아서』 4권 491~492쪽 참조.
** 프루스트는 초고에서 베르뒤랭 씨를 바르비종 유파와 마네에 대한 저술의 저자로 설정했으나, 최종본에서는 휘슬러의 평론가로 바꾸었다고 한다. 그 이유는 아마도 휘슬러가 주요 모델로 간주되는 엘스티르를 통해 그 이름이 작품에서 여러 번 환기되었고, 또 러스킨과 휘슬러의 논쟁이 1878년 유럽 예술계에서 커다란 반향을 자아냈기 때문이라고 설명된다.(『되찾은 시간』, 폴리오, 369쪽 참조.)

휘슬러와 러스킨의 논쟁은 당시 세인들의 주목을 집중시켰던 사건으로, 러스킨은 인상파 화가인 휘슬러를 비판한 탓에 소송에 휘말렸으며, 또 프루스트가 1904년과 1906년 두 번에 걸쳐 그의 저서 『아미앵의 성서』와 『참깨와 백합』을 프랑스어로 번역할 정도로 프루스트에게 큰 영향을 미친 미학 이론가이다. 그런데 이런 러스킨이 베르뒤랭으로 변신하여 작품에 등장한다는 것은 공쿠르의 일기에 대한 프루스트의 패스티시가 단순한 문체의 모방이라는 기능 외에도, 주제적인 측면에서 예술 작품에 대한 물신 숭배와 대가의 작품을 맹목적으로 모방하는 것은 창작을 위해 가장 먼저 버려야 할 과제임을 스스로에게 주지시키기 위한 기회로 삼고 있음을 말해 준다. 프루스트는 러스킨의 가르침을 보다 잘 이해하기 위해 그의 『아미앵의 성서』와 『참깨와 백합』을 프랑스어로 번역하고 많은 주석 작업을 했으며, 러스킨의 눈으로 고딕 성당을 보기 위해 순례 여행을 떠나기도 했다. 그리고 그는 『아미앵의 성서』 번역본 서문에서 "박학과 예술이 뒤섞인 기쁨"이 바로 러스킨의 작품의 근저를 이루며, 그 자신이 산마르코 성당 세례실의 모자이크에 내재하는 아름다움의 관조보다 러스킨이 『베네치아의 돌』에서 말하는 박학을 더 많이 음미하는 오류를 범했다고 말한다. 기독교와 유대교와 이슬람교가 혼재하는 베네치아의 아름다움은 작가 자신의 자전적 요소와 결부되면서 물신 숭배적인 몸짓을 더욱 부추기는 동인이 되었으며, 이런 러스킨에 대한 우상화는 뒤에서도 다시 살펴보겠지만 프루스트에게서 극복하기 어려운 '악'이었던 것이다.

예술 작품에 대한 이와 같은 '끝없는 찬미'는 공쿠르와 러스킨에게도 공통된 것으로, 공쿠르는 자연주의적이고 사실주의 계열의 소설을 쓴 것 외에도 『어느 예술가의 집』과 같은 탐미주의적 성향의 글을 발표했으며, 가상의 공쿠르 일기에서도 베르뒤랭의 집 인근의 '작은 덩케르크' 상점에 대한 묘사나 중국 도자기와 국화꽃으로 장식된 베르뒤랭 부인의 식탁에 대한 묘사는 예술 작품을 물신화하는 공쿠르의 성향을 투영한다.* 이런 우상 숭배의 몸짓은 예술 작품이 우리 마음속에 남긴 인상을 깊이 파헤치는 대신 그것이 주는 일시적인 미학적 기쁨에만 몰두하는 것으로, 스완이나 샤를뤼스 역시 예술 작품에 대한 지나친 천착이 그들로 하여금 '예술의 독신자' 또는 실패한 예술가로 만드는 데 기여한다. 오데트에 대한 스완의 사랑은 보티첼리가 그린 여인과 흡사하다는 데에서, 모렐에 대한 샤를뤼스의 사랑은 발자크의 『잃어버린 환상』의 인물을 연상시킨다는 데에서 연유하며, 이와 같은 성향은 화자에게서도 확인되는 것으로, 화자가 알베르틴을 사랑한 것도 엘스티르의 그림으로 환기되는 카르파초나 포르투니의 베네치아가 사랑스러운 육체를 만들어 냈기 때문이다. 진실과 도덕적인 감정을 미학적인 즐거움에 종속시키는 이런 우상 숭배의 몸짓은 진정한 창조의 노력이 수반될 때라야 극복될 수 있는 것으로 공쿠르의 모작은 이에 대한 작가의 오랜 노력의 표현이라고 볼 수 있다.

  ---

  * Jean Milly, *Proust dans le texte et l'avant-texte*, Flammarion, 1985, 203쪽.

이런 맥락에서 공쿠르 일기의 모작이 통상적인 의미에서의 리얼리즘 문학과 예술 작품의 지나친 물신화에 대한 의혹과 경계를 표현한다면, 프루스트가 문학 수업의 일환으로 했던 르무안 사건에 대한 패스티시와 일종의 허구적인 문학 비평서의『생트뵈브에 반하여』의 비교는 흥미로운 결과를 보여 준다. 1907년 르무안이라는 엔지니어가 다이아몬드 제조 기술을 발견했다는 신문 기사를 토대로 프루스트가 발자크를 위시한 아홉 명의 작가들의 문체를 모방하여 신문에 게재한「르무안 사건」에서는 작가들의 특징적인 문체가 기계적으로 모방되고 필사되었다면,『생트뵈브에 반하여』에서는 거의 동일한 작가들을 대상으로 하면서도 문학에 대한 본질적인 물음, 작가의 내적 고향에 대한 탐색을 시도하고 있기 때문이다. 그런데 프루스트는 일찍이 모든 도스토옙스키의 소설은 '죄와 벌'로, 플로베르의 소설은 '감정 교육'으로 요약될 수 있다고 지적한 바 있다. 이는 패스티시가 단순한 문체론적 모방을 넘어서 작가의 내적 고향을 탐색하기 위한 가장 유효한 도구이며, 따라서 이런 패스티시 작업은 프루스트에게서 자기 정화, 자체 창조의 길로 나아가기 위한 필수적인 선택이었음을 엿보게 해 준다. 그에게서 러스킨의 번역이나 발자크와 플로베르 또는 공쿠르, 더 나아가 미술이나 음악 건축 등 예술 전반에 걸친 성찰은 작품의 중요한 주제이며, 이런 주제에 대한 끊임없는 모색과 추적을 통해서만 글을 쓸 수 있다는 것을 이 허구적인 패스티시는 조망하고 있다.

2 전쟁과 샤를뤼스의 추락

이처럼 프루스트의 문학이 단순한 현실의 묘사를 넘어서 우리 마음속에 불러일으키는 심리적인 파장이나 내면의 인상까지도 담으려고 한 총체적인 리얼리즘으로 정의된다면, 이 작품을 관통하는 두 개의 커다란 역사적 사건, 즉 드레퓌스 사건(1894~1906)과 1차 세계 대전(1914~1918) 역시 구체적인 사건의 나열이나 설명보다 그것이 사람들의 마음속에 깊숙이 배어든 심리적 요인이나 파급 효과를 묘사하려고 했다는 점에서 주목을 끈다. 앞에서도 살펴보았지만, 드레퓌스 사건 이후 군부의 단순한 일시적인 오류로 인한 범죄가 유대성이란 악으로 전환되고, 또 이런 악의 내면화 과정이 프랑스 사회에 그토록 잘 동화된 엘리트 유대인 스완으로부터 이국적이고 희화적인 유대인 블로크로의 이행이라는 극적 담론을 통해 형상화되었다면(6권 530~531쪽 참조.), 프루스트는 1차 세계 대전에 대해서도 참호전이나 총력전과 같은 전쟁의 특징적인 요소를 묘사하는 대신 하늘에서 쏟아지는 비행기의 불길이 때로는 유황불에 휩싸인 소돔을, 때로는 베수비오산의 화산재로 뒤덮인 폼페이를 연상케 하면서, 당시 사람들이 느꼈던 공포와 좌절과 패배 의식을 사창가의 한 장면을 통해 극화하고 있다.

우선 전쟁이 발발한 1914년에 대해 질베르트는 "로베르의 소식을 보다 쉽게 알 수 있도록 파리에 남고 싶었지만 파리 상공에서 끊임없이 행해지는 '타우베' 공습이 특히 딸에게 격렬한 공포를 유발하는 바람에 콩브레로 출발하는 마지막 기차를 타고 파리에서"(12권 121~122쪽) 도망쳤다는 소식을 보내온다. 그러나 이 사실은 그녀의 두 번째 편지에 의해 독일군을 피해 안전한 곳에 가려고 탕송빌에 간 것이 아니라, 오히려 독일군에 맞서 탕송빌을 지키기 위해 간 것이라고 부인된다. 1차 세계 대전 중 전투가 가장 치열했던 베르됭 전투를 재현하기 위해 파리 남서쪽에 위치한 콩브레를 북동쪽 전선으로 옮긴 데서 비롯하는 오류라는 점을 감안한다 해도, 질베르트의 편지는 이런 전투의 참상보다는 독일군의 완벽한 교양을 묘사하는 데 더 중점을 둔다. 이런 태도는 독일군이 도착하기 전에 모든 걸 약탈하며 영지를 통과한 프랑스 도망병들의 '무질서한 폭력'과는 대조를 이루는 것으로, 화자는 그것이 게르망트 정신의 표현인지 아니면 '유대인의 세계주의'의 표현인지 알지 못하겠다고 물음을 던진다.

어쨌든 질베르트의 편지 몇몇 부분에 게르망트 정신이 스며들어 있다면 ── 다른 이들은 이를 두고 유대인의 세계주의라고 말할지 모르지만, 나중에 알 수 있는 것처럼 아마도 이것은 올바른 해석이 아닐 것이다 ──, 내가 그로부터 몇 달 후에 받은 로베르의 편지는 게르망트보다 훨씬 생루에 가까웠으며, 더욱이 그가 습득한 온갖 자유로운 교양을, 요컨대 정말로 호감이 가는 교양을 투사하고 있었다.(12권 122~123쪽)

우리는 여기서 유대인의 세계주의와 게르망트의 정신, 즉 귀족 정신, 더 나아가 생루가 말하는 '교양'이 암묵적으로 독일 문화를 겨냥하고 있음을 알 수 있다. 교양 또는 문화를 의미하는 독일어 '쿨투어(Kultur)'는 게르망트 부인을 위시하여 생루나 포부르생제르맹의 귀족들이 즐겨 발음할 정도로 강한 매혹을 행사하며(13권 259쪽), 특히 생루는 예전에 동시에르에 있을 때처럼 과거에 행해졌던 전쟁의 유형이나 전술 이론에 대한 분석 대신 당시 친독파라고 비난받던 로맹 롤랑의 글을 인용하거나 슈만의 멜로디를 흥얼거리며, 공습 경보를 마치 바그너의 여전사들인 「발퀴레」와 비교하기를 멈추지 않는다. 물론 그는 "전쟁조차…… 우리의 오래된 헤겔 법칙에서 벗어나지 않아. 지속적인 생성 상태에 있으니까 말이야."(12권 123쪽)라고 말하면서 죽음을 불사하고 죽어 가는 무명 용사들의 용기에 찬미를 보내지만, 니체와 슈만과 쇼펜하우어와 바그너를 낳은 위대한 독일에 대한 찬미는 질베르트로 표현되는 유대인의 세계주의와 마찬가지로 귀족 정신의 세계주의를 투영한다.

그런데 한나 아렌트에 따르면 독일의 인종주의는 독일을 통합하려는 시도와 밀접하게 연관되어 있다. 이런 과정에서 독일의 귀족들은 프랑스처럼 부르주아 계급이나 여타 시민들의 저항을 두려워할 필요가 없었으며, 그래서 비교적 그들의 뿌리에 어울리는 자유주의 정신과 세계주의 정신을 순수한 상태로 보존할 수 있었다고 설명된다.* 이런 관점에서 본다

---

* Hannah Arendt, "Imperialisme," *Les origines du totalitarisme*, Fayard, 1982, 74~89쪽.

면 질베르트의 독일 장교에 대한 지나친 칭찬이나, 생루의 귀족 정신은 언제라도 친독파라고 매도당할 위험 인자를 그 안에 내포하고 있다고 할 수 있다.

이런 질베르트나 생루에 반해 전쟁 중의 베르뒤랭 부인은 어느 누구보다도 민족주의와 애국심으로 무장한 투사의 모습을 구현한다.

> 1916년 다시 파리로 돌아온 어느 저녁, 당시 유일하게 내 관심을 끌던 전쟁에 관한 이야기를 듣고 싶어서 나는 저녁 식사 후 베르뒤랭 부인을 방문하려고 집을 나섰다. 베르뒤랭 부인은 봉탕 부인과 더불어 집정부 시대를 연상케 하는 전쟁 기간 동안 파리를 지배하는 여왕 중의 한 사람이었기 때문이다. 자연 발생으로 보이는 소량의 효모균이 뿌려진 듯, 젊은 여인들은 마치 탈리앵 부인과 동시대의 여인이 썼을 법한 원통형의 높은 터번을 두르고, 애국심의 발로인 듯 짧은 스커트에 어두운 빛깔의 지극히 '전투적인' 이집트풍의 일자형 튜닉을 입었다.(12권 69쪽)

그러나 우리는 베르뒤랭 부인을 특징짓는 애국심이나 '전투적인' 투사 같은 모습이 그들이 입고 있는 이집트풍의 튜닉처럼 한낱 유행에 지나지 않음을 알 수 있다. 드레퓌스주의자라고 배척받던 봉탕 씨가 정권의 핵심 실세가 되면서, 그 우스꽝스럽던 봉탕 부인과 베르뒤랭 부인은, 마치 집정부 시대의 사교계 여왕이었던 탈리앵 부인이 그리스풍의 의상을 유행시켰던 것처럼, 이제 애국심과 이집트풍의 의상을 유행시키는 산실이 되며, 그리하여 모든 사람들로부터 숭앙받는 존재가 된다. 그들은 전쟁의 현실에는 아랑곳하지 않고, 오로지 어떻게 옷을 입고 말하는 것이 애국심을 가진 자로, 전방에서 싸우는 군인들과 호흡을 함께하는 것으로 보이는지만을 생각하며, 그리하여 바레스가 말하는 '뿌리 뽑힌 사람'이 되지 않기 위해 조국의 영광에 이바지할 수 있는 기회만을 찾는다.* 이렇게 바레스의 민족주의 개념으로 무장한 이들에게서 구시대의 모든 것은 배척의 대상이 되며, 따라서 예전에 샤를뤼스가 명문의 첫째가는 덕목으로 내세웠던 혈통의 오래됨(ancienneté)은 구시대적인 것으로, '전쟁 전'의 가치로 폄하된다.

오래전부터 부인은 자칭 샤를뤼스의 대담하다는 주장에서 가장 오래된 것을 고수하는 사람들보다 그가 더 구식이며 이미 끝난, 낡아 빠진 사람이라고 여겨 왔는데, 지금은 그 비난을 요약하여 그를 '전쟁 전' 사람이라고 칭하면서 그에 대한 온갖 상상에 혐오감을 부추겼다. (……) 게다가 ― 이 점은 오히려 사교계에 정통하지 못한 정치 인사들을 대상으로 한 것이지만 ― 부인은 사교계에서의 위치나 지적 가치라는 측면에서 샤를뤼스를 '정

---

* 프랑스 민족주의 문학의 대가인 바레스는 자연과 역사를 표현하기 위해 '대지와 죽음'이라는 은유를 사용하면서 민족이란 "조상에 대한 숭배이자 공동으로 물려받은 유산을 계속해서 가치 있게 하려는 의지"라고 정의한다. 이런 '조상'이란 말이 함축하고 있는 결정론적이고 보수주의적인 색채가 바로 프랑스 민족주의 담론의 주된 특징이라고 지적된다.(Tzvetan Todorov, *Nous et les autres*, Essais, Seuil, 1989, 306쪽 참조.)

신 나간 사람' 또는 '곁다리'라고 표현했다.(12권 147~148쪽)

사실 전쟁이 일어나고 모든 사람들이 프랑스의 승리를 바라는 가운데, 샤를뤼스는 프랑스의 절대적인 적이라고 할 수 있는 독일의 빌헬름 2세나 그 동맹국인 오스트리아-헝가리의 프란츠 요제프 황제, 이런 동맹국에 우호적인 눈길을 보내는 그리스의 콘스탄티노스 왕과 불가리아의 황제와 마찬가지로 프랑스의 패배를 바라고 독일의 승리를 기원하는 귀족들의 반열에 속한다. 이들 동맹국은 모두 군주제를 택한 구체제에 속하는 국가들로서, 이에 반해 러시아와 프랑스와 영국으로 표현되는 연합군은, 1917년 레닌이 주도하는 혁명파가 귀족 정치와 결별한 러시아뿐 아니라, 일찍부터 입헌 군주제를 택한 영국이나 좌파 정부가 통치하는 프랑스 제3공화국에 이르기까지 귀족 가치가 붕괴하고 새로운 시민 사회로 탄생한 국가들이다. 그러므로 '귀족의 인종과 시민의 민족'*은 서로 대립할 수밖에 없으며, 샤를뤼스도 다른 유럽의 귀족들처럼 세습과 혈통에 의한 귀족의 권력과 게르만족의 우월성을 믿는 구시대적인 인물로 부르주아 사회에서는 소외된 '곁다리'인 것이다.

"그 사람의 국적은 정확히 뭔가요? 오스트리아인 아닌가요?"하고 베르뒤랭 씨가 별 의미 없이 물었다. "천만에요. 전혀

---

* Hannah Arendt, 앞의 책, 74쪽.

아니에요." 하고 몰레 백작 부인이 대답했다. 그녀 마음의 첫 번째 움직임은 원한보다는 상식에 복종했다. "천만에요, 그는 프로이센 사람이에요." 하고 '여주인'이 말했다. "내가 말하잖아요. 난 알아요. 그자는 여러 번 반복해서 말했어요. 자신이 프로이센 귀족원의 세습 의원이자 전하(Durchlaucht)라고." "그렇지만 나폴리 여왕께서는 말씀하시기를……." "그녀가 소름 끼치는 스파이란 건 당신도 알잖아요." 하고 실각한 여군주가 어느 저녁에 자신의 집에서 보여 준 태도를 아직도 잊지 못한 베르뒤랭 부인이 소리쳤다.(12권 149~150쪽)

이렇게 오스트리아, 프로이센, 이탈리아로 이어지는 귀족들의 국가는 보편적이고 평등 정신을 믿는 프랑스인들에게는 모두 타도해야 할 악으로 간주되며, 그러므로 그들이 찬미하는 게르만족의 우월성이나 예술도 모두 위험 요소로 인식된다. 샤를뤼스의 혈통이 게르만족이며, 따라서 게르만족의 우월성과 귀족의 선민의식은 모두 구식의 지나간 시대의 가치들로, 따라서 그런 가치를 고수하는 사람들은 모두 '정신 나간 사람' 또는 '곁다리' 또는 '스파이'인 것이다. 이처럼 베르뒤랭 부인이 생각하고 체험하는 전쟁의 개념이 오로지 독일과의 싸움이며, 또 이런 싸움을 자초한 귀족과의 싸움이라면, 그것은 오귀스탱 티에리가 말하는 "게르만족인 귀족 계급과 켈트족인 부르주아 계급"*이라는 오래된 개념에 근거하는 것으로,

---

* Hannah Arendt, 앞의 책, 80쪽에서 재인용.

여하튼 이런 인종에 대한 지나친 강조가 훗날 히틀러에게 2차 세계 대전이라는 대량 학살의 명분을 제공했다는 것은 역사의 아이러니가 아닐 수 없다.* 그리하여 모든 유럽의 귀족들이 패배주의자의 심연으로 빠져들 때, 샤를뤼스의 경우 이런 사회적 위상을 위협하는 계보학적 가치 외에도, 도덕적인 기준이 추가적으로 작용하면서 그를 사회에서 완전히 소외된 아웃사이더로 배제시키기에 이른다.

1914년의 파리가 남성들이란 남성들은 모두 전선으로 떠난 여성들의 도시였다면, 1916년의 파리는 연합군들로 득실거리는 화려한 동방의 도시, 남성의 도시로 다시 복귀하면서 성도착자들의 천국이 된다. 그러므로 쥐피앵이 운영하는 유곽이 소돔이나 화산 폭발로 매몰된 폼페이와 동일시된다면, 그것은 쾌락을 좇는 동성애자들에게는 오히려 전쟁이 그들의 공포감을 잊기 위한 지극한 수단이 되며, 따라서 하늘의 불길은 이런 동성애자들의 악행을 처벌하기 위한 최후의 심판이나 세상의 종말을 재현하는 상징이 된다.

어쩌면 지금쯤은 재로 변했을지도 모르는 쥐피앵의 집을 생각했다. 왜냐하면 그 집을 나오자마자 바로 내 가까이에서

---

* 결정론적 사유에 따라 인종이 모든 것을 결정하며 인종의 혼합이나 쇠약은 인류의 퇴보를 야기하며, 따라서 인종의 순수성을 유지하는 것이 절대적으로 필요하다고 주장한 아르튀르 드 고비노(Arthur de Gobineau, 1816~1882)의 저서가 히틀러에게 막대한 영향을 미쳤다는 것은 주지의 사실이다.(Todorov, 앞의 책, 181~194쪽 참조.)

폭탄에서 떨어졌기 때문이다. 폼페이의 이름 없는 주민이 미리 예감했는지, 어쩌면 화산 분출과 재앙이 이미 시작된 초기였는지 자기 집 벽에 '소도마'라고 썼던 것처럼, 샤를뤼스 씨가 예언적으로 '소도마'라고 썼을지도 모르는 집을 생각했다. 그러나 쾌락을 찾으러 온 사람들에게 사이렌 소리나 고타 폭격기가 무슨 상관이 있겠는가? (……) 폭탄을 예고하는 사이렌 소리도 쥐피앙의 고객들에게는 빙산과 마찬가지로 방해물이 되지 않았다. 게다가 신체에 대한 즉각적인 위험은 오래전부터 병적으로 괴롭혀 온 공포로부터 그들을 해방시켜 주었다.(12권 273~274쪽)

모든 사람들이 쉴 새 없는 비행기 공습으로 공포에 떠는 가운데, 화자는 어느 날 거리에서 "두 명의 알제리 보병 뒤로 중절모를 쓰고 긴 우플랑드를 걸치고 보랏빛 얼굴을 한 체격이 장대한 키 큰 남자가 걸어가는 모습"(12권 146쪽)을 목격하고, 이어 다시 공습이 시작되면서 컴컴한 밤거리를 헤매다가 마침내 쥐피앙이 운영하는 유곽에서 샤를뤼스를 만나게 된다.

갑자기 복도 끝 외따로 떨어진 방에서 신음을 참는 소리가 들리는 것 같았다. 나는 소리가 나는 방향으로 급히 걸어가서 귀를 문에 붙였다. "부디 자비를, 자비를 베푸세요. 불쌍히 여기시고 나를 풀어 주세요. 너무 그렇게 세게 때리지 마세요."라고 어떤 목소리가 말했다. "발에다 키스할게요, 복종할게요. 다시는 시작하지 않을게요. 불쌍히 여겨 주세요." "안 돼. 이 방탕한 녀석." 하고 다른 목소리가 대답했다. "네놈이 소리를 지르고 무릎으로 기고 있으니 침대에 묶을 거야. 인정사정없어." 그리고 나는 가죽 채찍으로 때리는 소리를 들었는데, 고통스러운 외침이 들리는 걸로 보아 아마도 못 같은 것이 박힌 날카로운 채찍인 것 같았다. 그때 나는 그 방에 커튼 치는 것을 잊어버린 둥근 측면 창이 있는 걸 보았다. 어둠 속을 살금살금 걸어가 둥근 창까지 미끄러졌다. 거기서 나는 바위에 묶인 프로메테우스처럼 침대에 묶인 채 모리스가 때리는 못 박힌 가죽 채찍 세례를 받으면서 이미 피투성이가 된, 또 그 형벌이 처음 가해지지 않았음을 증명하는 피멍으로 덮인 샤를뤼스 씨를 내 앞에서 보았다.(12권 241쪽)

샤를뤼스의 성적 취향을 형상화하고 있는 이 채찍질 장면에서 우리는 우선 샤를뤼스를 고통 속에서 일종의 육체적 쾌감을 느끼는 마조히스트라고 생각할 수 있다. 그러나 프루스트는 마조히스트란 용어를 한 번도 사용한 적 없으며, 더욱이 이런 그를 화자는 사디스트라고 칭한다.("게다가 사디스트에게는 ── 아무리 착한 사람이라고 해도 또 실제로 나은 사람이라면 더더욱 ── 악인이 다른 목적에서 하는 행동을 통해서는 결코 충족되지 않는 어떤 악에 대한 갈증이 있다.")(12권 261~262쪽) 게다가 샤를뤼스는 쇠사슬로 매질을 가하는 모리스를 모렐과 흡사하다고 느끼며, 또 모리스는 범죄자와는 거리가 먼 '모렐의 대용품' 또는 '어떤 전형에 속하는 걸' 가졌다고 생각하며 이런 가학자에 대해 일종의 연민마저 느낀다.("그 아인 충분히 난폭하지 않단 말이야. 얼굴은 마음에 들지만 마치 배운 걸 암기하듯 날 방탕한 녀석이라고 부르거든.")(12권 245쪽) 그런데 이 사디스트란 말은 이미 몽주뱅의 일화에서 사용된 적이 있다. 아버지의 사진에 침을 뱉으며 아버지를 모독하는 데서 일종의 쾌감을 느끼는 뱅퇴유 양을, 화자는 '악의 예술가'라고 칭하면서도, 그것이 친구의 마음을 거스르지 않으려는 나약함에서 비롯된 것일 뿐, 아버지에 대한 사랑이 결코 퇴색하지 않았음을 보여 준다고 그녀가 느끼는 죄책감을 공유하는 모습을 우리는 기억한다.(1권 283~284쪽)

그러므로 샤를뤼스나 뱅퇴유 양 모두 고통 속에서 쾌감을 느끼는, 또 쾌감 속에서 죄책감을 느끼는 엄밀히 말하면 사도마조히스트라고 할 수 있다. 요시카와 교수에 따르면 사디즘은 18세기의 사드 후작에게서, 마조히즘은 19세기의 레오폴트 폰 자허마조흐에서 유래하는데, 이 두 단어를 합성한 사도마조히즘은 리하르트 폰 에빙의 『성적 사이코패스』(1898)에서 처음 사용되었으며, 그러나 프랑스에서는 1960년대에 이르러서야 통용되었다고 설명된다. 사도마조히즘이 가지는 이런 양가성에 대해 프로이트는 이미 "가학증 환자는 동시에 언제나 피학증 환자이다."라고 지적한 바 있는데,* 사도마조히즘적인 성향을 가진 인간은 고통을 받는 데서 기쁨을 느끼지만, 동시에 상대방이 고통을 야기하는 데서 느낄 죄책감을 상

---

* Kazuyoshi Yoshikawa, "Proust sadomasochiste?", Collège de France, 2020, 6쪽 참조.

상하며 고통을 느낀다는 점에서 몽주뱅의 장면과 샤를뤼스의 사창가 장면은 동일한 구조를 반복한다.

이런 맥락에서 당시 클레망소가 《자유인》에 이어 발간한 신문 이름이 《사슬에 묶인 인간》이라는 사실은 많은 의미를 함축한다. 졸라의 「나는 고발한다」를 발간한 《로로르》의 편집 주간이었으며, 검열에 저항하는 언론의 서사시적 투쟁을 환기하기 위해 《사슬에 묶인 인간》이란 신문을 발간했던 그가 국무 회의 의장과 전쟁 장관을 거쳐 전쟁 후에는 미국의 윌슨 대통령과 함께 베르사유 조약에 조인하여, 독일에 일방적인 복종을 강요했다는 사실은, 클레망소가 화자에게는 피해자와 가해자의 이미지를 동시에 구현하고 있음을 말해 준다.

또 이 '사슬에 묶인 프로메테우스'는 십자가에 박힌 그리스도의 이미지를 형상화한다.("마침내는 프로메테우스가 힘에 의해 순수 물질의 바위에 스스로를 못 박는 데 동의하는 날까지 이르렀던 것이다.")(12권 281쪽) 제우스로부터 불을 훔쳐 인류에게 맨 처음 문명을 가르쳐 준 문명의 선구자라는 긍정적인 이미지가, 오히려 물질적이고 덧없는 세계에 연결된 인간이라는 부정적인 이미지로 재현되면서 지옥으로 하강한 샤를뤼스, 추락한 늙은 귀족의 이미지를 이중화한다. 샤를뤼스의 진화 단계에서 그가 스스로에게 가하는 형벌인 '사슬에 묶인 프로메테우스'는 그의 병이 새로운 단계, 완전한 광기의 상태에 진입했음을 말해 주며, 이런 관능적인 쾌락 속에 빠진 존재의 해체를 묘사하기 위해, 프루스트는 악덕에 의해 지배되는 자동 인형이라는 은유를 사용한다. 그런데 샤를뤼스가 광인이라면, 그

는 적어도 자신이 광기의 희생물이라는 사실은 알고 있다,

그렇지만 어쩌면 순수 물질의 바위라는 나의 표현은 부정확했
는지도 모른다. 이런 순수 물질에도 약간의 정신은 여전히 떠돌
수 있기 때문이다. 그 광인은 어쨌든 자신이 광기의 먹잇감임을
알았고, 그렇지만 그런 순간에도 그는 놀이를 했다.(12권 281쪽)

샤를뤼스란 인물이 남성성과 여성성, 물질과 정신을 결합
하는 '보기보다 모순되지 않은 존재라면,'* 그가 전달하는 불
길은 마치 연금술사의 불길처럼 물질이 지배하는 단계에서
정신적인 것이 지배하는 세계로 넘어가는 정화의 불길이며,
또 이것은 화자가 샤를뤼스란 패배주의자의 단계를 극복하고
새로운 단계에 진입할 수 있음을 예고한다. 어쩌면 샤를뤼스
와 더불어 19세기의 모든 가치와 전통은 종말을 고하며, 그러
나 어쩌면 그와 더불어 새로운 20세기가 시작되는지도 모른
다. 왜냐하면 화자에게서 스완과 샤를뤼스는 예술의 딜레탕트
인 실패한 예술가의 전형으로, 샤를뤼스는 모렐이란 바이올리
니스트를, 스완은 오데트란 화류계 여인을 열정적으로 사랑하
면서 삶을 위해 예술을 포기한 자들이기 때문이다. 그러므로
화자는 샤를뤼스와의 이런 사창가에서의 만남을 통해, 그의
상징적인 죽음을 통해서만 마술 같은 진리에 이르는 문을 통

* "단순히 기질이 여성적이라는 이유 때문에 남성다움을 이상으로 삼고 일상
생활에서는 외관상으로만 다른 남성들과 닮은, 보기보다 모순되지 않은 존재들
의 종족에 속했다."(7권 38쪽)

과하고, 마침내 새로운 삶을 시작할 수 있는지도 모른다.

그러나 이따금 모든 것을 잃었다고 생각하는 순간 우리를 구원하는 신호가 온다. 모든 문을 두들기지만 그 문은 어느 것에도 이르지 않고, 그렇지만 우리가 들어갈 수 있는 단 하나의 문, 100년 동안 헛되이 찾았을지도 모르는 문에 알지도 못한 채 부딪치게 되고, 그리하여 문이 열린다.(13권 28~29쪽)

이렇게 '문'과 '달'의 이미지는 「되찾은 시간」의 전반부를 지배하는 이미지로, 지옥의 어둠 속으로 하강한 후에야 새로운 빛에 이를 수 있다는 듯, 스완과 샤를뤼스의 실패한 삶을 마감하고 그들의 패배 의식과 좌절감을 극복한 후에야 화자는 새로운 삶에, 새로운 진리에 도달하게 되는 것이다.

3 비의지적 기억과 인상의 진리

요양원에서의 생활로 인해 파리에 오랫동안 부재했던 화자는 게르망트 대공 부인이 개최하는 오후 모임에 참석하기로 결심한다. 그런데 이 모임은 일련의 비의지적 기억의 체험과 시간의 파괴적인 힘을 체험하는 가면무도회로 이중화되어, 「되찾은 시간」의 모든 내용이 이런 이분법적 구조 위에 축조된 듯한 느낌을 준다. 게르망트 저택으로 들어서는 순간, 화자는 고르지 않은 포석을 밟으면서 예전에 마들렌을 먹을 때와 동일한 기쁨을 맛본다.

조금 전에 말했던 이런저런 서글픈 생각들을 굴리면서 게르망트 저택의 안마당에 들어섰을 때, (……) 몸을 바로 하려고 앞의 포석보다 조금 낮게 깔린 포석에 발을 내딛는 순간, 내 모든 절망감이 발베크 근교를 마차로 산책했을 때 예전에 본 것을 알아본 듯한 나무들의 풍경이나, 마르탱빌 종탑의 풍경, 차에 적신 마들렌의 맛, 내가 앞에서 얘기하고 뱅퇴유의 마지막 작품에 통합된 것처럼 보였던 수많은 상이한 감각들이 내 삶의 여러 다양한 시기에 주었던 것과 동일한 행복감 앞에 사라지는 것이었다. 마들렌을 맛보았을 때처럼 미래에 대한 온갖 불안과 온갖 지적 의혹이 사라졌다. 조금 전까지만 해도 문학에 대한 재능과 문학 자체의 현실에 대해 나를 사로잡았던 의혹이 마법처럼 제거되었다.(13권 29쪽)

왜 화자는 고르지 않은 포석에 발을 딛는 순간 자신의 문학적 재능이나 문학의 현실에 대한 의혹이 마법처럼 사라지는 듯한 느낌을 받았을까? 마들렌을 맛보았을 때처럼 과거와 현재에 공통된 두 감각에 의해 시간적인 거리감을 초월하는 어떤 영원성의 이미지를 엿보았기 때문일까? 그런데 우리는 위 문단에서 마들렌 일화가 보여 주는 과거와 현재의 공통된 감각에서 연유하는 기쁨 외에도, 발베크 근교의 나무들과 마르탱빌 종탑의 풍경, 그리고 뱅퇴유 음악이 나란히 자리하고 있음을 본다. 사실 「되찾은 시간」에서 화자는 고르지 않은 포석과 스푼 소리와 뻣뻣한 냅킨을 통해 마들렌을 맛보았을 때처럼 어떤 초시간적 실재를 경험하지만, 나무들의 풍경이나 마르탱빌 종탑은 꿈이나 상상력에 호소하는 자연의 어렴풋한 인상을 가리키며, 뱅퇴유 음악은 미학적인 인상이라는 점에서 순수 의미에서의 비의지적 기억과는 구별된다. 그러므로 프루스트가 「되찾은 시간」에서 이 모든 것들을 가리켜 인상(impression)이라고 칭하면서, 이런 인상을 사물의 형상으로 가시화하는 것이 우리가 써야 할 유일한 책이라는 발언은 조금은 우리를 당혹스럽게 한다.

우리 지성에 의해 쓰이지 않고 사물의 형상이란 문자로 쓰인 책만이 우리의 유일한 책이다. 우리가 구성하는 관념이 논리적으로 옳지 않다는 의미가 아니라, 다만 그 관념이 진리인지 아닌지를 모르겠다는 의미이다. 오로지 인상만이, 비록 그 질료가 빈약하고 그 흔적이 포착하기 힘든 것이라 할지라도 진리의 유일한 기준이 되며, 바로 그렇기 때문에 정신이 포착할 만한 가치를 지닌 유일한 것이 된다. 왜냐하면 정신이 인상으로부터 그 진리를 끌어낼 때, 인상만이 그 진리를 보다 높은 완성으로 이끌고, 또 정신에 순수한 기쁨을 줄 수 있기 때문이다.(13권 48~49쪽)

사실 위 인용문은 러스킨의 영향이 강하게 느껴지는 대목이다. 그런데 러스킨의 주된 가르침은 시각 세계에 대한 일종의 '책 읽기'로서, 자연이란 신의 손길로 쓰인 텍스트라는 중세의 믿음에 따라, 자연을 윤리적이고 종교적인 가치를 표현하는 일종의 회화적 언어로 정의한다. 예술가의 임무는 이런 자연의 글쓰기를 포착하고 의미를 규명하여 '인상의 성스러운 진리'에 도달하는 데 있으며, 이처럼 '인상의 진리'에 근거하는 가장 완성된 표현이 터너의 풍경화와 고딕 성당이라고 설명된다.* 화자는 이런 러스킨의 가르침을 환기하듯, 자연 세계의 가시적인 형상 너머로 도덕적 본질이나 신의 속성이 감추어져 있다는 듯, 끊임없이 어렴풋하고 모호한 자연의 기호 뒤에 무엇인가 감추어져 있다고 생각한다.

나는 이미 콩브레에서 나로 하여금 바라보도록 강요하는 어떤 이미지를, 구름이나 트라이앵글, 종탑, 꽃, 조약돌을 주의 깊게 응시하면서 그 기호들 뒤에 내가 발견하려고 노력하는 것과는 전혀 다른 무엇이 들어 있으며, 물질적인 대상만을 표상한다고 여겨지는 상형 문자와 같은 방식으로 그 기호들이 번역하는 어떤 사유가 들어 있다고 느꼈는데, 이런 기억은 이미 그때 내가 동일한 존재였으며, 또 내 성격의 근본적인 특징과 겹친다는 점에서 기뻤지만, 그 후로 내가 조금도 발전하지 않았음을 보여 준다는 점에서는 슬펐다.(13권 46쪽)

이렇게 자연의 인상은 어떤 사유의 이미지를 감추고 있으며 "절반은 대상 속에 싸여 있고, 다른 절반이 우리 마음속으로 연

---

* 『프루스트 사전』, '인상', '러스킨' 494~495, 887~891쪽 참조. 러스킨은 '인상의 진리'를 예술 작품의 기준으로 내세우면서 인상을 다른 모든 개념보다 중요한 개념으로 간주했다.

장되어 우리만이 알아볼 수 있는 이중적인 존재"(13권 66쪽)이므로, 이런 대상 속에 감추어진 인상을 예술가는 펼치고 설명하고 번역해야 한다. '인상의 진리', '성스러운 텍스트로서의 자연' 외에도, 우리는 러스킨이 말하는 '형상'과 '상형 문자'란 단어에 주목할 필요가 있다. 신의 진리는 언제나 이미지나 형상을 통해 가시적이고 물질적인 상태로 재현되며, 그것이 마들렌이든 스푼이든 냅킨이든, 사물이 우연에 의해 우리 인식의 영역에 침투할 때, 우리는 어떤 진리를 끌어내도록 강요를 받으며, 이런 우연과 강요에 의한 진리 해독만이 추상적인 가능한 진리가 아니라, 구체적이고 실제적인 진리를 취득하게 해 주는 것이다. 그러므로 진리를 되찾고 부활하게 하는 것이 비의지적 기억이나 무의식적 회상의 몫이라면, 그것을 식별하고 번역하고 사람들이 이해할 수 있는 건축물로, 대성당으로 축조하는 것은 지성의 몫이다. 그러므로 작가는 창조하는 자가 아니라 마음속에 있는 인상을 파헤치고 규명하고, 자신의 언어로 옮기는 번역가이다.

나는 본질적인 책, 유일하게 참된 책은 이미 우리 각자의 마음속에 존재하기 때문에 위대한 작가는 통상적인 의미에서 발명할 필요가 없으며, 다만 번역하기만 하면 된다는 것을 깨달았다. 작가의 임무와 역할은 바로 번역가의 그것이다.(13권 65쪽)

그렇다면 이런 인상을 어떻게 자신의 언어로 번역할 것인가 하는 문제가 대두된다. 러스킨의 말처럼 인상의 진리를 '사물의 형상이란 문자'로 외재화해야 한다면, 우리는 프루스트가 은유를 정의하는 대목에서 동일한 울림을 발견할 수 있다.

우리는 묘사되는 장소 안에 나타나는 모든 대상들을 하나의 묘사 속에 무한히 이어지게 할 수 있다. 그러나 작가가 상이한 두 대상을 포착하여, 과학 세계의 유일한 관계인 인과율과 유사한 관계를 예술의 세계에서 설정하고, 아름다운 문체의 필연적인 고리 안에 가둘 때라야 진리는 시작된다. 삶에서도 마찬가지로 두 감각에 공통된 성질을 비교하면서 그 두 감각을 서로서로 은유 속에 결합시킬 때라야 시간의 우연성에서 벗어난 공통된 본질을 도출할 수 있다. 이런 관점에서 보면 자연 자체가 나를 예술의 길로 들어서게 했던 것은 아니었을까? 자연 자체가 예술의 시작이 아니었을까? 자연은 오랜 시간이 지난 후에도 사물의 아름다움을 다른 것을 통해서만, 콩브레의 정오는 종탑 소리 안에서, 동시에르의 아침은 온수 장치의 딸가닥거리는 소리 안에서 알게 했던 것은 아닐까?(13권 63~64쪽)

프루스트의 은유는 우선 '대상들을 무한한 묘사 속에 이어지게 하는 글쓰기,' 즉 '영화적 글쓰기'와의 차별화에서부터 시작된다. 그러나 이 영화적 글쓰기는 실은 사실주의 문학이나 공쿠르식의 기록 문학을 가리키는 것으로, 객관적인 사실의 나열은 사물의 진정한 진리나 깊이를 규명하지 못하며, 은유는 이런 외관의 미학이 아닌 깊이의 미학을 구현하는 것을 목적으로 한다. 따라서 위 문단에서 말하는 '유사한', '시간의 우연성에서 벗어난', '공통된 본질'이란 말들은 모두 은유가 비의지적 기억의 등가물로, 본질이 가지는 확실성과 지속성과 초시간적인 실재를 조망한다는 점에서 긍정적인 의미를 담고 있다. 그러나 우리는 위 문단이 말하는 사물의 '공통된 본질'이 프루스트에게서 과연 핵심적인 요소인가 하는 물음을 던지게 된다. 왜냐하면 진정한 프루스트의 기적은 홍차에 적신 마들렌이 다른 차에 적신 마들렌과 유사한 맛을 가져서가 아니라, 이 두 번째 마들렌과 더불어 첫 번째 고통스러웠던 밤의 콩브레가 사라지고, 새로운 대낮의 찬란한 콩브레가 나타난다는 데 있기 때문이다. 사실 마들렌을 맛보기 전에 우리에게 제시되는 콩브레는 하나의 시간(저녁 7시)과 하나의 공간(어머니와의 만남을 기다리는 그 '빛나는 계단')으로 축소된 수직적인 밤의 콩브레이다. 그러나 마들렌을 맛보고 난 후에 펼쳐지는 콩브레는 모든 시간, 모든 공간으로 확대된 수평적인 대낮의 찬란한 콩브레이며, 게다가 여기서 비교된 대상(현재의 마들렌)과 유사성(맛과 냄새)은 기억의 기능을 수행하고 나면 곧 망각 속으로 추락한다. 물론 마들렌 일화나 회상에 관련된 일련의 일화들을 순수한 의미에서의 은유로 간주하기는 어렵다. 그러나 그것은 적어도 프루스트가 은유를 어떤 유형하에 생각하고 있는지를 보여 주며, 엘스티르의 그림이 그 대표적인 표현일 것이다.

그가 도시를 그리기 위해서는 바다의 요소만을, 바다를 그리기 위해서는 도시의 요소만을 사용하면서 관람자의 정신에 예

고한 것은 바로 이런 종류의 은유였다.(4권 324쪽)

이처럼 프루스트의 은유는 두 요소의 현존이 아닌, 하나가 다른 하나를 파기하고 대체하는 '부재 속의 은유'이다. 그러므로 그것은 본질이 가진 동일성이나 유사성보다는 차이를 겨냥하며, 이 차이가 무한한 의미를 생산하고 텍스트를 다른 것으로 향하게 하는 것이다. 화자는 베네치아 여행에서 "예전에 콩브레에서 자주 느꼈던 것과 유사한, 그러나 완전히 다른 방식으로 보다 풍요롭게 전환된 인상을"(11권 351쪽) 음미한다. 베네치아는 콩브레이지만 다른 콩브레이며, 콩브레와의 유사성 안에 내재하는 차이가 더 본질적인 것이다. 은유가 차이에 근거한다는 프루스트의 단언은 바로 예술의 정의가 이런 차이의 생산에 있다는 저 유명한 말로 이어진다.

왜냐하면 작가에게서 문체란 화가에게 색채와 마찬가지로 기법의 문제가 아닌 비전의 문제이기 때문이다. 문체는 의식적이고 직접적인 방법을 통해서는 불가능한, 세계가 우리에게 나타나는 방식에서의 질적 차이의 드러남이며, 예술이 없다면 우리 각자에게 영원히 비밀로 남아 있을 그런 차이이다. 우리는 오로지 예술을 통해서만 우리 자신으로부터 벗어날 수 있으며, 우리의 우주와는 다른 우주, 달에서 보는 풍경만큼이나 우리에게는 낯선 우주에 대해 타자가 보는 것을 알 수 있다. 예술 덕분에 우리는 단 하나의 세계, 우리만의 세계를 보는 대신 세계가 증식되는 걸 보며, 독창적인 예술가가 많으면 많을수록 더 많은 세계를, 각각의 세계가 무한 속에 굴러가는 것보다 더 상이한 세계를 우리 마음대로 이용할 수 있으며, 그리하여 그 세계는 몇 세기가 지난 후 렘브란트 또는 페르메이르라고 불리는 광원이 꺼진 후에도 여전히 그들의 특별한 빛을 보내온다.(13권 74∼75쪽)

이렇게 프루스트에게서 은유가 단순한 기법상의 문제가 아닌 세계를 인식하는 방식이며, 모든 것이 획일적인 세계에서 예술만이 이런 진정한 차이를 생산할 수 있는 유일한 실체라면, 그것은 은유가 겨냥하는 공통된 본질보다는 차이가, 각각의 개별적인 주체가 보고 이해하는 관점이 더 중요하다는 것을 말해 준다. 우리는 이런 차이와 다양한 관점을 통해서만 타자가 보는 세계 속으로, 무한 속에 굴러가는 세계 속으로 들어갈 수 있으며, 따라서 차이가 문학의 본질이며 생명인 것이다. 이처럼 다른 것을 통해서만 사물을 지각하는 프루스트의 간접적인 비전이 사물의 본질이 아닌 수많은 차이를 생산하는 역동적인 의미 생성의 공간으로 그 정당성을 부여받는다면, 그것은 모든 것을 신의 속성이나 영혼으로 종속시키는 러스킨의 가르침과는 상반된 결과를 유발한다. 물론 "원인부터 설명하지 않고 우리 지각이 받아들이는 순서에 따라 사물을 제시"하는 수많은 착시 현상이나, 시간의 흐름 속에서 덧없이 변하고 사라지는 인상파의 '증기적인' 풍경을 묘사하는 엘스티르의 그림(4권 528쪽)은 러스킨이 말하는 인상주의 이론의 대표적인 재현물이다. 그럼에도 불구하고 프루스트의 은유는 현실이 가진 다양하고도 복합적인 성격 때문에 본질이 주는 안

정감과는 거리가 먼 "고통스러운 분리와 불가능한 통합"*의 역
설적인 풍경을 그리면서 스스로를 부정하고 해체하는 모호한
움직임을 도출한다. 물론 프루스트의 은유가 차이를 생산하
고, "아름다운 문체의 필연적인 고리" 안에 가두는 환유가 그
차이를 시간적이고 공간적인 인접성에 의해 구조화하면서 성
당이나 옷과 같은 작품으로 축조한다 할지라도, 우리가 앞에
서 살펴본 알베르틴의 얼굴처럼(4권 532~533쪽), 상이한 시
간과 상이한 공간 속에 누적된 수많은 차이들이 텍스트적인
과잉을 이루면서 서로를 중복하고 이중 인화하고 파괴하는
초인상의 환상적인 효과를 자아내는 것이다.

또한 화자는 게르망트 대공의 서재에서 어린 시절 할머니
가 그의 축일 선물로 준비했으며, 또 어머니가 그 고통스러웠
던 밤에 읽어 주었던 『프랑수아 르 샹피』를 발견하고 깊은 감
동에 휩싸인다.

그래서 생각하기를 멈추지 않으면서 게다가 별다른 주의도
기울이지 않은 채 귀중본을 한 권씩 한 권씩 꺼내다가 무심코
그중 한 권을 펼쳤는데, 조르주 상드의 『프랑수아 르 샹피』였
다. 지금 내가 하는 사유와는 너무도 일치하지 않는 어떤 인상
으로 인해 처음에는 충격을 받고 불쾌했지만, 이내 그 인상이
내 사유와 얼마나 일치하는지를 깨닫고는 깊이 감동하고 눈물
을 흘리기까지 했다. (……) 그 제목은 내가 더 이상 문학에서

---

* Gérard. Genette, "Proust Palimpseste," *Figures I*, Seuil, 1966, 51쪽.

발견하지 못한, 문학이 실제로 우리에게 신비의 세계를 제공한다는 관념을 주었다. 그렇지만 그것은 그렇게 대단한 책이 아닌 『프랑수아 르 샹피』였다.(13권 53쪽)

어린 시절에 읽었던 책은 앞에서 말하는 인상의 세 번째 유형, 즉 뱅퇴유 음악이 환기하는 미학적인 인상에 속하는 것으로 책이 우리에게 주는 기쁨이다. 그런데 왜 프루스트는 이 지점에서 문학적 가치로 보아 별로 '대단한 책이 아닌' 조르주 상드의『프랑수아 르 샹피』를 언급하는 것일까? 그리고 이 책이 다른 무엇보다도 '신비의 세계'로 각인된다면, 책의 어떤 내용이 그에게 억압되고 금지된 것처럼 보이는 것일까? 사실 『프랑수아 르 샹피』는 업둥이를 입양한 어머니 마들렌과 아들 프랑수아의 근친상간적인 사랑을 다룬 작품으로, 방앗간 주인인 남편의 질투 때문에 어쩔 수 없이 집을 떠나게 된 아들이, 남편이 죽은 후 다시 돌아와 어머니를 경제적인 어려움과 병으로부터 구하고, 어머니와의 행복한 합일을 이룬다는 이야기이다. 마들렌이라는 이름의 상징성과 어머니와의 결합과 아버지의 죽음을 바란다는 점에서 가족 소설의 전형을 이루는 낭만주의 계열의 소설로 정의되는 이 작품은 사실 어린 화자의 팡타즘으로 해석될 수 있다. 어머니의 키스를 그토록 애타게 그리던 아들에게 어머니는 사랑의 책을 읽어 준다. 어머니는 자신이 현실에서 주지 못하는 사랑을 조르주 상드의『프랑수아 르 샹피』의 책 읽기를 통해 아들의 목마름을 채워 준다. 이것은 성인이 된 후에도 어머니의 사랑에 굶주린 아이의 원초적인 결핍이, 책 읽기나 글쓰기라는 간접적인 체험을 통해서만 충족될 수 있다는 것을 시사한다. 그러나 이 책은 이런 행복한 합일의 기쁨만을 표현하는 것일까? 어쨌든 이 책의 제목을 보고 나서 자신의 삶을 소재로 한 작품을 쓰겠다는 놀라운 발언이 이어진다.

> 그때 예술 작품만이 잃어버린 '시간'을 찾기 위한 유일한 방법임을 내게 가르쳐 준 빛보다 찬란하지는 않았지만, 그래도 새로운 빛이 내 마음속에 비추었다. 그리하여 나는 문학 작품의 이 모든 소재가 내 지나간 삶이라는 걸 깨달았다. 이 소재는 하찮은 쾌락이나 게으름, 다정함, 고통의 순간에 내게로 와 그래서 내 몸속에 저장되었으나 마치 식물을 키우는 데 필요한 온갖 양분이 보존된 씨앗보다도 더 나는 그것의 용도나 생존 가능성을 짐작하지 못했다는 걸 깨달았다. (……) 이렇게 해서 그때까지의 내 모든 삶은 '소명'이라는 이름으로 요약될 수 있으며, 또는 요약되지 않을 수도 있다.(13권 79~80쪽)

사실 게르망트 대공의 서재에서 체험한 네 개의 비의지적 기억들 중, 즉 포석과 스푼과 냅킨과 『프랑수아 르 샹피』 중 화자에게 "잃어버린 시간을 예술 작품으로 고정시킬 수 있다는 확신을 준" 유일한 것이 바로 이 책의 추억이다. 그 이유는 우리가 어린 시절에 했던 독서, 책의 주인공과 동일시하고 감정 이입을 하고, 함께 울고 기뻐하고 슬퍼하는 '욕망의 독서' 또는 '상상적 독서'만이 글쓰기에 대한 욕망을 유발하기 때문이다. "독서 안에는 우리 몸의 모든 감동이, 즉 매혹, 휴식, 고통 쾌락이 혼합되어 뒤섞여 있다. 독서는 조각난 몸이 아니라 동요하는 몸을 생산한다."*라는 바르트의 말처럼, '동요하는 몸' 또는 '감동하는 몸'을 연루시키는 이런 독서야말로 책과 더불어 하나가 된 유년 시절의 순수한 감동을 재현한다.

더욱이 우리가 어느 일정 시기에 본 사물이나 읽은 책은, 단지 그때 우리 주위에 있던 것에만 언제까지나 연결되지 않고, 당시의 우리 모습 그대로 충실하게 남아 있으면서 그때의 우리 감성이나 인간, 상념에 의해 다시 느끼고 다시 사유할 수 있게 한다. 내가 만일 서재에서 『프랑수아 르 샹피』란 책을 다시 꺼내 든다면, 즉시 내 마음속에 있는 한 아이, 유일하게 『프랑수아 르 샹피』란 제목을 읽을 권리를 가진 아이가 자리에서 일어나 나를 대신하고, 예전에 그 책을 읽었을 때 정원의 날씨가 그에게 주었던 것과 똑같은 인상, 고장과 삶에 대해 그가 품었던 것과 똑같은 꿈, 미래에 대한 똑같은 고뇌를 가지고 그 책을 읽는다. (13권 56~57쪽)

책을 읽을 때 정원의 날씨나 주변의 풍경, 거기 연결된 꿈이나 고뇌 등은 작가의 개별적인 몸에서 우러나와 독자의 몸을 감동시키러 오는 전기소들(biographèmes)**이다. 독자는 책

---

* Roland Barthes, "Sur la lecture," *Bruissement de la langue*, Seuil, 1984, 43쪽.
** Nicolas Carpentiers, *La lecture selon Barthes*, L'Harmattant, 1998, 153쪽.

을 읽는 동안, 의미의 보유자나 작품의 아버지로 이해하지 않고 자신의 욕망을 건드리는 어떤 세부적인 것에 의해 저자를 인지한다. 그것은 일상적인 삶의 양상, 날씨, 목소리, 말투, 옷차림 등으로 삶의 진정한 소여인 것이다. 이처럼『프랑수아 르 샹피』라는 소설의 제목을 보면서 화자가 환기하는 것은 단지 어머니와 떨어져 보내야 했던 그 고통스러웠던 저녁 키스 장면만이 아니라, 엄마를 기다리다 지친 아이, 할머니를 놀리는 가족들의 불의와 부정, 그 앞에서 아무 말도 못하고 지켜볼 수밖에 없는 아이의 비겁함, 그리하여 그 고통스러운 기억을 지우기 위해 화장실로 몰래 도망가서 책을 읽는 모습, 이 모든 것이『프랑수아 르 샹피』라는 책 주위에 주조되는 것이다.(1권 26~28쪽) 바르트는 프루스트의 작품에서 우리의 감동하는 몸을 연루시키는 이런 상상적 독서의 예로 콩브레에서의 편지 사건을 든다. 어머니를 기다리다 지친 아이는 프랑수아즈를 시켜 어머니에게 편지를 보낸다. 그러나 편지에 대한 어머니의 답변은 "대답 없음."이란 한마디 말뿐이다. "부인된 것은 내 요구가 아닌 내 실존의 마지막 수단인 내 언어이기 때문에 나는 더 확실히 취소된 것이다. 내 요구만 거절한 것이라면 나는 기다렸다 다시 시작할 수도 있었을 텐데. 이제 질문할 권리조차 빼앗겨 버린 나는 영원히 죽은 거나 다름없다."* 라는 바르트의 말은 이 사건이 어린 화자에게 얼마나 큰 상처를 남겼는가를 말해 준다. 그것은 루소에게서의 볼기 사건처

---

* 롤랑 바르트, 김희영 옮김.『사랑의 단상』(동문선, 2004), 218쪽.

럼 어머니의 절대적인 사랑을 외치는 사랑의 요구가 금기로 점철된 세계의 법칙과 정면으로 맞서는 비극적인 사건이다. 그러므로 화자가 자신의 작품 소재가 모두 스완에게서 왔다는 말은("작품의 소재만이 아니라 작품을 쓸 결심을 하게 된 것조차 스완 덕택이었다.")(13권 107쪽) 진실이며, 우리는 이런 기원의 진실을 담고 있는 종소리를 '가면무도회'에서 다시 듣게 될 것이다. 이제 화자는 진리의 보고인 서재를 떠나 사회적 연극이 연출되는 가면무도회로 발걸음을 옮긴다.

4 가면무도회와 몸의 글쓰기

이렇게 자신의 삶을 소재로 작품을 쓰기로 결심한 화자는 사교계의 모임이 더 이상 방해가 되지 않을 거라고 생각한다. 왜냐하면 "정신적 삶의 시동 장치가 지금은 서재에 혼자 있을 때처럼 살롱에서 손님들 한가운데서도 계속될 수 있을 만큼 꽤 강력하게"(13권 112쪽) 작동했으므로, 연회 도중에도 "예술 작품을 통해 초시간적 실재를 규명하고 지적 분석을"(13권 132쪽) 시도하기 위한 성찰을 계속할 수 있다고 생각했기 때문이다.

서재에서 내려오는 계단 밑에 이르렀을 때 나는 돌연 커다란 살롱에, 또 연회 한복판에 있는 자신을 발견했다. 그 연회는 내가 예전에 참석했던 것과는 많이 다른 것처럼 보였고, 그래서

내게 특별한 양상을 띠면서 새로운 의미를 가졌다. 사실 내가
그 커다란 살롱에 들어서자마자, 비록 조금 전에 세운 계획에
단단히 매달리고 있었음에도 불구하고, 갑자기 연극에서 말하
는 사건의 반전 같은 것이 일어나면서 뭔가 그 계획에 아주 심
각한 반론을 제기하는 것 같았다.(13권 115쪽)

이런 반전이나 충격은 과거의 시시한 부르주아였던 베르뒤
랭 부인이 귀족의 대명사인 게르망트 대공 부인이 되었다는
사실보다는, 시간의 파괴적인 힘이 화자가 알고 지내던 모든
이들을 강타하면서 전혀 알아볼 수 없는 형체로 만들어 마치
'가면무도회'에 참석한 것 같은 인상을 주었기 때문이다. 화자
는 그들이 밀가루로 회칠을 하고 머리를 물들였다고 생각하
지만, 그것은 다만 시간과 늙음이 그들의 육체에 덧씌운 새로
운 가면일 뿐이다.

세월이라는 비물질적인 색깔 속에 잠긴 인형들, '시간'을 외
재화하는 인형들, 보통 눈에 보이지 않지만 눈에 보이기 위해
우리 몸을 찾고 그리하여 그 몸을 만나기만 하면 어디서나 그
위로 시간의 마술 환등기를 보여 주기 위해 사로잡는 것이 '시
간'이다. 예전에 콩브레의 내 방 문고리에 비췄던 골로처럼 비
물질적이며 알아볼 수 없는 새로운 아르장쿠르 씨가 마치 '시
간'의 계시인 양 거기 놓이면서 시간을 부분적으로 가시화했다.
(……) 게다가 다른 사람들에게서 이런 변화와 진정한 소외(疏
外)는 자연사의 영역을 벗어난 듯했으며, 그래서 누군가의 이

름을 부르는 소리를 들을 때마다 나는 그 동일한 인간이 아르
장쿠르 씨처럼 새로운 유형의 특징이 아닌, 다른 인격의 외적인
특징을 제시할 수 있다는 데 놀랐다.(13권 122쪽)

지금까지 시간은 '포착할 수 없는 무색의' 존재로 눈에 보
이지 않았다면, 「되찾은 시간」과 더불어 그것은 가시적인 것,
명명할 수 있는 것이 된다. 그런데 이런 시간의 파괴적인 힘
은 다른 무엇보다도 '변화와 소외'로 정의된다. 시간은 파티
에 참석한 모든 사람들을 사로잡아 자기 것으로 만들면서 우
리가 모르는 낯선 존재, 거의 존재하지 않는 것이나 다름없는
물질로 환원시킨다. 이처럼 자신의 의지나 정신으로 통제할
수 없는 육체를 가진 아르장쿠르 씨는 '인형', '늙은 꼭두각
시', '삶은 넝마'로 변화하면서 존재와 비존재의 경계에 위치
한다. 아르장쿠르 씨의 본질이나 지속을 증명해 주는 것은 아
무것도 없으며, 거기에는 연속적인 시간의 파괴에 의한, 또는
늙음에 의해 부서진 조각난 얼굴의 잔해만이 존재한다. 게다
가 우리는 자신의 늙은 모습은 보지 못하지만 타인의 늙음은
인지하며("당신은 날 어머니로 착각하나 봐요.")(13권 165쪽), 마
침내는 타인이라는 '진실의 거울'을 통해 자신의 모습을 보기
에 이른다.

그리하여 내가 만난 첫 번째 진실의 거울에서처럼, 그들 의
견에 아직 젊다고 여기는, 나 자신도 아직도 그렇다고 여기는
노인의 눈을 통해 나 자신을 볼 수 있었다. (……) 왜냐하면 우

리는 자신의 모습이나 자신의 나이는 보지 못하지만, 각자는 마치 반대쪽에 있는 거울을 보듯 타인의 모습은 보기 때문이다.(13권 131쪽)

지금까지 화자는 자신을 질베르트와 알베르틴을 그토록 열렬히 사랑했던 이성애자로 간주해 왔으며, 또 그렇게 보여 왔음을 우리는 알고 있다. 그런데 이런 그가 돌연 '당신의 어린 남자 친구'(13권 127쪽)라는 레투르빌이 보낸 쪽지에 적힌 말 한마디 때문에, 그가 그토록 두려워하던 동성애자들의 집단에 속한다는 사실을 폭로하기에 이른다. 마치 알베르틴이 '항아리를 깨뜨리게 하다'라는 말 한마디로 그녀의 고모라적 속성을 드러냈던 것처럼(10권 256쪽), 이렇게 타인의 거울에 비친 화자는 늙고 병든 외로운 성도착자였던 것이다.

게다가 우리의 몸을 사로잡는 시간의 파괴적인 활동은 프루스트가 사회적 만화경이라고 부르는 부분에서 그 위력을 발휘한다. 여러 개의 색칠한 유리 조각을 원형 통 속에서 보면 갖가지 이미지들이 대칭적으로 반사하는 것처럼, 프루스트는 끊임없이 변화하고 이동하는 사회를 만화경(kaléidoscope)이라고 정의한다. 그리하여 그것은 어린 시절 어머니와 떨어진 그 고통스러운 시간을 채워 주기 위해 가족들이 그에게 마련해 주었던 마술 환등기처럼 사물과 사회를 사로잡는 끊임없는 변화의 물결을 표상한다. "괴테가 인형극을 통해 우주를 재현하는 법을 배웠다면, 프루스트는 "순간순간 흔들거리는" (1권 26쪽) 마술 환등기를 통해 살아가는 법을 배웠다는 풀레의 지적처럼,* 사물이나 존재가 계속 변화하며, 앞의 이미지의 사라짐이 반드시 다음의 이미지를 가져오지 않는 지속적으로 분열되고 해체하는 불안정한 세계가 곧 프루스트의 세계인 것이다. 부르주아 출신인 베르뒤랭 부인은 이제 파리의 사교계 여왕인 게르망트 대공 부인이 되며, 그토록 찬란했던 게르망트 공작 부인은 신분 낮은 여배우들과의 교류 때문에 포부르생제르맹에서 추방당하며, 스완의 죽음과 포르슈빌의 죽음으로 전직 화류계 여자였던 오데트는 게르망트 공작이 가장 총애하는 정부로 둔갑하고, 생루의 애인이자 시시한 창녀였던 라셀은 모든 사람의 인기를 독차지하는 명배우가 된다. 이런 변화에는 시간의 물리적 요인 외에도 역사적 사건이나 사회적인 요인도 작용한다. 드레퓌스 사건이 과거에 유대인과 드레퓌스 지지파들을 사회의 밑바닥으로 끌어들였던 것처럼, 지금은 민족주의자들을 사회의 정상으로 끌어올리며("유대인과 관련된 모든 것은, 설령 우아한 귀부인이라 할지라도 밑바닥으로 추락했으며, 무명의 민족주의자들이 상승하여 그 자리를 대신 차지했다.")(3권 163쪽), 샤를뤼스 같은 귀족들은 사회의 밑바닥으로 끌어내린다. 그러나 이 모든 변화는 새로움을 갈구하는 정신에서 비롯된 것으로 다만 사회적이고 정치적 사건에 국한되지 않고 종교나 사상, 예술 등 모든 분야로 확산된다.

왜냐하면 만화경이란 단순히 사교계 집단만이 아닌, 사회적

---

* Georges Poulet, "Proust," *Etudes sur le temps humain/1*, Plon, 1976, 403쪽.

이고 정치적이며 종교적인 사상에 의해 구성되며, 또 이 사상은 대중 속으로 폭넓게 굴절되는 덕분에 일시적으로 확산되기는 하지만, 그럼에도 그 새로움이 그렇게 까다롭지 않은 정신을 가진 사람만을 매료시키므로 수명이 짧은 사상으로 한정되기 때문이다.(13권 71쪽)

이처럼 새로운 사건이나 사상의 출현은 유행을 낳고, 또 그에 따라 사회적이고 정신적인 계층을 구조화하면서 사회를 변화의 소용돌이로 몰고 간다. 이런 맥락에서 과거의 찬란했던 명배우 라 베르마가 이제 자식들로부터 버림받아 병들고 늙은 고독 속에 방치되며, 이에 반해 과거의 시시한 창녀였던 라셸이 새롭게 인기 스타로 부상하는 모습은 시간의 변화에 의한 사회 계층의 이동이란 의미 외에도, 작가의 자전적 양상과 깊은 관련이 있다. 소설 속의 소설, 연극 속의 연극이라고 할 수 있는 라 베르마의 일화는 딸들에게 버림받은 고리오 영감처럼, 늙고 병든 어머니를 버리고 새로운 젊은 어머니를 찾아 나서는 모친 모독과 이에 따른 자식의 회한과 자책감을 투영한다. 그러므로 우리가 앞에서 말한 『프랑수아 르 샹피』에 의해 연상되는 행복한 합일의 꿈은, 이제 기원의 진실을 알리는 '종소리'에 의해 부인되고 되풀이되면서 화자를 그토록 오랫동안 억눌렀던 죄의식의 무게를 노출시킨다.

그렇게 긴 시간이 내내 멈추는 일 없이 나를 통해 멈추지 않고 존속되고 사유되고 분비되었다는 생각에 나는 어떤 피로감과 공포감을 느꼈다. 그 시간은 바로 내 삶이었고 나 자신이었으며, 게다가 시간의 현기증 나는 꼭대기에 올라선 나를 시간이 지탱할 수 있도록 매 순간 그 시간을 내게 묶어 놓아야 했으며, 마치 시간과 함께 갈 수 있다는 듯 시간을 이동하지 않고는 움직일 수 없다는 걸 느꼈다. 그렇게 멀리 있으면서도 마음속에 있는 콩브레 정원에서 종소리가 울리는 걸 들었던 날은, 내가 내 안에 가진 것을 알지 못한 채로 가지고 있던 그런 광대한 차원의 출발점이었다. 그토록 많은 세월이 내 아래, 그렇지만 내 마음속에 있는 걸 보자, 마치 수천 리 높은 곳에 있는 듯 현기증이 났다.(13권 329~330쪽)

「되찾은 시간」의 화자가 이 문단에서 강조하는 것은 바다같이 밀려드는 시간, 우리 몸을 완전히 다른 것으로, 다른 사람으로 만드는 시간, 그리하여 이런 흘러간 시간 앞에서 그 깊이를 재 보려고 하지만 광대한 시간의 흐름 앞에서 그 무엇으로도 시간의 흐름을 멈출 수 없다는 자명한 현실 앞에서 절망하는 자아의 모습이다. 그러나 이 자아는 외부에서 우리를 향해 밀려드는 침입자인 시간이 "나를 통해 존속되고 사유되고 분비"되는 수동적인 자아이지만, 동시에 마음 깊은 곳에서는 능동적으로 그 시간을 묶어 놓고 이동하고 움직이는 균열된 자아이다. 이처럼 외적인 시간과 내적인 시간으로 분리된 시간과, 수동적인 육체를 가진 자아와 능동적인 정신을 가진 자아의 분열은 높은 나무 다리 위에 올라선 몸이 느끼는 현기증으로 묘사되면서 시간이라는 불안정한 받침대 위에 놓인 인간을 보여 준다. 사실 '시간'은 「되찾은 시간」에서 진정한 주인공이다. 그것은 대문자 '시간(Temps)'으로 쓰는 고유 명사이며, 작품의 첫 번째 단어인 '오랜 시간(Longtemps)'과 작품의 맨 마지막 단어인 '시간 속에서(dans le Temps)'를 통해 반복되어 나타나면서 작품의 순환적인 성격뿐만 아니라, 『잃어버린 시간을 찾아서』가 이런 시간의 주제 위에 축조되었음을 말해준다. 어쩌면 프루스트의 독창성은 이렇게 시간이란 추상적이고 형이상학적인 실체를 제목으로 택하고,* 그 추상적인 실체를 소설적인 담론으로 극화했다는 데 있을 것이다. 우리는 이런 점에서 왜 그가 "현실적이지 않은 실재, 추상적이지 않은 관념"(13권 38쪽)이라고 말했는지 이해하게 된다. 이처럼 『잃어버린 시간』의 모든 일화가 한 번은 잃어버린 시간으로 한 번은 되찾은 시간으로, 한 번은 소명의 기원으로, 한 번은 소명의 실천처럼 주어지면서 거대한 공명 상자를 이루고 있다면, 그토록 많은 세월이 지났는데도 여전히 마음속에서 듣고 있다는 종소리는 과연 무엇을 의미하는 걸까? 그것은 기원으로의 회귀를 말하는 걸까? 아니면 단순히 작품이 종착역에 이르러 다시 출발점으로 돌아간다는 소설적 기교에 지나지 않는 걸까? 아니면 "예술적인 본질이 우리에게 시간의 계열들과 차원들을 극복하는 근원적인 시간을 계시"** 한다고 생각해야

---

* Anne Simon, *La rumeur des distances traversées*, Classique Garnier, 2018, 204쪽 참조.
** 질 들뢰즈, 서동욱·이충민 옮김, 『프루스트와 기호들』(민음사, 1997), 102쪽.

할까? 다음의 문장에서 종소리의 성격은 보다 구체적으로 서술된다.

그때 『프랑수아 르 샹피』를 보면서 내가 떠올렸던 그날 밤에 남아 있는 힘을 훼손하지 않은 채 아직도 그대로 간직하고 있다면! 어머니가 포기했던 그날 저녁, 할머니의 느린 죽음과 함께 내 의지와 건강은 쇠락의 길에 들어섰던 것이다. 어머니의 얼굴에 입맞춤을 하기 위해 더 이상 다음 날까지 기다리는 것을 견딜 수 없었던 내가, 침대에서 뛰어내려 잠옷 바람으로 달빛 비치는 창가에서 스완 씨가 떠나는 소리를 들을 때까지 기다리기로 결심한 그 순간에 모든 것은 결정되었다. 부모님이 스완 씨를 배웅하고 또 나는 들었다. 정원 문이 열리고, 종소리가 울리고, 문이 닫히는 소리를……. (13권 325쪽)

이 대목에서 화자가 환기하는 『프랑수아 르 샹피』는 앞에서 말한 행복한 합일의 이미지가 아니라, 정상적인 아이로 성장하기를 바라는 어머니의 꿈을 포기하게 하고, '할머니의 느린 죽음'을 유발하고, 그리하여 아이로 하여금 평생 죄의식과 고통 속에 살아가게 하면서 '쇠락의 길'로 들어서게 한 사건을 가리킨다. 그리하여 진실을 숨기고 위장하며 거짓 맹세와 거짓 언어를 통해 끊임없이 사랑하는 사람을 배신하고 고통 속으로 몰아넣으며 자아 상실과 광기의 위협에 시달려야 했던 작가 자신의 자전적 기원이 종소리를 통해 환기되면서 어머니의 슬픔과 아이의 회한이 겹쳐진다. 그러나 만약 이 종소리가 기원의 진실을 소환하고 그것을 추적해야 할 필연성을 가진다면 기억이란 리쾨르의 말처럼 "과거의 이미지를 갖는 것이며 (……) 또 그 이미지란 사건들이 남긴, 그리고 정신에 새겨진 어떤 흔적"*에 불과한 것이 아닐까? 어떻게 불연속적이고 단편적인 이미지의 몇몇 조각들이, 몇몇 과거의 풍경들이 과거 안에 있던 내 존재를 포착하게 해 줄 수 있단 말인가? 기억이 현재를 가지고 과거를 재구성하는 것이라면 그것은 과거 그 자체를 재현하는 데는 실패할 수밖에 없으며, 따라서 기원의 진실은 여전히 과거 속에 매몰된 채 말할 수 없는 것이 되어 버리는 것이 아닐까? 게다가 프루스트가 찾으려 했던 것이 하나의 진실이 아니라 진실 그 자체라면 이 진실을 포착하는 것은 불가능하며, 다만 그 불가능한 탐색을 흔적으로 남기는 것만이, 글쓰기의 진실만이 가능하다는 것을 말해 주는 것은 아닐까? 그러므로 종소리는 기원의 진실이 아닌, 오히려 텍스트의 기억과 글쓰기의 진실로 해석되어야 할 것이다.『잃어버린 시간을 찾아서』의 첫머리에서 프루스트는 자신을 떠받쳐 줄 어떤 절대적인 지시물도 발견하지 못한, 연속적이고 단편적인 죽음에 처한 자아의 이미지를 상정한다.

　　한밤중에 잠에서 깨어날 때 나는 내가 어디 있는지 알지 못했으므로, 처음엔 내가 누구인지도 알지 못했다. 내겐 동물 내

---

* 폴 리쾨르, 김한식·이경래 옮김,『시간과 이야기』(문학과 지성사, 1999), 40쪽.

부에서 꿈틀거리는 생존에 대한 지극히 단순한 감정만 있었을
뿐, 아니, 동굴 속에서 살았던 사람들보다도 더 헐벗은 존재였
다. 그러자 추억이, 현재 내가 있는 곳에 대한 추억이 아니라,
내가 살았던 곳, 혹은 내가 살았을지도 모르는 곳에 대한 추억
이 저 높은 곳에서부터 구원처럼 다가와 도저히 내가 혼자서는
빠져나갈 수 없는 허무로부터 나를 구해 주었다.(1권 19쪽)

이렇게 완전한 의식의 부재 상태에 놓인 자아, 지속이나 통
일성을 모르는 자아, 동굴 속에 사는 인간보다 더 헐벗은 자
아를 허무에서 구하러 오는 것이 추억이라면, 그 기억은 기원
의 진실이 아닌 현재 자신이 쓰고 있는 책에 대한 기억이 아
닐까?

오랜 시간, 나는 일찍 잠자리에 들어 왔다. 때로 촛불이 꺼지자
마자 눈이 너무 빨리 감겨 '잠이 드는구나.'라고 생각할 틈조차 없
었다. 그러다 삼십여 분이 지나면 잠을 청해야 할 시간이라는 생각
에 잠이 깨곤 했다. 그러면 나는 여전히 손에 들고 있다고 생각한 책
을 내려놓으려 하고 촛불을 끄려고 했다. 나는 잠을 자면서도 방금
읽은 책에 대해 끊임없이 생각했는데, 그 생각은 약간 특이한 형태
로 나타났다. 마치 나 자신이 책에 나오는 성당, 사중주곡, 프랑수아
1세와 카를 5세와 경쟁 관계라도 되는 것 같았다.(1권 15~16쪽)

이처럼 『잃어버린 시간을 찾아서』는 책의 탄생과 더불어
시작한다. 이 문단에서 말하는 성당, 사중주곡, 경쟁 관계는

바로 콩브레의 성당과 뱅퇴유의 음악, 프랑수아즈와 스완(샤를), 또는 스완과 샤를뤼스의 경쟁 관계를 표상하는 것으로, 책이 곧 삶이고 삶이 곧 책인 저자의 삶을 환기한다. 이런 혼란스러운 이미지의 움직임 뒤로 그래도 그것을 지각하고 분리하고 알아볼 수 있게 하는 것이 바로 몸의 확실성이다.

이처럼 잠에서 깨어날 때, 항상 내 정신은 내가 어디 있는지 알려고 뒤척거리지만 결국 알지 못한 채, 사물이며 고장이며 세월이며 이 모든 것이 어둠 속에서 내 주위를 빙빙 돌았다. 아직도 잠으로 마비되어 꼼짝할 수 없는 내 몸은 피로의 형태에 따라 팔다리의 위치를 알아내고, 거기서 벽의 방향과 가구의 위치를 추정하여 현재 내 몸이 놓인 곳을 재구성하고 이름을 불러 보려고 애썼다. 몸의 기억, 즉 갈비뼈와 무릎과 어깨의 기억이, 예전에 그 몸이 잤던 여러 방들을 차례차례 보여 주었고…….(1권 20쪽)

세계와의 관계를 설정하고 내게 친밀한 공간을 제공하는 것은 이성이 아닌 바로 몸이며, 게다가 몸은 기억의 시동 장치가 된다. 왜냐하면 몸의 위치에 따라 화자는 자신이 살았던 방들을, 사람들을 기억하고 거기서 느꼈던 기쁨과 아픔을 상기하기 때문이다. 물론 몸이 이런 긍정적인 의미만을 갖는 것은 아니다. 그것은 가면무도회의 장면에서도 볼 수 있듯이 지속적으로 시간의 파괴적인 힘에 의해 훼손되고 파편화되고 사라질 위험이 있다. 그러므로 몸을 실존의 중심으로, 글쓰기의 중심으로 삼겠다는 것은 어떤 고정된 진리도 존재하지 않고 모든 것이 시간에 따라 흔들거리는 세계에서, 다만 우리의 몸을 구성하는 여러 다양하고 모순되는 감각이나 감정들, 즉 공포나 쾌락, 욕망, 기대 등이 우리의 진실이며, 그리고 이 진실은 시간이나 공간에 따라 달라질 수밖에 없다는 것을 의미한다. 그러므로 작품의 첫머리와 마지막 장에서의 '오랜 시간'과 '시간 속에서'란 말의 반복으로 드러나는 시간은 바로 이런 몸의 글쓰기에 다름 아니며, 따라서 「되찾은 시간」에서의 종소리는 이런 책의 기억을, 글쓰기의 진실을 소환하고 있는 것이다.

그러므로 책을 처음 발간하려고 했을 때 그토록 비평가들이나 출판업자들을 당혹스럽게 했던 작품의 첫머리가 실은 『잃어버린 시간을 찾아서』의 모든 내용을 관통하는 핵심 요소였으며, 이렇게 해서 잃어버린 시간과 되찾은 시간, 기원의 진실과 글쓰기의 진실, 책의 기억과 몸의 기억, 허구와 실재, 상상적인 자아와 현실의 자아가 끝없이 겹쳐지고 이중화되고 삼중화되면서 인상파 화가들에게 친숙한 신기루 같은 전망을 축조한다. 그러므로 프루스트가 「되찾은 시간」의 끝부분에서 종소리나 나무 다리를 통해 환기하는 것은, 우리의 자아를 개별적이고 독립적인 주체로 정의하게 하는 것은 어떤 사상이나 정신이 아닌, 바로 우리의 몸이며, 이 '환원할 수 없는 절대적인 차이'인 몸에 의해서만 문학 작품은 그 생명력을 보장받을 수 있다는 것을 의미한다. 이처럼 프루스트는 이성의 판단에 따르는 로고스의 세계가 아닌 니체의 뒤를 이어 파토스(pathos) 또는 몸을 특권화하고 있으며,* 비록 그것이 사물의 안정된 본질과는 거리가 먼 불확실하고 불안정한 세계를 구현한다 할지라도, 구체적이고 개별적인 몸이 느끼는 미세한 감각이나 내밀한 몸짓을 통해, 우리의 감동하는 몸을 연루시키는 글쓰기와 글 읽기를 통해, 타자에 대한 끝없는 물음과 성찰을 통해 불가능한 합일의 꿈을 추구한다는 점에서 삶과 유리되지 않은 문학, 삶의 글쓰기로서의 문학으로 나아가려는 프루스트의 오랜 꿈을 투영한다. 그러므로『잃어버린 시간을 찾아서』에 의해 열린 이러한 꿈은 무한한 존재와 끝없는 글쓰기, 또는 새로운 삶에 대한 욕망의 표현으로 우리 곁에 오래 남을 것이다.

오랜 시간의 번역 과정을 동행해 주신 파리 3대학 명예 교수이신 장 미이(Jean Milly) 교수님께 이 자리를 빌려 다시 한번 깊은 감사를 드린다. 선생님의 가르침과 조언이 없었다면 이 책의 번역은 불가능했으며, 또 선생님과의 이메일 교신을 통해 습득한 지식 덕분에 많은 오류를 바로잡을 수 있었다. 그럼에도 불구하고 워낙 방대한 작품 양과 역자의 능력 부족으로 여전히 불완전한 부분이 많이 남아 있으며, 관심 있는 분들의 질정으로 책이 보다 풍요롭게 수정되고 완성되어 갈 수 있기를 기대해 본다. 『잃어버린 시간을 찾아서』의 전권 출간이

---

* Roland. Barthes, "Je me suis couché de bonne heure," *Bruissement de la langue*, Seuil, 1984, 323쪽.

라는 어려운 일을 기꺼이 맡아 주신 민음사와, 함께 편집과 교정 작업에 참여해 주신 이정화 선생님과 김남희 선생님께도 깊은 감사의 마음을 전한다. 그리고 다른 무엇보다도 2012년 「스완네 집 쪽으로」가 민음사에서 처음 출간된 이래 이 책의 번역을 격려해 주고 많은 용기를 주신 독자분들께 고마움을 표한다. 이 책의 완간이 가능했다면, 그것은 오롯이 독자분들의 몫이다. 그분들에게 프루스트가 더 이상 앎의 대상이 아니라 사랑의 대상으로 다가갈 수 있기를 소망한다.

2022년 10월
김희영

참고 문헌

1 불어 텍스트

A la recherche du temps perdu, édition établie sous la direciton de Jean Milly, GF Flammarion, 1984~1987.

A la recherche du temps perdu, édition établie sous la direciton de Jean-Yves Tadié, Gallimard, Pléiade, 1987~1989.

Le Temps retrouvé, Texte présenté par Pierre-Louis Rey et Brian Rogers, établi par Pierre-Edmond Robert et Brian Rogers, et annoté par Jacques Robichez et Brian Rogers, Gallimard, Pléiade, 1989.

Le Temps retrouvé, édition présentée par Pierre-Louis Rey, établie par Pierre-Edmond Robert, et annotée par Jacques Robichez avec la collaboration de Brian G. Rogers, Gallimard, Folio, 1990.

Le Temps retrouvé, édition présentée, établie et annotée par Eugène Nicole, Le livre de Poche, 1993.

Le Temps retrouvé, édition corigée et mise à jour par Bernard Brun, GF Flammarion, 2011.

Contre Sainte-Beuve précédé de *Pastiches et mélanges* et suivi de *Essais et articles*, Gallimard, Pléiade, 1971.

Marcel Proust Lettres, sélection et annotation revue par Françoise Leriche, Plon, 2004.

Dictionnaire Marcel Proust, publié sous la direction d'Annick Bouillaguet et Brian G. Rogers, Honoré Champion, 2004.

2 한·영 텍스트

「되찾은 시간」, 『잃어버린 시간을 찾아서』, 김창석 옮김, 정음사, 1985.

Finding Time Again, In Search of Lost Time, Translated and with an Introduction and Notes by Ian Patterson, Penguin Books, 2003.

3 작품명과 약어 목록

『잃어버린 시간을 찾아서(À la recherche du temps perdu)』 → 『잃어버린 시간』

1편 「스완네 집 쪽으로(Du côté de chez Swann)』 → 「스완」

2편 「꽃핀 소녀들의 그늘에서(À l'ombre des jeunes filles en fleurs)』 → 「소녀들」

3편 「게르망트 쪽(Le côté de Guermantes)』 → 「게르망트」

4편 「소돔과 고모라(Sodome et Gomorrhe)』 → 「소돔」

5편 「갇힌 여인(La Prisonnière)』 → 「갇힌 여인」

6편 「사라진 알베르틴(Albertine disparue)」 → 「알베르틴」

7편 「되찾은 시간(Le Temps retrouvé)」 → 「되찾은 시간」

옮긴이 **김희영**   Kim Hi-young. 한국외국어대학교 프랑스어과를 졸업하고 프랑스 파리 3대학에서 마르셀 프루스트 전공으로 불문학 석사와 박사 학위를 받았다. 서울대 불어불문학과 및 대학원 강사, 하버드대 방문교수와 예일대 연구교수, 한국외국어대학교 서양어대 학장 및 프랑스학회와 한국불어불문학회 회장을 역임했다. 「프루스트 소설의 철학적 독서」, 「프루스트의 은유와 환유」, 「프루스트와 자전적 글쓰기」, 「프루스트와 페미니즘 문학」 등의 논문을 발표했고, 『문학장과 문학권력』(공저)을 썼으며, 롤랑 바르트의 『사랑의 단상』과 『텍스트의 즐거움』, 사르트르의 『벽』과 『구토』, 디드로의 『운명론자 자크와 그의 주인』을 번역 출간했다. 현재 한국외국어대학교 명예 교수로 있다.

잃어버린 시간을 찾아서 13

되찾은 시간 2

1판 1쇄 펴냄 2022년 11월 18일
1판 4쇄 펴냄 2024년 4월 9일

지은이 마르셀 프루스트
옮긴이 김희영
발행인 박근섭·박상준
펴낸곳 (주)민음사

출판등록 1966. 5. 19. 제16-490호
주소   서울시 강남구 도산대로1길 62(신사동)
          강남출판문화센터 5층(우편번호 06027)
대표전화 02-515-2000 | 팩시밀리 02-515-2007
홈페이지 www.minumsa.com

ⓒ 김희영, 2022. Printed in Seoul, Korea

ISBN 978-89-374-8573-2 (04860)
       978-89-374-8560-2 (세트)